歃盟

【卷三】無滅刀

歃血為誓，對天起盟。若有異心，江山成空！

墨武——著

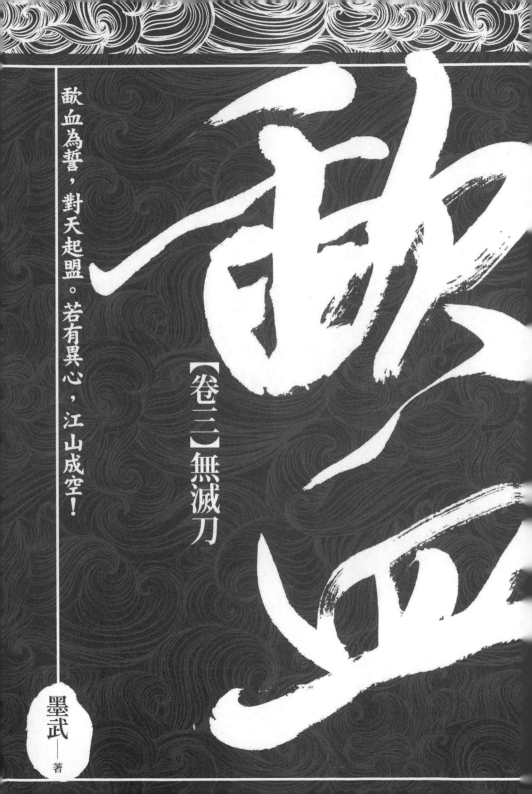

目錄

卷三　無滅刀

誰都聽說過狄青，可見過狄青的卻少之又少。有人說他玉樹臨風，有人說他青面獠牙，有人說他身高丈許……每個人說的版本都大不相同。而傳到野利遇乞面前的狄青版本，也有三、四個之多。

第一章　驚　逝

狄青並沒有聽過包拯之名，聞言倒有些奇怪，暗想包拯既然敢得罪汾州知州，甚至讓知州不惜買凶殺人，怎會是默默無名之輩？轉念一想，天下硬骨頭的多了，自己沒有聽過包拯不足為奇。自己連都署夏守贇也敢得罪，包拯肯定也沒有聽過他了。

包拯心中果然在想，狄青？這個名字我怎麼從未聽過？此人臉有驍武刺青，難道是汴京八大禁軍中人？但八大禁軍的領軍名姓我多數知曉，應無此人。此人身手高強，做事果敢，絕不會是禁軍中的泛泛之輩！當初在梅樹前，看此人眼有憂傷，容顏憔悴，但俊朗中不失剛毅。他年紀不算大，但滿是滄桑，必有段傷心往事。此人雖自有傷心之事，卻不忘記扶危助困，當是正直的性情中人。

包拯觀人極細，已信得過狄青，說道：「狄兄，我本是朝廷殿中丞，聞汾州知州任弁濫用職權，公器私用，濫殺無辜，這才奉旨前往汾州調查此事。經明察暗訪，取證後祕密回歸。我看他勢大，暫時奈何不了他，只能回京奏請天子定奪。想任弁也知道不妙，這才暗中派人劫殺我，妄想掩蓋罪行。」

狄青知道殿中丞隸屬御史臺，其中人員主要是糾察官邪、肅正綱紀，官職並不高。見這人竟然敢去扳倒知州，心中也有些欽佩。可看著地上的車管家，狄青忍不住皺眉道：「據我所知，這個車管家本是彌勒教徒，堂堂的一個汾州知州，怎麼會和彌勒教徒扯上關係？」包拯臉色微變，詫異道：「狄兄，你說的可是真的？」

狄青道：「京城的葉知秋捕頭和郭遵郭大人都認得車管家是彌勒教徒，你只要問問這兩人，就可知曉我說的不假。」

包拯聽過葉知秋和郭遵的名字，也信狄青所言，沉思道：「那任弁就不止我列舉的那些罪名了，可能還要加上勾結彌勒教徒一罪。」心中微凜，又想，任弁身為汾州知州，為何與彌勒教徒有瓜葛？難道說……他想要造反？

包拯一念及此，說道：「狄兄，我要問這人幾句。」

狄青點點頭道：「可以。」

包拯見車管家惡狠狠地盯著他，也不畏懼，只是詢問道：「車管家，最近任弁給了你們一批軍備，你們藏在哪裡？」

車管家咬牙道：「包黑頭，你還沒有斷奶嗎？竟問我這種幼稚的問題！軍備藏在哪裡，我怎麼會對你說？你可以讓狄青殺了我，但想從我口中得知那些東西的下落……絕無可能！」

包拯淡笑道：「我知道了。」

車管家叫道：「你知道個屁！」

包拯平靜道：「我最少知道任弁的確和彌勒教徒有牽扯。我在查任弁的時候，發現他手上有批甲冑兵器不知下落，正不知到了哪裡，這才問問你，原來他真的把那些東西送給了你們。這麼說……任弁早有反意了。」

車管家一怔，才省悟包拯問話的用意，後悔不迭。

狄青一旁傾聽，也佩服包拯的機智，陡然間心中微凜，回頭望過去道：「誰？」

只見門口處站有一人，店夥計的裝束，狄青皺了下眉頭，問道：「你來做什麼？」

那夥計臉色微黑，戴個小帽，眼中滿是畏懼，哆嗦道：「到底發生什麼事了？死……人了？老闆讓我……看看。」他見到屋中情形，兩腿打顫。顯然是得老闆吩咐過來查看，不敢不來，卻又極為害怕。

狄青道：「有凶徒犯案，官家緝凶，你們不用擔心。」

那夥計上前了一步，探頭向屋中望來道：「那……」他話未說完，狄青警覺突生，包拯已同時喝道：「你不是店夥計！」

那夥計驀地抬頭，目如電閃，手一揚，兩道寒光倏然飛出，直刺狄青和包拯。

狄青身形一閃，已躥到包拯身前，刀鞘一格，磕飛了射向包拯的飛刀。他一躥一格，動作乾淨俐落。

就在這時，那店夥計暴喝一聲，雙手連揮。狂風呼嘯，北風捲簾，不知有多少雪花狂灌入室，鋪天蓋地地向狄青和包拯打來。

非雪花，而是鐵蒺藜！

那店夥計竟是個罕見的高手，一口氣打出了十數枚鐵蒺藜，封住狄青、包拯的周身各處。狄青怒喝聲中，腳尖一點，地上的桌案霍然豎起，擋在他的身前。

奪奪奪響聲不絕，狄青帶著包拯暴退。身後是牆，黃土牆面。狄青遽然撞在了牆上。那牆看起來結實，但被狄青全力一撞，轟然現出個大洞。那急撞之力，威猛無儔，一撞之下，整個房間晃了下，竟像要塌了下來。

煙塵彌漫。

那夥計算了很多，唯獨沒有算到狄青竟會破牆而走。他發出暗器之時，已拔出一如輪帶齒的兵刃，準備下一次的攻擊。見狄青破牆而出，那夥計並不放棄，就要順著破洞衝出去。可不等近前，那夥計驀地大喝一聲，持兵刃擋在胸口，倒飛了出去。

一道刀光破雪飛來，已斬在那夥計的胸口。

雪是狂捲，刀是橫行。

狄青已出刀。

一刀就逼退了那夥計。若非那夥計及時將兵刃擋在胸口，這一刀，早已將他開膛破肚。

狄青才待追進去，可忍不住回頭望了一眼包拯。就在這時，屋頂轟然一聲響，一人破屋頂而出，身形一閃，已向西逸去。

狄青沒有再追，凝望著刀身上的一抹血滴落，心想：那夥計是誰？他要殺我，還是要殺包拯……或許是……一念及此，狄青跺腳叫道：「糟糕。」他再顧不得包拯，又衝進了滿是灰塵的屋中。

煙霧中，狄青見到車管家和那個同夥的情形，心頭一沉。那兩人咽喉都被割斷，已然氣絕。

「刺客應該是和車管家一夥的。他這麼做，無疑是殺人滅口。」包拯也走了進來，見屋中的慘狀，立即道。

狄青點點頭，心中只是想：那夥計雖被我一刀所傷，但武技高明毋庸置疑。彌勒教何時又出來這種高手？這種人，可和元昊八部有關嗎？

狄青沉吟間，撕開車管家的胸口，裡面現出刺「福」字的內衣。

包拯見到，凝眉道：「聽聞拜彌勒教的人，都身著福衣，這麼說……這人的確是彌勒教徒了。」

狄青搜了兩死者的身上，只找到些銀兩，突然手凝住片刻，從車管家的腰間取下一面令牌。那令牌是黃銅所製，中間有團銀白色，銀白色中，又畫了三個小圈圈。不過那圈圈並非規整的圓形，倒有些像心臟的圖案。圖案簡單，卻很古怪。

這是什麼意思？狄青思索不解，抬頭向包拯望去，包拯搖搖頭道：「我也看不出這代表什麼意思。或許……是彌勒教人內部使用的令牌吧？」

狄青舒了口氣，搖搖頭，和包拯並肩走出了破屋。心中想道：那夥計武技高明，會不會是搜我包裏的人？如果這兩人是同一人，那他是為我而來。包拯說的不錯，這三人本是一夥的。彌勒教徒，殺包拯是為了任弁，但為何要搜我狄青的包袱？

包拯見狄青凝思，有些歉然道：「狄兄，都是在下拖累你了。你若不是要照看我，已留下凶徒。最不濟，現在也追去了，絕不至於沒了線索。」他見狄青做事如此精明果敢，早不把狄青當做尋常的禁軍看待。

狄青回過神來，搖搖頭道：「包兄不必自責。若非你發現那夥計有異，說不定我還要折在他的手上了。對了，包兄如何看出那夥計不妥呢？」

包拯微笑道：「我入店的時候，就知道店老闆吝嗇，只雇了兩個店夥計。兩個店夥計我都見過，適才那人絕非是那兩個店夥計，我一看就覺得那人有圖謀了。」

狄青暗叫慚愧，不想包拯心思如此細密，忍不住問道：「你適才摔了桌子，就是想要讓我過來嗎？」

包拯略有猶豫，轉瞬誠懇道：「狄青，實不相瞞，我從汾州回京，就感覺到殺機重重，這才換服回返，躲避不測。我在梅樹前見到你時，還以為你是來殺我的，是以交談幾句觀察究竟。可見到狄兄的一雙眼，就知道狄兄是正直之人。我知狄兄會武，因此問狄兄住在哪裡，刻意和狄兄住在同一客棧，心中也望你能保護在下的。我大聲呼喝時，就知狄兄若知道我有危難，絕不會坐視不理。」

狄青笑了，「包兄，不想你隨意幾句，都是機心。我倒是愚鈍了。」

包拯苦笑道：「狄兄謙虛了。你有武技傍身，何須這些心思？我整日提心吊膽，難免考慮得多些。」

狄青目光灼灼，盯著包拯道：「你明知危險，為何還要執意參倒任弁？你本文人，官職不高，得罪了任知州，難道真的不怕死嗎？」

包拯移開目光，望著雪舞狂風，緩緩道：「包拯身在其位，當盡職盡責，方不負天下人所盼。」他說得斬冰切雪，平淡中滿是決絕。

狄青一字字道：「可我若不來，你死在這裡，沒有任何人會看到，更沒有人知道你做了什麼。」

包拯肅然的臉上有分執著，回望狄青，平靜道：「最少我自己能看到。最少……我知道自己在做什麼。」一展顏一笑道，「不過我素來命大，這一年來，幾次死裡逃生，這次又碰到狄兄，想是蒼天也不想我這麼就死了。」

狄青見包拯這般正直，心中滿是敬意，又問道：「原來包兄今年才任殿中丞的職位嗎？」心中有些恍然，怪不得包拯對他很陌生。

包拯點點頭道：「不錯，在下十多年前已中進士，當官還是近幾年的事情。在下有些奇怪，以狄兄之能，只是個尋常的禁軍嗎？為何我從未聽過你的大名？」

狄青笑道：「在下碰巧一年前出西北戍邊，眼下是西北新砦的指揮使，也就怪不得包兄沒有聽過。

這次我是奉旨回京，不想碰到了包兄。如此也好，正好一路進京。」

包拯心下感激，知道狄青這麼說，就是想護送他入京，施禮道：「如此有勞狄兄了。」

狄青道：「都是趕路，有什麼勞不勞的。對了，他們為什麼叫你包黑頭呢？我看你也不黑呀！」

包拯哂然一笑，「在下人不算黑，不過心黑罷了。這一年來，我當黑臉許久，得罪了不少人，因此他們叫我包黑頭。」

狄青哈哈一笑，心道，這包拯並不如表面看起來那麼嚴肅，為人又正直。我能幫他這個忙，也是快意。包拯見狄青雖笑，可眼中不改抑鬱之氣，心中卻想，狄青到底有什麼為難的事情呢？此人快意恩仇，看似狠辣，但心細如髮，那種情況還記得救我，真是俠士。我包拯若能幫上他什麼，定當盡力。

二人當下去尋店老闆，才發現店老闆和夥計都被打暈。等店老闆醒來後，見房破人死，難免大呼小叫。狄青把車管家身上的錢盡數給了店老闆，彌補他的損失，包拯將事情經過略寫在一張紙上，蓋上官印，命老闆將命案報官。

狄青二人等到天明，再次迎風雪上路。路過鞏縣的時候，狄青只是略作張望，並不停留。二人急趕了三天路，這才到了汴京。

汴京高大巍峨，滿覆蒼雪。狄青望到汴京的那一刻，忍不住地感慨唏噓。汴京雖在雪中，仍益發地繁華，但有些人無論何時，只有更加地落寞。

一入汴京，二人都奔宮中。包拯去御史臺覆命，狄青要見天子。臨別前，包拯道：「狄兄，今日一別，想你戎馬繁忙，不知何日再見。只盼你……放開心事，萬事小心。」

狄青知道包拯目光敏銳，已看出他有心事，微微一笑道：「不錯，在下恐怕很快就要回轉西北，這一別，也不知道以後還能不能再見。前途險惡，只盼包兄吉人天相！」

二人拱手告別，狄青到了宮門處，不由又在想，趙禎找他到底何事？有禁軍見狄青近前，喝問道：「宮中禁地，不得擅闖！」

狄青亮出御賜金牌道：「新砦指揮使狄青，奉旨回返京城見駕，還望通傳。」那禁軍見到金牌，聽到狄青二字，忙道：「你稍等。」他匆匆入內，不到片刻，已帶出個宮人。那宮人白皮淨面，年紀不大，見到了狄青，上下打量了一眼，又看看那金牌道：「在下閻士良，聖上一直在等著狄指揮，請隨我入宮見駕。」

閻士良態度謙和，在宮中似乎很有些地位，一路暢行無阻，直達帝宮前。物是人非，狄青見宮中的侍衛多是陌生的面孔，倒有些感慨。

閻士良入宮先行稟告，不多時，已急匆匆地出來道：「聖上宣狄青入見。」有侍衛要去了狄青的刀，閻士良搖頭制止道：「聖上有旨，准許狄青帶刀入內。」那些侍衛並不認得狄青，滿是驚奇，不知道這個看似落魄的狄青，恁地會有這種身分？

二人舉步入了帝宮，閻士良突然道：「在下聽義父說，狄指揮有不凡際遇，人亦俊朗爽直，今日一見，名不虛傳。」

狄青心中微動，問道：「你是……閻文應大人的義子嗎？」

閻士良點頭道：「狄指揮果然聰明，一猜即中。以後還請多多關照。」

狄青心道，閻文應和我並不和睦，他義子對我還算客氣。羅崇勳等人均死，不用問，閻文應肯定變成宮中第一太監。閻士良在宮中有這般權勢，他讓我關照，是客氣呢……還是另有深意？

正琢磨間，二人已入殿上。狄青見龍椅上坐著一人，正是趙禎。趙禎見到狄青，霍然站起，竟下了龍椅，向狄青走近道：「狄青，你終於回來了。」他的口氣中，少有地激動。狄青見狀，心中微有暖意，無論如何，趙禎對他，總是不同尋常。

二人畢竟一同逛過青樓，鑽過豬圈，逃過追殺，經過宮變。這種經歷，旁的君臣少能共同經歷過。趙禎素來寂寞，對這個共患難的狄青，很有些感情。

狄青單膝跪地，行軍中之禮道：「臣狄青……叩見聖上。」趙禎一把拉起了狄青，微笑道：「不必多禮。狄青，你這次回來了，就莫要走了。」

狄青不想趙禎開口就是這句話，很是為難。見趙禎臉上若有期冀，不忍掃他的興致，岔開話題道：「聖上，臣正在西北作戰之際，被聖上旨意召回，不知聖上有何吩咐？」趙禎輕輕歎口氣道：「朕很想念你，不過這次讓你回京，卻是太后想要見你了。」

狄青一震，忍不住道：「太后……為何要見我？」他和太后有的好像只是積怨，難道說……太后還恨他殺了趙允升嗎？

趙禎搖頭道：「朕也不知道。不過太后最近病情加重，她想見你，朕就要完成她的心事。狄青，你就見見太后，好不好？」他的口氣中，竟有商量之意。

狄青慌忙施禮道：「臣遵旨。」

趙禎吁了口氣，望著狄青道：「最近太后的身子一日差過一日……」話未說話，有宮人急匆匆地趕來道：「聖上，太后……好像有點……不妥。」那宮人不敢多說，但神色惶恐，如大難臨頭。

趙禎一驚，失聲道：「怎麼會這樣？擺駕垂拱宮。狄青，你隨駕。」

自從宮變後，八殿遭焚，長春宮重修，改名垂拱，劉太后一直居留在垂拱宮。

眾人聽太后病情有變，都是惶惶跟隨。等到了垂拱宮前，趙禎命狄青、閻士良二人跟隨身側，直入宮中。垂拱宮內雖多燃火爐，溫暖如春，但其中總有死氣沉沉之意。

趙禎到了太后的寢房前，閻文應匆忙出了珠簾，見到狄青，稍有錯愕。低聲在趙禎耳邊道：「聖上，太后適才昏迷過去了。不過……又醒來了。她一直在和李迪大人交談。」

狄青知道李迪是趙禎的恩師，以前因為請太后還政於天子得罪了劉太后，被貶出京。不想太后病危的時候，居然找李迪交談。

太后為何要找李迪？太后為什麼找他狄青？狄青想不明白，心中卻感覺有些怪異，可到底哪裡不對，一時間又說不出來。他斜睨了趙禎一眼，見趙禎臉上滿是焦急，但卻不進珠簾，不由暗自皺眉。劉太后病危，趙禎為何不急於去見呢？他到底在想什麼？

趙禎突然道：「太后這些日子，不想見人，就算對我這個兒子，也不想見。」他聲音很低，口氣中有些埋怨，亦有傷感，像是看出了狄青的疑惑，特意給狄青解釋。趙禎頓了片刻，又道：「閻文應，你去稟告太后，說朕請見……」

話未說完，就聽珠簾後，太后虛弱的聲音傳來，「李迪，老身……今日保護天子……至此，你以為如何？」

垂拱宮實在很靜，太后的聲音雖虛弱，但簾內簾外的人，都聽得一清二楚。

趙禎眼簾突然有了濕潤。他那一刻，神色極為複雜，有溫情，有追憶，甚至還有那麼一分……淡淡的歉然。無論如何，當年總是太后為他趙家穩住了江山。太后一直都沒有對他趙禎如何，或許就算那次宮變，也不過是趙允升擅自做主？趙禎不想再想下去。

珠簾那面，李迪顫巍巍道：「當初不知太后聖德乃至於此，因有得罪，還請太后……莫要責怪。」

劉太后輕吁了一口氣，似是吐出了多年的恩怨，喃喃道：「禎兒呢？我方才好像聽到了他的聲音……」

趙禎不想劉太后還惦記著他，再也按捺不住，掀開珠簾衝了進去，跪在太后的面前，泣聲道：「母后……」

劉太后枯槁的臉頰擠出一分笑容，乾瘦的手摸著趙禎的頭頂，喃喃道：「禎兒，吾只怕要去了。以後……你要自己……照顧自己。」

趙禎一把握住了劉太后枯瘦的手，哽咽道：「母后，你不會有事，你不能離開孩兒的！」

劉太后目光空洞，喃喃道：「傻孩子，人誰不死呢？我這幾天……總是做夢，可夢不到先帝呢……他說過，會來接我的……」

趙禎倏然打個寒戰，只覺得劉太后說得鬼氣森森。

先帝怎麼可能來接太后？

劉太后眼前微花，彷彿又見到趙恆立在她身前，陰沉沉地對她道：「娥兒，就算你支撐不到朕活轉，死後……朕也會陪伴在你身邊！你莫要怕，朕此生，只愛你一個！」

劉太后望著那空中的幻影，喃喃道：「你很怕死，可我不怕的。我為何要等你來接我呢？」苦澀地笑，她心中在說，我其實……並不想和你在一起了。

這句話，她藏在心底很久很久了，塵封多年。她的確對不起趙恆，她沒有將五龍放在永定陵，但她絲毫沒有什麼愧疚之意。因為她感覺到，身上的體力已一絲絲地離她而去，她要死了。人死了，會不會一了百了呢？活著，又有什麼好？孤孤單單，連個說話的人都沒有。她的親人，都離她遠去了，剩下的人，她和他們無話可說。就算長生不死又能如何呢？孤單單的長生，還不如死！一念及此，劉太后突然想起一事，低聲問道：「狄青……來了嗎？」

趙禎微愕，扭頭望過去，示意狄青前來。只不過他額頭竟有一絲汗水，不細看，無法察覺。狄青沒有注意到趙禎的異常，悄步走到了太后的榻前，單膝跪地，沉聲道：「太后，臣狄青在此。」

太后望向了狄青，眼珠間或一轉，像是望著狄青，又像是追憶著往事。

狄青到現在，還不知道太后要找他做什麼，只能靜靜地等待。他也沒有畏懼，他連死都不怕，現在還會畏懼什麼？

「羽裳去了……我知道……你很難過。」劉太后喃喃道。

狄青聽到這句話後，就感覺胸口如挨了重重一錘，身軀晃了晃，沉默無言。

劉太后低聲道：「很多事情……命中註定的。」

狄青霍然抬頭，臉上現出少有的激動，一字字道：「太后，就算命中註定的事，狄青也要改變！」

劉太后微震，眼中閃過分光芒，呆呆地望著狄青。她似乎是詫異這人世間，還有狄青這樣堅持的男子？狄青無懼，只是望著劉太后，良久才道：「太后找臣，難道就想問問臣是否難過嗎？」

劉太后乾癟的嘴唇喏喏動了兩下，像是笑，「我一直在想……是否要告訴你一個祕密？」

狄青心頭一跳，臉色微變。他有預感，劉太后說的事情，肯定和羽裳有關的，甚至——會和香巴拉有關！

「香巴拉……」劉太后開口就是這三個字，狄青已全身顫抖，勉強抑制住激動，側耳傾聽。

劉太后突然劇烈地咳嗽起來，趙禎急道：「來人呀，快服侍太后休息。母后，你改日再說吧！」

劉太后喘息稍平，虛弱道：「不！」雖就是一個字，但說得斬釘截鐵。趙禎不敢忤逆，向狄青使個眼色，示意狄青勸勸太后。狄青只是望著太后，顫聲問道：「太后，香巴拉怎麼了？」

「五龍……本是……香巴拉之物。」太后喃喃道。

狄青一震，失聲道：「什麼？」他那一刻，震驚中帶著喜悅。他一直不敢肯定香巴拉是否存在，也從邵雍的讖語中，曾想過香巴拉和五龍有關，但那畢竟是猜測。

太后親口說出五龍和香巴拉有關，五龍是真實的，不就證明，香巴拉也的確存在？

狄青一想到這裡，只感覺信心湧動，希望大增。

太后喘了幾下，急促道：「可是……你一定要……要……」她嗓子突然有些發啞，無以為繼。這時，有太監端著藥碗過來道：「太后，要吃藥了。」

劉太后目光緩移，向那太監望去。她實在太疲憊，轉動眼珠都像是有氣無力。她的目光掠過趙禎，掠過閻文應，就要落在那太監的身上。

她腦海中閃過幾分殘留的影像，記得適才閻文應正在望著趙禎。

這本是尋常的一件事，她為何記得這般清晰？

遽然間，劉太后身軀一震，竟坐了起來，啞聲道：「你……你……我……明白了……」她一手緊緊地抓著華服，一手前指，像是指向狄青，又像是指向他的身後，嘎聲道：「你……好……好……」

劉太后那一刻，枯槁的臉上竟有著說不出的怪異，眼中又是傷心，又是憤怒。她就那麼木然地指著，身子僵凝，許久再沒有聲響。
狄青望著劉太后那空洞的眼神，雖是無畏，可背脊也躥起一股寒意。他想回頭望過去，不知為何，脖頸有些僵硬，竟不能移動。
你……好……劉太后想說什麼？
五龍是香巴拉之物，太后讓他狄青一定要什麼？
劉太后為何會憤怒？
所有的一切紛遝繁雜，交錯迷離，讓垂拱宮中，滿是森陰的氣息。
就在這時，閻文應已反應過來，眼中滿是驚怖之意，叫道：「太后……她……去了。」他似乎震驚於太后之死，嗓子都嚇得啞了。
眾人驚惶，紛紛跪倒道：「太后……」就算是趙禎，都跪倒在地，呼喊中，滿是嘶啞驚嚇之意。他俯身叩地，額頭上，滿是汗水，點點滴滴……

第二章 帝淚

狄青若是回過頭去，就能看到趙禎和閻文應額頭上滿是汗水。可他沒有回頭。他聽到劉太后去了的那一刻，除震驚外，腦海中一片惘然。他不關心別的事情，心中只是在想：五龍本是香巴拉之物，你一定要……

太后知道尋找香巴拉的關鍵所在？可這個關鍵，並沒有說完！狄青心中滴血，只感覺周圍有人奔走呼號，好像很是混亂。但這些和他有什麼干係？他突然有點恨自己，恨自己為何不早一天趕回來。可早一天趕回來，事情就會改變嗎？狄青不知道。

正心亂如麻時，一隻手按在狄青肩頭。狄青扭過頭去，見到八王爺一雙充滿血絲的眼。狄青嘴唇喏喏蠕動，低聲道：「伯父……」

他內心很有些愧疚。見到八王爺的那一刻，他就知道，八王爺也沒有找到香巴拉，而且肯定一直在尋找。可八王爺怎麼會這麼快就到了宮中？

八王爺很憔悴，不過八王爺眼中有些怪異，同樣低聲道：「狄青……太后是不是要找你說什麼？她說了什麼？」

狄青失落道：「她好像要說香巴拉一事，但沒有說完。她只是說五龍本香巴拉之物，要找到香巴拉，一定要……說到這裡，太后就去了。」

八王爺凝神望了狄青片刻，緩慢道：「太后要說什麼，我知道的。」

狄青驚喜交加，一把抓住八王爺，聲音顫抖，「伯父，你知道？你知道什麼？你怎麼會知道？」

八王爺扭頭向趙禎的方向望了一眼，似在考慮什麼。太后駕崩，宮中凌亂，趙禎只是呆呆地跪在太后的床榻前，淚流滿面。消息已傳了出去，群臣正要早朝，聞言已紛紛趕來。

「這件事一時半會兒說不清楚，我一會兒再跟你說。」八王爺低聲道，「我先去安慰聖上。」狄青一顆心劇烈跳動，卻只能等待。

八王爺走到趙禎的身側，跟著跪下，見趙禎涕淚橫流地喃喃道：「母后，你……你……為何要離開孩兒呢？」

趙禎翻來覆去的只是這幾句話，他心哀之下，也像亂了分寸，完全忘記了接下來要做什麼。八王爺一旁勸道：「聖上，節哀順變。」

趙禎霍然爆發，一把揪住八王爺的衣領，喝道：「節哀？朕的娘親去了，你讓朕怎麼節哀？」

八王爺有些惶恐，低聲道：「聖上，無論如何，群臣都在宮外等候呢！太后駕崩，聖上登基不久，眼下急需安撫臣心，以防變故。」

趙禎淚還在流，手已鬆開，失神道：「怎麼安撫呢？」他再望了太后一眼，臉色突然有些改變。

八王爺順著趙禎的目光望過去，神色也有些異樣。

太后直伸前指的那隻手，已被宮女勉強放下，可太后的另外一隻手，還在死死地抓住身上的袞冕，任憑宮女怎麼扳，那隻手都不肯鬆開。

趙禎身軀有些顫抖，向閻文應望去。閻文應也在望著趙禎，眼中也有深深的畏懼。

太后死，閻文應有什麼要畏懼的？太后抓住那袞冕，又有什麼深意？

「太后仙逝前，緊緊抓著袞冕，到底是什麼意思呢？」趙禎喃喃自語，斜睨著八王爺。

八王爺沉吟許久，這才道：「恕臣駑鈍，不解其意。不過群臣已在宮外候駕，或許向他們詢問，集思廣益，可得到答案？」

趙禎緩緩點頭道：「皇叔說的不錯，朕這就去問問。」他出了垂拱宮，只見到群臣黑壓壓地跪倒了一片。群臣聽聖上出宮，齊呼萬歲。

趙禎眼望群臣，哽咽難言，只是擺擺手。閻文應知機上前，宣布道：「太后已……仙逝了。」

風雲悲嚎，群臣泣下。

趙禎又是淚流不止，等到群臣悲傷暫歇後，這才問道：「太后去了，但她好像還有心事。她臨去前，扯著袞冕不肯鬆手，究竟是何緣由呢？」

群臣沉默，寒風呼嘯，充斥著蕭肅。

趙禎問得大有深意，群臣沒有琢磨清楚天子的心思之前，不敢妄言。

袞冕，本是天子的服飾。要知道，太后能穿上袞冕，可是大有因由。太后以前一直執著地想要登基，趙允升死後，太后欲望雖淡了，可不久前，突然執意要穿袞冕去太廟，參拜大宋趙家的列祖列宗。

群臣都明白，太后要告訴天下所有人，尤其要告訴他們這些宋臣，她劉娥雖是卑賤，最終還是能和君王平起平坐。

太后的這個要求，難倒了大宋群臣。

太后穿著袞冕這一拜，雖不登基，卻宣告以天子的身分參拜。這讓趙家列祖列宗如何面對？這讓得趙家恩惠、一直以衛護大宋江山為己任的大宋文臣情何以堪？

太后始終堅持，群臣無奈之下，終於對太后妥協。宋臣改了袞冕的幾處地方，讓那袞冕看似袞冕，其實不是袞冕，於是趙禎就請太后穿著那重新設計的袞冕參拜太廟。

說不清到底是誰自欺欺人，是太后、天子還是一幫宋臣？太后穿似是而非的袞冕去太廟，這好像是一場鬧劇，曲終人散，卻還沒有落幕。

太后在這之後，就一直穿著那袞冕，死都沒有再脫下。誰都看得出來，太后很喜歡那袞冕。

太后臨死前，扯著袞冕，是不是示意這衣服莫要脫下來，要一直穿到永定陵陪真宗去？很多人都是這麼想，但沒有誰敢說。

雪花飄落，一瓣瓣上寫滿了落寞。

趙禎那一刻，神色比雪還要冷，他在看著一人。那人神色也冷，更多的是沉靜。那人並沒有望著趙禎，只是垂頭不語，那人就是兩府第一人呂夷簡！

呂夷簡沒有上前，參政薛奎跪行上前道：「啟稟聖上，太后仙逝前以手除服，用意明瞭，太后肯定是不想穿袞冕去見先帝。想先帝曾請太后照顧天子，讓太后在天子成人後，還政於天子，太后若穿袞冕見到了先帝，如何回答先帝的質疑呢？」

趙禎舒了口氣，喃喃道：「原來如此。」一扭頭望向不遠處老邁的李迪，趙禎問：「恩師，太后臨崩前，一直在與你交談，想必你最明白太后的用心了。依你來看，太后是何心意呢？」

李迪渾身顫抖，眼中有著說不出的憂傷之意，見趙禎目光灼灼，低聲道：「老臣老了……也糊塗了。想薛參政所言……有他的道理吧！」

趙禎心中有些不滿，轉望呂夷簡道：「呂相，你意下如何呢？」

呂夷簡又沉吟了片刻，說道：「李大人說的不錯，薛參政說的是有他的道理。」群臣有的不解，有的已明白了，呂夷簡、李迪二人看似附和薛奎，話語間卻是含糊其辭，只說薛奎有他的道理，可薛奎的道理對不對，他們是否建議天子採納，呂、李二人均不說。這兩個老油條，當然還在等天子的意思。天子至孝，到底怎麼來決定，誰也不知！

趙禎已道：「既然三位卿家意見一致，決定除去太后的衮冕，還太后本來的服飾，朕也覺得妥當。眾愛卿，你們可還有異議？」

群臣微怔，隨即參差不齊道：「聖上英明。」

趙禎的目光從群臣身上掠過，若有所思地看了一眼呂夷簡，說道：「太后仙逝，朕這幾日暫不理朝。都退下吧！」

說罷，趙禎拂袖回宮，群臣跪送，私下議論，三三兩兩地散了。

趙禎回到宮中，見狄青還立在那裡，像根本沒有移動的樣子。陡然間心中激盪，走過去，一把抓住了狄青手臂，哽咽道：「狄青，太后她……去了。」宮中滿是人手，可他眼中只有狄青。

宮人見狀，都是大吃一驚，不解趙禎如斯傷心下，不找宮人、不找親人、不找皇后，為何只找狄青流露心事。狄青也有些吃驚，手足無措，半晌才道：「聖上，逝者已逝，你……節哀。」

趙禎哭泣了許久，好像察覺到失態，緩緩鬆開了雙手，坐下來，低聲道：「狄青，當初朕見你在楊羽裳面前，傷心欲絕，還不理解。可朕此刻才體會到，失去至親至愛的那種悲痛。太后去了，朕再無法盡孝，一想到這裡……」他哽咽難言，用衣袖擦擦眼睛，喃喃又道：「朕……要好好地辦理太后的身後之事……」

「聖上，眼下並不急於給太后辦理身後事的。」

趙禎勃然大怒，喝道：「你……八王爺，你說什麼？」他本以為方才那句話是狄青所言，忍不住地憤怒，可扭頭望去，才發現說話的竟是趙元儼。

八王爺跪行上前，顫聲道：「聖上，臣冒死有一事相求。」

趙禎雙眉豎起，寒聲道：「你要求什麼？你可知道，就憑你方才說的那句話，朕就可以賜死你嗎？」狄青也有些奇怪，不解八王爺為何在這時候，說這些不合時宜的話。八王爺聲音反倒變得低沉，再沒有了畏懼，「有些話，臣寧死也要說。臣一片忠心，不想聖上此刻擔負不孝的罪名。」

趙禎臉色已變，陰沉道：「皇叔，你可知道自己在說些什麼？」

八王爺挺起了胸膛，一字字道：「臣當然知道。臣要說的是，劉太后並非聖上的生母！而聖上的生母，另有其人！」

趙禎倏然站起，臉色又變，失聲道：「你說什麼？你胡說什麼！」

狄青一旁聽到，心中微驚，也記起了李順容所言，一時間心神不定。八王爺所言不假，可八王爺怎麼知道這件事？這件事應不應該說出來？八王爺為何要說出此事？

八王爺愈發地鎮靜，沉聲道：「聖上，此事千真萬確。當年太后生下一女，聖上本是宮女所生。太后為求皇后一位，這才向先帝謊稱生下了聖上。當初臣在宮中，因此知道此事，聖上若是不信臣所言，可找李迪詢問。這件事先帝知曉，李迪當年在宮中，也是知道的。」

八王爺所言，如雷霆般轟來，擊得趙禎搖搖欲墜。趙禎手扶桌案，良久才道：「宣李迪前來。」

李迪本未離開宮中，聽天子宣召，顫巍巍地趕來。他見到八王爺的那一刻，似乎明白了什麼，眼中藏著深切的悲哀。

趙禎望著李迪，咬牙道：「恩師，八王爺說……太后本非朕的生母，此事可是真的？」

李迪蒼老的臉上，盡是畏懼和悲傷。他緩緩跪倒，良久才道：「此事的確是真的。」

趙禎笑了，笑容淒慘，許久後，怒拍桌案喝道：「一派胡言！你既然早知道朕非太后親生，為何不早些說出來？你難道不知，欺君可是大罪！」

李迪跪在那裡，老淚縱橫道：「聖上，臣罪該萬死。」

「將李迪推出去……」趙禎不待判決，狄青驚醒，暗想李迪若死，那八王爺不也是死罪？他那時還沒有想到自己，毅然上前道：「聖上，李大人絕非有意欺瞞，請聖上明察。」眾人一奇，不想這時候竟是狄青出來為李迪求情。

更奇的是，趙禎竟冷靜下來，問道：「狄青，你怎知李迪絕非有意欺瞞呢？」

狄青一言既出，無法收回，只能硬著頭皮道：「聖上，李大人不說出真情，我想是對聖上的一片衛護之心。他怕說出來後，反倒對聖上不利！」

李迪望向了狄青，滿是訝然，眼中那一刻的表情，複雜千萬。

趙禎沒有再問下去，他當然聽得懂狄青的言下之意。

有太后垂簾，誰說出此事，逼急了太后，不但臣子有過，只怕天子也難保性命。

良久，趙禎才歎道：「狄青，你說的對。朕險些錯怪了恩師。」說罷上前攙扶起李迪，歉然道，「恩師，朕一時糊塗，誤解了你的好心，你莫要怪朕。」

李迪激動得老淚縱橫，喃喃道：「聖上……老臣不敢。聖上英明，先帝在天之靈，也能放下心事了。先帝當初吩咐老臣照看聖上，可老臣無能，有負聖恩呀！」說罷哽咽抽泣，哭得傷心。

趙禎見李迪真情流露，也是眼簾濕潤，良久才道：「可只憑八王爺和恩師所言，朕總感覺難信此事……」

李迪哽咽道：「聖上，呂相當年曾在宮中，也知道此事。不但呂相知道此事，聖上的身邊，還有另外一人知曉此事。」

狄青心頭一跳，心想李迪總不會知道是我吧？不想李迪道：「殿前侍衛李用和也知道此事。」

趙禎擰起眉頭，詫異問道：「李用和？這等機密大事，他又如何會知道呢？召李用和、呂夷簡入宮見駕。」陡然想到了什麼，趙禎臉色蒼白，盯著李迪道：「朕的生母若非太后，那生母是誰？」

李迪半晌才道：「臣只知道，那女子姓李，是個順容。」

趙禎身軀晃了晃，扶住了桌案，向狄青望過去，那眼神中，有著說不出的悲傷哀思。

聽到李順容的時候，他就想起了永定陵。聽到了李順容三個字，他就明白為何李用和會知道此事。他眼中已有了了然。

原來那哀痛欲絕、深情款款望著他的女子，就是他的生母！原來那捨身救他、為他擋難赴險的女子，就是他的生母！原來這些年來，孤孤單單獨守永定陵、仰視他輝煌無邊的女子，就是他的生母！

趙禎不再質疑、不再懷疑。當初的一切疑惑都有了解釋，血濃於水，只有生母才會如此待他，又何須理由？

原來他曾見過生母，卻形如陌人……

趙禎那一刻，淚如雨下。

狄青見趙禎望著他落淚，垂下頭來，已不能語。

「狄青，你也是知道這件事的，對不對？」趙禎的聲音縹緲難測，「不然你方才也不會開口為李迪申辯。朕還沒有信，你卻信了此事，根本沒有懷疑。」

狄青心頭微顫，想起那如雨中飛花的女子，想起她說過，「狄青，我只想求你，以後若是可能的話，和益兒再來永定陵，請益兒到我的墳前說上幾句話，我就足感恩德了。」

「你怎麼不說話？你是不是早知道了？」趙禎衝過來，一把揪住狄青的衣領，嘶聲喊道，「你為何不早些告訴我？為什麼？為什麼所有的人都知道這件事，就朕不知道？為什麼？」趙禎雙目紅赤，悲哀更重於憤怒，傷心更多過責怪。

狄青任由趙禎揪著衣領，抬頭道：「不錯，我是知道。我本來是準備告訴你，但令堂不讓。」

趙禎怔住，一雙手背青筋暴起，一字字道：「你說什麼？我娘不讓你說？」

狄青鎮定下來，語輕意重道：「是的，令堂不讓。她對我說了，只要聖上好，她怎麼樣都無妨了。她為求聖上平安，甚至說，太后駕崩後，也不必對聖上說起此事。她把一切告訴我，不過是想讓我如果可以的話，有一日能帶聖上去她的墳前說幾句話，她就心滿意足了。她也是為了你好，我又怎能違背令堂的心意？」

趙禎放下了手，失魂落魄地退後幾步，目光裡歉疚中帶著悲涼，突然伏案大哭，淚如雨泣。眾人默默無語，想勸又是無言。腳步聲響起，一人隨宮人走進來，低著頭。

狄青一眼就認出那人是李用和，可又差點兒以為自己認錯。李用和本是殿前侍衛，身形壯碩，但那人走進來，煢煢孑立，骨瘦形銷。李用和憔悴得已不像樣子，他身上還有股濃重的酒氣。狄青見狀，心中微沉，已感覺到有些不妙。他扭頭向八王爺望去，見到他望著李用和的眼神，也滿是傷感，不由想起當初李順容曾說，「我生前絕不能對他說出這個祕密。益兒這次回京，肯定不會再回來了，我沒有幾日好活了……」狄青明白了什麼，一顆心顫抖起來。

閻文應已低聲道：「聖上，李……侍衛來了。」他知道李用和身分非同凡響，口氣也客氣了很多。

趙禎霍然轉身，衝過去一把抱住了李用和，嘶聲道：「舅舅！」他這一生，也沒有流過這麼多的眼淚。他抱著李用和，全身抖得如寒風中的枯葉。

這是他在這世上，寥寥無幾的親人了。

李用和木然地站在那裡，好像被駭住，又像是有些茫然。良久，才拍拍趙禎的背心，低聲道：「聖上……你……莫要哭了。」他這麼一說，自己反倒落下淚來。

見者無不有些傷心，呂夷簡也已趕到，見到眼前的景象，臉色變了下。

趙禎哽咽道：「舅舅，你讓朕如何不傷心？這二十多年來，朕只和娘親見上過一面！」他突然想起什麼，扳住了李用和的肩頭，急切道：「我娘呢？她是不是還在永定陵？朕要接她回來。」

李用和淚水流淌，眼中有著極深的悲切，他退後了一步，低聲道：「你娘她……已經去了。」趙禎有如五雷轟頂，顫聲道：「去了？去……了？」他霍然明白，嘎聲道：「不會了，舅舅，你騙我！娘親還年輕，比太后要年輕許多。太后才去，她怎麼反倒先去了？」

李用和望著趙禎良久，這才道：「聖上，我沒有騙你。」他垂下頭來，神色黯然，似乎不想再讓旁人見到他落淚的表情。狄青在一旁看見，心中突然有些古怪。按理說，李用和與趙禎相認是喜事，為何李用和反倒像和趙禎疏遠了很多呢？他只以為李用和是悲傷姐姐之死，這才如此，也就沒有再想下去。

八王爺一旁慟聲道：「聖上，令堂的確半年前去了。因此臣冒死說明真相，只盼聖上在為太后辦理後事時，記得為生母舉喪。」

趙禎怒道：「你撒謊，我娘怎麼會無緣無故地去了？」

八王爺回道：「聖上若是不信，可問呂相。」

呂夷簡還是沉冷如舊，但眼中已有慎重之意。見趙禎逼視過來，呂夷簡小心道：「回聖上，八王爺說的不錯。李……娘娘她……早在半年前已過世。眼下貴體正停放在洪福院。」

趙禎上前一步，怒視呂夷簡道：「那你為何今日才說？」

呂夷簡暗自心驚，仍沉靜道：「聖上息怒，臣也不過是奉旨行事了。」

「好一個奉旨行事！」趙禎仰天悲笑，兩行淚水肆意流淌。笑聲才畢，趙禎已喝道：「擺駕洪福院，朕要看看娘親的遺容。娘親怎能就這麼死了？閻文應！」

閻文應衝過來道：「臣在！」

趙禎咬牙道：「傳朕旨意，命葛懷敏帶兵，包圍劉美的府邸。朕現在就要去見娘親，若她是被害而死，立即傳令下去，將劉家滿門抄斬！」

李順容若不得好死，那肯定是劉太后所害。趙禎的言下之意是，他不會對太后如何，但太后的家人，悉數不會有好下場。眾人微悚，可見趙禎雙眸滿是殺機，無一人敢勸。

閻文應急匆匆地退下。趙禎已要出宮，不忘記吩咐道：「狄青，隨駕！」

狄青微凜，不想太后才死，宮中轉瞬又要血雨腥風。

趙禎出宮上了玉輅，在禁軍的護衛下，直奔洪福院而去。

天子震怒，群臣悚然。這消息傳了出去，才散開的朝臣紛紛回轉，向洪福院奔去。將近洪福院之時，趙禎突然道：「停車。」眾人不解，趙禎卻已下了玉輅，徒步向洪福院走去，心中只是在想：娘親，孩兒不孝，孩兒來了。

群臣這才知道趙禎要見生母，不以天子身分，只以親子身分拜見，唏噓中又帶有驚怖。均想天子對生母哀思如此，若李順容真的不得善終，只怕天子暴怒之下，不但要誅殺劉家九族，甚至會對當初討好太后的群臣大開殺戒。

太后垂簾這麼多年，滿朝除了范仲淹等寥寥幾個人外，又有誰沒有對太后討好呢？

群臣惴惴之際，趙禎已到了洪福院。

宮人聞聖上前來，早早地前頭帶路，領趙禎到了一間大殿。大殿孤獨如墳墓，少有奢華。殿正中孤零零地放著一具棺槨，有如李順容生前。

趙禎抑制不住哀傷，跪地膝行，到了母親的棺槨旁，扶棺痛哭失聲。

群臣不敢相勸，只能跟隨跪拜。許久，趙禎終於起身，望著那棺槨道：「開棺，朕要再見娘親一面。」

呂夷簡一旁道：「聖上……驚動宸妃之靈，恐怕不妥。」原來李順容死後，劉太后已升李順容的等級為宸妃。趙禎聽到「宸妃」二字，暗想母親臨死前，也不過是個宸妃的身分，更是怒火上湧，「可有娘親不想見兒子的嗎？」

呂夷簡輕皺眉頭，見趙禎怒火高燃，不便再說，沉默下來。

趙禎卻想：呂夷簡當年，也幫了朕許多，可太后去了，他反倒縮手縮腳，礙朕眼目。他沒工夫和呂夷簡多說，一擺手，已有宮人上前，齊力打開了棺槨。

咯吱一聲響，眾人的一顆心都提到了胸口。棺蓋開啟，趙禎舉目望過去，臉色有些異樣。棺槨裡躺的正是李順容，可李順容面色栩栩如生，平靜地躺在棺裡，護棺物品全是按照太后的規格處理，就算李順容的身上，亦是穿著皇太后的服飾。無論誰見到李順容的遺容，都覺得李順容之死，並沒有遇到半分殘害。

趙禎木然地立在那裡許久，回頭望了閻文應一眼。閻文應跟隨在趙禎身邊，一直都是神色不安，見趙禎望來，戰戰兢兢道：「聖上，想太后終究沒有虧待……李娘娘了。」

趙禎心中感慨千萬，無邊的怒火散去，難言的幽思湧上心頭。往事翻湧，一幕幕奔騰不休。群臣只見到趙禎臉色忽陰忽晴，一顆心也跟著跳動不休。不知許久，趙禎這才長歎一聲，向八王爺若有所思地看了一眼，喃喃說道：「人言豈可盡信？大娘娘並沒有虧待朕的娘親。」扭頭望向閻文應道：「閻文應，傳朕旨意，撤去劉美府邸的兵士……都回去吧！狄青，你留下。」

群臣不由舒了口氣，雖覺得趙禎對狄青太過親近，可這時不便忤逆天子之意，滿懷疑惑地退下。

狄青也是不解趙禎為何單獨留下他。對於李順容之死，他雖傷感，可更急於找八王爺詢問劉太后的遺言。但見趙禎孤單單地立在李順容棺旁，滿是淒涼，狄青還是耐下性子，陪在趙禎身邊。良久，趙禎沒有轉身，只是喃喃道：「狄青，當年朕有難，陪在朕身邊的有我娘，還有你……你為朕捨生忘死，可反倒因為朕的緣故，失去了最愛的女人。當初見你發瘋欲狂的舉動，朕很是不安，朕對你有愧。」

狄青聽趙禎提及往事，心中微酸，一旁低聲道：「聖上……或許這是臣的命。」他突然在想，若是不給趙禎當侍衛，他不過是個平平常常的禁軍，或許此生就不會有這些苦惱。又或許，他根本沒有從軍，楊羽裳沒有遇上他，也不會遭此浩劫。一想到這裡，狄青又忍不住地心痛。

趙禎不望狄青，只是自語道：「有時候朕在想，若朕不過是個尋常的人，或許……會快樂很多。」狄青啞然，不想趙禎竟和他有相似的念頭。

趙禎望著棺槨中的李順容，眼簾又有濕潤，低聲道：「但我是天子，我別無選擇，我請你原諒……我知道你一定會原諒我的，是嗎？」

狄青有些訝然，不知趙禎是對誰說話。對他狄青嗎？宮變事發突然，趙禎不必如此自責的。

趙禎渾身已顫抖起來，突然轉身，雙手把住了狄青的雙臂，眼中滿是歉疚內疚，嘶聲道：「狄青，你最瞭解我娘親。你說，她不會怪我的，是不是？她肯定會原諒我這個不孝的兒子，對不對？」見狄青滿是詫異，趙禎嘎聲道：「你說呀！你說呀！」

狄青感覺趙禎有些失常，心下震驚，大聲道：「聖上，令堂絕不會怪你。她一心只為你好，她知道，你不知情。她不會怪你，她絕不會怪你！」

趙禎身軀一震，臉上滿是慘然，喃喃道：「是的，我不知情，她就不會怪我。我不知情，她就不會怪我……」他一直重複著這句話，神色恍惚，臉色蒼白，突然反身又撲在棺槨上，放聲痛哭。

白燭清淚，悲泣天下冷暖；寒夜冬雪，漠舞世間離別。一陣風吹進來，帶著雪，飄悠悠的地打著轉兒。狄青望著那白燭飄雪，不知為何，心中陡然有股悸動戰慄。

那股戰慄和著院外的風雪，讓狄青忍不住地打了個寒顫。雪更冷，天愈寒，原來汴京早已嚴冬……

第三章　誓　言

雪還在下，狄青到了八王爺府邸的時候，夜深沉如墨。

八王爺沒有睡。他靜靜地坐在廳中，望著廳中那濃墨重彩的屏風，滿是孤獨。

狄青第一次來到八王爺的府邸，有些奇怪府中的冷清。開門的是個老頭子，年紀蒼老得如同流逝的歲月。狄青認識那是趙府的管家，當年就是這個管家帶著八王爺給狄青作證，才讓狄青免於大難。

趙管家見到狄青的時候，並不多話，只是指向遠處廳堂。那裡孤燈寂燃，在雪夜中滿是清寧。狄青靜悄悄地走到了八王爺面前，並沒有多問，只是安靜地等待八王爺說出劉太后的遺言。狄青很多事情不想去猜測，他只要一個答案，足矣。

人不是因為知道得少而煩惱，是因為知道得太多。狄青已明白了這個道理，因此他在趙禎痛哭的時候，只是默默地陪伴。趙禎哭累了，回去歇息，狄青心中希望正燃。他覺得八王爺肯定不會睡，他猜得沒錯。

八王爺平靜地望著狄青，只是用手指指對面的椅子，又指指桌上的茶壺。

狄青坐下來，為自己滿了杯茶水，舉起示意。八王爺點點頭，和狄青隔空對飲了一杯。放下茶杯後，八王爺道：「狄青，我們沒有見過幾次面。可我知道，你是個值得信任的人，因此很多事情，我可以對你說了。」

狄青放下茶杯，本想說自己不值得信任，不然羽裳也不會變成今日的樣子，但他終究什麼也沒有說。八王爺望著狄青蕭瑟的面容，良久後，才歎了聲，「太后說的不錯，五龍乃香巴拉之物。」狄青一顆心已提起來，八王爺平靜道，「五龍在你身上，是不是？」

狄青心中微震，半晌才道：「是。伯父，你需要五龍嗎？」

八王爺搖搖頭道：「現在不需要。可能以後會用得到，但究竟能否用得到，我也不知道。」他說得凌亂，知道狄青不明白，解釋道，「我知道香巴拉是個極為神祕的地方，我也知道五龍是從香巴拉來的，但有五龍，不見得能找得到香巴拉。不然當年先帝持此物多年，也不會還找不到香巴拉。我眼見先帝手持五龍多年，知道它很是奇異。可這種奇異，絕非每個人都能感受得到！」

狄青第一次聽有人這麼清晰地分析五龍，忍不住道：「那先帝感受到五龍的奇異了嗎？」他其實也想問，八王爺有沒有感受到五龍的奇特？

八王爺苦澀道：「他當然感覺到了。若不是因為五龍神奇的感應能力，他如何能那麼瘋狂地癡迷神仙一道？」

「他感受到了什麼？」狄青惴惴不安地問。

八王爺沉默良久，這才思索道：「據我所知，他最少從五龍之上感應過兩次異樣。第一次，他夢到了一座燒焦的山。山上有光，光中有人對他說，要教他千秋萬代、永保基業之法。」

狄青皺眉道：「這世上哪有這種方法？先帝是在夢中所見，做不了準的。」

八王爺望著院外的飄雪，不理狄青的反應，喃喃道：「第二個感應，雖是荒誕，卻真實地發生了。」

「是什麼感應？」狄青急問。

八王爺眼中滿是困惑，甚至還有了分畏懼，良久才說出四個字，「八月十五！」

八月十五？什麼是八月十五？狄青一震，記得郭遵當初就在劉太后面前說過這四個字。郭遵說完這四個字的時候，太后的態度好像就改變了。因為八月十五，所以郭遵、趙元儼、先帝都信香巴拉？八月十五，那到底是一天，還是一個代號？為何會有這般神奇？

八王爺神色和飄雪一樣地飄忽，自語道：「八月十五很簡單，那一晚，月圓之夜，桂花正香，濃濃的香氣總讓人容易迷失本性。」

狄青心中焦急，搞不懂八王爺為何突然談起這些。

八王爺心中卻在想，那一晚，我和太后一夕風情，是因為花香……還是因為情欲？抑或是……他沒有再想下去，嘴角滿是嘲諷的笑。隨後，八王爺悵然道：「那天白日，我被召入宮。先帝對我……很好，他什麼事都喜歡和我商量。他那天很是興奮，對我說老天會賜給他一個兒子。先帝在那之前也曾有子，但均早夭折，他一直為帝業繼承發愁，可那天他很自信，說就在那晚，他就會有兒子。」

狄青目瞪口呆，半晌才問：「結果呢？」

「結果那晚五龍突現奇異……具體如何，你其實可以問郭遵的，因為當時郭遵在場。後來我聽說，先帝那晚臨幸了李順容，春風一度……再後來，李順容就有了先帝的骨肉，也就是當今的天子。」

狄青錯愕不已，突然想到當年在永定陵時，李順容曾說：「先帝迷戀上崇道修仙，有一日他服了仙丹……狂性大發，說什麼老天說了，會賜給他一個兒子，他在宮中狂走，找上了我，然後我……就懷了益兒！」

當初狄青聽到那番話，並沒有多想。如今一印證，李順容說的有些出入，但很顯然，八王爺說的更加詳實可信。他沒有想到過，郭遵也知道此事。怪不得郭遵當初在玄宮，見李順容時的表情就有些異樣。郭遵早知道趙禎的生母是李順容！

往事如飛，狄青恨不得立即去找郭遵問個究竟。但命運就是捉摸不定，他在汴京，而郭遵還在西北。

八王爺輕輕歎口氣，心中在想，那晚劉娥再也忍受不了三哥的冷漠，本要阻擋三哥再信神，結果被三哥重重地打了一記耳光。那是三哥第一次打劉娥，也是最後一次打劉娥。那飄香的桂花樹下，她見到了我，向我哭訴她的委屈。那晚的風很柔、花太香，我聽到她的哭訴，為何就……他想到這裡，哂然地笑，又想，想這些還有什麼用。劉娥死了，我在她死後，馬上揭穿了她的騙局，我是在恨她嗎？她死都死了，我再搞這些有什麼用？我難道真的如她說的那樣，從來沒有愛過她？哼……我不說，遲早也有人會說的。

狄青思索許久，這才道：「因為八月十五這件事情，所以郭大哥、伯父還有先帝，均信了香巴拉一事？」

八王爺緩緩點頭道：「不錯，我本來將信將疑的，可種種奇異讓我不能不信。先帝對我說，五龍本是香巴拉之物，香巴拉是個能滿足人願望的地方。這本是虛妄之談，我也不信的。可後來，我終於信了。先帝一直找不到香巴拉，可身體不行了，他就按照自己的心思，建了永定陵，仿造成香巴拉的樣子，搜集了各種古怪的東西放在永定陵。」

狄青神色恍惚，想到了玄宮中五道奇怪的門，裡面的天書、佛骨、無數面神像……他已隱約想到了什麼，見八王爺古怪地望著自己，不由問：「先帝在玄宮放了那些東西做什麼？」

八王爺嘴角滿是譏誚，淡淡道：「你還猜不到嗎？」

狄青腦海中有如紫電劃過，霍然站起，眼角跳動，叫道：「他希望長生，他還想復活！」一言既出，狄青只覺得背心都是冷汗。

這實在是太詭異荒誕的事情，狄青在那一刻，回想到太多太多的事情，也明白了很多事情。當初他和趙禎、李順容三人入玄宮，在石桌上看到一個手印。狄青記得李順容的表情不是驚懼，而是難以置信，李順容當初說的是，「不可能，絕對不可能！」狄青當時不明白，可現在想想，李順容的意思當然是，趙恆絕不可能活轉！

因此李順容急急地去了存放趙恆棺槨的地方，就是要驗證趙恆是否出來過。怪不得他當時心有戚戚，總是提心吊膽，他當時也不知道自己為何害怕，現在他明白了。

他怕趙恆從棺材中鑽出來！他十分害怕留下那手印的人是趙恆。怪不得李順容很多事情說得支支吾吾，又說什麼真宗死後肯定很寂寞，他希望李順容經常過去陪陪他。

狄青只覺得嗓子有些發乾，苦澀道：「原來李順容守在永定陵，不只是為守陵，她還在等有朝一日真宗復活，去接真宗出來？李順容當然知道這些事情了？」

八王爺點點頭，嘲諷道：「不錯，她也知道個大概，但她多半不信的。先帝認為神讓李順容為他生了兒子，就說明李順容和他有緣，亦是和香巴拉有緣，這才將這事情讓李順容來做。不過……太后去了，李順容也去了……天底下知道這祕密的除了你我外，郭遵可能會略有知曉。」八王爺稍頓了下，然後肯定道，「就因為這些事情，我肯定香巴拉會存在，不然五龍從哪裡來的？但永定陵絕非香巴拉！」

狄青臉如死灰，良久才道：「以先帝之能，如果還找不到香巴拉……」

八王爺截斷了狄青的話，沉聲道：「狄青，你一定想說，先帝找不到，我們肯定也找不到香巴拉？」見狄青黯然點頭，八王爺搖頭道，「你錯了，要找香巴拉，絕不是靠地位權勢，而靠緣分。」

狄青神色蕭索，「這個緣，並非那麼容易的事情。」

「你放棄了嗎？」八王爺陡然問。狄青一震，腦海中又閃過那盈盈淺笑、如花般的容顏。緊握著茶杯，狄青長吸一口氣道：「我這一年多來，找了大半個西北，受騙無數次，仍舊一無所獲。可是……伯父，我不會放棄！」

他說得斬釘截鐵，那俊朗的容顏，雖早有滄桑落寞，但更多的卻是剛毅不屈。

八王爺歎了口氣，「你沒有線索，我卻有線索了。」

狄青驚喜交集，急問：「什麼線索？」

八王爺抿了口茶水，緩聲道：「太后臨終前，曾說過，『五龍本香巴拉之物，要找到香巴拉，一定要……』這句話就是線索所在。」

狄青一直被五龍的迷離所吸引，到現在才想起今日來此，就是要問太后的遺言，惴惴道：「一定要什麼？」

「一定要找到那份地圖！」八王爺長吁一口氣，一字字頓道。

狄青感覺腦海中有什麼劃過，像是失落了極為寶貴的東西，忍不住道：「什麼地圖？」

「香巴拉的地圖！」八王爺輕聲道，「我費盡周折，已打聽到，有個姓曹的人手中有份香巴拉的地圖。我已派人去買，只要地圖到手，找香巴拉再不是虛妄之事！這地圖絕非無稽之談，我有八成的把握確定，那地圖是真的！」

驀地見到狄青臉色蒼白，八王爺忍不住道：「狄青，你怎麼了？」

狄青差點兒一頭撞死在桌子上，他突然想起种世衡曾說過，有個姓曹的人有香巴拉的地圖賣，但他根本不信。難道那份地圖，就是八王爺說的？難道說……那地圖竟是真的？他在最接近香巴拉的時候，竟又和香巴拉擦肩而過？

狄青失魂落魄，良久才把种世衡所言說了一遍，沮喪道：「伯父，我本以為种世衡在騙我，沒想到他說的竟是真的。我立即前往西北去找种世衡。」

八王爺也有些詫異，喃喃道：「奇怪，我費盡艱辛才找到那曹姓之人，种世衡怎麼會輕易知道這個消息呢？」他略作沉吟，搖頭道，「賢姪，你莫要急，有時候急反添亂。我派出的人出發多日，想必已要回返，你若前往西北，說不定反倒錯過。」

狄青皺眉道：「那我現在怎麼辦？」

八王爺歎口氣道：「等！除了等之外，我也沒有好辦法。」

狄青只能點頭，忍不住問了一句，「伯父，曹姓那人是誰？你如何能這麼肯定，他手中有香巴拉的地圖？」

八王爺猶豫道：「我答應過他，不能洩露他的底細。我能肯定他有香巴拉的地圖，也是很有原因。但這原因我暫時不能說，狄青，你信我，以後我遲早會說。」

狄青見八王爺滿是為難，也不好逼問，可還有個疑問，又問：「如果傳說中的香巴拉是真的，那地圖也是真的。那人為何不自己去找香巴拉得償心願，反倒要把香巴拉的地圖賣出去呢？」

八王爺微微一笑道：「這其中的關鍵不難解釋。就像賢姪你，就算有平定西北之能，奈何有心有力沒有機會？就算有地圖，要尋找香巴拉也不是容易的事情。那曹姓之人，本是西北一望族後人，落魄至今，已無能去尋香巴拉了。」

狄青舒了一口氣，喃喃道：「原來如此。眼下看來，只能等下去了。」

雪飄霜冷，日出日落。

狄青雖知道要等，可也沒有想到，他在郭府一等就等到了暮春時分。狄青人在汴京，閒職總是無事。不過，趙禎隔幾日就會找狄青入宮閒聊治國大事。

那個曾經彷徨無助的君王，終於可以自己獨掌大權，漸漸地忘卻了曾經的憂傷，忘記了以往的不快，眉宇間，總有著意氣風發的快意。

狄青這一日又得趙禎宣召，忍不住地皺眉。他知道自己對治國一事本無興趣，自知見識更說不上高明。趙禎召他，與其說是商議，毋寧說趙禎是一個人在高談闊論。

這段日子來，朝廷有了翻天覆地的變化，兩府中人更是改換了許多。趙禎拜昔日兩位恩師張士遜、李迪為相，薛奎原封不動，仍為兩府參政。

狄青對這個安排不出意外，他當初也在宮中，知道薛奎當初在太后袞冕的事情上，作出了正確的選擇，因此得到了趙禎的賞識。稍讓狄青有些意外的是，呂夷簡竟被趙禎從兩府中剔除，出判澶州！

狄青能有今日的地位，還是得呂夷簡的任命。狄青也知道，趙禎和呂夷簡關係本是不差，如今趙禎當權，本當更加重用呂夷簡才對。狄青隱約聽說，因為郭皇后和呂夷簡不和，屢次說呂夷簡本是太后身邊之人，為人兩面討好。趙禎心有忌諱，這才將呂夷簡趕出汴京。可內情到底如何呢？沒有誰能肯定。

但誰都知道，天子這次對朝臣改動的原則是，當年和太后關係親近的朝臣，多數貶用！因此開封知府程琳被趕出京城，兩府的夏竦、陳堯佐等人也是親近太后的黨羽，亦被調離京城。相反，當初得罪太后的人，比方說范仲淹、宋綬、歐陽修、尹洙等人，盡數得以回轉京城，加官重用。

狄青對歐陽修、尹洙等人並不了然，也不算關心，他唯一感到有些高興的是，范仲淹回京了。他還記得范仲淹。那個心憂天下、敢為人先的范仲淹……那個寧鳴而死、不默而生的范仲淹！

狄青出走宮中，見過朝廷的重臣著實不少，可他唯獨對算不上重臣的范仲淹很有印象。狄青雖不太懂國事，但也知道朝廷中像范仲淹這樣的人，越多越好。

很多人離開了京城，很多人被調入京，狄青卻不想再在京城待下去。得趙禎宣召，狄青立即動身趕赴宮中，想問問趙禎什麼時候把他重新派到邊陲。

在無數人費盡心思不想離京的時候，只有狄青反其道而行。

就在出了郭府的時候，趙管家到了門前，對狄青道：「八王爺請你前往王府，有要事。」

狄青立即把見趙禎的事情放在一邊，先去八王爺的府邸。等入了王府，見當空燕子徘徊飛舞，暖暖的陽光照在身上，滿是愜意，狄青心中卻有些發冷。

他雖一直沒有聽八王爺明說，但知道八王爺買地圖一事肯定不順利。

入了廳中，見到八王爺陰暗的臉色時，狄青一顆心就沉了下去，但還能問道：「伯父……事情怎麼樣了？」

八王爺臉現凝重，沉聲道：「狄青，你一定要冷靜。」

狄青已隱約感覺答案不妙，竟還能笑出來，可笑容多少有些淒涼，「伯父，你放心吧，我承受得住！」他不知道經受了多少次希望失望的打擊，這才能平淡地說出這句話來。

八王爺眼露焦急之意，神色失落道：「我派的人找到了曹姓那人，但他死了。地圖不見了！據我推測，殺他的人，一定是要搶那份地圖。」

狄青亦是失望，可更覺得那地圖大有門道，反倒能沉住氣問道：「伯父，你可知道，是誰殺了曹姓那人？」無論誰拿了那張地圖，他狄青一定要搶回來！

八王爺皺眉道：「我派的人，已查出曹姓之人死前，有個人曾經找過他，那人的嫌疑最大。我的手下打聽到，找曹姓的那人叫做……葉喜孫！」

凶手是葉喜孫！狄青耳邊鳴響，差點兒跳了起來，失聲道：「葉喜孫，怎麼會是他？」

八王爺有些詫異道：「你認識他嗎？」狄青眼前浮出那孤高冷傲的一張臉，他當然認識葉喜孫，可葉喜孫怎麼會殺曹姓之人？當初葉喜孫被夜叉追殺，是因為身帶一物。難道說，當初夜叉追殺葉喜孫，也是為了香巴拉的地圖？野利斬天、葉喜孫、夜叉，竟然都和香巴拉有了瓜葛！

狄青心亂如麻，只感覺所有的一切，變得愈發地迷霧重重。他沉吟片刻，反問道：「伯父，我見過葉喜孫兩次，但對他還是一無所知。你可知葉喜孫是什麼來歷？」

八王爺搖搖頭，「我們只查到，他在客棧登記的名字叫葉喜孫，至於別的事情，一無所知。我甚至有些懷疑，這個名字都是假的。」

狄青也有這個懷疑，凝神片刻，狄青已下了決定，說道：「伯父，我不能再等了，我必須再去西北，尋訪葉喜孫這人的下落。今日我就去求聖上，請他准我出京。」

八王爺神色也有幾分疲憊，點點頭道：「如此也好。你我分頭找尋，說不定還能快一些。可是……

聖上會准你出京嗎？」

狄青錯愕道：「伯父為何這麼說呢？」

八王爺欲言又止，半晌才道：「你先對聖上說說出京一事。不過……他若不許，你莫要與他衝突，一切以商量為主。」

狄青滿懷疑惑地出了王府，總覺得八王爺好像不看好他能出京。心中苦笑，暗想別人都在求入京，就他要出京，難道也有難事嗎？狄青到了大內，憑令牌通行無阻。

他是宮中唯一不用當值，卻可帶刀橫行的禁軍。那些殿前侍衛早認得狄青，見狄青前來，眼中很有些羨慕，也知道狄青眼下身為天子身邊的紅人，刻意招呼。

狄青雖憂心忡忡，卻還能和那些人點頭示意。到了帝宮後，趙禎正在踱來踱去，似乎考慮著什麼，見到狄青笑道：「狄青，你怎麼這麼晚才來？」

狄青見趙禎心情好像不錯，心中微喜，恭敬施禮道：「聖上，臣有事耽擱，來晚了些。還請聖上恕罪。」

本以為趙禎會問問他有何事，狄青就借坡下驢，提及出京一事。不想趙禎並不詢問，只是道：「你來了就好，你猜猜，朕今日找你來，有何要事呢？」

狄青有些奇怪，見趙禎興致正高，只好暫緩提議，試探道：「聖上召臣前來，莫不是關於西北的事情？」

趙禎含笑道：「狄青，你果真明白朕的心事。我找你有兩件事，其中有一件事就是關於西北。」

狄青暗自尋思，心道一件事是關於西北，另外一件事是說什麼？聽趙禎已道：「西平王趙元昊去年興兵犯我邊境，保安軍遭劫，如果不是你勇猛，和武英他們燒了後橋砦，那我大宋可丟盡了顏面。哼！我讓西北榷場全停，他們無法和我們交易，損失更大。這不，趙元昊派使者賀真去求范雍，請我們重開榷場，他們又想向我們求和了。」

狄青心中不安，謹慎道：「聖上，臣知党項人狼子野心，元昊更是蓄謀多年。這些年來，元昊網羅奇人異士，擴軍備戰，怎麼會輕易休兵？我只怕其中有詐！」

趙禎雙眉一軒，擊案道：「朕就知道，你肯定明白朕的心意，也能看穿趙元昊的用心。趙元昊此舉，多半是麻痹於朕。朕早調劉平、石元孫兩人前往西北備戰，領兵提防党項人。」

狄青詢問道：「劉平、石元孫？臣孤陋寡聞，倒沒有聽過他們的名字。」

趙禎道：「劉平乃將門之子，文武雙全，以前是瀘州刺史，曾平了幾次夷人的叛亂。這次改對付党項人，料不會辜負朕的厚望。石元孫亦是將門虎子，可堪大任。」說得正高興時，突然重重歎口氣。

狄青不解，問道：「聖上既然已找人開始對付元昊，因何歎氣？」

趙禎眉頭緊鎖，苦惱道：「你我君臣雖知道元昊野心極大，但朝中的那些老臣，聞元昊求和，求重開榷場，紛紛上奏摺說，西北蠻人，適宜安撫，不宜刀兵。他們老糊塗了，一心求穩，不思進取。現在朝中反對朕動兵的聲音很大，朕恨不得……再將他們悉數趕出京城。」

趙禎雖這般說，心中也知這麼做絕無可能。太后一死，他就已經對朝廷官員大刀闊斧地變革，親近當初為他說話的臣子，逐走討好太后的人。可無論哪種臣子，看起來都很厭戰，他若再和這些臣子叫板，只怕不等對西北動兵，汴京就先亂起來。

狄青知趙禎心中一直在恨元昊，見趙禎煩惱，狄青安慰道：「聖上也不必過於著急，這交戰之事絕非一日兩日就能解決。西北之亂由來已久，要想平定的話，眼下最要緊的不是出兵，而是練兵備戰。臣在西北有段日子，發現如今邊軍裝備簡陋，將不知兵，騎兵匱乏，可說弊端重重，若真的要出兵，實不相瞞，勝算並不大，這種情況必須要改變。」

趙禎冷靜下來，長吁了一口氣道：「你說得對。」嘿嘿一笑道，「狄青，你所言和范仲淹、龐籍、歐陽修等人竟大同小異，看來你也有頗有才能呀！對了，上次范雍來奏摺說，种世衡和你建議重建寬州，說如果建城，『右可固延州之勢，左可致河東之粟，北可圖銀夏之舊』，你說得很好呀！滿朝中，若論積極進取之人，你算一個。」

狄青慚愧道：「臣不過是聽种世衡所言，這才有所建議。真正出主意的是种世衡。」

趙禎道：「朕收到范雍的奏摺後，就好好地讚賞了他一番，又把种世衡重新起用，任命他為修城的主城事。對了……」趙禎得意地笑起來，「城還沒有建起來，不過朕已將城池的名字都想好了，就叫青澗城，青天的青，山澗的澗，這是狄青你為朕抗擊西北党項人建的第一功。青澗……青建……哈哈。」

狄青這才明白，趙禎如此起名，是說他狄青建了寬州。有些惶恐，也有些感動，狄青道：「聖上，城池誰建的無所謂。可聖上重用了种世衡這等有才之人，才是西北幸事。」

趙禎在殿中踱來踱去，沉吟道：「朕已查明，种世衡也是朝臣，不過是因為得罪太后的人被貶。這種人，必定正直，朕當重用。」

狄青心道，你是沒有見過种世衡，不然也不會得出這種結論。不過聖上對西北如此重視，我若請戍邊，他定會應允。趙禎說得高興，沒有看出狄青心事重重，又道：「能和你狄青相交的人，絕不會差。

對了，你上次還說了包拯這人不錯，朕查了汾州之案，發現任弁罪大惡極，就將他流放嶺南去了。不過……包拯這人好像挺倔強……對朕的建議竟也敢反駁。」

原來包拯知道暫時沒有任弁勾結彌勒教徒的線索，只能以任弁公器私用、草菅人命的罪名訴罪任弁。趙禎總覺得任弁在山西有些功勞，並不想將任弁流放千里。但包拯堅持己見，反對趙禎的提議，最終在包拯的堅持下，兩府還是將任弁流放三千里之外的荒蕪之地。大宋素來不斬文臣，流放嶺南，任由任弁自生自滅，已是很重的懲罰。

狄青道：「正直不畏權貴之士，多半如包拯這樣了。試問一人若對上不能堅持，如何能對下堅持什麼？比如說范仲淹范大人，當年若不是倔強，也不會被貶黜京城，但沒有范大人他們的堅持……」狄青不再說下去，心道再說就要說太后了，這不是他應該提及的事情。

趙禎點頭，心道這狄青說得不錯。想前段日子，太后去了，那些朝臣見朕對生母哀思無限，為討好朕，紛紛指責太后的不是。反倒是曾因請求太后還政於朕而被貶的范仲淹，上書說什麼，「聖上乃仁慈之君，莫糾纏昔日瑣事。太后護天子十數年，天子宜念好忘惡，方為仁君之道。」

這個范仲淹，太后當政的時候，就敢頂撞太后，如今他趙禎登基，也不討好他趙禎。寧鳴而死、不默而生！

趙禎想到這裡，心中感慨，凝望狄青道：「狄青，你說的不錯，朕就知道這點，才沒有責怪包拯和范仲淹，反倒提拔了他們！不過朕如果要做英明之君，就要按規矩做事。你出身行伍，眼下只憑些許的功勞，朕就難很快地提拔你。」

狄青笑道：「聖上不必以此為念，臣能有今日，已仗聖上提攜了。」他才待請求戍邊，趙禎已站在狄青的面前，盯著狄青道：「但你莫要忘記了，當初朕曾說過，若朕親政，要做個千古明君，改大宋之弊習，振大宋之國威。平西北之亂，收復幽雲十六州！朕若是漢武帝，你就是擊匈奴的霍去病。朕若是唐太宗，你就是滅突厥的李靖！」

狄青微有心動，想起這些話就是當初趙禎最困難時，在孝義宮所言。不想趙禎此時此刻，竟然還記得此事。趙禎今日舊事重提，是不是就暗示他狄青，二人之間的情誼和誓言，並沒有任何改變？

狄青心卻已淡，半晌才道：「聖上多半可以，但臣已不能。」

趙禎凝望著狄青，一字字道：「為何不能呢？朕雖礙於規矩，不能立即提拔你，但朕有一法，可一洗你以往卑微的身分，讓你扶搖直上！」

狄青倒有些奇怪，不由問道：「聖上有什麼辦法呢？」

趙禎笑而不語，扭頭望向殿外。這時，有宮人唱喏道：「常寧長公主到。」

狄青忍不住回頭望去，見到宮外走來八個黃衫宮女。到了宮中後，八人分開兩側，向趙禎屈膝跪倒。片刻後，一身著淡黃衣衫的女子，輕盈地從那八個宮女中間走過，娉娉婷婷地走到了趙禎的身前，斂衽而拜，柔聲道：「常寧拜見聖上。」

環佩叮咚，柔聲漫語，帝宮中如響起悅耳的樂聲。那女子身材婀娜，聲比黃鶯，雖輕紗罩面，讓人看不清面容，卻更給人一種清露籠紗之朦朧嫋嫋。這時春風正暖，款款思濃……女子參拜著天子，妙目卻向狄青掃去，眼中似乎有著比春風還濃的多情。

狄青並沒有留意到女子眼中的含意，只是想，長公主？這是聖上的妹妹嗎？以前倒沒有見過。她來拜見天子，想必有事，看來只能等他們兄妹說過話後，再說及戍邊一事了。一念及此，狄青才待暫退，趙禎已微笑道：「常寧不必多禮，平身。來呀，賜座。狄青，你也坐。」有宮人搬過座位，讓狄青、常寧公主對面而坐。狄青有些錯愕，搞不懂趙禎要做什麼。

趙禎坐在上首，看著下手的狄青和常寧，似乎很得意。他微笑地望著狄青道：「狄青，朕說過，朕對你有些歉然。」

狄青知道趙禎是說楊羽裳一事，心頭黯然，低聲道：「聖上，事情已過……」不待多說，趙禎已道：「不錯，事情已過，徒思無益。但朕已想到彌補的方法，這就是朕要和你說的第二件要事。」

狄青察覺到常寧長公主一直在望著他，眼中含意如柳絮隨風，心頭一震，臉色微變。

趙禎並沒有留意狄青的臉色，只是道：「狄青，你失去心愛之人，朕每念及此，耿耿於懷。常寧乃朕妹，當聽說你的往事後，對你很有好感。朕見妹妹如此，又想補償你，知道你一直孤身，就想著若將常寧許配給你，豈不是一舉數得的好事？」

狄青呆住，見趙禎興致勃勃，心思如麻。他並沒有留意，常寧公主秋波妙目正在凝視他，那眼中，沒有欣喜，沒有反對。

趙禎續道：「狄青，你若娶了常寧，一來呢，就是皇親，朕就可依宋律破格提拔你，不用等軍功升遷了。二來呢，你是皇親，以後幫朕去指揮西北將領，痛擊元昊，朕很放心。最後……你若娶了常寧，和朕再不分彼此，再過幾年，朕就可以命你統帥西北兵馬，先征西北，再伐契丹，開創大宋一代盛世，豈不是最好的結局？朕問過常寧，她已默許，現在……朕想聽聽你的心意。」

趙禎滿是期待，心中得意。這個想法由來已久，可他因一直忙著生母的名號問題而無暇顧及。李順容死後雖被封為宸妃，但趙禎並不滿意，終於在君臣的商議下，李順容死後加封太后，葬禮可同劉太后平起平坐。

趙禎忙完此事，整頓朝臣，就想著狄青護駕之功甚偉，這次回京，不如就留在身邊。過個幾年，狄青不憑軍功，只憑皇親這個牌子，就可以逐級升遷，到時候再去領軍西北，可說是皆大歡喜。趙禎雖高高在上、榮耀萬千，內心卻是極為寂寞。有狄青在身邊，他總覺得不會孤單，是以總想把狄青留在京城。這刻望著狄青，只等狄青點頭。狄青望了一眼常寧長公主，見她低頭望著地面。扭頭又望向趙禎，見趙禎若有期待。狄青緩緩站起，單膝跪地道：「聖上……臣不配。」

常寧公主嬌軀微顫，身上的環佩叮叮噹噹地響了數聲。

趙禎微愕，隨即笑道：「朕不嫌你的出身，常寧一樣不嫌。你沒有什麼不配……好了……」

狄青不等趙禎決定，截斷道：「聖上好意，臣心領。但臣不能接受！」

趙禎怔住，那環佩的響聲，慢慢地輕下來，停了。宮中沉寂如水。

良久，趙禎才道：「這是朕的一片好心。」趙禎心中恚怒，他本乘興而來，見常寧公主對狄青滿是好奇，又因對常寧很是喜愛，因此在常寧公主面前誇下海口，這次被狄青拒絕，極為不悅。

狄青忙道：「臣知道聖上一片好心，但臣本行伍之身……」本待稍貶自己，不損公主的顏面，可轉念一想，只怕無法徹底回絕，遂決然道：「臣不能娶妻！」

趙禎見狄青這麼個答案，一拍桌案，怒道：「你可知道抗旨的後果？」

狄青垂頭道：「臣知曉。」

趙禎見狄青恭順，放緩了口氣道：「那你先回去，朕給你幾天的時間，你好好考慮一下朕的好意吧！」他只怕狄青臉皮薄，因此給狄青臺階下。

狄青此刻才明白為何出王府的時候，八王爺有些擔憂。難道說八王爺也知曉了此事？想到八王爺讓他莫要和趙禎起衝突，狄青舒了一口氣，一字一頓道：「臣不用考慮了，臣不能娶妻！臣請去西北！」

趙禎怒拍龍案，霍然站起，冷視狄青道：「狄青，你莫要以為朕不會斬你！」

狄青神色蕭索，再不發一言，可臉上滿是倔強。

這些年來，風霜雕琢下，他本已少了分稜角，多了分冷靜，但他這時候不想冷靜。在別人眼中，他或許有些傻，但他知道自己在做什麼，這就足夠。

他不需對羽裳承諾什麼，可他和羽裳的約定，就算刀痕都沒有那麼深刻。

趙禎冷冷地望著狄青，常寧靜靜地望著狄青，狄青只是堅定地望著前方的地面。

三人沉默許久，趙禎吁了口氣，煩躁道：「狄青，你退下吧！」

狄青有些意外，但知道這時候任何話都是多餘，起身向趙禎施禮後，又向常寧長公主作了一揖，不再多說什麼，就那麼默默地退下。趙禎待狄青遠去，這才恨恨地拍桌案道：「常寧，狄青不知好歹，朕定為你重重懲罰他。」

常寧公主沉默半晌，慢慢起身，盈盈施禮道：「聖上，狄青沒錯的。」

趙禎愣住，有些哭笑不得，半晌才道：「狄青沒錯，這麼說錯的是朕了？」

常寧公主道：「聖上當然也沒錯。聖上，狄青拒絕了常寧，常寧並不惱怒，聖上也不用為常寧去責怪狄青。常寧方才一直在看著狄青，心中已知道，這天底下，只怕沒有誰能取代楊羽裳在狄青心目中的地位。說實話，常寧當時聽狄青拒絕，本是有所埋怨的。」趙禎微詫道：「那你現在不埋怨了？」

常寧道：「狄青本是蒼鷹，就應該有他展翅的地方。狄青是人傑，也無須皇親的身分來助力。常寧不再想求什麼，只盼狄青癡情一片，最終能有寄託。誰都沒有錯，如果真的有錯，那錯只錯在，常寧在錯誤的日子和正確的人相遇。」

她說完這句話後，眼中也有分黯然，再施一禮道：「常寧回閣了。聖上，常寧告退。」她娉婷地走出了帝宮，只留下環佩叮咚的響聲迴蕩在清風中，有如女兒難解的心思……

狄青走出宮中，心中也有歉然。他知道那麼拒絕一個女子，實在很讓人下不了臺，但他別無選擇。當斷不斷，反受其亂，他寧可常寧恨他，也不想和常寧有什麼糾葛。

茫然走在街上，不知走了多久，陡然聞花香傳來。喧囂人流中，他驀地才發現，原來不經意間，已到了大相國寺前。這段日子來，他並沒有前往大相國寺，這是他和楊羽裳初遇的地方。他無須再來，因為往事早就深刻腦海。

他心亂之下，不經意地到了這裡。望著輝煌絢麗的大相國寺，並沒有入內一觀的念頭。驀地心中在想：當初我若是不入大相國寺，就碰不到羽裳……我若碰不到羽裳，縱是一生孤苦，也是心中無怨。畢竟……羽裳就不會有事。這個念頭揮之不去，讓他一直心中發疼。他雖知道，楊羽裳不會有悔，可他始終難以釋懷。

信步走過去，無意到了一花棚前，花棚前有個老漢見了狄青，招呼道：「客官……你不是狄……小哥嗎？」狄青扭頭望去，見那老漢滿臉褶皺，已記起來此人姓高，點頭道：「高老丈，你還賣花呢？」

驀地又想起，當初他就是在這裡，見了羽裳第二面。那時懵懂的他，送了羽裳一盆花，花名叫做鳳求凰。

街市人來人往，春將暮，百花更豔，狄青卻只是呆呆地望著不遠處的鳳求凰。花正嬌，人卻不在。長街繁，心在關山。不知哪裡響起了幽弦，舞動了花樹的殘瓣。花有憐惜，撒在狄青寂寂的肩頭，飄過狄青微顫的指尖……

他緩步走過去，望著那鳳求凰良久。高老漢一旁問道：「狄小哥，你若喜歡，就把花兒拿去吧！」高老漢還記得狄青昔日的恩情，卻不知道當年的往事。

狄青苦澀一笑，只是搖搖頭，轉身要走，就見到了一雙黑白分明的眼眸正望著他，那眼眸中滿是清幽明澈。

宛若當年。

數年一顧，相思朝暮。狄青內心呻吟了聲，夢囈般說道：「羽裳……」他身軀晃了下，只以為是夢是幻，但回過神來，蕭索更盛，眼中隱帶驚奇，詫異道：「飛雪，怎麼是你？」

望著狄青的那人，正是飛雪。

狄青從未想到過，新砦的那個飛雪，竟然來到了汴京。他又錯將飛雪當做了羽裳。這本是很奇怪的事情，飛雪和羽裳完全是不一樣的人，但狄青每次見到飛雪的時候，都留意她的一雙眼，而忽略了飛雪的容顏。

飛雪靜靜地望著狄青，靜靜道：「為什麼不是我？」她還是一如既往地平靜，其中夾雜分難以捉摸的古怪。狄青一時間無法回答，雖有很多疑惑，但感覺都不必去問。飛雪為何來京城，為何到這裡，為何好像一直對他很有興趣的樣子？是有興趣，絕非情意，狄青清楚地明白這一點。

沉默地望著飛雪半晌，狄青回道：「汴京其實也不錯……」每次他見到飛雪，都有不同的印象。伊始他被飛雪詢問名字，感覺她膽子大得出奇。後來雖知道飛雪不過是個尋常鐵匠的孫女，但感覺此女有著迴乎尋常的靈黠。這次再見飛雪，又從她眼中，看出一種洞悉世情的了然。這女子，有著和她的年紀完全不同的心智。

飛雪終於移開了目光，望著熙熙攘攘的人群，說道：「汴京好像不錯，但我不喜歡。一個地方的好壞，不看它有多繁華，不看它有多少花，不看它有多少人，只看你的一顆心。」

「只看你的一顆心？」狄青喃喃念著，心中又痛。

飛雪說的不錯，有羽裳的地方，哪裡都是仙境；沒有了羽裳，汴京和西北又有什麼區別？

「很多東西，別人覺得很好很好，但是你心裡不喜歡，就是不好。」飛雪目光清澈，突然問道，「我送給你的面具，你可喜歡嗎？」

狄青半晌才道：「喜歡。」

飛雪笑笑，「可想必有很多人不喜歡，甚至會怕、會厭惡。」她說得若有深意，耐人尋味。狄青皺起了眉頭，半晌才道：「我記得，你想讓我幫你做一件事，你現在要和我說了嗎？」

飛雪澄淨若秋水的眼波望過來，半晌後，目光中有了分遺憾，「說了你也不會答應。你現在連汴京都出不了，怎麼會平白和我趕赴千山萬水？」

狄青微驚，不解飛雪如何看出他暫時無法離開汴京。這個女子，難道真有讓人驚悚的直覺嗎？飛雪要帶他去哪裡？

千山萬水？那是去哪裡？

狄青正詫異間，飛雪又移開了目光，望著那鳳求凰，自語道：「今年花似去年好，去年人到今年老。始知人老不如花，可惜落花君莫掃。人生苦短，或許真的不如花開花落了……」

狄青不知飛雪言中之意，更不解為何她看似年少，竟這多心思。才待離去，高老漢一旁突然道：「對了，狄小哥，你拿一盆花去吧！上次你不是送一盆花給那小姐嗎？她很喜歡這花兒的。」

狄青心口一跳，聲音都有些顫抖，「你怎麼知道她喜歡那花兒呢？」

高老漢笑道：「我當然知道了。自從你送給她花兒後，她那段日子，就不停地來這裡，問狄小哥的名字，什麼時候會來，還會不會再來。可老漢怎麼知道這些呢！她一連好多天，都在這裡轉悠，狄小哥，她是在等你嗎？我看她多半是在等你！那是個好女子，你不能錯過呀！她有一次，還親自幫我澆花除蟲，養花的經驗，不比老漢差呢！」

狄青心中又顫，記得小月說過：「小姐一直都很愛護這花兒，照顧得很好。她都不讓我照顧的……這幾日，她不再照顧這花兒了……我們都在等著她，花兒也在等著她……」

心中酸楚，狄青垂頭無言，兩滴水珠打濕了長衫。春風不解，依舊牽扯著衣袂。他只給了楊羽裳一盆花兒，可楊羽裳卻回了他整個的春天。

原來羽裳不只在雪夜梅前翹首企盼，怪不得羽裳稱呼他傻大哥……

他實在太傻太傻，因為他直到今天，旁人若不說，他還有太多不知道的事。

春風暖，繁華亂，狄青孤單單地立在那裡，如立在曠野大漠。聽著高老漢還在熱心道：「她後來見到你了嗎？我告訴她你的名字，她看起來很開心呢！她很喜歡那鳳求凰，每次來的時候，她都會看上許久……狄小哥，要不你再拿一盆吧，我保你把花兒送給她，她會喜歡。」

狄青想說，「她會喜歡。」可他嗓子已啞，心口撕裂般地疼，許久後才低聲道，「她不需要了。」

他不知道用了多少氣力才說出這句話，終究沒有抬頭。
高老漢終於看出了有些不對，忙道：「不要也好。」說話間，旁邊有個白胖胖的手伸出來，取了花盆。
一人輕聲道：「這花兒……本公子想要。」
狄青聽聲音熟悉，飛快地用衣袖擦了眼角，抬頭望去，也滿是訝然。
來人正是趙禎。他還是當年聖公子的打扮，手搖摺扇，他身邊站著一人，卻是閻文應。趙禎望望閻文應手上的花兒，又看看狄青，緩步走過來道：「狄青，你可知道我為何想你留在京城？」
狄青搖搖頭，趙禎唏噓道：「因為你和我相識這些年來，從不圖謀我什麼，我真的很需要你這樣的人。」狄青有些感慨，但只是輕輕地搖搖頭。
飛雪一旁望著趙禎和狄青，目光仍是清澈無邪，似乎看出了什麼，突然道：「可你知道他為什麼一定要離開汴京嗎？」
趙禎微怔，轉望飛雪，半晌才道：「你是和……我在說話？」
飛雪凝視著趙禎，目光一如既往地平靜，「不錯，我就是在和你說話。狄青不欠你什麼吧？」
閻文應喝道：「大膽！」
趙禎擺擺手，止住了閻文應的呼喝，惆悵道：「你說的不錯，狄青的確不欠我。是我欠他的，因此我想彌補。」
「你若是當他是朋友，就不該勉強他。」飛雪目光如水，沉靜道，「只要你不勉強他，他就會感激你了。他不是貪心的人，只不過……他是個癡心的人。你到底是想人感激你一輩子，還是想人厭惡你一輩子？」

狄青很是驚奇，暗想飛雪怎麼這般明白他的心事？飛雪說這些，難道是為他排憂解難？趙禎目露沉思，看著飛雪的目光滿是驚奇。

飛雪又對趙禎道：「你當然也有喜歡的人。你若有可能，會不會也和狄青一樣？將心比心，你就不該為難他！」

趙禎臉色已變，想起了王美人，心頭一跳。往事如沙，迷了眼，卻流連難捨。

狄青感激地望了一眼飛雪，又看了一眼鳳求凰，立下了決心，霍然上前，凝視趙禎道：「聖公子，我求你一事。當年我和羽裳在大相國寺相見，蒙她垂青，以心相許，狄青當年只送她一盆花，她卻回了狄青海一樣的深情。狄青這輩子，再也忘記不了羽裳。」他稱呼聖公子，一來知道趙禎不想洩露身分，二來還是當趙禎和當年的玩伴一樣。

趙禎聽到「聖公子」三個字時，神色悠悠。又望著狄青眼中的決絕，心中歎息，只是在想：當年朕……為何就沒有狄青的這種堅持？朕不如他！狄青只是有情，並非對朕無義，我又何必苦苦地為難？

「當年去鞏縣時，我曾說，『羽裳，我一回來，就會向楊伯父提親，娶你過門。狄青無財無勢，只有一顆心！』這句話，羽裳記得，我記得！」狄青重複著當年的話，如同羽裳就在眼前。

或許流年短暫，但承諾還在，也從不會改變。

「我不知道羽裳還會不會醒來，我不知道還能不能見到她睜眼，我更不知道，會不會找到香巴拉。」狄青眼簾濕潤，一霎不霎地望著趙禎道，「可我知道一點，狄青的這顆心，永遠不會改變。」

他說得斬釘截鐵，斷冰切雪，「在我的心中，羽裳已是我的妻子，無論生死！狄青此生不求高官，不求厚爵，狄青可以什麼都不要，可我不能不要羽裳給我的一顆心。狄青不求什麼，只求你准我出京，再戰西北。狄青活也好，死也罷，戰不負天下，情不負羽裳，狄青此生無悔無憾！」

他說完後，深施一禮，再無言語。那偉岸的身軀如山嶽沉凝，在花香中，寫盡悲歡。他已決定，無論如何，都要出京，沒有人能阻攔。

趙禎沉默地望著狄青的堅持，良久才道：「我這次來，本是要讓你出京的。」

狄青霍然抬頭，眼中有了意外，更多的是感謝！

飛雪再望趙禎的神色，多少也有些訝然。她那清澈澄淨的眸子中，有分輕霧彌漫……

趙禎從閻文應手上拿過了那盆鳳求凰，遞給了狄青，感喟道：「我已送不了你什麼，這盆花，就當我的一點心意吧！狄青，西北苦寒，你多保重了。」說完後，拍拍狄青的肩頭，趙禎有些惆悵，本待還要說什麼，終究只是轉身離去。

走在長街上，趙禎突然想要痛哭一場，只是在想：當年我若在太后面前，也是這般堅持，結果會怎樣？

可惜有些事情，永遠不會有答案！

狄青捧著那盆花，望著趙禎遠去，一時間激盪無言。等回過神來，感激地向飛雪望去，想謝謝她方才的一番話，卻發現飛雪竟已消失不見。

她悄悄地來，靜靜地走，如煙非煙……

長街長，煙花繁。捧花的男子立在那裡，心在塞遠。不知哪裡笙歌再起，聲破長天，飛飄關山……

第四章 迭瑪

長天蒼茫，有蒼鷹飛過，徘徊在渺渺天際，俯瞰眾生。繁霜凝樹，葉舞殘黃，又入了初冬季節。延州東北二百餘里的古寬州之地，少了初冬的冷意，卻多了些火熱的氛圍。

寬州本是廢棄的古城，在近一年的修建中，平地高城起，城名青澗！自從朝廷下旨，讓种世衡為鄜州判官，負責修青澗城一事後，青澗城周邊的百姓，無論是羌人抑或是漢人，均是歡呼雀躍，主動前來搬石抬土，挖壕壘溝。

以往金明砦以北，多是羌漢混居，可每逢戰事，大宋總是避而不出，堅守金明砦。如此一來，北面居住的百姓可就倒了霉，屢次受戰爭波及，苦不堪言。這次建城在金明砦以北，眾人無不都當這地方是百姓的福祉，是以踴躍前來幫手。

黃昏日落，有一撥軍士正挑沙入城，有挖護城河的百姓叫道：「葛都頭，大夥累得要死，過來講講狄指揮的事解解乏吧！」

天雖冷，那葛都頭卻袒露著健壯的胸膛，額頭竟還有汗水。聞言卸了河沙，問道：「昨日我講到哪裡了？」

有一紅臉的漢子接道：「狄指揮大戰鐵鷂子，攻破後橋砦，怒戰羅睺王的事情，都講了十七遍了……雖說每次編造得都有不同，可畢竟聽多了，你講點兒新鮮的吧！」

葛都頭哈哈大笑道：「你們真難伺候，我不講吧，你們非要聽，聽的還不能重複，不重複了還嫌我編造。狄指揮雖說又回了塞下，但眼下沒有戰事，我難道要編個故事給你們聽嗎？」

有人道：「怎麼沒有？昨晚城頭的鼓聲比雷聲還要響，天明的時候，就見到城外一地羌人的屍體，到底怎麼回事？你身為軍中要員，總得說來聽聽。」

葛都頭被人吹捧，摸摸絡腮鬍子，笑道：「我猜你們肯定要問這事。也罷，我就給你們說說。其實我們這城建好了，高興的人不少，眼紅的人也不少。米擒族就擠破腦袋都沒有進來，這才興兵來犯，不想狄指揮掐指一算，知道他們昨晚會來，早早地在城外埋伏，一刀就斬了米擒族的首領米擒大浪。」

眾人均是驚呼，「那狄指揮，不是和神仙一樣了嗎？」

葛都頭也不臉紅，大咧咧道：「誰說不是呢……那些人見到狄指揮殺過來，都不敢接戰，丟下百十來具屍體落荒而逃。青澗城有种老丈才能建起來，可若是沒有狄指揮，只怕早丟了呢！」

有人不解道：「米擒族要入城，就讓他們來好了。」

葛都頭道：「你懂什麼？他們不給錢，种老丈如何肯讓他們進來？」眾人一陣哄笑，遠處走來一人道：「葛振遠，你又在說我的壞話。」

來人拖個草鞋，踢踢躂躂地走過來，腦門發亮，臉有菜色，正是种世衡。葛都頭當然就是葛振遠，青澗城新建，种世衡主城事，狄青負責守衛，而葛振遠、廖峰、司馬一幫人等，均被從新砦調到了青澗城。

种世衡見眾人在歇息，不滿地嚷嚷道：「你們怎麼都停下來了？快點做事。我告訴你們，能進這個城，一要做事，二要送錢。又沒錢、又不幹活的人，若再被我看到，都給我滾蛋！這裡不養閒人的。」

葛振遠嚇得忙道：「都去幹活，都去幹活！」眾人一哄而散。葛振遠挽袖子要走，种世衡拉住他道：「狄青在哪裡？」

葛振遠道：「他在城北五里外的折柳亭。」

种世衡嘟囔道：「他跑那麼遠做什麼？」

「他離得遠，可能怕你要錢吧！」葛振遠丟下一句後，一溜煙地跑掉了。

种世衡搖搖頭，拖著草鞋向城北而去，趕到了折柳亭時，有些氣喘。狄青正坐在亭中，遠望西北的方向，聽到腳步聲，向种世衡望去，若有期待道：「种老頭，什麼事？」

狄青又到了塞北。

狄青離開汴京後，先奔延州報到。范雍見了大為頭痛，心道這小子有毛病，別人都是費盡心思往京城走，這小子火燒屁股一樣地趕來延邊。不知道朝廷什麼心思，范雍索性報於朝廷，將狄青雲騎尉的官銜提到武騎尉。這種提升，只漲俸祿，不漲兵權。朝廷准了後，狄青仍以延邊指揮使的身分，協同种世衡鎮守青澗城。

狄青暫得清閒，全力去查葉喜孫的下落，可這人如鴻飛冥冥，再也沒有出現過。

种世衡擦了下額頭的汗水，歎口氣道：「沒啥事就不能找你嗎？」

狄青笑了笑，「我只怕耽誤你賺錢。對了，昨晚斬了米擒大浪，馬兒裝備兵刃都收回來了吧？」

种世衡道：「你還怕我漏下什麼嗎？」

狄青又笑，心中卻是歎了口氣。原來狄青鎮守青澗城後，有羌人投奔，也有羌人過來搗亂。這段日子，狄青毫不手軟，有來搗亂的，殺無赦。每次戰後，狄青管殺不管埋，將收拾戰利品一事交給种世衡。种世衡素來是死人都要扒下一層皮來，做這種事情，當然最好不過。

种世衡斜睨著狄青，突然道：「狄青，你有沒有感覺到有些奇怪呢？」

狄青皺了下眉頭，問道：「哪裡奇怪？」

种世衡道：「我們建了這個青澗城，党項人肯定視為眼中釘。過來搗亂不足為奇，但他們都知道你在這裡，這段時間，來搗亂的人越來越少了。可昨天晚上，米擒族來的都是驃騎，最少能有千人！」

「這不挺好嗎？來得多，殺得多，你賺得也多。」狄青淡淡道，「我不主動殺人，可他們送上門來給我殺，我也不會拒絕。」

种世衡長歎一口氣道：「你小子最近只想著什麼香巴拉、葉喜孫了。我都說了，這些事情，我來給你打探。你一個人再厲害，還能比老漢我的消息靈嗎？你小子在領軍方面有天分，對敵方面更是勇猛，不應該這麼糟蹋才能的。」

狄青忍不住地笑，「所以呢，你以後若有什麼話，直接和我說好了。我懶得和你繞來繞去地兜圈子。你是不是想說，党項人最近對青澗城的攻擊力量加大，有意再攻西北了？」

种世衡嘟囔道：「你總算說了句明白話。我就是怕這個呀！狄青，你記得嗎？開春的季節，党項人的使者賀真曾去向范知州求和。這之後，西北安靜了許多。可很多羌人熟戶，紛紛要來歸降投靠，范知州稟告朝廷，朝廷令范知州自行處理，結果范知州把很多羌人都安居到金明砦的三十六分砦了？」

狄青點頭道：「我當然記得。范知州還想安排些人手到青澗城呢，不過我們推說城沒有建好，一直沒有答應。」他神色中也有分憂意，「种老頭，你怕這些人有問題嗎？」

种世衡憂心忡忡道：「這些人有沒有問題我不清楚，但我這幾天，總感覺心驚肉跳的。大批羌人湧入了金明砦，用腳指頭想想，都有問題。偏偏范知州覺得羌人不足為懼，不以為然。朝廷為了安撫羌人，又重開了榷場，但這時候，党項人屢次試探進攻青澗城，只怕真的又要進攻西北了。」

狄青也有些皺眉，暗想你我明白這些有什麼用？能看守青澗城，已是范雍的恩惠了。他無奈道：「可你我聯名上書給范知州，請他當心。他雖沒有說什麼，只怕也嫌我們狗拿耗子，多管閒事了。」

种世衡沉吟許久，問道：「上書給范知州看來是沒用了，他根本不會聽我們的建議。狄青，前段時間，我讓你徑直給天子上奏，有回信了嗎？」

狄青搖搖頭，苦笑道：「你太高看我的能力了。我奏摺是發出去了，但兩府一直沒有回音。這種越級上奏的事情，本是官場大忌。若是被范雍知道了，你我都沒好……我只怕……奏摺還被兩府壓著呢！」

种世衡搓著手，在亭中走來走去，突然止步，臉上現出少有的慎重，問道：「狄青，老漢冒昧地問一句，你和天子的關係到底如何呢？」

狄青回想汴京的情景，半晌苦笑道：「這個嗎……伴君如伴虎，你應該知道的。他或許能聽我的話，但人總是會變的，是不是？」上次回返汴京，狄青和趙禎雖有衝突，但終究言歸於好，可狄青心中早知道，趙禎再也不會是聖公子了。

一個人坐的地方高了，看問題的角度自然不同。

种世衡露出深以為然的表情，惋惜道：「我本來想讓你親自回京，對聖上說說這裡的嚴重性的。唉……看來這條路行不通了。」

种世衡看似圓滑，其實可說是老謀深算，更因官場浮沉，知道其中的利害。他心中暗想：「這段日子以來，京中變化極大。聽說天子不忙於西北備戰，反倒因為郭皇后刁蠻，一直在忙於廢后一事。呂夷簡被貶出京不久，就被重新起用再入兩府。當初都說郭皇后與呂夷簡不和，天子要廢后，呂相全力支持。而范仲淹、歐陽修等人才被重用，就因為反對天子廢后，又被貶出了京城。此事看似不起眼，但由此可見天子的性格很是反覆呀！老漢我本希望狄青能在天子面前說說眼下延邊的急迫，但天子反覆，路途迢迢，狄青也不見得有用。但若不指望狄青，西北大戰不日即起，范雍無能，整日安於享樂，以目前的情形，百姓又要受苦了。」

這些話，种世衡不好對狄青多說。正沉吟間，狄青問道：「种老頭，你說為我打探香巴拉和葉喜孫的消息，可有眉目了？」

种世衡搖搖頭，隨即想到了什麼，「找不到葉喜孫，但查到了姓曹那人的底細了。」狄青精神一振，當初八王爺不肯說出曹姓之人的來歷，狄青本以為這人也很神祕，不想种世衡很有些方法，居然能尋到那人的根底。

如果真知道曹姓那人的來歷，說不定會對尋找香巴拉有幫助。狄青心中暗想：「种世衡就算是個騙子，也是個很有能力的騙子。」

「曹姓那人叫做曹賢英，他是歸義軍中曹氏的後人。」种世衡道。

「歸義軍？那是什麼軍？」狄青不解道。

种世衡摸摸頭頂，歎口氣道：「你不要整天只想著殺人，沒事多讀讀書，多讀讀史書，就知道歸義軍是什麼人了。」

狄青心道：我也讀書，可就喜歡讀一本《詩經》。心中有些酸楚，狄青還能笑道：「知道你有學問，不然我怎麼會請你辦事呢？」

种世衡有些得意，又摸摸發亮的腦門，簡略道：「唐安史之亂時，唐帝無力平叛，只能召隴右、河西諸軍援助京城。結果隴右、河西兵力虛空，反被吐蕃人乘虛而入，佔領了隴右。自那以後，隴右、河西以及沙州、瓜州大部分疆土，多數淪陷在吐蕃人手上。但後來漢人張義潮率眾起義，重奪河西十一州，奉表還唐。唐天子無以為報，封張義潮部為歸義軍！這就是歸義軍的由來。本來歸義軍是姓張的，但後來歸義軍內訌，力量削弱，又被吐蕃人擊敗。後來歸義軍幾經反復，由沙州望族曹仁貴重整旗鼓，再敗吐蕃，而歸義軍實際上也就改姓曹了。」

狄青心道：這個出身，也沒什麼稀奇，為何八王爺祕而不宣呢？

种世衡又道：「不過曹氏掌權後，勢力已漸漸衰敗，地盤不停地被吐蕃、回鶻、高昌等國吞併，到前朝曹氏子孫曹宗壽統領歸義軍的時候，歸義軍只死守在瓜州、沙州兩地了，因此當地人又叫曹宗壽為瓜州王。本朝時，曹宗壽之子曹賢順統領瓜州，本一直對我朝稱臣，但幾年前，元昊擊敗高昌、回鶻，曹賢順見党項人勢大，已舉州投降了元昊！曹賢英是曹賢順的族弟，和曹賢順多半意見不合，這才逃到延邊。」

狄青聽完這些，悵然若失道：「那曹賢英為何會有香巴拉的地圖呢？可惜他死了，不過……」驀地想起了什麼，振奮道，「曹賢英雖死，但我們可以找曹賢順打聽情況！」

种世衡目光中露出讚賞之意，拍拍腦門道：「你小子在這種事情上，還夠聰明，不枉我對你說了這些。不過呢……我倒有個另外的看法。」

狄青忙道：「老丈請說。」他一有事請教，种老頭就變成了种老丈。

種世衡沒有嘲諷，反倒目露沉思之意，說道：「自從你說了香巴拉這個破地方後，我也開始多方面留意。我記得你說邵雍有個讖語，說香巴拉在西北，因此你才執意要到西北？」原來狄青知曉种世衡頗有能力，為全力尋到香巴拉，也將邵雍當年的讖語和种世衡說了。

狄青點頭道：「是啊！按照讖語所言，香巴拉應該在西北……」驀地靈光閃動，狄青失聲道：「歸義軍曾統領的地盤又在我們這裡的西北。我在延州左近打探不到香巴拉的消息，難道說……香巴拉在曹家的勢力範圍內嗎？」

种世衡一拍大腿，點頭道：「你說的正是我想的。曹賢英為何能有香巴拉的地圖？會不會是祖上流傳下來的？如果是祖上流傳下來的，那幾乎可以肯定，這張圖和河西十一州有關！」

狄青第一次有些明確了香巴拉的範圍，越想越靠譜，心思飛轉道：「或許……香巴拉就在瓜州或沙州？你方才也說了，歸義軍死守這兩州，是不是因為這兩州，本身就有什麼玄奧？」長吸一口氣，狄青心潮澎湃，「會不會香巴拉就在這兩州呢？」

种世衡倒還沉靜，半晌才道：「有可能，倒也不見得一定在瓜、沙兩州。那兩州若真有香巴拉的話，曹賢英沒有能力去尋說得通，但曹賢順想必也知道這祕密，沒有道理放著所謂的仙境不去尋找，而投靠了元昊呀？」

狄青方有些眉目，又被澆了盆冷水，知道种世衡說的很有道理。

「或許香巴拉在別的州吧！因此曹家人雖有地圖，但無能力去探尋。」种世衡又下了一個判斷。狄青點點頭，起身遠望西方道：「那現在該怎麼辦？」他其實很想立即趕赴瓜州打探消息。

种世衡道：「怎麼辦？你當然是留著守城。不是說好了嘛，你安心守城、幫我打仗搞生意，我全力幫你找尋香巴拉。大家各不相欠，還能將各自的優勢發揮到最好。」狄青又坐了下來，竭力地平靜心緒。种世衡見狄青片刻就能鎮靜下來，暗自點頭，心想狄青變化越來越大，也愈發地穩健。他聽到這消息，還能沉得住氣，就已有了大將之風。一個人若連自己都控制不住，如何能控制住千軍？

眼珠轉轉，种世衡想起了一事，說道：「對了，狄青，咱們這段日子，賺了不少錢。說好了，有你一份的。」說罷有些疲憊地笑了笑。

狄青知道只有他想不到的方法，沒有种世衡賺不到錢的門道。這些日子來，种世衡擇選入住百姓，提前抽傭，私販青鹽，著實賺了不少。狄青聽有錢分，搖搖頭道：「當初雖說好了，但我並不需要。你若願意，把我那份用在建城上面吧！」

种世衡撫掌笑道：「君子一言，莫要反悔！」

狄青並不多言，心中卻想：种世衡這一年多來，真的太辛苦了。狄青這段日子，和种世衡朝夕相處，早知道种世衡不過是外表吝嗇。這人平日騙吃騙喝，但帳目極為分明，若是花自己的錢，整日更是肉都捨不得吃一口，只撿些菜葉充饑，因此這才總是臉有菜色。朝廷雖說同意建青澗城，可范雍撥款總不利索，又藉口金明砦花銷很大，因此青澗城建城所需款項，總不能及時到位。若非种世衡拚命地賺錢，又從牙縫中省錢，青澗城怎能會這麼快建起來？

狄青忍不住想起兩個月前的一件事，心中還是忍不住地感慨。那是建城正到最緊張的時候，青澗城突然出來個致命的問題，那就是城中打不出水源。挖井竟然挖到了岩石層！這個問題在不打仗的時候，算不上問題，因為可以取城外的延河水。但若真的開仗，被人圍了城，城中無水，不戰已敗。當時青澗城人心惶惶，能沉得住氣的只有狄青和种世衡。种世衡一夜白髮，腦門頭髮掉了數百根，第二天种世衡決定，繼續打井，挖一畚箕石頭上來，賞銅錢一百文！城兵連挖三日，比鏖戰還艱辛，終於在第三天打出了井水。滿城皆歡。种世衡白花花的銀子用出去，頭一次沒有叫痛，卻落了淚。雖然种世衡一直叫囂著，要做大買賣，就要捨得投入。但自那一天開始，狄青才算更深刻地瞭解种世衡這個人，他才寧可被种世衡騙。又有誰知道，那禿頭、爛鞋伴隨一張菜色的臉下，有著怎樣的一種情懷？

种世衡見狄青望著他出神，忍不住摸摸臉道：「我臉上開了花？」

狄青振衣而起，笑道：「那倒沒有，不過你這麼辛苦地幫我打探消息，我總要請你吃頓好的。」

种世衡口水流了下來，忙不迭點頭道：「你小子有良心……」跟著狄青向城池走去。种世衡道：「狄青，我其實一直有個計畫……兵不在多而在精，我這些年來，著實認識了不少有志之士，不如我們把他們都編入廂軍中讓你指揮，有些人性格可能怪些，但我想你能鎮得住他們……」話未說完，有馬蹄聲傳來。

有一騎飛奔而來，狄青本以為是軍情緊急，見到來人的一張馬臉，又驚又喜道：「張玉，怎麼是你？」來人居然是狄青的京中好友張玉。

張玉、李禹亨二人是狄青在京中最早結識的夥伴，張玉還和狄青並肩對敵，可說是生死之交。宮變後，經歷過當年事情的侍衛均是自請戍邊。武英到了環慶路的柔遠，王珪去了涇原路的鎮戎軍，而張玉、李禹亨二人都被分在金明砦中做個指揮使。

眾人都在西北，只因各有要務，除了狄青外，都不得擅離。狄青在青澗城許久，除了守城，就是探尋香巴拉的下落，今日見到張玉，實在是意外之喜。

張玉風霜滿面，見到狄青也滿是欣喜，翻身下馬道：「狄青，你還好嗎？」平平常常的一句話，不知包含了多少問候關懷。狄青記得張玉救過他的性命，張玉何嘗不記得狄青為他擋住刀劍？

狄青重重點頭道：「死不了。你呢，怎麼樣？」

張玉見狄青臉上塵霜磨礪，去了當年的稚嫩，多了分剛毅厚重，心中想道：「他多半已能擺脫當年的陰影了。」爽朗笑道：「我也很好。雖說交戰百姓受苦，可在金明砦一直閒著，拳頭都有些發癢了。聽說你這兩年來在西北很有些名氣，我真的不服呀！都是指揮使，差距怎就這麼大呢？」說罷，忍不住地笑。

狄青知道張玉是在說笑，心中暖暖，忍不住道：「你這次來青澗城，有什麼事情呢？」張玉想起了什麼，伸手入懷掏出封書信道：「我這次來，是給你送信來了。郭遵郭大人給你的信。」

狄青大奇道：「郭大哥怎麼會讓你送信呢？」接過那封書信，感覺信倒是很薄，但沉甸甸的墜手。狄青更是驚奇，暗想這是信嗎？就是一錠銀子，也不過如此的分量吧？不等拆開，張玉一旁解釋道：「本來郭大人要親自給你送這封信的，他路過金明砦，找鐵壁相公的時候，得知党項人又有出兵的跡象，急急回去布防，知道我和你關係不錯，才讓我把書信轉交給你。」

狄青已拆開了信，抽出信紙，眼前一道金光……种世衡眼珠子瞪得已經和雞蛋一樣大，叫道：「我的祖宗呀，這是信嗎？」

狄青抽出來的，竟是一張薄薄的白金信箋，上面用黃金鑲字。這箇簡單單的一個信箋，就已價值不菲。信的右下角用黃金嵌出一根針來，而信的正上方，白金封底凸出個佛的圖案。那佛慈眉善目，雖有些像彌勒佛，可肚子沒有那麼大。這封信，奢華中，又帶著稀奇古怪。那針、那佛都代表什麼意思？而郭遵又是什麼時候，有這麼闊綽的手筆？狄青顧不得再驚奇，見白金信箋上有九個黃金鑲出來的字，定晴望過去。

那九個字是：「要去香巴拉，必尋迭瑪！」

狄青怔怔地望著那九個字，一時間迷惑不解。迭瑪，什麼是迭瑪？郭遵若只是想說這九個字，讓張玉傳到就好，但郭遵刻意送給他這封信，到底是什麼意思？這信……恁地這般古怪？不知許久，狄青這才向張玉望過去，不解道：「張玉，這封信到底什麼意思？郭大哥要說什麼呢？」他雖不解，但見郭遵竟然還念念不忘為他尋找香巴拉，狄青心中滿是感激。

張玉也被那信箋的奢華鎮住，臉上滿是驚奇，喃喃道：「我的娘呀，早知道是這種信，我傳個口信不就得了？這信箋若是換酒喝，這得能買多少酒呢！」他當然是說笑，回過神來，張玉道：「郭大人急匆匆地離去，只讓我把這封信轉交給你。對了，他還說了幾句話，他說事情一言難盡，但他已在吐蕃找到有關香巴拉最重要的線索，等他處理完軍情，再和你詳細說說。」

狄青心頭一震，知道郭遵素來言不輕發，郭遵既然說找到最重要的線索，就絕不會讓狄青失望！

張玉卻已翻身上馬。狄青見了有些錯愕，問道：「你……這就要走嗎？」

張玉點點頭道：「是呀，鐵壁相公是看在郭大人的面子上，才讓我出來送信。信送到了，我也要趕快回去了，畢竟聽郭大人說，党項人可能在這個冬季出兵的，我也是指揮使，要趕回去守砦。本來……禹亨想要送信……我很想看看你，這才搶著趕來。」狄青心中感激，暗想從金明砦到青澗城，足足有兩百里的路程。張玉這般奔波，情深意重，豈是看一眼那麼簡單？可狄青終究沒有說謝，只是關切道：「天寒了，看要下雪的樣子……你路上小心。」

張玉哈哈一笑，擺擺手，撥轉馬頭，已揚長而去。

狄青目送張玉遠去，見遠川煙稀，人影一點射到天際，漸漸地淡了。古木蒼蒼，朔風連寒，狄青吐口氣，哈氣成霜，這才發現，原來不知不覺，又到了嚴冬。陡然間感覺臉上微涼，狄青抬頭望過去，見到天空不知何時，下了點點的雪屑。

雪兒舞動，如群星繁遝而落。狄青忍不住向种世衡望了一眼，一顆心也繁亂難止。他才有些確信香巴拉在河西十一州，為何郭遵突然言之灼灼地告訴他，要找香巴拉，必尋迭瑪？

迭瑪到底是什麼？香巴拉和吐蕃有關？狄青心思繁遝，一時間又找不到頭緒……

張玉快馬回轉，見雪下得緊，夜晚找個背風的地方歇了會兒。天明時分，又奔金明砦急行。大雪倏如其來，染白了萬里關河。山嶺如龍，大河如帶，塞北的風雪，好一番壯闊。張玉無心欣賞雪景，只罵老天給他找麻煩，近中午的時候，終於趕回了金明砦。

蒼穹下，金明砦龍蟠虎踞，傲視天地。金明砦三十六分砦，有如蒼龍逆鱗，隨便哪一片都能發出令人膽寒的神威。張玉先回了令，神色有些陰沉地前往安豐砦。

金明砦有十八路羌兵，三十六營砦，蜿蜒在山嶺之中，形成延州西北最厚重的屏障。李禹亨把守南頭的前川砦，而張玉負責鎮守最北的安豐砦。安豐砦北幾十里，就是漢羌混居的地帶。

張玉沒有了見狄青時的笑容，心中只是想：這段時間，也沒有見到禹亨，不知道他怎麼樣了。見狄青的時候，提一句禹亨，只是不想狄青心冷罷了，禹亨並不知道我送信給狄青。自從出京後，也不知道是禹亨態度先冷下來，還是我先瞧不起他呢！唉，如果有空，倒要找他談談。事情過去了這麼久，我為何還放不下呢？

原來當年曹府一戰，狄青、張玉並肩死戰，李禹亨卻躲在一旁，張玉每念於此，都是心中有個疙瘩。後來在永定陵，李禹亨依舊膽小，還仗著狄青救他一命。最離譜的就是在宮變中，李禹亨在亂戰中，沒有奮力廝殺，反倒是靠裝死躲過一劫。

張玉因此對李禹亨變得冷漠，到了塞下後，二人關係不因同殿而親近，反倒變得疏遠起來。每次想到這事，張玉心中也不知道是什麼感覺。將近安豐砦的時候，突然聽到砦北陣陣喧譁，張玉微凜，急問砦兵道：「何事？」

砦兵回道：「張指揮，你可回來了。有千餘羌人在砦外搦戰，你不在，李公子和胡副指揮已出砦迎敵了。」張玉心中微驚，他知道李公子就是李懷寶，也就是鐵壁相公李士彬的兒子。而胡副指揮叫做胡斫，本是張玉的副手，協同張玉鎮守安豐砦。李懷寶出戰，勝了還好說，若有事的話，只怕他張玉難脫干係。

張玉想到這裡，急急前往砦北，未到近前，就聽到遠方歡呼聲陣陣。張玉舉目望過去，見到前方有人策馬行來，為首那人長得也算英俊，不過雙眸微陷，眼袋發黑，有些睡眠不足的樣子。張玉認得那人就是李懷寶，舒了口氣，迎上去道：「李公子，你沒事吧？」李懷寶看了張玉一眼，突然哈哈大笑起來。

張玉有些莫名其妙，忍不住問：「李公子因何發笑呢？」

李懷寶笑了半晌，扭頭對身旁一青面漢子道：「我會有什麼事情？胡斫，你把好笑的事情說給你們指揮使聽聽。」

胡斫本是張玉的副手，可看向張玉的眼神帶著分哂然，譏誚道：「張指揮，事情的確好笑。羌人在砦外搦戰，本來趾高氣揚的，李公子正巡視到這裡，見狀大怒，命兵士掌旗出擊。不想旗幟才出營砦，那些羌人就扭頭跑了……」說罷哈哈笑了兩聲。

張玉心道：這有什麼好笑的？你李懷寶在我面前顯威風來了？羌人見到你們的旗幟就跑，這好像有點兒蹊蹺呀！

張玉處事圓滑，見眾人都在興頭上，不好質疑，只是淡淡道：「李公子好威風。」

胡斫道：「最威風、最好笑的不是羌人逃命，而是李公子追去，有羌人墜馬，見李公子喝問為何不戰而逃，你猜他們怎麼答？」

張玉見胡斫神色傲慢，心中憤然，還能平靜道：「我笨得很，猜不出來。」

胡斫嘲諷道：「那羌人說，本以為這裡只有個張指揮，這才敢前來。不想李將軍在此，他們見到鐵壁相公的旗幟，無不膽墜於地，何敢再戰？」說罷又是大笑。

眾人均笑，李懷寶在馬上更是笑得前仰後合，指著張玉道：「張指揮呀，你……嘿嘿……」他再不多說，可輕蔑之意不言而喻。一揚長鞭，已策馬離去。

張玉立在那裡，心中暴怒，緊握雙拳，手指甲幾乎要刺入肉中！

李懷寶哪管張玉的心情，他本驕奢，這些年來仗著父親的名頭，在金明砦呼風喚雨，囂張慣了。羞辱了張玉後，李懷寶懶得再去巡視其餘各砦，才準備回去休息，不想有個叫上官雁的手下急匆匆地趕到，「李公子，夏隨夏部署來了，他四處找你。」

李懷寶一怔，問道：「夏部署他來做什麼？」李家父子在金明砦雖是土皇帝，但李懷寶官職遠不及夏隨，再說夏隨還有個都部署的老子，就算李士彬都不敢怠慢，李懷寶對夏隨也一直都是客客氣氣。

上官雁道：「聽說党項人又出兵了，這次全面進犯西北。不但夏部署來了，夏隨的老子都部署也來了，眼下正與相公商議如何對付党項人一事。」

李懷寶微驚，隨後冷笑道：「無論党項人如何來打，難道還敢打到金明砦來嗎？」

金明砦已由李家三代經營多年，號稱西北銅牆鐵壁。

這些年來，邊陲雖戰亂時有，但金明砦始終沒有受到較大的攻擊。

上官雁賠笑道：「那是，那是。不過……公子總要見見夏部署吧！夏部署眼下正在黃堆砦的寬心堂內。」黃堆砦是金明砦最為奢華的一個分砦，裡面有著最為豪闊的建築。寬心堂是黃堆砦中最精緻的一個地方，裡面有最為美妙的歌舞，還有喝不完的美酒。

李懷寶聽夏隨在黃堆砦，不由微笑道：「你辦得很好，帶我前去。」李懷寶總覺得夏隨和他是一類人，都是酒色不禁、放蕩形骸的人物。李懷寶並不想去見夏守贇，都部署自然有鐵壁相公接待，至於招待部署嘛，才是他李懷寶應該做的事情。

李懷寶未到寬心堂，就聽管弦聲起，悠悠揚揚，嘴角不由浮出了絲笑意。

寬心堂主位，正坐著夏隨，目不轉睛地在望著堂前歌舞。

大堂之中，有一舞女團團而旋，銀白色的裙子，飛雪一樣地舞動，露出一雙潔白滿是彈性的腿。夏隨的眼珠子，好像都要掉到那舞女的身上。

上官雁本待招呼，李懷寶搖頭止住，靜等歌舞止歇。李懷寶心道：夏氏父子位高權重，我爹在招待夏守贇，我一定要讓夏隨滿意而歸才好。

待一曲舞完，舞女蜷縮伏地，裙子流瀑般地垂落，有如黃昏落日的一曲輓歌。

堂中靜，靜如雪，雪是寂寞。

掌聲響起，李懷寶撫掌入內，大笑道：「夏公子，這舞……可好嗎？」

夏隨像是才見到李懷寶的樣子，安坐微笑道：「不想金明砦也有這等歌舞，我就算在汴京，也少見到。」

李懷寶走到夏隨的下手坐下，賠笑道：「夏公子若是喜歡，大可天天在此觀賞。」

夏隨目光閃動，輕輕歎口氣道：「我倒是想，可我老子不讓呀！党項人再次兵出賀蘭原，南下攻打保安軍，北上圍攻土門……西北軍情緊急呀！」

李懷寶大笑道：「党項人攻得再急有什麼用？有都部署和部署調兵遣將、運籌帷幄，党項人還不是會同去年一樣，鎩羽而歸？」

夏隨客氣地笑笑，笑容中好像隱藏著什麼，「李公子真會說話，都部署固然可運籌帷幄，但若沒有金明砦的固若金湯，還是不能如此安逸了。不過小心些總是好的，因此都部署和我前來，想看看金明砦準備得如何了。」

李懷寶自傲道：「夏公子大可放心，就算党項人有百萬雄兵來攻，也是奈何不了金明砦。有金明砦在，就有延州城在。夏公子多半還不知道今日之事吧？」他不稱夏隨的官階，以私交稱呼，就是想要拉攏關係。

夏隨微有詫異道：「今日發生了何事呢？」

李懷寶又把羌人見旗墜膽於地之事一說，得意地笑。夏隨精神一振，拍案道：「想不到鐵壁相公威名如斯，既然如此，我還擔心什麼？」

李懷寶笑道：「正是如此。夏公子在這裡，什麼都不用擔心……」

夏隨突然搖頭道：「唉……我只擔心一事。」

「夏公子擔心什麼事呢？」李懷寶有些錯愕道。

夏隨面露苦意道：「我只擔心這裡好酒太多，我會醉死在這裡。」

李懷寶恍然大悟，知道夏隨是在開玩笑，大笑道：「夏公子真會說笑。上官雁，去把最好的酒拿來，今夜，我和夏公子不醉不歸！」

酒如水一般地流淌，舞如風一般地旋急。酒色之中，時間總是如流水般地飛逝。

夜幕已垂……夜色漸深，可寬心堂前熱鬧更盛，舞女轉得更急，如風捲狂雪。

夏隨看了眼天色，眼中閃過分詭異，終於伸了個懶腰，喃喃道：「到時候了。」他看起來喝得很多，但眼中竟沒有半分酒意。李懷寶早就醉了八成，聽不清夏隨說什麼，大聲道：「夏公子，你還要什麼？儘管說來。這裡有的，我就會為你取來。」靦著臉，望著堂前的舞女，李懷寶淫邪笑道：「我看夏公子好像很喜歡這個擅舞的妞兒，不如今晚，就讓她陪你好了。」

夏隨不望舞女，突然道：「李公子，我父子對你李家如何呢？」

李懷寶又笑，趁著酒意，重重地一拍胸膛道：「恩重如山！」

李懷寶這句話倒非違心，因為在不久前，元昊曾投書信、錦袍和金帶在宋境，約李士彬反宋，但這書信不知為何，竟然落在了夏隨的手上，此事也被范雍所知。

造反之名，本是大罪，但夏守贇、夏隨均認為這是元昊的反間計，又對范雍說李家父子和党項人有世仇，絕不會做這種事情。范雍聽了夏守贇的建議，將此事不了了之。就因為這件事，李家父子對夏家父子很是感激。

夏隨輕輕地歎口氣，緩緩起身，走到了李懷寶的身前，問道：「那我父子現在有件很為難的事情，不知道你是否肯幫忙呢？」

李懷寶晃晃悠悠地站起，用力點頭道：「好，你說。夏……公子，你……你……就是要我的腦袋，我都雙手奉上。」說罷，笑嘻嘻地以手做捧頭狀，向夏隨面前一送，又是哈哈大笑。他已醉得不行，站立不穩之際，突然聽到鏘的一聲響。

李懷寶還沒有省悟，忽感脖頸一涼，只覺得全身飛起。向下望去，只見夏隨手持單刀，刀上有血，正對著一個無頭屍身。

李懷寶驀地省悟，「我……」不待多想，他已再沒有了知覺。

夏隨一刀就砍了李懷寶的腦袋，鮮血飆飛，染紅了一堂的春色！

管弦驟停，夏隨已厲喝道：「繼續彈下去！」管弦之聲再起，舞女跳躍不停，團團凌亂。堂中的上官雁竟還是毫無慌張之意，可臉上已有青色。

夏隨扭頭望向上官雁道：「是時候了，這裡的張玉還算個角色，你去收拾他後，按計畫行事。」上官雁施禮退下，夏隨緩步走到寬心堂外。

雪正冷，天蒼地白。

夏隨伸手抓了一把雪，擦了下刀身的血跡。刀身一泓亮色，映出滿臉的猙獰。夏隨擦完刀身後，又等了會兒，方才不慌不忙地從懷中取出個竹筒，點燃了筒外撚線。

通的一聲大響，濛濛的夜空中，遽然出現了一朵絢爛的花朵。那煙花如花朵般千絲綻放，璀璨奪目，耀亮了金明砦的上空。

很快的工夫，遠處竟有一道道煙火跟隨沖天而起，明耀了暗暗的夜。煙花散盡後，夜空寂寂，火光四起，整個金明三十六砦，陡然沸了起來……

夏隨望著那火光熊熊，沒有半分的驚奇，只是喃喃笑道：「金明砦……銅牆鐵壁？好一個銅牆鐵壁！」他的笑聲冷冷中，還帶著說不出的得意。

堂中歌舞未休，管弦繁急，似乎方才所發生的一切，不過是鬧劇。可那白裙激盪，如雪花一樣地飄揚，似乎在為李懷寶舞著一曲輓歌，又像是給金明砦的下場，拉開了冷酷的序幕！

第五章 連環

張玉一直沒有睡，他的心中滿是怨氣。在狄青面前，他雖嘻嘻哈哈的一如既往，但他在邊陲過得並不開心。他只會和朋友分享開心，而不會把不悅向朋友提及。

狄青看起來好了許多，張玉很為狄青高興，但他的這種窩囊日子，什麼時候才是個盡頭？金明砦，銅牆鐵壁！但對張玉來說，金明砦就和個鐵籠子一樣，他在其中，煞是鬱悶。

「砰砰砰！」有人敲門。

張玉有些詫異，不知道這麼晚誰會前來找他。只是不知為何，心中竟有分不安。張玉摸了下佩刀，緩步到了門前，打開了房門。

昏黃的燈光下，照著李禹亨微白的一張臉。「禹亨，是你？」張玉詫異中還帶分喜意，他和李禹亨畢竟是朋友。在這清冷的雪夜裡，能有個朋友聊聊，很是不錯。他自從見狄青回來後，就一直想著找李禹亨談談，他們是朋友，朋友豈不就應該寬容些？李禹亨只是嗯了聲，眼中含意複雜萬千。

張玉沒有留意李禹亨的異樣，才待讓他進房，突然發現李禹亨身後跟著兩個人。那兩人一個是安豐砦的副指揮胡斫，另外一人是李懷寶的手下上官雁。

張玉退了步，李禹亨和胡斫、上官雁已擠了進來。張玉皺了下眉頭，忍不住又退了一步，不知為何，他心有些發寒。當年在曹府遇險，他就有這種感覺。可那時候，還有狄青和他並肩而立，這時候呢……李禹亨和他面面相對。

張玉還能保持鎮靜，問道：「禹亨，有事嗎？」他看到李禹亨手上拿著個皮囊，裡面圓滾滾的不知裝著什麼。「今天李懷寶羞辱了你。」李禹亨面無表情道。

張玉皺了下眉頭，半晌才道：「那又如何？」

李禹亨情緒突然變得有些暴躁，叫道：「你是我的兄弟，他羞辱你，就是不給我們兄弟面子。」張玉心中驀地湧起激動，他真的不敢相信李禹亨還能說出這種話來。可隨後李禹亨的話讓張玉震驚當場。

「我殺了李懷寶！」

張玉臉色微變，忍不住向胡斫、上官雁看了眼。那二人像是在看戲一樣，無動於衷。張玉感覺有問題，可一時間根本不知道問題在哪裡。這三人怎麼會在一起？

「你不信吧？」李禹亨見張玉沉默，嘴角有分嘲諷。

張玉心思飛轉，半晌才道：「你可知道殺了他的後果？」

李禹亨聲音微有顫抖，突然激動道：「我不管有什麼後果！我知道你不信，可我就是殺了他！」他伸手一拋，那皮囊掉在了地上。一顆人頭從皮囊裡滾出來，血肉模糊。張玉忍不住低頭望去，依稀認得那是李懷寶的頭顱，心中驚凜，又有些作嘔。

他雖厭惡李懷寶，可怎麼也沒有想到，白天還飛揚跋扈的李公子，就這麼死了。

心中微有茫然，張玉並不信李禹亨會有勇氣殺了李懷寶，更不認為李禹亨是為他張玉殺了李懷寶。可李懷寶的確是死了，為什麼？

就在這時，張玉聽到鏘的一聲響，心中警覺陡生，大叫聲中，側翻而出。他雖躲得快，但那刀斬來，還是太過突然。

鮮血飛濺！張玉來不及去看被砍傷的左臂，反手拔刀，橫在胸前，嘎聲道：「李禹亨，你瘋了？」砍出那刀的人竟是李禹亨！

張玉負傷後，心驚更過於恐怖，傷心更多於憤怒。他雖知道李禹亨懦弱，可做夢也不會想到，有朝一日，這個當年的兄弟，會向他出刀！

鮮血滴滴地順著刀鋒垂落到地面，發出極輕微的聲響。屋內油燈明暗，昏黃的燈光滿是冷意。李禹亨看起來還要出刀，但被張玉的威勢所懾，臉露膽怯之意，有些猶豫。房間內沉寂不過片刻，上官雁突然笑道：「他沒有瘋，不過是聰明而已。」

張玉望著對面的三人，一顆心沉了下去。他雖不知道緣由，但已清楚眼前這三人都要取他的性命。他已無路可退。

「為什麼？」張玉牙縫中迸出幾個字，心中雖隱約猜到了什麼，但這個念頭實在過於驚人，他簡直不敢想像。

上官雁輕輕噓了口氣，輕鬆道：「難道你還不知道？這次要殺的不止你一個人，金明砦三十六分砦的指揮使，要死大半的。」

張玉驚凜道：「你們要取金明砦，就憑你們幾個人？」

上官雁淡淡一笑，「你若是聰明，就不該問出這話來。這一年來，蒙你們范老夫子大度放行，金明砦已經混入數千我們的勇士，萬餘心懷異心的羌人。更何況，砦外不久後還會……」他突然住口不談，緩緩道，「張玉，我們三人若出手，你沒有半分活路。你可知道我為什麼還沒有出手？」

張玉心中暗想：上官雁是要說砦外不久後就會有党項人大軍出沒嗎？這怎麼可能？這個上官雁到底

是什麼來頭？以前只知道此人投靠李懷寶沒多久，就取得了李懷寶的信任。今日見他這般沉冷，絕非尋常人物。他不甘心束手，眉頭緊鎖，搖頭道：「你為何還沒有出手？」

「有用的人，就不用死。」上官雁淡淡道，「李禹亨有用，所以我們不會殺他。我們知道你和狄青的關係不錯，本也想留著你了。不過李禹亨說，你骨頭硬，不會投降的，最好殺了你。」

張玉盯著李禹亨，寒笑道：「李禹亨，你這麼瞭解我，真不愧是我的好兄弟！」

李禹亨本滿面羞愧，聞言突然怒道：「不錯，我就想殺了你，那又如何？我知道你看不起我。當初曹府一事後，你就一直瞧我不起，我忍了你很久了。他們說，我殺了你才能活命，命都有一條，你死總比我死好。」

張玉目光如錐，厲聲道：「李禹亨，你到底是不是人，這種話也能說得出口？你怕死，我的確瞧不起你，但我還能原諒你。可你今天竟為了自己，要殺我？殺你的兄弟？」張玉突然笑了，笑容滿是淒慘，「我說錯了，或許你自始至終，也沒有把我和狄青當兄弟！」李禹亨緊握單刀，渾身顫抖，眼中已有了深切的悲哀。

上官雁嘲諷道：「是不是兄弟不重要，最重要的是能活命。」

「我活命的代價就是投靠你們，如李禹亨這樣，去暗算狄青？」張玉已明白了上官雁的用意。

上官雁笑笑，「你終於說了句聰明話。我想你是個聰明人，應該知道怎麼選擇了。」他自信躊躇，如貓戲老鼠般看著張玉。

上官雁一直深藏不露，自信就算單獨出手，張玉也遠不是他的對手。因此他給張玉一個選擇，他喜歡高高在上地掌控別人的命運。他已經為張玉做出了選擇。

張玉也笑了，笑容如同皎潔的明月，「你錯了，我是蠢人。」他話一落，身形一縱，一刀已向李禹亨劈去。

反抗投降生死之間。張玉選擇了出刀，義無反顧。明知必死也要出刀，張玉就是這個脾氣。他可以承受死，但受不了背叛，因此他向李禹亨出刀。

必殺李禹亨！生死之痛，比不過背叛。

張玉眼中有痛，可出刀絕不留情。刷刷刷連環三刀，刀刀狠辣。李禹亨急閃，一閃身就到了上官雁的身邊，嘶聲道：「救我！你要救我！」

李禹亨膽小，膽小之人的武功再好，一遇到拚命的時候，氣勢就弱了幾分。更何況，李禹亨武技本遜張玉。

胡斫已準備要出手。他一直不滿自己只是個副指揮，他希望借這次機會翻身。當然，他這次後，是要去党項人那裡任職。他知道上官雁是党項人中的高手，因此他一直唯上官雁馬首是瞻。張玉拔刀，上官雁沒有動，胡斫也就有分猶豫。

轉瞬之間，李禹亨已狼狽不堪。胡斫才要拔刀，鏘的一聲響，上官雁已拔劍。

一劍光寒，從李禹亨身側刺過，刺在張玉的左肩。上官雁出劍的機會極佳，已看出張玉追殺李禹亨憑的是一腔悲憤，但刀法有破綻。上官雁就瞄準這破綻出手，一劍得手。

胡斫立即守在門口，提防張玉負傷逃命。他看出戰局已定，張玉絕非上官雁的對手。

上官雁才要拔回劍來。嗤、嚓兩聲後，胡斫臉色巨變。有一刀已刺入了上官雁的小腹，有一刀砍在李禹亨的肩胛上。

上官雁大叫聲中，臉上露出難以置信的表情，他怒吼聲中，一肘擊在了李禹亨的胸口，咯的聲響，李禹亨胸骨已折。上官雁長劍陡轉，反手一劍，刺入了李禹亨的右胸。

上官雁怎麼也沒有想到，一向懦弱的李禹亨，竟然刺了他一刀。這個李禹亨，難道真的瘋了？上官雁怒急，搏命反擊。

李禹亨胸口塌陷，悶哼聲中，鮮血噴出，可長劍入胸那刻，也不閃避，合身撲過去，抱住了上官雁，一口咬在了他的咽喉上。

張玉已呆住，他一刀得手，砍在了李禹亨的肩胛上，甚至能感覺到刀鋒磨骨的那種牙酸和快意。但所有的感覺，隨即被痛入心扉所取代。

李禹亨重創了上官雁，但卻挨了他張玉一刀？李禹亨是詐降？他張玉錯怪了兄弟？念頭閃電般擊過腦海，張玉手已顫抖。

就在這時，上官雁暴吼聲中，李禹亨五官溢血，已仰天倒了下去。上官雁喉間有血，小腹被洞穿，用盡了全身的氣力掙脫李禹亨後，腦海一陣眩暈，眼前發黑。

不等清醒，脖頸一涼，上官雁的表情驀地變得異常古怪，身軀晃了晃，已軟倒在地。他臨死前還不信，他竟敗在了張玉和李禹亨的手下。

張玉一刀砍在上官雁的脖子上，大喊道：「禹亨！」他伸手扶住了李禹亨要倒的身軀，心中如針扎般痛楚，聲若狼嚎。

胡斫轉身就逃，片刻後不見了蹤影。他已膽寒，他實在不敢再和這樣的人動手。

張玉根本沒有留意胡斫，只是緊緊抱著李禹亨，雙眸紅赤，嘶聲道：「為什麼？你為什麼這麼做？」

感覺到手上還染著李禹亨的血，記得李禹亨肩胛流出的血，還是他砍的。張玉心中大悔，揮刀就向自己手臂砍去，李禹亨已微弱道：「別……」

那聲音雖弱，響在張玉的耳邊，有如雷霆轟鳴。

李禹亨還沒有死。張玉急道：「禹亨，你挺住，我找人……救你。」他見李禹亨突然咳了聲，一口鮮血湧出來，忍不住淚盈眼眶，他已看出來，李禹亨不行了。

李禹亨澀然的笑，輕聲道：「不……用……了……張玉，上官雁……是……是……夜叉。」

張玉顧不得驚凜，見止不住李禹亨流血，悲聲道：「我已殺了他。」

李禹亨嘴角有絲淡淡的笑，「他……厲害……」

張玉腦海中電光閃過，嘶聲道：「你知道我的脾氣，知道我肯定要拚命，知道我打不過他，所以你詐降騙取他的信任，然後幫我殺了他？我真蠢，你一心為我，我還砍了你一刀。」他那一刻，恨不得死了算了。他一直覺得李禹亨不夠義氣，一直誤解著李禹亨。他心如刀絞，他後悔莫及，也痛恨自己，若他真的當李禹亨是兄弟，絕不會砍下那麼一刀！

「不怪……你。」李禹亨眼中神采漸散，喃喃道，「我都不相信……自己……還有勇氣，何況你呢？金明砦完了……」他突然緊握了張玉的手，振作道：「張玉，答應……我！」

「你讓我做什麼，你說。」張玉泣下。

「去延州……報信。找狄青……為我報仇！」李禹亨自語道，「你要做到。」

張玉已明白過來，李禹亨實在太瞭解他。李禹亨只怕他心中有愧，甚至會一死了之，這才讓他做些事情。

見李禹亨呼吸越來越微弱，張玉淚流滿面，只是道：「禹亨，我會做到，你信我！你……堅持住……」他驀地發現自己很虛偽，可他這時候，還能說什麼？

李禹亨嘴唇動了動，低聲道：「我們……我們……」他的聲音實在太低，張玉把耳朵貼過去叫道：「你還要說什麼？」張玉只以為李禹亨還有什麼心事未了，早立下決心要為他做到。

李禹亨低低的聲音道：「我們……一直是……兄弟……對嗎？」

「對，是！」張玉不迭地回答，完全沒有留意到大火熊熊，已捲到了身邊。陡然覺得臂彎一沉，張玉一顆心冷了下去。

李禹亨的頭已無力地垂下去，但嘴角還帶著笑。

兄弟，我們一直是兄弟！

他笑著死的，是不是認為臨死前，得到了這個承認，就已無悔無怨？

張玉淚泣如雨。

他想嘶吼，想懺悔，想對李禹亨說句對不起，但他已沒有機會。

那紛紛的淚，落在滿是血跡的臉上，混在一起，傷心如雪，滿是寂寂。

陡然間，房頂已塌陷，一團火砸了下來，已將張玉團團圍住。不知何時，金明砦已陷入火海。

火光愈發地亮，燃了天空的雪。雪在燒，隨風而泣，傾灑下一地傷心的淚水。

火蛇狂舞，融淚吞血。

金明砦廝殺聲震天，張玉卻已衝出了金明砦。

他負傷十來處，但還沒死，到處都是喧囂、屠戮，那本是銅牆鐵壁一般的金明砦，已變得千瘡百孔。

李懷寶死了，李士彬一直沒有出現。夏守贇、夏隨二人也沒有出來指揮，金明砦三十六分砦，群龍無首，亂作一團。金明砦完了。

張玉腦海中掠過這個念頭後，搶了一匹馬，一路衝向南方。他都不知道怎麼趕到的延州，也不知道怎麼見到的范雍。

見到范雍的那一刻，張玉悲愴道：「范知州，金明砦失陷了，延州有險。」

范雍大驚，一時間亂了分寸。党項人再攻西北，讓范老夫子著實吃了一驚。但去年西北被攻，在夏守贇的布防下，終於退了党項軍。今年得知党項軍出兵，范雍第一時間就找了夏守贇。

夏守贇又是好一番安排，命劉平、石元孫帶兵急速趕赴土門救援，防止党項人從那裡攻入，又命郭遵嚴防西線，命青澗城出兵援助塞門、平遠一線。夏守贇怕金明砦有事，還特意和夏隨一起前往金明砦，鎮守延州北疆。

范雍見夏守贇如此賣力，心中感動。本以為此次萬無一失，正在知州府安心地欣賞歌舞，不想金明砦竟被攻破了？

金明砦一失，延州北方門戶大開。延州城內，還不到千餘的守軍，若党項軍攻過來，延州怎麼守得住？夏守贇、李士彬到底在做什麼？這麼多的党項軍到底從哪裡冒出來的？范雍也顧不得多想，立即傳令，「急召劉平、石元孫等部回返救援延州。」范雍不是都部署，但夏守贇不在，就只能勉為其難地做起都部署的事情。

他已顧不上土門、保安軍如何，眼下死保延州，才是西北的第一要義！

張玉聽著范雍調兵遣將，神色木然，心中只是想，禹亨讓我報信延州，再找狄青。可狄青現在……在哪裡？

狄青正在平遠砦。

才送走張玉，狄青就接到消息，党項人再次兵出賀蘭原，馬踏橫山，寇兵宋境。保安軍告急、土門告急！西北再起烽煙，軍情緊急！

年年歲歲花相似，歲歲年年戰不同。

狄青這次沒有前往保安軍支援，而是接到要支援土門周邊砦堡的任務。因為青澗城離土門更近。當然了，這個近是相對而言。青澗城到土門，有三百里的路程。不過青澗城到保安軍，只比三百里的路程更遠。

就在得到范雍軍令的當天，狄青已留廖峰、魯大海協同种世衡等人守在青澗城，自己帶葛振遠、司馬不群兩人，還有數百兵士前往平遠砦救援。平遠砦依山而立，和塞門砦共為土門的屏障，扼住党項人入寇宋境的要道。狄青趕到平遠的時候，天色已黑。眾人一路進發，有驚無險，竟然不經一仗就到了平遠砦東。

狄青心中詫異，暗想根據軍情所言，党項人從橫山殺出，企圖從土門湧入。不言而喻，土門所屬重砦的平遠、塞門兩地肯定都被攻得緊。但眼下平遠砦沉凝若死，並沒有大軍來攻的跡象，難道說党項軍來襲，不過是虛張聲勢？

砦門緊閉，雪夜下滿是肅殺之氣。狄青心中困惑，砦前高喝道：「青澗城指揮使狄青，奉命前來支援，請見王都監。」

平遠砦守將叫做王繼元，是延州兵馬都監，若論官職，還在狄青之上。

狄青喊過後，砦內沉寂。不知為何，狄青心中有了不安之意。葛振遠扯大嗓門又喊了一次，這次砦門內的高臺上，有人高喊道：「可有憑信嗎？」

狄青馬上道：「有范知州的軍令為憑！」他見對方謹慎，倒覺得理所當然。眼下賊兵犯境，小心些總是好的。高臺處用繩子降下個竹筐，那人喊道：「請把軍令放入筐內，待驗證真偽，再放你們入砦。」

狄青將軍令放入竹筐，葛振遠有些不滿道：「我們不辭辛苦地趕到這裡，他們竟然防賊一樣地防我們！」

狄青微皺眉頭，道：「平遠為緊要之地，他們謹慎些總是好的。」

再過片刻，砦中人驗過了軍令，揚聲道：「果然是狄指揮，快開了砦門，迎指揮使進來。」砦門嘎吱吱地打開，五六個兵士迎了出來。為首那人抱拳道：「狄指揮，在下左丘，久仰狄指揮的大名，倒沒想到今日有幸能見到你。在下也是個指揮使，不過我這指揮使比起狄指揮可大大不如了。」說罷哈哈大笑，神情頗為親近。

狄青微笑道：「左指揮過謙了。不知道王都監現在何處呢？」

左丘笑道：「軍情緊急，王都監一直在砦西巡視。砦東總算比較安寧，就交給我這不成材的指揮使來看守了。」轉頭對身邊的士兵道，「都愣著做什麼？過來見過狄指揮。」

那幾人的態度一直都有些冷淡，聞言紛紛道：「狄指揮……」

狄青微笑道：「都是自家兄弟，何必客氣呢？對了，最近敵情如何？」心中卻想，「這裡的戒備，沒有我想的那麼森嚴。」

左丘皺眉道：「他奶奶的，前幾天党項那幫賊人打得凶，不過我們打得更凶，幾次擊退了他們來襲。這幾天……党項人沒有了動靜，多半已被打怕，不敢再來了。」

狄青目光閃動，突然道：「我來這之前，已先派了個手下通稟王大人，有緊要軍情稟告，請立即見王都監。不知王都監向左指揮說了沒有？」

左丘微愣，眼珠轉了下，立即道：「說了，當然說了。王都監還說，只要狄指揮一來，立即告訴他，他會前來見你。不過天黑夜冷的，狄指揮請先休息片刻，我派人去找王都監。」

「那有勞了。」狄青感謝道。

「都是自家兄弟，客氣什麼？」左丘又是笑，隨即吩咐一名手下去找王都監，又要安排狄青的手下暫且休息。

狄青對司馬不群道：「你和振遠帶兄弟們聽從左指揮的吩咐，我見過王都監後，會很快找你們。」

司馬不群一直沉默無言，見狀本待說什麼，突然望向了雪地，點頭道：「屬下知道了。」狄青跺跺腳，哈氣道：「這個冬天，真的有點冷。我在山西的時候，可從未遇到過這麼冷的天。」

左丘應和道：「是呀，這裡更冷些了。狄指揮這邊請。」他當先行去，和幾個手下帶著狄青到了一處大房間內。

延邊堡砦多是簡陋，那房間雖大，但不過是木板搭建，粗陋不堪。好在房中早有火爐點燃，給冰冷的夜帶來幾分暖意。左丘命手下人都在房外候著，自己和狄青對面坐下，吩咐道：「快上些好茶來。」狄青才待客氣，茶水早就端了上來，左丘親自滿了兩杯茶，狄青突然雙眉一展，說道：「咦，可是王都監來了？」

左丘微有吃驚，扭頭望過去，只見到冬夜淒清，屋內的火光穿出去，破不了冰封的黑暗。雪花慢飄，無聲地落在地上，給人一種冷冷的靜。

無人前來。

左丘緩緩地扭過頭來，微笑道：「都說狄指揮極為機警，可好像沒有人來呀！」

狄青似乎也為自己的誤斷有些尷尬，說道：「那……可能是野貓從外邊走過吧？」

左丘大笑道：「狄指揮竟然連貓兒走動的聲音都聽得見，果真不簡單。」他沒有出外查看，似乎已信了狄青的話，端起面前的茶杯道：「狄指揮，請用茶。王大人很快就到。」

狄青端起茶杯，嗅了下就道：「這是荊湖一帶的先春茶，味道雖淡，但餘味悠長，就如早春暖樹般，頗有韻味。」

他的茶道之學，是和楊念恩所學，隨口一說，忍不住又想到了楊羽裳，心中微帶悵然。左丘眼中有分訝然，「不想狄指揮對茶道竟有這般認識。我倒是個老粗，不懂這些。來……先乾為敬。」說罷將茶水一飲而盡，狄青笑著抿了一口茶，慢慢地嚥下去道：「這茶……要細細地品味才好。」

左丘放下茶杯，突然道：「狄指揮，不知你要找王都監商議何事呢？」見狄青沉默無語，左丘給了自己一個爆栗，搖頭道：「在下實在魯莽了，要知道王都監和狄指揮商議的事情，當然事關重大，豈是我一個局外人能夠參詳呢？」

狄青笑笑，說道：「其實我先前並沒有派人來，也沒什麼軍情要向王都監說的。」

左丘臉色微變，「那你方才……是什麼意思？」

狄青目光中掠過分寒芒，反問道：「其實這句話……本該我問左指揮的。既然我說的事情子虛烏有，那方才左指揮若有其事地說王都監已知道此事，又作何解釋呢？」左丘霍然站起，退後兩步。狄青還是若無其事地坐著，面含微笑地望著他。

左丘見狄青鎮靜非常，眼珠一轉，哈哈大笑道：「別人說狄指揮有些小聰明，今日一見，倒真讓我大開眼界。你什麼時候開始懷疑我的？」

狄青道：「按理說……軍情緊急，既然有援軍趕到，你應該立即帶我去見王都監的。再說王都監這麼忙，本不必親自來見個指揮使的。你太客氣了……客氣得讓我總感覺有些不踏實。」

左丘輕噓一口氣，態度轉冷道：「你果然很心細，可你再謹慎，你的手下卻沒有防備。你留在外邊的幾百手下只怕早就全軍覆沒了。」

狄青平靜道：「我既然都已防備了，如何不會讓他們防範呢？」

左丘冷笑道：「你莫要大言欺人，我一直盯著你，你始終未曾吩咐過手下。」

狄青輕輕地跺腳，「你並沒有注意到我的腳，我在雪地上寫了『小心』兩個字，然後抱怨天冷跺腳的時候，抹去了那兩個字。你沒有看到，但我的手下看到了。」

左丘心中一驚，回憶當初的情形，才發現的確如此。他本來想要亂狄青的心境，不想狄青還是穩如泰山。心思飛轉，陡然長笑一聲，擲杯在地，發出一聲清脆的響。

屋外的幾人霍然衝入，守在門前。左丘故作歎息道：「狄青，你的確聰明。可再聰明的你，只怕也想不到一件事。這茶水中，是有毒的。」

狄青臉色微變，「我只喝了一口。」

「一口茶就已足夠。」左丘得意非常。

狄青突然笑了，笑得很是譏誚，「那一杯茶不是更會要了人的老命？」

左丘本是洋洋自得，驀地臉色巨變，伸手扼住了喉嚨，嘎聲道：「你……你？」他臉色鐵青，已察覺有些不對，可他怎麼也想不明白為何狄青沒事，自己卻中了毒。

狄青緩緩拔刀道：「你很奇怪為何中毒的是你吧？那我告訴你，方才我故意說王都監前來，趁你回頭的時候，已換了茶杯。茶若無毒，也不妨事，可茶若有毒，那只能怨你不幸了。」

長刀勝雪，耀亮了狄青的雙眸，狄青一字字道：「現在……你還想問什麼呢？」

狄青拔刀在手，雖掌控了局面，但心中很是不安。

平遠砦波濤暗湧，絕非表面上看起來那麼沉靜。

王都監現在怎麼樣了？這個左丘究竟控制了平遠砦的多少力量？如果平遠砦早被奸細滲透，那為何現在還很安靜？

党項人不取平遠，目的何在？

左丘額頭已冒汗，才要伸手去懷中摸索什麼，不想狄青電閃躥來，一把抓住他的手腕。左丘的手下見頭領被擒，均想上前營救。

狄青單刀一橫，架在左丘的脖頸之上，喝道：「你若想活，先讓他們乖乖地聽話。」

有一人叫道：「你以為你是誰……」話未說完，光亮一閃，那人胸口已中了一刀，鮮血飆出，仰天而倒。

那些人才要並肩而上，見狄青刀出如電，不由都是駭退了一步。

狄青冷笑道：「現在你們應該知道我是誰了吧？」他手如鐵箍，控制住了左丘。左丘臉色已有些發黑，嘎聲道：「快給我解藥！」

狄青冷笑不語，左丘終於扛不住，叫道：「王繼元被我們……用藥物控制住了，我們沒有殺他……眼下對外說他臥病在床。」

狄青問道：「他在哪裡？」

左丘叫道：「就在左近，你放開我的手……」狄青見左丘已臉色發紫，也不想就這樣毒死他，手一鬆，才待從他懷中取出藥瓶，陡然間心生警覺，閃到一旁。

一道疾風遽然閃過，狄青毫不猶豫出刀反擊，已削掉偷襲那人的腦袋。可那人去勢不停，竟然一刀捅到了左丘的胸口。左丘慘叫一聲，已和那人滾翻在地。

狄青斜睨過去，知道那人正是左丘的手下。想必那人是偷襲自己不成，反倒將左丘殺死。見餘眾蠢蠢欲動，尚有六人之多。狄青當機立斷，單刀展動，劈削砍刺，轉瞬已殺了四人。剩餘兩人嚇得扭頭就跑，狄青飛身上前，為求活口，刀柄擊昏一人。

最後一人是個胖子，見狄青如此神勇，駭得兵刃落地，渾身上下的肥肉顫抖個不停，突然跪下來求道：「你別殺我，我知道王繼元在哪裡。」

狄青心中微喜，低喝道：「好，你若帶我找到王繼元，我就饒你不死。你別想要什麼花樣，莫要忘記了，這裡還有其他人可以帶路的。」

那人顫聲道：「小人不敢耍花樣。其實……小人是受他們脅迫……」

「廢話少說，」狄青道，「前面帶路，記得我的刀在你後面。」

二人正待舉步，門外腳步聲響起，有人高喊道：「狄指揮……兄弟們都來了。」

狄青聽出是司馬不群的聲音，喜道：「你們沒事吧？」

司馬不群和葛振遠並肩走進來，見遍地死人，也是駭然。葛振遠見狄青無恙，欣然道：「那幾個龜兒子要暗算我們，倒茶給我們喝，沒想到我們更熱情，把茶給他們硬灌進去，他們喝了茶，就都斷了氣。我和司馬不放心狄指揮，先過來看看。」

司馬不群更是心細，說道：「狄指揮，我看左丘只是小股作亂，還沒有掌控平遠砦，不然也不會只派幾個人來對付我們。」

狄青點頭道：「我也這麼想的。方才左丘就說，他們用藥控制了王都監，多半還沒有發動，我們先救出王都監再說。」轉頭向那胖子問道：「你們可有人在看管王都監？」

胖子忙道：「房外有兩個人看守，此外再沒有別人了。」不等狄青吩咐，胖子主動道：「狄爺，我帶你去救王都監，你饒了我這條狗命好吧？」

狄青見那胖子可憐巴巴，只怕遲則生變，立即道：「沒有問題。」

胖子大喜，當先行去。平遠砦依山靠水，地勢崎嶇，胖子帶著狄青上了個土丘，那裡木屋幾間，頗為簡陋。狄青見周圍安靜非常，不解地問道：「這裡的護衛呢？」

胖子賠笑道：「狄爺，左丘被党項人收買，又拉攏了幾個死黨跟從……小人可不是他的死黨，只是不得已為之。」狄青不耐道：「你長話短說。」

胖子尷尬道：「眼下王都監被灌了藥，整日昏昏沉沉，動彈不得。左丘怕別人知曉此事，藉故將周圍的護衛都撤了，說王都監讓眾人不用管他，全力守砦，所以這裡除了左丘的兩個手下外，再無別人了。」

正低語間，木屋裡走出兩人，一人低喝道：「蒲胖子，來這裡做什麼？跟著你的是誰？」

胖子看似要討好狄青，竟主動為狄青掩飾道：「是左爺又收的手下，這次來……是要帶走王繼元。」

那人叱道：「左指揮不來，誰也不能帶走王繼元。」

狄青上前一步，笑道：「那你可說錯了，左指揮不來，我也能帶走王都監的。」那人大怒，才待拔刀，就見眼前寒光一閃，喉間已濺出鮮血。另外一人見狀不好，反身就要奔回房間，狄青單刀飛出，刺入了那人的背心。那人倒在門前，掙扎兩下，再也不動。蒲胖子忍不住地哆嗦，又驚又畏地望著狄青，伸手指向屋中，顫聲道：「王都監就在裡面。」

狄青從屍身上拔回單刀，還刀入鞘，大踏步進了木屋。只見到屋中寒陋，牆壁上掛著一柄長槍。靠床榻的木桌上，放著一碗煎好的草藥，味道濃厚，還散著熱氣，已喝了大半。床榻上臥著一人，身上蓋著厚重的被子，背向牆壁。

狄青快步上前，低聲道：「王都監，我是新砦的狄青！你現在怎麼樣？」

王繼元好像還有知覺，勉強要轉過身來，低聲道：「我……緊要……的事……」他說得時斷時續，狄青聽不明白，才要俯過身去問：「你……」可不等低頭，心中陡然覺察到了不對。藥喝了大半碗，但王繼元口中和被上，沒有絲毫藥味。如果蒲胖子、左丘說的是真話，這幾日來，王繼元的被上、身上不應該如此乾淨。狄青察覺異常之際，驚變陡生！

本是病怏怏的王繼元，倏然暴起，合被撲來。屋內燭火為之一暗，緊接著嗤的一聲響，被未至，一刀已透被而出，勁刺狄青的胸膛。

變生肘腋，狄青暴退。他生平經歷過驚險無數，但以這次為甚。那人出刀之快、變化之急、偷襲之詭，甚至讓狄青來不及拔刀。

這是個圈套？

對方這般奇詭深沉，竟然算到狄青要來救王繼元，因此早早地埋伏。

狄青思緒電閃，卻還能閃過那致命的一刀。他已拔刀，才待斬出，突然身後疾風暴至，狄青躲閃不及，已被一拳重重地擊在了後背！

身後有高手？是誰偷襲？

那一拳如鐵錘巨斧，擊在了狄青的身上，只打得狄青心臟幾乎爆裂。可生死關頭，狄青還能倒捲一刀。刀光一閃即逝，如流星經天，橫行天涯。天涯有殘陽，殘陽如血！偷襲之人擋不住橫行一刀，倏然而退。

可後方偷襲才去，前方單刀又至，堪堪砍在狄青的胸口。狄青渾身乏力，只來得及扭動一下身軀。刀如毒蛇，噬中狄青的手臂。狄青身後偷襲那人身形一閃，已到了牆壁旁，伸手一招，掛在牆壁上的長槍已握在手上，再次向狄青刺去。一槍勁刺，快若寒星，卻如煙如幻。

那人身法奇快，一來一回，竟然不輸於王繼元的快刀。狄青避無可避，突然手腕一翻，那被子驀然倒捲，竟將床榻撲來那王繼元裹在其中。王繼元大驚，不想那被子竟然也會反噬。厲喝聲中，單刀翻飛，棉花四起，有如柳絮濛濛。破被剎那，王繼元只覺得腰間一涼，不由驚天地發出一聲吼。

狄青一刀深深刺入了王繼元的腰間，順勢一旋，已倚在王繼元的身後。他已耗盡了全身的氣力，他只希望能拖住片刻，再喘一口氣。那一拳太過凶悍威猛，打得狄青幾乎喪失了活動的能力。狄青從未想到過，還有人一拳能打出千斤鐵錘的力道。

長槍驚豔，毫不停留地刺入了王繼元的胸口。波的一聲響，幾無阻礙地又鑽入了狄青的胸膛！狄青吸氣，用盡全身的氣力退後，那長槍瀲灩，嗖的一聲，又從狄青的胸口拔出，帶出泉噴一樣的血。狄青臉色慘白，手捂胸口，已搖搖欲墜。

變生肘腋，讓司馬不群和葛振遠甚至來不及反應。等到他們省悟過來的時候，王繼元已死，狄青被重創，而出槍那人正立在燈旁，飄逸出塵。

他肩頭有血，槍尖滴血。他嘴角終於浮出了一絲笑意，他雖被狄青一刀傷了手臂，還折損了個同伴，但畢竟重創了狄青。只要能殺了狄青，所有付出的代價，當然都值得。顫巍巍的燈光下，那胖胖的身軀不再臃腫，反倒有種脫俗出塵之意。誰都想不到，這人能刺出如此驚豔的一槍！

蒲胖子拎著滴血的長槍，渾身上下再沒有什麼卑微之意，望著狄青微笑道：「狄青，你完了！」

狄青臉色慘白，根本說不出話來。他也想不到蒲胖子竟有這種身手！

司馬不群和葛振遠這才驚醒，奔過去叫道：「狄指揮！」司馬不群撕下衣襟，想要為狄青包紮傷口……

可那血哪裡止得住？

蒲胖子並沒有阻攔，嘴角甚至帶著分譏誚的笑。傷口可以包紮，但傷勢只能更重，他已掌控大局，更不把司馬和葛振遠放在眼中。

「你……是……誰？」狄青低聲問，又一次感覺到死亡離得如此之近。

蒲胖子微微一笑道：「我是菩提！」見狄青滿是不解，蒲胖子又補充道：「菩提本無樹，明鏡亦非臺；本來無一物，何處惹塵埃？這偈語你想必聽過，我用的是無塵槍，我就是菩提，西北八部中的龍部菩提王！」

龍部九王，八部至強。菩提無樹，無塵之槍。

都說九王中菩提王的無塵一槍，已不帶半分人間煙火，一槍刺出來，神鬼難擋。狄青也知曉，卻沒有想到過，有朝一日他會與菩提王在這種情形下遇到。

無塵槍沒有塵埃，卻有血。狄青的血滴滴答答地落地，雖是輕微，但驚心動魄。

菩提王看出了狄青隨時要倒下去的樣子，微笑道：「我來這裡，就是要殺你。因為帝釋天已覺得你是個威脅，如不除去，只怕後患無窮。」

狄青一顆心已越跳越慢，但聽到「帝釋天」三字的時候，眼中寒光又現。他想不到元昊竟然知道他，而且要殺他！

「只要有人威脅到我們的擴張，就一定要死！」菩提王還是不緊不慢道。他已勝券在握，不再急於出手，「狄青，你這一年多，很出風頭。帝釋天說你若有機會，就是另外一個曹瑋，他不想看到這種事情發生。這平遠砦早在我們的算計之中，遲遲不取，就是在等你來。」

狄青已有些恍然，「是夏……守贇？」他身受重傷，心思反倒出奇地清醒。夏守贇將他狄青調到平遠，就是要借菩提王的手將他除去。除了夏守贇，還有誰會對他狄青的行蹤瞭若指掌？

菩提王點頭道：「你很聰明，猜到是夏守贇給我們的消息！夏守贇派你過來，我就在這裡等你。左丘自大，死有餘辜，我算定了他不能成事，而你會救王繼元，所以派了夜叉埋伏在床榻上，然後刻意帶你前來，殺了你。你現在……都明白了吧？」見狄青無語，菩提王惋惜道：「你這麼聰明的一個人，我本不想你死。」

葛振遠怒吼道：「你是個什麼東西？你以為可以定別人生死嗎？」

菩提王微微一笑道：「我不是東西，是菩提。」話未畢，已出手，一槍勁刺狄青。他是菩提王，根本就沒有將葛振遠二人放在眼中，在他心目中，大敵仍是狄青。

長槍刺出，葛振遠、司馬不群倏然躥出，一左一右攻向菩提王。他們雖知不敵，但沒有半分畏懼之意。他們若逃，不見得就死；可他們不想逃，若能給狄青爭取一分生機，他們雖死無憾。

菩提王嘴帶冷笑，長槍一抖，已化作梅花兩點，分刺二人的胸膛。他這招的變化，簡直是妙絕天成，不帶半分塵埃。他故意放慢了速度，算準了二人必躲，他甚至已凝聚全身的氣力，準備必殺的一刺。百足之蟲，死而不僵。他可以小瞧旁人，但絕不能小瞧狄青。但他驀地發現，他本不應該小瞧任何人。

葛振遠見那槍刺來，下意識地躲閃。司馬不群一直沉默無言，甚至好像還有些膽怯，可見那槍刺來，遽然加快速度，竟迎槍口撲了過去！

噹的一聲輕響，長槍入胸。司馬不群悶哼聲中，已一把抱住了菩提王。

司馬不群心思陰沉，知道眼下的情況，就算躲避亦是無用。他捨了性命，只求困住菩提王。菩提王大驚，從未想到還有人會用這種不要命的招式。他被鎖住了槍，鎖住了手腳，怪叫聲中，再沒有了脫俗之意。他全力一掙，司馬不群五官已經溢血，菩提王一甩，才掙開司馬不群，又被另外一個人牢牢抱住。

那人的懷抱，有如大海山川，力道無窮無盡。菩提王甚至聽到自己筋骨寸斷的聲音，然後他就看到一雙野獸般凶惡的眼眸。狄青道：「我答應過羽裳，我不會死！」他話未說完，長嚎聲中，全身的力道盡數洩在菩提王的身上。

司馬不群為狄青爭取了一個機會。狄青也抓住了這個機會。

這時候的狄青，無力再戰，只能用野獸般的本能，熊抱住菩提王，有如他扼死增長天王般。菩提王驚天般的一聲吼，全身用力，但就是無法掙脫狄青束縛。陡然間背心一涼，刷的一聲響，菩提王感覺全身的氣力都洩了出去，眼珠子死魚一樣地凸出，四肢已軟了下來。

葛振遠出刀，一刀刺進了菩提王的背心，結束了這場生死之戰！

狄青和菩提王一起倒了下去，緊緊相擁，如情人般纏綿。

葛振遠大叫道：「狄指揮？司馬？」沒有人回應，司馬不群仰天倒地，早已斃命。狄青雙眸已閉，已暈了過去。

葛振遠一屁股坐到地上，立即又爬到狄青的身邊，叫道：「狄指揮，你醒醒！」狄青緊閉雙眸，呼吸竟已停了。葛振遠一顆心也要停了，又望向了司馬不群，悲聲道：「司馬……你不能死呀！」他爬過去，摟住了司馬不群，不想這平日看似陰沉的漢子，就這麼沉默地死了。

淚水點點滴滴，葛振遠悲從中來，又爬到狄青身邊，試試狄青的鼻息，竟感覺不到呼吸，一顆心已沉了下去。

狄指揮就這麼死了？葛振遠一陣茫然，目光空洞。

不知許久，他陡然一震，才發現床榻下竟然還有一人瞪著他，床底怎麼還會藏著人？葛振遠持刀在手，定睛望過去，才見那人四肢被綑得牢固，嘴上塞著破布，雙目圓睜，滿是焦急之意。葛振遠拖那人出來，拿開他嘴上的破布，問道：「你是誰？」

那人立即道：「我是王繼元，平遠砦的都監，中他們暗算，被他們綑在這裡。你快給我解綁，狄青沒有死。」

葛振遠忙扭頭望過去，見狄青一動不動，根本不信，但還是將王繼元的繩索鬆開。王繼元翻身而起，抱起狄青就往外跑去，葛振遠急叫：「你去哪裡？」他雖悲傷，可不捨狄青的屍體，急搶出去。

王繼元跑得極快，對砦中的路徑也異常熟悉，很快就下了山丘，轉過山腳，前方已有兵士喝問：「誰？」等見到王繼元，都驚詫道：「王都監，你這麼快就好了？」原來這幾天，左丘一直說王繼元臥病在床，這些兵士都是信以為真。

王繼元來不及解釋，喝道：「快去找軍醫來，把砦中的軍醫都找來，要快！」

那兵士從未見過王繼元如此暴躁，慌忙去找軍醫。王繼元又進了個屋子，翻箱倒櫃，很快找來一種白色的藥粉，撒在狄青的胸口之上。那藥粉止血奇佳，狄青的傷口很快不再流血。王繼元摸摸狄青的脈搏，只感覺到似有似無，焦急地走來走去道：「怎麼軍醫還不來？」

葛振遠這才奔到，嘎聲道：「狄指揮有救嗎？」

王繼元罵道：「你就知道叫，早點兒救他，說不定更有希望。」他遭左丘暗算，被塞到床下，本來昏昏沉沉，可方才藥性已過，目睹了房中發生的一切，對狄青極為感激。剛才葛振遠沒有注意，王繼元卻看到狄青的眼皮還在輕微地跳，知道狄青未死。葛振遠心中不安，盼能有奇跡出現，哀求道：「王都監，你一定要救活他。」

「廢話。」王繼元又罵了一聲，突然神色一動，衝出房去，片刻後拖著一個軍醫進來道：「程大夫，你快救救這人。」

那大夫見王都監急迫，伸手在狄青手腕上搭了下，搖頭道：「死了。」

王繼元急道：「沒死，他脈搏還在跳呢！」

那大夫又認真地號脈半晌，苦笑道：「他雖還沒死，但受創極深，在下……真的治不了這傷。」這會兒的工夫，房間中又來了幾個大夫，看見狄青的傷勢後，都是搖頭。王繼元知道這些人已是平遠砦最好的大夫，可所有人都說無救，不由狂躁道：「那怎麼辦？你們都出去。」

那些大夫訕訕離去，王繼元望著狄青，見他臉若淡金，全無生機的樣子，咬牙道：「你救了我的命，我卻救不了你的。」他久聞狄青之名，但素來不服，今日一見，不想竟承他的恩情。葛振遠一顆心又沉了下去，可已下定了決心，說道：「王都監，這裡大夫不行，但青澗城可能會有好大夫。你給我輛馬車，我帶狄指揮回青澗城求醫。」

王繼元心道：以狄青這麼重的傷勢，本不宜長途奔波，但這裡既沒有醫治之法，總不能在這裡等死。有些無奈道：「我本來應該和你一起去的，可是……」

葛振遠道：「可是你還要守這裡！我只希望，你這次能守得住平遠砦！」他心緒不佳，難免不擇言語。

王繼元並不責怪，心中卻想：元昊處心積慮地在平遠砦埋伏下人手，可並不奪砦，難道僅僅是要殺狄青那麼簡單嗎？這時候來不及多想，吩咐兵士準備一輛馬車，四匹健馬。葛振遠親自趕車，將青澗城來的兵士都留在平遠守砦，又請王繼元幫忙將司馬不群的屍體埋了。臨行前，葛振遠突然道：「王都監，我知道說了，你也可能不信，但這件事我還是要說。夏守贇父子……大有問題！他們可能已投靠了元昊。」

王繼元在床底的時候，已聽菩提王說及此事，但總有些不信，不解夏家父子受朝廷重用，為何這麼做。猶豫片刻道：「我會小心，你也當心！」

葛振遠點點頭，出了平遠，向青澗城的方向催馬狂奔，只希望早些回轉青澗城。可到了青澗城，就能救得了狄青的性命嗎？葛振遠心中沒底。

才出了平遠砦數十里，對面突然行來一輛馬車。那馬車只有一匹老馬拉著，雪地中孤零零地行走。這時已清晨，天未明。葛振遠十分奇怪，這種要命的天氣，這種時候，怎麼會有人和他一樣地趕路。可見到趕馬車的人是個年邁的長者，終於還是稍緩了速度。那道路並不算寬，他不想為救狄青，把那老者撞死。

那老頭見葛振遠讓路，謝了聲，才待策馬，不想又停了下來。車中有一冰冷如泉的聲音道：「狄青受傷了？」那聲音雖冷，但明顯是女人發出。葛振遠聽在耳中，直如五雷轟頂，忍不住握緊了馬韁。他不知道對方如何猜出車中就是狄青，更不知道那人如何判斷狄青受傷了，難道說這人是和菩提王一夥的？

可菩提王才死，這馬車又是從東方趕來，葛振遠自信催馬如飛，這車裡的人絕不會知道平遠砦的事情。但若是如此，那車中的女子，如何猜出狄青受傷了？

葛振遠想不明白，所以才驚疑不定。

那女子幽幽一歎，突然道：「狄青傷得很重，就算趕回青澗城，只怕也沒有人能醫治好了。」葛振遠訝聲道：「姑娘……你……怎麼知道？」

車中那女子漠然道：「我就知道。」車內沉寂若雪，車外雪落無聲。天地間，似乎充斥著一股詭異之意，讓葛振遠心中惴惴。

不知過了多久，葛振遠腦海中靈光閃現，吃吃道：「姑娘……那你能救指揮使嗎？」葛振遠雖未見女子的容顏，但直覺中，倒更信女子有種神通。

那女子輕淡道：「能。」

葛振遠突然躍了下來，跪地叩首道：「請姑娘救狄指揮一命，葛振遠永記姑娘的大恩大德。」

那女子道：「我要你記住做什麼？」葛振遠一愣，感覺這女子有拒人千里之外的意思，一時間不知道如何是好。他眼看狄青重傷，隨時都會斃命，恨不得以身代替，病急亂投醫，眼下狄青能不能熬回青澗城都說不定，他又如何肯放棄眼前的這個機會？葛振遠還待再求，那女子道：「我可以救狄青，但你要答應我一個條件。」

葛振遠大喜，「你說，千個萬個條件我都答應你。」

那女子淡淡道：「你要讓我救活狄青，就讓我先帶他走，去哪裡，你不能問。你可答應我的條件嗎？」

葛振遠怔住，不想那女子竟提出這種怪異的條件，一時間難以抉擇……

車廂中突然伸出一隻玉手，那手簡直比飄雪還要白。葛振遠望著那隻手，滿是戒備。不想那隻手只是輕輕地攤開，露出掌心中的一塊石頭。

那石頭瑩白中放著綠光，有如夏日郊外飛動的螢火，在雪夜中，淒清又帶著詭異。那女子輕聲道：「葛振遠，你不記得我了嗎？」

葛振遠見到那塊石頭，臉色巨變，嘎聲道：「是你？」他眼中滿是難以置信和驚駭，身軀都忍不住顫抖起來。

那石頭雖不尋常，但終究不過是塊石頭，葛振遠見到它，為何會如此地驚怖？

第六章 釁兵

馬蹄急勁。軍情若火，郭遵正在趕往延州的途中。

已清晨，白霜侵，蒼穹不見那爽朗的亮，天地間也是彌漫著難以驅逐的白，如愁雲慘霧。郭遵一顆心，比雪還要冷。金明砦被破，所有在延邊的宋軍，接到消息後，均要全力回去救援延州城。砦中金明，城中延州！延州城有范雍！金明砦被破，延州城再不能有失！

郭遵心急如火，趕路途中，還在想著一件事。香巴拉已有線索，這次事了後，要好好和狄青商議一下尋找香巴拉一事。但眼下，以救援延州為主。

前方有遊騎稟告道：「郭大人，劉平大人正領軍在三十里外的大柳鎮暫歇，知郭大人前來，命大人趕去會合。」郭遵微皺了下眉頭，回頭看了下身後略有疲憊的軍士，點點頭。心中暗想，劉平也來援助延州了，不知別的地方如何了。

原來元昊再犯西北，延邊諸軍還是一如既往地四處支援。郭遵協防延州西線，同時支援保安軍。劉平身為慶州副都部署，會同鄜州副都部署石元孫趕赴土門支援，餘將各有職責，務求將党項軍擋在宋境邊界。但眾將皆在前線，後方金明砦驀地被破，延州告急，這讓所有人吃驚的同時，不得不回轉救援。

金明砦為何被破？所有人心中都揣著這個疑惑，郭遵也不例外。

雪地行軍，比平日更是艱難。郭遵帶兵趕到大柳鎮時，當下讓手下全部休息，自己先去見劉平。中軍帳內，劉平神色肅然，見到郭遵進帳後，略有喜意道：「郭遵，你來了，很好。」劉平早知郭遵勇猛，但以前一直無緣相見，眼下見郭遵龍行虎步，淵渟嶽峙，心中暗歎，郭遵果然是個好漢。

郭遵進帳時看到帳中已聚了不少將領，鄜州副都部署石元孫、延州巡檢萬俟政、鄜州都監黃德和悉數在內。郭遵在邊陲許久，倒也盡數認識這些人。

最讓郭遵有些意外的是，王信居然也在這裡。王信本是殿前侍衛，以前一直與郭遵關係不錯，他本是守在保安軍的栲栳城，還在郭遵之軍的西側，如今王信竟搶在郭遵之前到了大柳鎮，倒讓郭遵很是意外。

郭遵忍不住道：「王信，你怎麼這麼早就到了這裡？」

王信見了郭遵，也有些詫異，說道：「我在兩天前接到金明砦失陷的消息，立即從城中抽調千人趕來支援延州。郭兄……你……」

郭遵眉頭緊鎖，半晌才道：「奇怪，我怎麼是在一天前才收到的消息？沒有理由你反倒早知道消息呀？」

王信也在琢磨著這個問題，暗想郭遵說的不錯，為何郭遵離延州更近，反倒晚收到消息？

劉平一旁道：「交兵之際，變數多多。我和石大人不是更早知道的消息？說不定……傳信的人找郭遵你的時候，路上有波折吧？」

郭遵更是奇怪，不待多說，劉平已道：「郭遵，你帶了多少人馬前來？」

郭遵回道：「不到兩千。」

劉平點點頭道：「如今我們聚集五路兵馬，已有萬餘兵馬，聲勢大壯。」

眾將都有分底氣，眼露喜意。只有郭遵一旁道：「劉大人，我軍有萬餘兵馬，那眼下延州軍情如何？」

石元孫一旁笑道：「我們救援速度極快，眼下延州並無敵情。幾個時辰前，范知州還有手諭送達，他在延州東門望眼欲穿地等待我們呢！不過范知州為防奸細趁機入城，讓我等分隊前進，每五十人一隊趕赴延州城。如今已派出三十多隊了。」

郭遵詫異道：「范知州為何會有這種奇怪的命令？誰來傳令的？傳令的人呢？」他一連三問，石元孫有些不悅道：「郭遵，你什麼意思？這是范知州和夏都部署的聯合命令，你要質疑嗎？」

郭遵見劉平臉上也有不悅之意，知道自己雖是都巡檢，但質疑上司，乃宋廷用兵大忌。大宋以文制武，長官的命令，均要無條件執行，不然和造反無異。

見眾人表情各異，郭遵並不退縮，毅然道：「劉大人、石大人，雖說救兵如救火，但絕非冒失輕進的藉口。」

都監黃德和一旁冷笑道：「都巡檢，你是說劉、石兩位大人輕進呢，還是認為范知州和夏都部署冒失呢？」

郭遵昂然道：「黃都監，郭某不過是就事論事。這數次傳令，均有蹊蹺。想党項軍能破金明砦，實力不容忽視。這股兵力目前藏身何處，我等還一無所知，不能不防！眼下我軍雖有萬餘兵力，但長途跋涉，兵力疲憊，若再分散行軍，豈不讓人各個擊破？」他雖沒有明說，但明顯在質疑范雍傳令的正確性。

劉平若有沉思，石元孫卻道：「但軍令緊急，我等怎能不從？范知州若有怪罪的話，只怕誰都承擔不起。」萬俟政、黃德和均露出深以為然的表情。

郭遵怒道：「如斯情況，當以兵士的性命為重……」他本想說你石元孫到現在，還只想著推責嗎？轉念一想，如今當齊心協力，不宜爭端，放緩了口氣道：「劉大人、石大人，我請莫要再分散出兵，不如齊去延州。這樣吧，若有罪責，郭某一肩承擔好了。」

劉平正在猶豫之際，帳外有人衝進來道：「父親……不好了。」那人年紀頗輕，英姿勃勃，卻是劉平之子劉宜孫，這次隨劉平行軍到此。

劉平怒視劉宜孫道：「何事驚慌？要叫大人！」

劉宜孫知父親對己嚴格，慌忙改口道：「劉大人，那信使不見了。如今我們派出了三十多隊兵馬，但一直沒有回信。」

眾人皆驚，劉平臉色也變，衣袂無風自動，顯得頗為激動。

王信一直沉默，聞言道：「劉大人，只怕延州那面，真有問題！」

劉平心中何嘗不是這麼想？范雍傳令，命他分兵前行，劉平心中本也疑惑，可想著范雍畢竟是西北最大，范雍之令，誰都要聽！他留了個心眼，囑咐幾個派出的兵士到了延州後，立即快馬回轉，稟告那面的情況。不想到如今，近兩千人分出去後，如石沉大海，音訊全無。如今傳令的那人竟也不見，此事很是古怪。

范知州絕不會坑害自己人，難道說……那手諭是偽造的？

劉平難以相信，可沒有別的解釋。他當初仔細檢查了手諭，見手諭上的暗記均對，這才信任了信使。這種手諭竟是假的？又是誰早就處心積慮，偽造出這種文書？

劉平心中發顫，感覺好像陷入了一張莫名的大網，偏偏看不出危機何處。見眾人徬徨，郭遵道：

「只怕前方有埋伏……」

萬俟政顫聲道：「難道說……前面派出的那些人……」他不敢說下去，眼中滿是驚怖，但誰都聽得懂他的言下之意。前面派出去的那近兩千人，只怕全軍覆沒了！

劉平心亂如麻，半晌才道：「郭遵，難道前方有敵，我等就要退縮嗎？」

郭遵沉默許久，才問道：「劉大人，可派人前偵延州的情況了嗎？」

劉平臉色微紅，搖頭道：「我只以為范知州所言是真，就沒有再派人打探。」他心中卻想：「無論前方有敵與否，都要衝過去和延州會合。我只想讓軍士一鼓作氣地向前，哪有時間先偵後進？」郭遵暗自皺眉，心道都說劉平在西南平定夷人很有戰績，這次出兵怎麼如此地糊塗？這樣行軍，不是在拿士兵的性命開玩笑？

石元孫已道：「前方有敵，說明延州軍情更為急迫。我等絕不能退縮。」

劉平也是點頭，決然道：「不錯。義士赴人之急，赴湯蹈火在所不辭，何況眼下為國難當頭！劉宜孫，傳令下去，三軍立即開拔，全力趕赴延州。」斜睨了郭遵一眼道：「郭遵，你可有異議？」

郭遵沉吟片刻才道：「劉大人，請暫緩出兵。末將請為先鋒，帶千騎先偵後進，查明前方的情況後，再請劉大人帶兵跟隨，不知劉大人意下如何？」

黃德和一旁道：「延州有難，片刻不能拖延了，豈有時間先偵後進呢？」

劉平也傾向於黃德和的建議，不想劉宜孫一旁道：「劉大人，我倒覺得郭將軍所言極有道理。我等已冒失一次，近兩千兵力不知所蹤，就不該再重蹈覆轍，當以謹慎為主。」劉宜孫早知郭遵的大名，知道此人驍勇，見郭遵不畏艱險，主動請纓前偵，心中佩服，是以幫郭遵說話。他雖覺得父親威嚴，但更認為郭遵才是真正的能領軍知兵。王信也道：「末將贊同郭兄和宜孫的看法。」

石元孫、萬俟政、黃德和等人心中雖不贊同，但望向了劉平。眼下軍中以劉平最大，無論眾人贊同與否，只有劉平才能一錘定音。

劉平思緒飛轉，終於道：「那就請郭將軍、王將軍帶領一千輕騎前偵敵情，以三十里為一界，我等相距三十里，前後呼應，這樣可好？」

郭遵微微心安，施禮道：「末將遵令。」

郭遵領命後，當下和王信並肩出帳。點齊人馬後，火速向東南方向進發。天濛濛，雪飛舞，視野有限，到處只見蒼蒼茫茫，天仗森森。郭遵見天氣惡劣，暗自心憂，才出了十數里，忍不住地勒馬。王信有些不解，問道：「郭兄，為何暫歇？」

郭遵沉吟道：「前方再行三十餘里，就到三川口。那裡地勢開闊，無險可依。過三川口後，再行不遠，可望延州城……」

王信問道：「那又如何？」

郭遵道：「我等兵少，又不知前方到底如何。這千餘人的性命也是命，不能輕率行事。趙律何在？」趙律出列，施禮道：「郭大人，屬下在。」

郭遵道：「你挑選軍中馬術最精的十人前頭探路，交錯前行，以十里為限，如遇警情，煙火為號。」

趙律點頭，已帶十人前行。等了小半個時辰後，第一批人已回返，稟告前方無警。郭遵這才稍放心事，命眾人前行。王信見郭遵如此謹慎，忍不住道：「郭兄素來勇猛，這次怎地這般小心呢？」

郭遵憂心忡忡道：「王兄，不知為何，我總覺得此次行軍，大是凶險。郭遵一身不惜死，但手下這幫兄弟信我們，就應該為他們負責才對。唉……走吧！」

郭遵早就疑惑重重，心道金明砦守兵甚眾，為何一夜就被破？党項軍如斯機心，這次舉動想必蓄謀已久，動用的兵力只怕也不會少了，那些大軍目的何在？所有趕來支援的宋軍正巧齊聚大柳鎮，那傳令的人怎麼會拿捏時間這麼準確，偽造文書又所為何來？

所有的一切，均是逼著他們這些宋軍趕赴延州，這其中，又是什麼猙獰的用意？

郭遵深憂，但知道眼下暫時無路可選，只能繼續前行。再行個把時辰，眾人已到三川口。郭遵暗想：三川口地勢開闊……若有伏兵……才想到這裡，就聽到遠處傳來一聲悶響，一道紫焰高沖雲天！

天雖陰，但那紫焰顯然經過特別的處理，在如斯天氣中，還有著奪目的光芒。

郭遵神色已變。他知道趙律所帶煙火分為五種顏色，而紫焰、恰恰是說明最緊迫的軍情。趙律跟隨郭遵多年，早經過無數的大風大浪，為人沉穩，若非真的見到什麼可怖的情況，絕不會放出紫色焰火。

前方有敵，有大軍出沒！前方有險，有極大的凶險！

這裡是三川口，一馬平川，無險可依，正適合騎兵作戰。一想到這裡，郭遵立即命令道：「立即回撤，請劉大人帶兵向西撤軍。」

王信見郭遵如斯慎重，也是不敢怠慢，立即道：「好！」眾人撥馬回返，行了不到十里，就聽前方有馬蹄聲響，轟轟隆隆。

郭遵臉色又變，見遊騎飛奔而至，喝道：「到底何事？」

遊騎急道：「郭將軍，前方是劉大人的兵馬。」

郭遵急怒，催馬上前，正迎到劉平，喝問：「劉大人，你怎麼來了？」

劉平見郭遵回轉，也急問道：「你怎麼回來了？」

郭遵又驚又急，說道：「好水川有大軍埋伏的跡象。我正要請劉大人帶兵暫退大柳鎮西的山嶺處，待查明跡象再說。劉大人怎麼不按約定，這麼快就到呢？」

劉平心頭一沉，一時無語。原來郭遵才走，石元孫等人就說軍情如火，何必等郭遵前偵耽誤工夫，難道說前面有敵，就不援救延州了嗎？

劉平心中也是這般想，他支開郭遵，不過也是為了方便行軍罷了。見眾人這般說，當下命宋軍隨後出發，劉宜孫雖反對，但孤掌難鳴，無力阻止。

不想才到三川口，郭遵就說前方有敵，劉平又驚又悔。正在猶豫時，又有遊騎飛奔前來，說道：「啟稟大人，東北向、東向有大軍出沒的跡象。」

郭遵急道：「劉大人，眼下形勢已明，想党項軍仗輕騎快馬，逼我們決戰三川口。還請劉大人立即命三軍向西暫退，尋地勢而守。」

石元孫一旁道：「決戰就決戰，難道我們這些人馬，還怕他們不成？都說郭將軍勇冠三軍，怎地這般懦弱，竟不敢迎戰嗎？」

郭遵怒極，可這時不想再浪費時間分辨，只能指望劉平能果斷些。

劉平說道：「向西撤退，那豈不讓延州孤城奮戰？此計不可行。郭遵，我命你身為先鋒，帶騎兵前衝。只要我們衝過三川口，就可憑藉那裡的山嶺抵抗，還可援救延州，一樣可行。」

郭遵急道：「劉大人……」

劉平斜睨郭遵，緩緩道：「郭將軍，你可怕死嗎？」

郭遵一怔，見眾人望著他的目光迥異，長舒一口氣，仰天笑道：「好……好……」他的笑容中，已有說不出的無奈。他只是個都巡檢，官大一級壓死人，既然劉平主意已決，他郭遵已不能抗令。

笑聲止歇，郭遵知軍情緊急，咬牙道：「好，末將遵命。」

劉平這時已箭在弦上，不得不發。見郭遵領命，微舒一口氣，只能希望宋軍憑銳氣取勝。喝道：「既然如此，郭遵為先鋒，王信協同。三軍全力衝過三川口，到延州會合。」

眾宋軍隨軍令而起，直衝三川口。飄雪時斷時續，不多時，已見前方冰河沉凝，蜿蜒如帶，眾人已到一處荒灘，郭遵知曉，此地叫做五龍川。

郭遵目光如鷹，催馬前行，突然縱身飛落，落在一雪堆之前，拂開了積雪，眾人窒息。那雪堆中，滿是宋軍的屍體！

趙律正在那屍體之中，可已不能再向郭遵稟告軍情，他凍僵的手掌中，還握著傳信的竹筒！他還睜著一雙眼眸，似乎想要說些什麼。可是他再也說不出軍情！郭遵伸手去摸那竹筒，一顆心已劇烈地顫抖起來。趙律死得不值，他雖傳出了警訊，可眾人還是來了。郭遵只覺得心中有愧，虎軀劇烈地顫動。驚呼迭起，宋軍中已起騷動，不是為了這已死的宋兵，而是因為河流的對岸，突然現出一條黑線。那黑線漸漸變寬變粗，並不急切，但如山嶽般移動。

「是党項人！」「党項軍！」「我們中埋伏了！」

呼叫聲此起彼伏，郭遵緩緩地合了趙律的雙眼，慢慢地抬起頭望去，那落寞的臉上，已刻滿了悲憤。雪花飄揚，撒在漢子那寬廣的肩背，寫滿了傷痛和無奈。

冰河的南岸，已盡是党項軍的身影。騎兵浩浩，馬蹄揚揚，不停地有党項軍從天際、雪影、山峰間湧現，彙聚成一條比三川河水加起來還強悍的潮流！

党項人果真埋伏在五龍川。宋軍明知有伏，還是如約趕到，這或許就是命，無法抗爭的命運。那荒涼的灘頭，傳說中曾有五龍得水升騰天際。自從那個傳說後，五龍川一直沉寂無言，可今日五龍川再次沸騰起來，說不定從此後，這個名字會用鮮血銘記在史書之上。人還是在湧動，幾千……數萬，不停地匯聚，無邊無垠，無窮無際……只是那麼粗略地望去，党項軍最少已有十萬之眾。

騎兵洶湧，在這荒蕪的五龍川旁，反倒凝聚起一股讓人心悸的安靜。党項軍就那麼慢慢地湧過來，立在冰封的河水對岸，並不急於衝擊。他們不用再急，宋軍騎兵不多，無論如何，那些步兵都是跑不贏他們的快馬。

波浪起伏的党項軍慢慢地聚集著能量，冷然地望著對岸那孤零零的、不成比例的宋軍。宋軍已疲、已乏，鬥志也在一絲絲地被摧毀。雪花靜悄悄地落，無聲無息地落在平川荒野，也落在軍士的身上、臉上。有的雪花很快地凝結成堆，有的孤零零地被哈氣融化，落在那凍硬的屍身上，凝著入骨的冷……

劉平大驚。他本想仗郭遵之勇，趁宋軍銳氣，一鼓作氣衝過去，哪裡想到過，党項軍竟然有這麼多的兵馬、這麼厚的陣營？

這種陣仗，要衝過去，難若登天。

党項人這麼多的兵馬，怎麼會一朝就到了這裡？

劉平無暇去想，喝道：「布陣。」劉平雖驚，但知道這時已慌不得，在党項軍不停地在對岸匯聚的時候，宋軍也開始布陣。

步兵雖拖著疲憊的步伐，但還是按指揮布陣。號角長響，劃破寂寥的蒼穹，宋軍錯落，有進有退，盾牌手衝前，長槍手掩護。整個陣型中心迅即凸起一道弧線，形似彎月，勢比勁弓。

宋軍布的竟然是偃月大陣！

這本是殺氣十足的一個陣法。但正所謂剛極易折，若不能破敵，死的就是自己。一萬疲憊之軍，竟以偃月大陣和以逸待勞的十萬餘党項軍對攻？萬俟政、黃德和等人均是不解，就算是劉平的兒子劉宜孫，都是不解父意。但軍令如山，眾人不得不從。

宋軍人數雖寡，但陣勢一出，党項軍終於止住了來勢，更多的人只是立在岸邊，等待後援的到來。不到片刻，岸邊的党項騎兵，已密集得如螞蟻一般。郭遵終於站了出來，上了馬背，對一旁的王信說了幾句後，策馬到了劉平的身邊道：「眼下我們只剩下最後一個機會了。」他還很平靜，但眼中燃起了極旺的鬥志。

事到如今，悔恨埋怨已無用。郭遵只能戰！為最後的機會而戰！

劉平本來心已冷，可看到郭遵的眼神，血又沸騰起來，「不錯，三軍中，應該只有你懂我！路本有兩條……」

岸邊的党項人已站立不下了，開始有騎兵試探著向對岸湧來。

郭遵寂寂道：「可一條是死路！我們若退，那身後的騎兵肆意衝殺，我們死無葬身之地。」

「可我們不退，他們就不會夾擊我們嗎？」

「至少眼下不會，他們用的是不戰屈人之兵的戰術，他們在等著我們退。」郭遵道，「他們十餘萬兵馬壓過來，就是要用氣勢壓得我們崩潰，荒野逃奔，然後趁亂追殺。我們疲憊之身，騎步兵混雜，無論如何都跑不過他們。」

「那現在只有衝過去一途了，若能僥倖衝到延州城下，或許可以依靠延州城抵抗。」劉平望著對岸無窮無盡的党項軍，吐了一口氣，眼中滿是歉然道：「郭遵，我不聽你言，對不起三軍將士，今日唯有以死報國！」劉平已悔。

可悔有何用?党項騎兵躂躂，已有近千人到了冰河中央。

郭遵悲哀道：「你我都對不起信任我們的兵士。」遠望党項軍已近，突然低語了兩句，劉平目光一亮，驚喜道：「真的？」郭遵一字字道：「這已是我們最後的機會，只盼劉大人你……這次——真的能和我並肩一起！」他刻意強調「真的」兩個字，滿是熱切。

劉平立即道：「我當全力以赴，配合你的行動。你放心，只有戰死的劉平，沒有逃命的劉平。」

郭遵精神一振，喝道：「好！」他說話的工夫，身後已聚齊數百騎兵。王信在郭遵和劉平交談之際，已領人馬待命。所有的騎兵，均是郭遵或王信的手下，所有人亦是目光堅定，臉色決絕。他們負責衝鋒，本來就是去送死。但就算死，他們也要死得夠本，無論誰想要他們的性命，就一定要用命來換。

党項軍已到岸邊、北岸!南岸的党項軍見宋軍仍無舉動，終於蠢蠢欲動。郭遵看不到党項軍的指揮是誰，卻知道這是對手的一次試探。

党項軍暫時找不出宋軍陣型的漏洞，所以嘗試引宋軍出擊，然後再尋勝機。党項將領已視宋軍為囊中之物，當然不肯先和宋軍戰個魚死網破。

鼓聲突起，擂得地動山搖，驚天動地。宋軍擊鼓！劉平親自擊鼓！

郭遵一聞鼓聲，率隊出擊，一馬當先地衝出去。

宋軍側翼倏開，衝出了一支利箭。那支利箭鋒芒盡現，箭鋒就是延邊都巡檢郭遵。南岸的党項騎兵有了些騷動，北岸的党項騎兵霍然迎了上去。他們過河，本來就是尋求這一戰！党項人士氣正盛，宋騎兵悲氣如虹。

兩軍相撞，捲起漫天風雪。風捲狂瀾，帶得那無聲的雪激揚沖天。兩軍交錯，天地蒼茫，一股股鮮血飛濺而出，染紅了飛雪、落雪和冰雪！

地面瞬間盛開了無數嬌豔的紅花。

胡笳聲聲，鼓聲陣陣。郭遵手持長槍，已殺到了來襲党項騎兵的中央。他槍槍如電，槍槍奪命，一路殺來，所向披靡。無人能擋住郭遵的閃電一槍！

党項騎兵變了臉色，宋軍本要絕望，見郭遵如斯勇猛，戰意重燃。

就在此時，一座山已攔在了郭遵面前，利箭雖銳，但終究穿不過高山。

党項騎兵軍心一振，已把攔截郭遵的希望寄託在那座山上。

攔住郭遵的當然不是山，而是一個如山的人。那人胳膊就有旁人大腿的粗細，他騎的馬兒，也和野牛一般壯碩，要不是這樣的馬，也馱不動這種壯漢。他手持丈八鐵杵，鐵杵前端粗壯得好似鐵錘一樣。這本是西北党項部第一力士，叫做萬人敵。

傳說中，此人雙臂力擔千斤，可徒手力挽奔馬，搏虎殺豹。他見郭遵氣勢洶湧，頓起一爭高下之意。雙馬相對，尚餘數丈，萬人敵已揮鐵杵擊出。

人借馬勢，馬借風力，萬人敵一杵擊出，風雲為之色變。天地怒號，馬蹄踏血，那股肅殺之氣已將郭遵籠罩其中，宋軍為之悚然，不信天底下還有如此威猛的一擊，更擔心郭遵能否抗住這驚天一擊。

郭遵橫槍，槍折！鐵杵下擊，馬兒悲嘶。郭遵所騎的戰馬竟被鐵杵攔腰擊成兩截！所有人的心已像停了跳動，卻見一人影沖天而起，幾乎擦著鐵杵而過。

郭遵不是馬兒，他那一刻的騰躍，矯若天龍。郭遵棄馬躍起，手掌一拍，那斷槍的槍頭倏然折向，已電閃般刺入了萬人敵的咽喉。

萬人敵僵凝片刻，眼中滿是懷疑和不信，但郭遵飛起一腳，已將萬人敵偌大的身軀踢於馬下。通的大一聲巨響，雪花四濺，萬人敵在地上扭曲一下，已然斃命。

郭遵殺人取馬，順手將那鐵杵拿在手上，信手一揮，已擊在一党項軍的胸膛。那人連慘呼都來不及發出，就被擊到空中，才一落地，又被亂馬踩踏，可他早已死了。

在郭遵擊他一杵之時，那人的五臟六腑就已被擊裂擊傷，腰椎斷折。

郭遵並非萬人敵，可手使鐵杵，竟比萬人敵還要凶悍！雪舞高歌，豪氣漠漠。郭遵持杵狂殺，縱橫捭闔！

宋軍放聲高呼，鼓聲更是蕩得天地人心都顫抖了起來。對岸的党項軍驚恍無語，不敢相信這是人能做到的事情。北岸的党項軍終於崩潰，紛紛撥馬逃往對岸。郭遵振臂一揮，眾騎兵接踵掩殺過去。鐵騎錚錚，踏破冷漠的積雪，踏在那晶瑩的冰面上，流光四射。寬廣的河面，流的不是河水，而是鮮血。

郭遵一路追殺，徑直到了南岸，逃命的党項騎兵衝得南岸的騎兵也動搖了起來。郭遵殺入亂軍，一入一出，又殺了十數人，下令道：「撤！」他發現党項軍雖敗退，但退兵不過是九牛一毛，絲毫撼不動党項軍的千軍萬馬，既然如此，再衝過去也是死路一條。

他命令一下，眾宋軍紛紛撥轉馬頭，反衝北岸。党項軍一聲喊，陣型漸凝，才待追來，郭遵冰河上勒馬橫杵，冷冷一望。冰封三川，風嘯雪傲，党項騎兵見郭遵橫杵冰河之上，竟不敢衝來。郭遵就靜靜地立在那裡，等手下均已回轉陣營，鐵杵在冰面上頓了下，這才撥馬回轉。宋軍先是沉寂，再是震天價響的歡呼，党項軍已陷入死一般的沉寂。

劉平興奮得雙眸閃亮，迎上來道：「郭兄實乃天下第一勇士！」他本自恃官職要高，一直對郭遵都有分倨傲。這刻見郭遵威猛如斯，心中熱血沸騰，忍不住改了稱呼。

郭遵輕歎口氣，「天下第一怎敢當？這場仗……才剛開始。」

劉平才沸騰的心冷下來，突然聽到對岸喧譁起來，只以為党項人再次發動進攻，忙扭頭望過去，不想只見到對岸騎兵倏然分開，很多人紛紛下馬，牽馬而立。

一人策馬從人群中行出。原來那些党項軍紛紛下馬，只因對出列那人異常地尊敬。那人黃衣黃冠，眉目沉凝如水，遠比萬人敵要纖弱。他馬鞍旁掛著一柄鋸齒砍刀，靜靜地策馬行到冰河正中，這才揚聲道：「龍浩天請與大宋都巡檢郭遵獨戰！」

他一言既出，聲如白雪飛揚，遠遠蕩開，三軍皆聞。龍皓天請與大宋都巡檢郭遵獨戰！

宋軍聞聽，心中都有疑惑。暗想郭遵方才橫掃千軍，勇力無人可擋，眾人見了，均是自愧不如，可党項軍居然還有人出來搦戰？這人是瘋了不成？

郭遵遠望那人，臉色如常，可雙瞳暴縮，喃喃道：「原來是他！」

劉平一旁詫異道：「他們要做什麼？」他顯然也不信党項軍中還有這種不怕死的人。劉宜孫一旁道：「党項人尚武，多半是見都巡檢威猛，我軍士氣又盛，是以想先除去都巡檢，再和我們決戰。」

劉平轉頭望了兒子一眼，見他滿是崇敬地望著郭遵，心道：兒子長大了，若再有幾年的磨練，也是個將軍了。不知為何，心中沒有欣慰，只餘酸楚。他很有些後悔，覺得不應帶兒子來出征。

英雄總是落寞，疆場淡漠生死，他當年為何不讓兒子習文？兒子若是習文，就算不能高中狀元，但憑藉家世出身，不也可在京城逍遙自在？朔風繞雪，銀花舞落……天地間，滿是蕭索。郭遵望著龍浩天片刻，話不多說，提杵催馬上前，離龍浩天數丈外暫且勒馬。他無話可說，也不用多說。這種事情，他不能退縮！因為他是郭遵！郭遵這種情形下，可以死，但不會退！

風蕭蕭兮雪寒，兩軍寂寂兮若死。無論党項軍還是宋軍，都暫時忘記了自身的處境，緊張地望著冰河上佇立的二人。這場勝負關係著兩軍的士氣、二人的生死，還有那男人骨子裡面的傲氣。郭遵若死，宋軍必崩；郭遵不死，又將迎接怎樣的挑戰？

郭遵不想生死，不想以後怎麼辦，腦海中只閃過葉知秋給他的資料。

元昊八部，各有職責，龍部九王，均有大能。九王中最詭異的是羅睺王，最神祕的是阿難王，最飄忽的是菩提王，權勢最大的是野利王和天都王……這些人都各有神通，但其中最孤傲、公認武技最強的一人，就是龍野王。

龍部九王，八部至強。龍戰於野，其血玄黃！

龍浩天就是龍野王！

天幕森森，河闊嶺遙。

龍野王一直望著遠方，待郭遵到了近前後，這才收回了目光。

郭遵靜靜地望著龍野王，留意著他的一舉一動。他是習武之人，當然看出龍野王雖不壯碩，但遠較萬人敵要危險太多。

龍野王在馬上拱手道：「久仰都巡檢大名，一直無緣相見，今日得見……幸何如哉！」

郭遵沒想到龍野王竟如此文質彬彬，還禮道：「可今日一見，就分生死，怎能算是幸事？」

龍野王道：「生能盡歡，死亦無憾。習武之人，能死在高手的手下，可算是幸事。」嘴角帶分落寞的笑，「這總比死在權謀下要好得多。」

郭遵反問道：「那你可曾盡歡？」

龍野王眼中閃過一絲悵然，半晌才道：「郭遵，你雖不過是個都巡檢，但在我們那裡，名頭可比大宋皇帝都響亮得多。因為你殺了夜月飛天、拓跋行樂、珈天蟒……這些人……我都認識。我今日到此，就是在等你。」

「你要為他們報仇？」郭遵平靜地問。

龍野王緩聲道：「我雖一年也不和他們說三句話，但我要為他們出手。」他用出手二字，而不用報仇的字眼，說罷有些蕭瑟之意。他是龍野王，他是龍部九王之一，他在党項人心目中的地位尊崇至高。

這就決定了他必須要戰。

党項人本彪悍，崇武輕文，以能打遍天下者為尊。萬人敵死了，他們就需要個人站出來挑戰郭遵。殺了郭遵，宋軍自崩。

生能盡歡，死亦無憾。可今日決戰的二人，本是天各一方的人兒，從不相識。他們今日為了種種緣由，必決生死，是否真的能無憾？

郭遵譏諷地笑，笑容中多少帶著雪舞天涯的無奈，「可我就算不殺他們，你今日就不出手了嗎？」

龍野王的眼神變得空曠索然，點頭道：「你說的對，命中註定，你我定要交手。」說到「命中註定」四個字的時候，龍野王無奈的眼眸中閃過分狂熱，立馬橫刀，尊敬道：「既然如此，請！」

郭遵再不多言，單手提杵，肅然道：「請。」

二人相對凝立，神色肅然中帶著對彼此的尊敬。真正的高手，尊敬真正的對手，他們彼此，豈不正是棋逢對手？

那無邊的狂風捲過，蕭蕭落落，有如楚客狂歌、歌如雪！

兩軍不想郭遵、龍野王並不急於交手，竟如熟人一樣地交談，可兩軍也沒有想到二人一交手，就立即決出了生死。

郭遵、龍野王幾乎同時催馬，雙方本隔數丈，但蹄聲未起，龍野王已揮刀，一刀砍向空中。眾人都已愣住，不知道龍野王用意何在，砍在空中的鋸齒刀，無論如何，都是傷不了人。那龍野王這一刀耗時耗力，所為何來？可所有人轉瞬明白了龍野王的用意，那一刀揮出，半空陡頓，那砍刀的鋸齒突然脫刃而出，疾射郭遵人馬！

這砍刀本是變化無方，妙用極多。龍野王既然認識夜月飛天、拓跋行樂等人，他的兵刃，也和那些人所用般，滿是詭異。

利刃如冰，半數擊在郭遵所騎馬兒的身上，馬兒悲嘶衝倒，龍野王長刀舉起，耀出一抹冬的寒意。

龍野王非萬人敵，他就等著郭遵沖天飛起。郭遵可飛殺萬人敵，龍野王如法炮製，準備趁郭遵飛起時，一刀斃敵。

龍戰於野，其血玄黃！他龍野王和郭遵決戰五龍川，現在就要用郭遵的血，祭奠死去的兄弟，點燃族人的熱血。

馬死，頹然倒地，郭遵卻沒飛起，倏然倒翻而落。利刃雖鋒，但終究擊不穿那矯健的馬兒。郭遵手提鐵杵，借馬兒所護，已避開了龍野王致命的一擊。

郭遵已落地，倒拖鐵杵，暴退。龍野王微詫，卻已算到了郭遵這次的閃避。他縱馬不停，速度已達巔峰之境。郭遵再快，也快不過他的健馬；郭遵再躲，也躲不過他的全力一刀。龍野王靜心細算，等的就是這巔絕的機會。二人距離急速拉近，龍野王已算準，再近三尺，就該出刀。

一刀如出，生死立決！

不等龍野王出刀，郭遵陡然出手，一鐵杵擊向了冰面。龍野王怔住，不解郭遵的用意。郭遵無論如何反擊，均已在他的算計之中，可郭遵竟然向冰面出手？龍野王一時不解，但刀已劈了出去。

可冰面一沉，馬兒遽然低了下去，龍野王千算萬算，卻沒算準那馬踏的堅冰倏然破裂，出現了足夠淹死十幾人的大窟窿。龍野王驀地省悟，郭遵第一次回轉的時候，就用鐵杵試探著冰面，難道他算準了要和我交手，所以事先看看堅冰是否牢固？

龍野王不信郭遵有此妙算，但此刻沒時間讓他多想。馬兒倏然沉落，他的一刀就已失去了準頭，他由將郭遵逼入險地，變成自己身臨絕境。

龍野王想飛，如玄龍飛天，再戰於野。但天空遽然更暗，一杆鐵杵夾雜著天地之威嚴，以迅雷之勢蓋過來……

郭遵全力出手，一招擊出，風雪靜，天地冷！砰的一聲大響後，水花四濺，龍野王已被連人帶馬地砸入了冰冷刺骨的河水中！兩岸大呼，隨即沉凝。勝負已決，龍野王敗，敗就是死！只見到那露出河水的冰面瞬間被血染成紅色，一絲絲白氣蒸騰著，風一吹，水面又開始凝結成冰，薄薄的，卻凍冷了多少人的壯志豪情。

郭遵提杵而立，衣衫獵獵，聽那面胡笳聲起，終於抬頭望過去，見党項人再次出兵。

這次党項人並沒有發動快攻，也沒有人挑戰。所有人持盾挺搶，緩緩地、如山嶽一樣地逼近。

宋軍雖入彀，但党項軍再也不敢輕視那些積弱疲憊的宋軍，因為宋軍還有郭遵。

郭遵在，宋軍鬥志就在……

風更冷，吹著那泛寒的長槍鐵盾，嗚咽了起來。它似乎已預見，這場仗，不會有贏家，有的只是屍骨成山、河流如血，還有那春閨少婦夢中，無盡的思念！

第七章　悍　匪

狄青醒來的時候，大汗淋漓，一時間不知道身在何處。

他記得自己做了很多夢，夢中有哭有笑，有血有淚。可最讓他記憶深刻的，卻是一個離奇的夢。

在夢裡，他身處一個石窟中，茫然四顧。石窟的四壁都是古畫，畫上繪的都是佛像。佛像都是細腰婀娜，瓔珞莊嚴。只是這些佛像皆是沒面目的，冷冷地對著他。

這樣的佛像他見過，當初在永定陵的玄宮時，他就見過這樣的佛像——無面的佛像，但夢中的石窟明顯不是玄宮！

遽然間，石窟起火，不知哪裡來的火，無邊無際的大火！大火融化了佛像的頭部。那頭部開始彎曲變形，突然變成了真宗的臉。真宗本閉著眼，在狄青望過來時，霍然睜開眼眸，開口說了兩個字，「來吧！」狄青就算在夢中，見到真宗睜眼時，也是忍不住的驚悚。來吧？去哪裡？

就在真宗睜開眼的時候，狄青霍然驚醒，所有的一切消失不見，他已從夢境到了現實。狄青恍恍惚惚的時候想到，他在兩次夢境中聽過「來吧」這個聲音。一次是在牢獄中，另外一次也是在重傷昏迷後……念及於此，狄青才感覺周身無一不痛，忍不住悶哼一聲，睜開了眼睛。

一縷光線透過紗窗照過來，落在了狄青臉上。狄青驀地見到亮光刺眼，忍不住稍閉了眼睛。空氣有些乾燥，陽光沒有冬日的漠漠，反倒帶著分初夏的炎熱。狄青感覺到這些的時候，沒有愜意，反倒差點兒跳了起來。他驀地覺得不可思議，甚至帶了些難言的驚懼！所有的一切倏然回到了他的腦海，他記得他受了傷，他中了菩提王的暗算，最後的關頭，他全力扼住了菩提王，看著菩提王滿是驚慌的表情，他心中有著難言的快意。他當時甚至都聽到菩提王骨頭斷裂的聲音。狄青那時只想著讓兩個兄弟能逃命。重傷下的他，絕不是菩提王的對手，可在這之前，司馬不群已死了？狄青想到這裡，心中一陣刺痛，司馬是為了他送命的。就是因為司馬的死，激發了他殘餘的潛能。他又記起胸口挨了菩提王的無塵槍，那可說是致命的一槍，他沒有死嗎？那麼現在平遠砦怎麼樣了？葛振遠如何了？但最關鍵的一點是，那時是冬天！那時雪兒飄飄，雖很冷，但還不如這個暖暖的天氣讓狄青感覺到冷。他的目光透過窗子望過去，只見到青霄如洗，暖日正懸，這是個豔陽天。他意識到這點，才有些驚怖，他這一夢，難道說睡了幾個月？還是說他現在是在夢中，而記憶才是現實？

收回目光，身旁有面銅鏡，狄青斜睨過去，一顆心遽然怦怦大跳起來。銅鏡裡，照出一張憔悴深邃的臉龐。但那人膚色極黑，臉上的刺青已隱而不見。鏡子照出來的不是他狄青！狄青明明知道這鏡子照出的那人肯定是自己，可見到鏡像非己，那一刻的驚駭可想而知。他是狄青嗎？為何鏡像輪廓彷彿，但面容並不相同？

莊周夢蝶，非蝶非我？狄青想起莊周的時候，又感覺到周身在痛，同時也感覺到身下有些顛簸。他這時候才發現自己所處的環境也在不停地動，伊始的迷惘和驚怖終於散去，狄青意識到，他在一輛馬車上。

他想要坐起，可身子如殭屍般地硬，勉強斜睨去，才發現自己被繃帶綁得如同乾屍般，同時他身上有股濃濃的藥味，有如下葬屍體上為防腐抹的藥物。

現在究竟是怎麼回事？

有風吹過，車子緩緩地停下來，車簾掀起。一隻乾枯的手伸到了狄青的眼前，摸在了狄青的額頭上。此時此景，一隻手驀地過來，狄青饒是膽大，也有些冒汗。可片刻後，他已發現，那隻手只是試試他額頭的冷熱，又緩緩地縮回去。

狄青借助銅鏡，終於發現原來是個年邁的老人入了車中。他方想詢問，感覺嗓子還是啞的，只是哼了聲，那老者已佝僂著身子下了馬車。

又過了片刻，那老者拿著一個瓷碗，裡面裝了濃濃的藥汁。狄青不等開口，藥汁已到了狄青的嘴邊。狄青只能喝藥，喝完後，立即道：「老丈，是你救的我？」

那老者見狄青能說話，乾癟的臉上有了分喜意，卻搖搖頭，「啊啊」地說了兩聲。他聲音古怪，說的並非中原話，狄青完全不懂他在說什麼。還待再問，老者已下車了。馬車再動，有滄桑荒涼的歌聲從車廂前傳來。那歌聲中，滿是蕭蕭濛濛之意，還很有些愁苦感慨。狄青聽出那就是老者的聲音，卻聽不出他唱的是什麼。歌聲夾雜著馬嘶，狄青已明白，那老者是個車夫。他喝了藥，感覺精神好了許多，雖滿腹困惑，但倦意上湧，在歌聲中又睡了過去。

如斯幾日，狄青身體一日好過一日，可和那老者言語不通，總是不知究竟。這一日，狄青已可勉強活動手腳，聽車簾響動，歎口氣道：「這裡是哪裡呢？」

他整日在車裡，只見窗外風月，根本不知身在何處。他唯一能確定的是，現在是夏日，他竟然昏迷了數月之久？他本沒有指望那老者回話，不想有個冰冷如泉的聲音傳過來，「這裡是地斤澤！」狄青一喜，抬頭望過去，又吃了一驚。

眼前不遠處，有張青光閃閃的臉，滿是猙獰。狄青收斂心神，再望過去，啞然失笑，原來那人戴著青銅面具，狄青認得那面具本是他的。來者是誰？為什麼要戴他的面具？地斤澤？狄青暗自尋思，他聽塞下的商旅說過，地斤澤本是党項人的地盤，在夏州北三百多里外，因為水草豐美，現在和夏州一樣地繁華，是個做生意的好去處。他怎麼會突然從平遠砦到了這麼遠的地方？

狄青尋思的工夫，也在打量著戴面具的那人，見那人身軀嬌弱，聽那人說話雖冷，卻像女聲。難道這人是個女子？那女子渾身上下沒有半分出奇的地方，要說唯一有點特別的是，她繫了條藍色的絲帶。絲帶藍如海，潔淨如天。那條絲帶觸動了狄青以往的記憶，他霍然抬頭，望向那人的雙眼。那面具雖是猙獰，但那面具後的一雙眼眸，如潑墨山水。那是他今生難忘的一雙眼。

「你是……飛雪？」狄青有些遲疑，更有些吃驚，但他只憑那雙眼，就認出眼前的人來。戴面具的女子沉默半晌，緩緩摘下了臉上的面具，露出並不出眾的容顏。可她的一雙眸子永遠那麼黑白分明，有如水墨丹青。她靜靜地望著狄青道：「你猜對了。」

那女子正是飛雪！

怎麼會是飛雪？飛雪怎麼會救了他？飛雪怎麼有能力救他？飛雪身上，怎麼總有種神祕難測的氣息？伊始的直接，後來的神祕，再到京城的飄忽……又到如今的救了他。飛雪如寒冬飄雪……飄忽不定，心思難以讓人捉摸。她和狄青間，本沒有任何瓜葛，但又像有些牽扯不斷的關係。

不知多久，狄青從震驚中回過神來，遲疑道：「是你救了我？」

飛雪波瀾不驚道：「我在路上碰到你，那時候你已奄奄一息，隨時會死。你手下的葛振遠請我救你，我就救了你。」她說得簡單，狄青繼續問道：「那葛振遠就讓你帶走我了？你現在要帶我去哪裡？」

狄青很奇怪，葛振遠為何放心地將他交給了飛雪？葛振遠認識飛雪嗎？突然想到，飛雪在汴京曾說過，「說了你也不會答應。你現在連汴京都出不了，怎麼會平白和我趕赴千山萬水？」現在他已和飛雪趕赴了千山萬水，飛雪到底要帶他去哪裡？要他做什麼？

飛雪平靜道：「葛振遠別無選擇！我想帶你去個地方。去哪裡，你眼下不必問。你欠我的，你又是個知恩圖報的人，眼下你暫時不需要做任何事情了。因此我想，讓你答應我的這個條件，是不是很公平？」

狄青只能道：「很公平。但你只能讓我做無愧良心的事情……」他只怕飛雪逼他做不情願的事情。

飛雪冷漠道：「你放心，我根本不會讓你再做任何事情。只要你跟我到了一個地方，你我之間就再沒有任何瓜葛了。」

狄青更是奇怪，想破頭也想不明白飛雪到底要做什麼。突然想起一件事情，急道：「平遠砦現在如何了？元昊撤兵了嗎？」飛雪給了狄青三個字的答覆，「不知道！」狄青不問疑惑多，問了疑惑更多，胸口雖不算太痛了，但頭難免痛起來。他又想起一事，問道：「我怎麼變成現在的樣子了？」他是說自己的一張臉。

飛雪淡淡道：「我用了一種叫做『年華』的樹液幫你洗了臉，你皮膚變黑，刺青隱去，都是因為這個。」

狄青舒了口氣，暗想這是党項人的地盤，喬裝行事再好不過。狄青又問：「那我什麼時候能恢復舊容？」

飛雪道：「到時候自然就會恢復了。」她說罷，不等狄青再說什麼，已跳下了車。

狄青皺眉，滿腹疑惑。

如斯又過了幾天，狄青已可拆了繃帶，亦可下車走動，但他終究沒有離去。他每日只在車上，聽著那老者哼著不知名、又滿是滄桑的歌曲，而飛雪卻不知道去了哪裡。

他只感覺車子不停地向西緩緩行去。

這一日，到了個繁華的市集。飛雪突然又到，對狄青道：「我已找好了商隊，讓他們帶我們過毛烏素沙漠。」

狄青一怔，心道沒事橫穿沙漠做什麼？可他知道問了，飛雪也不會說，只是點點頭。飛雪走到那老者身前，低聲說了幾句話。那老者身軀微顫，略有渾濁的老眼望著飛雪，竟要落下淚來。狄青雖不懂他們的言語，可也知道那老者很不捨飛雪。他這些日子，承蒙老者照顧，也很感激老者的恩情。飛雪說完話後，輕輕地擁抱一下那老者，轉身離去，神色依舊平靜，似乎這世上，沒有什麼事情能夠讓她感動動容。

狄青心中有些奇怪，感覺這女子處處不可理喻。但他終究向老者施了一禮，還是跟隨飛雪而去。那老者遠望飛雪離去，又唱起那哀傷而又蒼涼的歌來。

不知為何，那久經滄桑的臉上，已淚流滿面……

狄青和飛雪到了一家商隊，那商隊有個萬事通叫做董事，負責商隊的一切聯繫事宜。商隊的領隊姓趙，掛著一把厚背砍刀，雄赳赳氣昂昂，帶著一幫人手保護商隊。

商隊有男有女，有老有少，各有怪異。唯一相同的地方就是，彼此都保持著戒備。

狄青、飛雪到商隊後，除了董事外，無人搭理他們。

董事為二人準備了必備物品，在二人來後沒有多久，五、六十人的商隊就已開拔直奔大漠。商隊行了一天後，進入了沙漠。

狄青很快知道，這商隊裡的人，是要穿越毛烏索沙漠前往興慶府。這裡的人，除了狄青和飛雪外，每人都帶著私貨，主要是要逃避關稅，準備到興慶府大發一筆。

這就讓狄青更是奇怪，他和飛雪既然沒有私貨，要去興慶府，本不必從沙漠穿過的。難道說……飛雪的目的地，就在沙漠之中？

狄青從未到過沙漠，他只聽人說過沙漠，但他突然發現，那些人的描述遠不及真實沙漠的十分之一。沙漠如海，廣博浩瀚。沙漠也如六月天一樣，反覆無常。狄青入了沙漠只一天後，就感覺很是辛苦。邊陲的風寒，冷過京城，但沙漠的艱辛，又遠勝邊陲。滿目無窮無盡的沙，淺黃、深黃、金黃交織在一起，夕陽照耀下，金碧輝煌，波瀾壯闊。狄青本來還在琢磨著飛雪的用意，但很快的工夫，他就被烤得發暈，無暇欣賞美景，也不去多想什麼。汗水慢慢地滲出，瞬即被烘乾，可狄青發覺，他的體力奇異般地開始復甦。狄青很盼到了夜晚，天氣會涼爽些。可到了晚上，狄青更是頭痛。天氣遽冷，風刀入骨，就算裹著厚厚的毛毯，也能感覺到那風刺了進來。

夜半時分，狄青就在飛雪左近休息，見飛雪孤單地坐在帳篷前，寂寞地哼著一首歌。那首歌就是趕車老者唱的歌，由飛雪口中唱出，在茫茫大漠中更是蒼涼。狄青很想知道那歌是什麼含意，但終究沒有問。

狄青裹著毛毯，烤著篝火，心中想著三件事，「飛雪用意何在？西北戰況到底如何了？她這般弱的身子，不知道能不能頂住沙漠的風寒？」

清晨時分，商隊繼續前行，狄青發現他的擔憂沒有意義，飛雪竟然比他還要精神。飛雪面色不改，一雙眸子仍是神采奕奕。

日頭很快升起來，灼烤著世間萬物，沙漠像是變成了火海。在這種環境下，眾人如煉獄的鬼魂一樣，木訥地前行。眾人都枯萎疲憊，只有飛雪的一雙眼，愈發地明亮。

隊伍在沙漠中行了已三天，狄青從董事的口中得知，商隊開始進入沙漠的腹地。沙漠中跋涉得極為辛苦，一里的道路，往往要花費十里以上的氣力去征服。所以從地斤澤到慶州，雖不過幾百里的路程，但對入了沙漠的人來說，等於還有千里的路途要趕。

這一日，烈日炎炎，狄青難擋酷熱，謹慎地用水潤潤喉嚨，他知道這時候，水甚至比黃金還珍貴。扭頭向飛雪望去，見到她額頭汗珠都沒有一滴，狄青終於道：「你不熱嗎？」他發現驕陽對飛雪竟似沒有任何影響。

飛雪淡淡道：「你不想著熱，就不會熱。」

狄青難以理解飛雪的意思，才待再說什麼，突然目光一凝，已望到遠方一處沙丘旁。那裡傳來了一聲呻吟……

商隊停了下來，旁人似乎沒有發現那人，趙領隊吩咐道：「休息會兒，然後繼續趕路。」

眾人撐起棚布，遮擋著天上的火球，狄青卻已下了駱駝，向發出呻吟的地方走去。一人無助地倚在沙丘上，雙眸深陷，嘴唇乾裂發白。

見到狄青走過來，那人虛弱道：「水……水……」

商隊沒有任何一個人跟過來，狄青突然發現，他們不是沒有聽到，而是聽到了裝作沒有看到。狄青顧不得多想，取下了自己的水袋，遞到那人的嘴邊。他發現那人雖是憔悴，但很年輕。那人貪婪地喝著水，狄青沒有心疼，只是望著那人的鞋子。那人的鞋子早就磨爛，但狄青依稀眼熟，因為那是宋軍的鞋子，可那人臉上沒有刺字……這人難道是宋軍？他為何要橫穿沙漠？

年輕人喝了水後，掙扎著站起來，拉住狄青的衣袖，哀求道：「恩公，你是誰？我想去興慶府！求你……帶上我，求求你。」

狄青不等開口，趙領隊終於走過來，堅決道：「不行！」

狄青扭頭望去，問道：「為什麼不行？」

趙領隊冷漠道：「我說不行，就不行，這是商隊的規矩！」他手扶刀柄，斜睨著狄青。在這裡，趙領隊的地位，至高無上！年輕人鬆開了手，失望地倒退兩步，眼中閃著怒火，但不再哀求。狄青看得出來，他本是個很高傲的人。

狄青道：「他也是一條命，請領隊發發慈悲……」

趙領隊冷冷地打斷狄青的話，「你可知道，每年在這荒漠中渴死的人有多少？商隊帶水有限，多一個人喝水，別人就要挨渴，甚至會渴死。你可以救他，但你要和他一起滾出商隊！」

「這也是商隊的規矩？」狄青歎口氣問。

趙領隊瞇縫著眼睛看著狄青，他發現狄青和初入商隊的時候有些不同，可到底哪裡不同，他又說不出來。

「這是我的規矩！」

狄青望向飛雪，已想用自己的規矩解決事情，可他不想讓飛雪為難。飛雪依舊平靜非常，只是望著董事。董事走過來笑道：「趙領隊，這時候的確不適合救人，可他也可憐。常言說得好，『救人一命勝造七級浮屠。』不過這建浮屠，也是要花很多錢的。」最後那句話，董事是望著狄青說的。

董事的意思很明顯，能用錢擺平的事情，都不是難事。難事是……狄青身上沒有一文錢。那年輕人衣衫襤褸，隨身只有個空癟的水囊，顯然也是沒錢。

狄青正在為難的時候，飛雪已丟下了四片金葉子，簡單說道：「走吧！」

那金葉子閃著耀眼的光芒，就算丟在金黃色的沙子上，也能一眼就看到。

趙領隊冷哼一聲，腳尖一踢，四片金葉子飛起。他砍刀揮出，金葉子就附在刀身之上。趙領隊緩緩地收刀，取了金葉子，放在了懷中。

他刀法如同金子般絢爛，讓眾人眼花繚亂，見到眾人有些畏懼的目光，趙領隊洋洋得意。他是在炫耀，他也必須讓所有人知道，他這個領隊值得他們付出金子，這也是他的規矩。

「這個人可以加入商隊，但水和食物，必須你自己來供給。而且，你喜歡的話，你的駱駝也可以給他騎。」趙領隊丟下這兩句話後，緩步走開，嘴角帶著嘲諷之意。

商隊再次開拔，眾人又開始艱難地跋涉。狄青下了駱駝，才待說什麼，那年輕人已道：「恩公，我走得動！」他雙腳滿是血泡，每一步邁出去，身子都痛得發抖，但狄青看得出來，年輕人不會坐他的駱駝。

狄青不再堅持，行了半天路後，開口問道：「你是從中原來的嗎？」

年輕人身軀微震，半晌才道：「是，恩公也是從中原來的嗎？」

狄青點點頭，又問，「那你知道……去年冬天……元昊入侵延州，戰況到底如何了？」他雖遠在荒漠，終究還是難以放下延州的一切。

年輕人身軀陡然劇烈地顫抖起來，如蕭蕭秋葉……

狄青有些奇怪，不明白他為何對延州的戰情反應如此激烈。突然感覺有些心悸，抬頭望去，臉色微變。遠處風沙揚，黃塵起，呼哨連連。不知從哪裡突然冒出了一隊人馬，疾衝過來，轉眼就將商隊團團包住。

那些人清一色的黑色勁裝，手持長長的馬刀，刀鋒在蒸騰的沙漠中，仍帶著讓人心冷的寒意。

來者是馬賊！他們竟碰到了在沙漠中最讓商旅頭痛的馬賊！

商隊眾人見馬賊殺來，騷動起來，均自覺地下了駱駝，圍成一圈。他們蹲在駱駝旁，雙手抱頭。這是行商遇匪的規矩，只要他們不反抗，最少能留下性命。

反抗的事情，當然有趙領隊頂著。趙領隊一眼就看出，對方有五個首領，但最前面那個顯然很棘手。那人腦袋四四方方，一張臉有如風化的岩石，刀疤縱橫。他身後的四個人看起來也很凶，但比起那人，簡直比看門狗還要乖。

趙領隊一顆心沉了下去，可他不能不站出來，抱拳對著為首那馬賊道：「在家靠父母，出門靠朋友。在下和石砣大哥曾打過交道，不知各位可與石大哥是好朋友？」

石砣是毛烏索沙漠中名頭最大、手段最狠的一個馬賊，少有人見過此人的真面目，趙領隊也沒有見過石砣。但每次遇到馬賊的時候，他都會先抬出這個名頭，端是嚇退了不少馬賊。

趙領隊倒不怕遇到真石砣，因為他知道石砣不會將他們這種小商隊看在眼中。

為首那人眼中有分不屑，開口道：「你認識石砣？」他聲音嘶啞，有如被刀鋒逼著嗓子在說話。趙領隊挺直了腰板，大聲道：「不錯。」

眾人沉寂了片刻，那人身後的四人突然笑起來，笑得很是殘酷陰森。趙領隊正感覺有些不安的時候，長著四方腦袋的那人已啞著聲音道：「我……就是石砣！」

商隊譁然，不想如此厄運，竟遇到毛烏索沙漠中最凶悍的一股馬賊！

趙領隊渾身發冷，還能笑道：「原來你就是石……大哥。真是聞名不如見面呀……」他心中暗自叫苦，不明白大名鼎鼎的石砣為何要選這種小商隊下手。

石砣道：「放下刀，不要反抗。」他的聲音一字一頓，其中的冷意如冰。

趙領隊身後有個後生，自恃有些功夫，看不慣石砣的囂張，叫道：「不放下刀呢？」刀光一閃，帶出一股鮮血飆在了熱辣辣的黃沙上。眾人只看到石砣緩緩收刀入鞘，再看那後生，已倒在黃沙中，咽喉滿是鮮血！

那後生死時，還不知道如何中的刀！石砣不再多說，可已用這刀告訴所有人，這就是反抗的後果！

趙領隊汗水不停地流淌，他手握刀柄，但已沒有拔出來的勇氣。傳說中石砣是個可怕的人，但眼下的石砣，比傳說中還可怕十倍。但趙領隊又不能就這麼退，那樣的話，他以後根本不用考慮再混下去。

目光一閃，趙領隊突然想到個主意，微微一笑道：「石大哥刀法果然高明，不過……我要是就這麼放下刀，多少也有些不甘心。」望著石砣森森的眼眸，趙領隊突然走開，回來的時候，手上已多了兩條木棍，他手一揚，一條木棍飛起，趙領隊霍然拔刀。

刀光閃爍，石砣動也不動。刀光收斂後，一條木棍已斷成五截，趙領隊在木棍落地的時候，竟劈出了四刀，他刀法很快，快得自己都很滿意。見石砣木然不語，趙領隊做了個請的手勢，意思就是——只要石砣能比他刀快，他就聽石砣的。

趙領隊都有些佩服自己想出這麼聰明的法子，他先將自己的命保住，然後再爭勝敗，他已立於不敗之地。

石砣拿起木棍看了半晌，突然手一揚，木棍飛向半空。眾人都忍不住抬頭望過去，想看看石砣的刀到底有多快，就算趙領隊也不由抬頭，只見到刀光一閃，鮮血飛濺！

嗤的一聲響，棍子孤零零地插在黃沙上，還是完整的一根。可趙領隊脖子上，卻現出一道血痕。石砣出刀，趁趙領隊抬頭的時候，一刀砍在他的脖子上。

趙領隊喉間咯咯作響，死死地盯著石砣，似乎想說石砣為何不按規矩行事。石砣看向趙領隊死不瞑目的眼眸，冷冷一笑，淡淡道：「我只殺人，不砍木頭。」

沒有人再出頭。狄青忍不住向飛雪望了一眼，發現飛雪望著石砣，眼中沒有畏懼，好像還有些振奮，狄青很是奇怪。感覺到狄青的目光望過來，飛雪低聲道：「你不要出手。」狄青錯愕之際，石砣的手下已紛紛下馬，馬刀揮起，劃開了一箱箱的貨物。蘇州的綢緞、兩湖的茶葉、北疆的人參、珍貴的藥材紛紛撒落在地。

狄青突然發現，馬賊對商人的物品好像沒有什麼興趣。馬賊劃開的均是大件包裹，卻對那些小件貨物不屑一顧。商人們揪心地痛，表情就像在被割肉，可見到那些人對這些東西不看第二眼，又帶著僥倖，盼這些人搜完就走。

眾人都已看出來，這些人是在找東西。馬賊要找什麼？

一箱箱的貨物被劃開，等到有馬賊劃到最後幾箱貨物的時候，有一老者撲了上去叫道：「輕些，莫要打破了。」

他不顧性命地撲過去，可憐巴巴地護住了那箱東西，滿是哀求道：「你們就算要拿走，也不要打破這些東西。」

馬賊本有些失落，但見老者如此，反倒來了興趣。石砣身後有一馬賊上前，揮刀喝道：「滾開。」那老者膽怯地退到一旁，目光還是不離開那箱子。

那馬賊一刀劈開了箱子，木條散裂，露出了裡面四個顏色各異的瓷瓶。

那瓷瓶紅的如海棠，紫的若玫瑰，青的似梅子時節，還有一白色瓷瓶，猶如羊奶凝脂般光滑。

炎炎荒漠，四個瓷瓶一現，竟給眾人帶來分江南的青翠盈盈，更奇的是那四個瓷瓶光彩流動，不停地變化顏色，交織一起，讓人看得如在夢中。持刀馬賊雖不認得這瓷瓶的來歷，可也知道那是好東西，不由想要伸手去摸。

石砣眼中也閃過分欣賞，緩步走過來。那馬賊見石砣走來，忙道：「石老大，這有四個瓷瓶，可我們有五人，不知道如何分呢？」

那馬賊眉頭被劃了一刀，索性剃了半邊的眉毛，自稱斷眉，最近才跟在石砣的身邊。斷眉因身手不錯，一直覺得自己是石砣不可或缺的四個膀臂之一，這才有此一說。

石砣臉色木然，說道：「五個人有四個瓷瓶，好分呀！」斷眉才待詢問怎麼分，只見刀光一閃，大叫聲中，踉蹌後退。他緊捂著喉嚨，想要說什麼，可鮮血不停流淌，再退兩步，摔在黃沙之上。石砣收刀道：「現在四個人了，應該好分了吧？」他望著地上已死的斷眉，眼中滿是嘲諷之意。

其餘三個手下臉露畏懼之意，都賠笑道：「大哥想要都拿去好了，這沙漠裡，還有誰敢和大哥分東西呢？」眾人悚然，見石砣六親不認，與手下人一言不合，都要拔刀相向，嚇得戰戰兢兢，有人已尿到褲子裡面。石砣不再去看那瓷瓶，眼中灰冷之意更濃，失望中還夾雜些憤怒。目光閃處，竟然盯在商隊眾人的身上。他目光從眾人身上緩緩地掃過去，看得極為仔細。狄青發現，石砣對女人看得極為仔細，但石砣的眼中，並沒有淫邪之意。狄青忍不住想，「石砣在找女人嗎？」

石砣到了飛雪面前，突然眼前一亮，上前了兩步。眾人屏住了氣息，生怕惹禍上身。只有狄青皺了下眉頭，已準備要出手。石砣望著飛雪，飛雪也在望著石砣。狄青望著二人，不知為何，感覺這二人眼中都有分失望。這讓狄青困惑不已，石砣失望是因為找不到要找的東西，但飛雪為什麼失望？

良久，石砣的目光才從飛雪的臉上移到她藍色的腰帶上，嘴角不經意地抽搐了一下。飛雪移開目光，歎了口氣。石砣從飛雪身上移開視線，望了狄青和那年輕人一眼，目光並沒有停留多久，突然抬頭望了眼天色，臉色微變。

原來不知何時，天空東南角已有烏雲凝聚，那雲湧動極快，不多時已遮住了半邊的天空。石砣知道這是風暴將起的先兆，饒是他縱橫大漠，也不敢和老天鬥氣。見狀不再耽擱，命令道：「水都帶走！」

眾商人雖畏懼石砣的那把刀，可聽到這句話的時候，一片譁然。有人憤怒、有人吃驚、有人駭得幾乎要暈了過去。誰都知道在大漠中，水意味著什麼，石砣不殺這些人，但是帶走水，無疑已宣判了這些人的死刑。

有馬賊已向水囊奔過去，終於有人按捺不住，站出來喝道：「石砣，你莫要逼人太甚！」那人本是趙領隊的一個手下，可話音未落，已被馬賊一刀砍倒在地。

眾人大呼，眼中均有了絕望之意。狄青再也按捺不住，挺身而出，喝道：「石砣，你莫要逼人太甚！」

話音才落，雪亮的刀光倏然而落，有一馬賊已向狄青兜頭砍下，眾人又是一陣驚呼。狄青手腕一伸，便奪了單刀，振臂一揮，已了結了那人。

眾人呼聲陡停，難以相信這一直病殃殃的人，竟然有如此犀利的身手！

石砣本已催馬要走，感覺氣氛有異，又勒住了馬。緩緩地調轉馬頭，用那灰色的眼睛一寸寸地掃著狄青。沙漠上方烏雲更濃，整個沙漠都有了絲絲的涼意。

狄青胸口還有些痛，但腰身挺得和標槍一樣直。他遠沒有恢復，但他必須站出來。石砣目光雖和毒蛇般讓人驚悚，狄青反倒愈發地鎮靜。有風起，塵沙忽然撲面而來。狄青忍不住地眨了一下眼，他驀地發現，這個石砣不但毒辣，還有心機，石砣算準了風向，就在等這個機會。

遽然間，刀光一閃，有如半空中擊下的一道紫電，直奔狄青的脖頸。

石砣出手，把握了天時地利。紫電擊中狄青的身軀！有人驚呼後，陡然收聲，難以置信眼前發生的一切。狄青和石砣已換了個位置，黃沙上竟沒有鮮血濺出。

原來方才那電閃的一刀，劈中的不過是狄青的殘影。狄青在刀出之際，已迎著刀光衝出去。誰勝誰負，沒有人知道。

風狂捲，塵沙揚，烈日已隱。再過片刻，鏘啷聲響後，石砣還刀入鞘，喝道：「留下水囊，走！」他飛身上馬，帶著眾手下向西北的方向奔去。

黃沙滾滾，石砣等人繞過了沙丘後，再也不見了蹤影。

所有的一切都像是場噩夢，若不是黃沙上還有散亂的貨物，幾具屍體的話，好像一切都沒有發生過。

眾商人面面相覷，石砣為什麼要走？難道說狄青竟然贏了，這怎麼可能？那個病秧子竟然能擊敗大漠惡魔石砣？

可石砣畢竟走了，眾人忍不住地歡呼雀躍。

直到石砣消失不見後，狄青才終於鬆了口氣。他方才全力之下，已扯得胸口作疼，他畢竟離康復還差得遠。

能逼退石砣，已是幸事。

就在這時，有驚叫聲傳來，狄青一扭頭，就見無數黑影已向飛雪迎面打去。有狂風，狂風捲起了地面的木條塵沙，氣勢逼人。

狄青一驚，下意識飛撲了過去，一把抱住了飛雪，地上滾了兩滾。可身子陡滑，已從高坡上滾了下去！

他救人的時候全憑反應，可滾下去的時候，立即發現，他犯了一個極為致命的錯誤！

第八章　噩　耗

狄青不該脫離商隊。

他和飛雪從沙丘上滾下來容易，但想再上去，比登天還難。

狂風幾乎平地湧起，呼嘯怒吼，蒼涼冷漠，視萬物為芻狗。在這種情況下，要求生的最好辦法，就是和商隊的駱駝待在一起，靜等風沙止歇。

沒有了商隊，憑一己之力對抗老天，簡直不可想像。濃雲、狂風、飛沙、驚叫交織在一起，整個沙漠就如熱鍋中的炒豆，沸沸揚揚地癲狂抖動。人在其中，顯得那麼渺小和無助。狂風沒有止歇的跡象，但狄青已筋疲力盡，他沒有辦法再回去，只能順著狂風奔走。沙漠發威起來，比他想像中還要可怕十倍。

幸運的是，有個水袋和他一塊滾了下來，被他一把抓住。等到風沙終於稍緩的時候，狄青抖了下身上厚重的沙塵，扭頭望過去。他的另外一隻手，還死死地抓著飛雪那纖弱的小手。那柔荑冰冷、柔軟。

狄青只怕飛雪已支撐不住，可在漫天的黃沙中，他只見到了一雙清澈的眼眸，鎮定無比。飛雪抿著嘴唇，見狄青望過來，卻移開了目光。狄青愈發地詫異，不明白這女子到底有過什麼經歷，竟讓她在這種險惡的情況下如此冷靜？

狂風不停，飛沙走石，擊在人身上，疼痛非常。二人順風跋涉，不知多久，終於找了處風化的岩壁坐下來。憑藉岩壁的抵擋，他們終於可以喘口氣。天色暗暗，已是夜晚，但黃沙舞天，反倒給夜帶來分亮色。

狄青喘著粗氣，飛雪也是塵沙滿面。但飛雪的藍色絲帶還是一塵不染，她的眼眸光芒不滅。狄青坐下來後，琢磨著下一步怎麼辦。飛雪目光從狄青手中的水袋掠過去，望著那黃沙布滿的天空道：「我們現在應該在毛烏索沙漠的中心……」

狄青一顆心冷了下去，他明白飛雪的意思，就算二人熬得過眼下的風沙，肯定也熬不過饑渴。兩人用一袋水，無論如何都是不夠用，就算這些水給一人用，都不夠！

風沙狂舞，整個沙漠看起來都在移動顫抖。

狄青一顆心也跟著風沙顫抖，良久才道：「是我害了你。」他若不抓住飛雪的話，飛雪說不定不會掉下沙丘，飛雪跟著商隊，生機更大。

飛雪清澈的目光突然有了分霧氣，讓那本是難以捉摸的心思更是迷霧重重。

半晌後，飛雪望向狄青，眼中並沒有埋怨，只餘平靜。「你為什麼不說……是我害了你？若不是我帶你到這裡，你根本就不會遇險。」

狄青苦澀的笑笑，「我這人命中多磨，無論到哪裡都是一樣的。」

飛雪突然問道：「你信命？」

狄青想起邵雍的預言，想起了楊羽裳，心中微酸，歎了口氣，不再多言。沒有了羽裳，他信不信命又有什麼區別呢？

飛雪望著那蕭索沉鬱的臉龐，良久後才道：「你若信命，那你就不會死了。我會看命，我知道你能活得很久。」狄青有些驚奇地望著飛雪，忍不住道：「那你呢？」

飛雪竟然笑了，她的表情本一直都是平靜，說話的口氣很多時候也是波瀾不驚。狄青很少見到飛雪笑，也很少見到這麼絢麗落寞的笑。

飛雪笑起來，是眼睛先笑，嘴角再翹。她眼睛一笑，彎彎得有如那皎潔的月牙；她嘴角一笑，帶出道靚麗的弧線。她這一笑，已讓風沙失色。弧線流轉，給那荒涼冷酷的大漠中帶來分活絡之意，但那月牙中，不知為何，露出一絲深切的悲哀之意。不過那月牙中流露的悲哀，轉瞬泯滅。狄青一時間分辨不出，飛雪是在笑嗎？她的心中，難道也有什麼悲哀的事情？

飛雪收斂了笑容，只是淡淡地回了句，「人誰不死呢？」狄青苦笑，已無話可說。

風似乎歇了些，狄青和飛雪趁著壓力輕些，倚著岩壁閉上眼睛。夜色沉冷，沙漠的夜寒冷非常，狄青聽到飛雪又用古怪的語言開始哼唱那悲涼的歌。

那悲涼的歌在荒蕪的大漠中，滿是淒清蕭瑟。

狄青終於忍不住問：「我聽你和那車夫都會唱這首歌，這歌到底是什麼意思呢？」他本以為飛雪不會答，沒想到飛雪傷感道：「這是我家鄉的一首歌，會唱的人不多了。」她又低唱了起來，但這次用的是狄青能聽懂的中原話。

歌聲寂寂，狄青不想歌詞也是寂寂的。

「草傷秋、蟬如露，暮雪晨風無依住。英雄總自苦，紅顏易遲暮，這一身，難逃命數！玉門千山處，漢秦關月，只照塵沙路……」

飛雪唱完，閉上了眼，再不多言。

狄青聽懂了歌詞的意思，一時間竟然呆了。那歌詞甚淺，但其中，不知包含著多少人生的迷惘感慨。他扭頭望向了飛雪，見她還是沉靜的表情，心中只是想：飛雪到底是什麼來歷呢？她年紀也不大，看起來怎麼有那麼深沉的心思？

狄青思緒萬千，可終於太過疲憊，還是沉沉地睡過去。臨睡前，他見飛雪已熟睡，悄悄地將水囊放在了飛雪的腳下。既然兩個人都要死，為何不盡力保全一個？

他希望飛雪離去，帶著水袋離去，他帶著這個念頭睡去。等再睜開雙眼的時候，陡然一陣心悸。似乎意識到什麼，狄青霍然扭頭，只見到身邊的飛雪已不見。

這結局其實早在狄青的意料之中。他欠了飛雪一條命，雖然是飛雪帶他入了荒漠，但狄青並沒有抱怨，他希望飛雪能活下去。

讓狄青心悸的是，飛雪不在，水袋仍在！狄青只覺得全身僵冷，顫抖地伸出手去，提起那水袋，水一分都沒有少。飛雪走了，她沒要一滴水，在這種惡劣的環境下，沒有水，怎麼活？

狄青提起水袋，茫然四望，突然發出驚天裂地的一聲喊，「飛雪！你在哪裡？飛雪，你出來！」那聲音裂破長空，激盪在荒漠蒼穹間，有著說不出的淒涼和懇切。可蒼天無情，回覆的只有飛沙，沒有飛雪……

狄青緩緩地跪了下來，望著那袋水，眼中滿是血絲，一顆心像已裂開。他一直不懂的是女兒的心思……原來直到如今，他還是不懂。

狂風呼嘯，吹暗天日，狄青嘴唇乾裂發黑，嗓子已啞得說不出話來。他不知又過了幾日，他一直在沙漠中尋找著飛雪。可大風抹平了沙漠中所有的痕跡，根本找不到任何足跡，更沒有發現一個人。這場風暴比屠殺還要可怕。天地間，蒼漠裡，似乎只有他一個人孤孤單單地行走。他倒下的時候，水袋中的水還是滿滿的，沒用一滴。

狄青疲憊地躺在荒漠中，任憑風沙將他覆蓋。他那時候沒有死亡將至的恐怖，卻發現風止了，雲散了，天空現出蔚藍之色。藍天如同絲帶，如同飛雪腰間繫的那條絲帶。原來已清晨，好像什麼都沒有發生過。但風沙撫平了大漠，卻怎麼也撫不平心中的刻痕。狄青胸腔火辣辣地痛，急缺水來滋潤，可他竟然沒有要喝水的念頭。

紅日已升，那幾日的風沙反倒捲淨了天地的塵土。青霄萬里，黃沙漫漫，天地間充斥著青黃兩點之色，狄青閉上了雙眼，陡然聽見一聲鷹啼。

狄青緩緩睜眼，就見到青天上驀地現出一點黑影，那黑影漸漸變大，轉瞬捲起漫天狂風。一隻兀鷹從天而降，惡狠狠地向狄青啄來。兀鷹以腐肉為生，也就是這種生靈，才能在浩瀚的沙海中來去自如，得以存活。那兀鷹的尖嘴已堪堪到了狄青的面前。狄青神色不變，手腕陡翻，已拔刀斬去。

兀鷹驚覺危險，才要振翅高飛，可刀寒如月，已罩住兀鷹。橫行刀法，天上地上，一樣地橫行無忌。

一聲淒厲的鳴叫後，鮮血飛濺，兀鷹又飛出數丈後，這才摔向塵沙。可兀鷹不等落地，狄青已接住了它，一口吸在它流血的刀口之上。

狄青用力地吸著那兀鷹的血，感覺一股暖流入腹，精力漸漸復甦。他雖暫時又活得性命，可接下來要做什麼，他很是茫然。

繼續尋找飛雪嗎？她沒有一滴水，也沒有高深的武功，在荒漠中如江南的花朵般嬌弱。他狄青能活下來，飛雪能嗎？

狄青本已絕望，但想到飛雪鎮靜的眼眸，又覺得她不會就這麼死了。

正困惑時，狄青突然聽到一聲呻吟，那呻吟之聲雖輕，狄青聽到後，卻如耳邊炸起驚雷。是飛雪嗎？她就在左近？他扭頭望過去，就見到十數丈外的黃沙裡露出了一隻腳。那腳纖細嬌小，竟是女子的腳！狄青心中一陣激盪，奔到那纖足旁，叫道：「飛雪……你挺住。」狄青本待除下刀鞘挖沙，轉念一想，立掌如刀，挖起黃沙來。他只怕傷到飛雪。

很快地將那女子挖出了黃沙，狄青把住她的肩頭望過去，眼中露出失望之意。那女子滿面塵土，但掩不住她的膚色白皙。她緊閉著雙眸，長長的睫毛在風中輕輕抖動，有如秋風下顫抖雨荷……這女子不是飛雪！她是誰？怎麼會迷失在這荒漠裡面？

那女子嘴唇已乾裂得沒有半分血色，或許感覺到有人在身旁，虛弱道：「水……水……」狄青看了眼水袋，終於拔開木塞，輕輕倒了些水在女子的唇邊……

那女子終於睜開了眼，見到狄青後，下意識掙扎了下。狄青鬆開摟住她腰身的手，將挖出的沙子墊在她身後，坐下來又撿起那隻死鷹，呆呆地望，彷彿在琢磨著什麼。

那女子本來還有些畏懼，可見狄青如此，反倒露出絲微笑，「你救了我？」她看出狄青沒有惡意。她的笑容中有分高貴之氣，那絕非做作，而是天生的傲然。

狄青失落道：「或許我不該救你。」

那女子蹙眉道：「為什麼？」她眼中露出分訝然，或許驚奇還有男子對她這般態度。

狄青道：「我救了你，你還要再死一次，豈不是更痛苦？」

那女子臉色微變，四下望過去，見黃沙莽莽，一望無涯，沉默良久才道：「你還有水。」

「這水本不是給你喝的。」狄青歎口氣，「可方才……我又不能不餵你點水。」他雙手一分，撕開了死鷹，遞過去道：「這是給你的……我也只能分給你這些。」

那女子看著血淋淋的死鷹，吃了一驚，隨即明白了狄青的用意，厭惡道：「你有水，為何要讓我喝鷹血？你……把水賣給我……我給你一百兩金子！」見狄青上下打量著她，女子奇怪道：「你看什麼？」

狄青道：「我只想看看你哪裡能藏得下一百兩金子？」

女子這才察覺自己衣衫襤褸，下意識地縮了下身子，又道：「你把外衫賣給我，再給你一百兩金子。我說到做到的，一出沙漠，我就把金子給你。」

狄青見那女子很是自信的表情，倒感覺這女子可能出身不錯。突然有了分疲倦，狄青將那一半死鷹丟在沙上，不再多說，盡力地吸吮著手裡鷹肉中的血。他要活下去，就要先恢復體力再說。他強抑住噁心，順口還撕下塊鷹肉，咀嚼起來。

兀鷹的肉極為粗糙，狄青咬得咯吱吱地響。那女子見狄青如此態度，先是氣憤，後是畏懼。可見到狄青吃得歡，她才發現自己幾天沒有吃東西了。

一想到這點，女子肚子咕咕作響，再高貴的人，也一樣要吃東西。

那半隻鷹血淋淋地沾著沙塵，毛未褪，內臟未去，讓女子看著就噁心。但饑餓最終戰勝了厭惡，再高貴的人，為了生存，也會做些不太高貴的事情。

女子小口咬了塊鷹肉，只覺得一股血腥氣直衝腸胃，差點兒要吐了出來。可她餓了幾天，實在吐不出什麼東西。勉強吃了十來口，女子恢復些精力，四下望去，見黃沙蒼茫，臉現畏懼，輕輕向狄青的方向挪近了些距離，問道：「喂，你……叫什麼名字？」

狄青沒有回話，心中只是想：兀鷹從西方飛來的，鷹也要喝水，那裡肯定有水源。這麼說，奔著那個方向走，應該有活路。

女子本已放下了架子，沒想到狄青反倒端起了架子，不由得憤怒非常。本想喝斥，可轉念一想，還是放下了高傲，軟語問道：「我……我們要怎麼活著出這沙漠呢？」

狄青搖搖頭，已站了起來。

女人見狄青要走，慌忙叫道：「喂，你送我出沙漠，我……我就付給你一千兩金子！」

狄青早就見到女子一隻腳光著，另外一隻腳卻穿著個皮靴。那皮靴是用金線縫製，正中一處凹陷下去，好像本來鑲嵌著什麼。那凹陷部位的外圍，嵌著細小的鑽石。

就這一隻鞋子，狄青做一輩子指揮使，都不見得能賺得到。

狄青不知道這女子是誰，但相信女子能出得起價錢。

可這時候，金子有什麼用？他從來不認為金子有用的。

女子見狄青沒有任何心動之意，只怕他甩下自己。在這蒼茫的大漠，女子知道，若沒有狄青，她沒有活命的機會。

眼珠一轉，女子突然道：「你認識大漠魔鬼石砣嗎？」見狄青眼神變得古怪，女子以為抓住了狄青的弱處，說道：「我就是石砣的妹妹，你一定要救我，不然的話，就算你出了沙漠，他也不會放過你。」

狄青皺了下眉頭，舉步就走。女子又驚又惱，她自幼頤指氣使，根本不把天下的男子放在眼中。這次她入沙漠，實在是平生沒有經歷過的事情，風沙、噩夢、死亡時刻都跟隨著她。她見到狄青的時候，骨子裡面的傲氣仍在，只期冀這男人救她脫離苦海，但見狄青不受威脅，不被利誘，她的身分在這荒漠裡又絲毫沒有用處，又急又氣，忍不住啜泣起來。

不知哭了多久，女子感覺到周圍難以想像地靜，害怕起來，忙抬頭望過去，見到狄青還靜靜地立在那裡，哭道：「我就是想活命，這個總沒錯吧？」

狄青道：「當然沒錯，可我也想活命。我有腳能走，你有腳……也可以走的。」

女子怔怔地想了半晌，終於明白狄青的意思。咬牙站起來，一瘸一拐地走到了狄青身邊。這時日頭高空中燃著，烤得黃沙滾燙，女子簡直半刻都立足不住。狄青突然伸手，只聽刺啦一聲，已撕下女子裙襬的一角。

女子駭然退縮道：「你做什麼？」狄青將那裙襬丟在女子的腳下，冷冷道：「你若想多走幾步，最好纏住腳走路。」

女子明白過來，用那裙襬一層層地將腳裹住，心中對狄青有痛恨，也有些感激，可眼淚不知為何，又滴落下來。

狄青懶得琢磨這女子的出身，看了下太陽的方向，估算著時辰，向西行去。

狄青本來應該向東走，只有向東，他才能回返地斤澤，翻越橫山，到了延州，那裡才算是他的家。他驀地發現，他這無根的遊子，最思念的還是邊陲的風霜山月。可他還是選擇了向西，因為他覺得，飛雪肯定會向西走，他無論如何，都要再見飛雪一面。

飛雪雖冷冰冰的不近人情，可狄青知道自己欠她許多。女子膽怯地跟在狄青身後，咬牙堅持著。她明白要不是跟著狄青，只怕隨時都會崩潰。

黃沙連碧天，天地無盡，一個人行走其間，被無窮的孤單寂寞籠罩，那種可怕……永遠是局外人難以想像。狄青不想知道女子的身世，那女子對狄青卻來了興趣，她雖累得喘氣，還不忘問道：「喂……你到底是誰？你是不是石砣的手下？」她好像和石砣真的很熟悉，所以總認為狄青這種人，肯定和石砣有點兒關係。

狄青懶得回話，那女子眼珠轉轉，又道：「喂……」

「你叫我喂就好了……」狄青不耐煩道。那女子笑道：「可你不能也叫我喂，那樣很容易混淆的……」她等著狄青問她的姓名，因為她在西平府的時候，不知有多少人想要一近芳澤，可她孤高得有如天邊雪峰，不屑一顧。

狄青像是天邊雪峰上空萬丈的白雲，和雪峰似近實遠。

那女子咬牙跺腳，忍不住道：「我叫單單！不是丹砂的丹，是孤單的單。單單！不過兩個孤單的人，就不孤單了，對不對呢？」她為自己的妙語感覺到有趣，嘴角帶絲狡黠的笑。

狄青沒有笑，只是一步步地走下去。

單單很快不笑了，她已發現說話是在遭罪，炎熱的沙漠蒸烤了人的汗水、能力和激情，她腳上纏的裙襬本來是江南第一等的絲綢。可好看的……很多時候不中用。

絲綢已破，單單換了三次後，已經露出非常挺直的一雙腿來。她不怕狄青看她裸露在外的雙腿，她只怕狄青不看。但狄青頭都沒有回過，二人一直走到了日中，單單終於挺不過，軟倒在地，哀求道：

「你有水……給我喝一口好吧？」

狄青搖頭道：「這裡不是水……」

「那是什麼？」單單詫異道。

狄青回道：「是……雪……」

單單一凜，她不清楚狄青的心意，聽的卻是血字。可饑渴戰勝了恐怖，啞聲道：「就算是血……也給我喝點兒！」她從未想到過自己會變成這樣，也從未受過這種委屈，忍不住又要落下淚來。

狄青也躺了下去，疲憊道：「不行！」

單單咬牙暗恨，搞不懂狄青到底是怎樣的一個人，本待爬過去搶水囊，可又畏懼狄青手中的刀。不知過了多久，單單反倒最先起身，啞聲道：「走吧……」她搖搖欲墜，可知道這樣躺下去，只有死路一條。

狄青舒口氣道：「再等等。」

單單氣鼓鼓道：「等什麼？等死嗎？你不走，我走！」她奮力行了十數丈，不聞身後有聲響，回頭望去，見到狄青還是挺屍一樣地躺著，又急又惱，忍不住又想伏在黃沙上哭泣。可她淚水都哭不出來，心一狠，索性也不再動彈，心道：與其受罪，不如就這麼死了。雖是這麼想，可每當想到要死了，還是忍不住地渾身顫抖。單單伏在沙上，偷偷向狄青望過去，見狄青還是一動不動地躺在沙上，如死屍一樣，真恨不得他死了，可又怕他死。

不知過了多久，單單已昏昏欲死的時候，天空遽然傳來一聲鷹鳴，嘹亮至極。單單勉強睜開雙眼，只見到一隻兀鷹倏然而落，惡狠狠地向她撲來，忍不住大叫一聲。

叫聲未止，刀光一閃，那兀鷹空中就變成兩半，噴了單單一身的鮮血。長刀斬鷹後，激旋不休，遠遠地刺入一處沙丘。單單幾乎嚇暈過去，扭頭望去，見狄青躥過來，撿起半隻兀鷹，又開始貪婪地吸起鷹血。單單終於明白過來，立即拿起沙土上另外半隻鷹，也學狄青一樣。

待到那鷹血補充進二人的身體中，單單清醒過來，突然叫道：「我明白了。」狄青不理，拎著兀鷹的屍體，走到沙丘前撿起長刀。

單單跟在狄青的身後道：「你武功真高，我的那些……朋友很少有及得上你的。你不是在等死，你在裝死！裝死等兀鷹，等著喝它的血熬出沙漠，對不對？」

狄青懶得回話，單單又道：「對了，我明白了。這兀鷹飛得雖快，但它們也要喝水，所以兀鷹飛來的方向肯定有水源。兀鷹從偏西方向飛來，你就向那個地方走，無論如何，只要我們堅持，就能到那個地方。找到有水的地方，總能活下去。」

狄青倒沒想到單單也很聰明，單單已興奮得臉蛋發紅，「只要你有斬鷹的能力，我們堅持走下去，就能活下去。我真的太聰明了……」見到狄青黑黑的一張臉，單單忙道：「不過我只是第二聰明的人，你比我要聰明多了。」

狄青懶得解釋，已上了一處沙丘，陡然目光凝處，快步下了沙丘。

不遠處，竟然露出一隻手來，那裡埋著人！

狄青走到近前，心中已有失望，那隻手寬厚粗糙，絕不是飛雪的手。單單早跟了過來，怯怯地望著狄青。

感覺那人還有生機，狄青去挖掘埋在沙中的那個人，等到那人腦袋露出來的時候，狄青突然怔住。

單單一旁看不清那人的面容，問道：「他還活著嗎？」

狄青答道：「他還活著，你應該認識這個人的。」

單單大為奇怪，「我怎麼會認識呢？你認識的……我肯定不認識。」突然想到一種可怕的可能，單單牙關打顫，身軀都顫抖起來……

狄青扳過了那人的臉對著單單，不鹹不淡道：「這個石砣，不是你哥哥嗎？」

沙中埋的那人，竟是沙漠惡魔——石砣！

狄青沒想到石砣也會被埋在沙丘中，這和魚兒被淹死一樣讓人奇怪。狄青在這之前，雖未聽過石砣的大名，可經過沙漠一面，已知道此人心狠手辣，更因石砣久居沙漠，應該比駱駝還適應大漠的天氣，可這樣的人，也會埋在沙子裡面？

石砣還未死，狄青將他挖出來，很快就發現石砣被困的真正原因。

石砣渾身上下，最少有十處的傷口，他倒下不是因為沙漠，而是因為受了重傷。狄青當初和石砣對過一刀，知道這人刀法很不錯，在這荒漠中，更是難有匹敵，傷石砣的是誰？狄青琢磨的工夫，並沒有留意到單單害怕驚懼的厲害。

她不是石砣的妹妹嗎，為何見到大哥受到傷害，會如此驚怖？

「水……水……」石砣嘴唇動動，並沒有睜開雙眼。

狄青猶豫片刻，已準備救石砣一命。他不是菩薩，可知道眼下要找飛雪的話，一定需要石砣這樣的人！

「不要給他水！」單單見狄青竟然要救石砣，尖叫道。

狄青扭過頭來，「他不是你大哥嗎？你竟然不要救他？」

單單臉色怪異，「他不是我大哥，他是惡鬼，就是他……把我抓到了大漠。我求求你……你不要救他！」她連連後退，想要逃走，可又不敢。離開了狄青，她死路一條，可留在這裡，她更是難以遏制心中的恐懼。

狄青皺了下眉頭，終於還是將水滴入到石砣的嘴邊。

單單眼淚已落了下來，喊道：「你會後悔的，你一定會後悔，他是個惡鬼，你若殺了他，將他的腦袋送到興慶府，最少有千兩黃金。可你若救了他，你遲早要被他反咬一口。」

「所以你方才所說的……都是謊言，是嗎？」狄青反問道。

單單一滯，顫聲道：「我……無心騙你。我只是想讓你莫要丟下我。我……很怕……」她淚盈眼眶，楚楚可憐。

狄青回頭盯著石砣的臉，良久才道：「我要問他一件事。」

單單急道：「只要你救我出沙漠，你有天大的事情，我都可以幫你做到。真的，你要相信我。」她神態急迫，口氣中滿是惶恐。但見石砣眼瞼一動，單單立即住口，退後了一步，眼中滿是仇恨之意。

石砣睜開了眼，見到身邊竟是狄青，饒是沉冷，眼中也露出詫異之色。狄青收了水袋，將那死鷹遞給石砣，石砣立即明白狄青的意思，接過就咬。他咯吱吱地咬著鷹肉，嘴角滿是血跡，盡顯猙獰。單單面色蒼白，悄悄地藏在狄青身後。

石砣受傷不輕，腿上的傷口深可見骨，腰間有一傷口外翻，好像都可以看到腸子，但他真的像塊石頭，這種傷勢，還能不死。他甦醒後，眼中光芒漸轉陰冷。

待吃了十數口後，石砣這才住嘴，低聲道：「你救了我，但我不會感謝你，我沒有求你救我！」

狄青不出意料，淡然道：「我救了你，只因讓你能說一件事，可說不說……當然在你。」

「什麼事？」

「跟我一塊的那個女子，你當然見過。風沙起來的時候，你有見到她沒有？」

石砣眼皮不經意的跳動，「她？她是你的什麼人？」

狄青道：「是我在問你！」

石砣冷笑道：「那又如何？」

狄青拍拍手上的塵沙，譏諷道：「不如何。好了，謝謝。」他放下石砣，轉身就走，單單大喜，忙跟在狄青身後，不忘記啞著聲音說一句，「你若沒種，還可追上求我們。」她用的是激將之法，知道石砣雖狠，但也冷傲，只盼石砣真的有種。又想，我風沙滿面，狼狽不堪，這個石砣說不定不認識我了。

石砣見狄青遠走，臉色終變。狄青不用對他做什麼，只要不管他，以他的傷勢，沒有人幫手，想要活下去難若登天。見狄青越走越遠，石砣按捺不住，急聲道：「我那之後沒有見過她……但我若傷好，可以幫你找到她！」

單單暗自叫苦，狄青轉身望過來道：「你能走？」

石砣咬牙道：「能！」他雖是個惡鬼，但無疑也是個硬漢，如斯重傷，竟能掙扎站起，扯下衣襟，簡單地包紮了傷口。他單刀已失，刀鞘尚在，就拿刀鞘當拐杖，一瘸一拐地跟著狄青。

石砣要跟隨狄青，只因為也看到狄青手中的那袋水。

單單喃喃道：「這水兩個人用勉強，三人用恐怕就不夠了。」

狄青自語道：「那一個人用不是更好？」

單單立即一聲不吭，她本來極為畏懼石砣，可見石砣根本不望她一眼，惱怒中又夾雜釋然，只是想：「他不認識我了。等出了沙漠，我會讓哥哥將什麼石砣、木砣，都變成死砣！」可她畢竟少經磨難，根本沒有想到以石砣目光的毒辣，怎麼會認不出她來？石砣沒有發難，不過是因為打不過狄青而已。

三人之間的關係可說是極為微妙，彼此雖在一處，但心思迥異，一直近黃昏的時候，沒有兀鷹出現。

石砣知道兀鷹要借氣流飛翔，日落後不會再出。可他不急，因為他知道狄青不會讓他死。

狄青將剩餘死鷹又分作三份，分了一份給石砣。石砣也不客氣，竭力嚥到肚子中去。若論沙漠的生存能力，他比狄青還要強上幾分。

單單只希望石砣能夠噎死，可惜未能如願。

入夜時分，雲霧蒼茫，無星無月。眾人認不清方向，都不能再走。他們要節省氣力，也知道在沙漠中走冤枉路，那不但無趣，甚至可能沒命。

三人找了處背風的沙丘，暫時避寒。可白日還是炎炎的沙漠，熱氣遽散，變得冰冷徹骨。石砣石頭一樣地坐著，早就習慣了沙漠的反覆。狄青體質健碩，雖在沙漠中奔波得疲憊不堪，但傷勢反倒好了七八成，抵抗寒冷並不是問題。只有單單，看起來自幼嬌生慣養，縮成一團，等到深夜的時候，更是悄悄地湊到狄青腳邊。

她一方面怕寒，可更怕石砣。狄青雖冷，但總算是個人；石砣是塊石頭，是惡魔，是凶鬼，可就不是人！

長夜漫漫，但總有曙光初現的時候。單單睜開雙眼，見到天邊放晴的時候，感受沙漠那難言的靜，戚戚地向狄青望去，見一旁的狄青已不見，駭了一跳，差點兒蹦了起來。等見到狄青坐在沙丘上，正凝望遠方時，忍不住呆了。

她素來都受人奉承慣了，在沙漠幾日，多少改了些性子。本來她只覺得狄青蠻橫不講理，但見他孤單單地坐在沙丘上，盡是蕭索蹉跎，突然覺得……他就算坐在千萬人中，站在天底下最繁華的集市中，也難洗去骨子裡面的孤獨。

單單望著狄青，一時間忘了身在沙漠。

狄青見單單起身，拍拍身上的塵土，已準備向西行去。石砣掙扎站起，冷漠望了單單一眼，蹣跚地跟隨著狄青。

單單才待舉步，突然踢到個東西，一個踉蹌。低頭望過去，只見到腳下突然多了只鞋。那鞋並不華貴，是用枯藤纏就，鷹羽墊底，簡陋是簡陋，但正是單單所需。

單單大喜，忍不住穿上那鞋子，只感覺鷹羽柔軟，已安撫了起血泡的一隻痛腳，心中一陣激動。她這輩子，鞋子何止千百雙，但從未有哪隻鞋子，有今日這般可心。

鞋子當然不是憑空掉下來的，單單心道：當然不是石砣那個壞蛋做的，沙漠中只有三個人，也不是自己做的。這麼說，是那個木頭人所做了，真沒有看出來，他還有一雙巧手。單單一直不知道狄青的名字，只是亂叫。繫上了鞋子，單單本是悽惶的心不知為何，勇氣大增，快步跟了上去。荒漠日起，驕陽當頭。三人麻木中緩緩前行。狄青本不確定能否出沙漠，但見石砣並不多言，知道自己走得多半沒錯。石砣就算再狠辣，想必也不會和自己的性命過不去。近午時的時候，狄青重施故技，裝死等兀鷹前來食肉，飛刀斬了兀鷹。石砣見狀，臉色微變。

當初石砣和狄青交手一招，被狄青割破了肋下的衣襟，本心中不服，但見暴風將至，這才退卻。在石砣心中，若是真的拚命，他不見得不如狄青。可見到狄青飛刀犀利，石砣這才驚凜，暗想狄青心機很深，原來隱藏了實力。

石砣不知道狄青只是傷勢漸復，以為狄青陰冷如斯，暗起戒備之心，更是懊惱這段日子簡直是霉運重重。他和狄青交過手，本來就算有暴風襲來，也自信能躲得過，不想他在路上竟遇上勁敵。數十手下被對方殺散，自己也身受重傷。他拚命衝出去，失了馬兒，迷了方向，掙扎了數日，若非狄青出現，赫赫有名的沙漠惡魔說不定就不明不白地死在了沙漠。

可是——就這樣回去，家裡還有個閻王，他該何去何從？石砣想到這裡，偷偷地看了眼單單，嘴角帶了絲冷笑。

三人靠一隻鷹又熬了一天，單單已憔悴不堪，等到翌日近午時的時候，不等狄青吩咐，單單已躺了下來。奇怪的是，狄青竟沒有躺下來。單單不解道：「喂……你今天不裝死了嗎？」

狄青站在沙丘上，遠望荒漠盡頭，臉上突然現出一分喜意。石砣冷望單單道：「若不知情的人看了，會以為你是青樓出來的女子，沒事就會躺下去！」

單單漲紅了臉，怒道：「石砣，終究有一日，我會讓你為今日的言語付出代價！」石砣眼珠轉轉，哂然道：「你能等到那一天嗎？」

二人突然間唇槍舌劍，狄青鼻翼動了下，道：「石砣，可是到你的老巢了？」

石砣心頭一震，緩緩道：「還……遠呢……」

狄青手試刀鋒道：「我感覺這風兒，也帶著分潮濕。那頭有點青綠，本來還以為看花了眼。但見你底氣已有，想必是覺得家已不遠吧？」

石砣不相信狄青感覺能有如此敏銳，但見他說中自己的心事，眼中閃過猙獰。可見到狄青手中的刀，終於道：「是不遠了……到了那裡，我一定會好好地招待你。」

狄青彈了下刀身，「石砣，你我本無過節，我也希望好聚好散。你若能幫我找到同伴，我對你……只有感謝！」石砣嗯了聲，扭頭望了眼單單，緩緩道：「走吧！」

三人繼續跋涉，再走了不遠，果見沙上已有點兒荊棘，雖是稀少，但已帶給人希望。再向前行，青綠漸多，然後……他們就見到了一片綠洲！

那草木之氣清爽怡人，撲面而來的時候，狄青和單單都有些陶醉。

他們在平日裡，早對這些風光見慣不慣，但每個從沙漠死亡威脅活過來的人，都難免對沙漠中有這樣綠洲感覺到不可思議。那青綠在金黃的沙漠中，顯得異常動人清新。綠色，給人以生命的希望。

狄青正在貪婪地呼吸著清涼爽身的空氣時，突然間，馬蹄聲起，急如暴雨狂風。狄青凜然，抬頭望過去，見到約有十數騎奔來，已將狄青和單單團團圍住。

馬蹄錚錚，馬刀炫目，給這翠意盎然的綠洲，帶來了沙漠一樣的死亡之意。

狄青這才注意到，石砣不知何時，已落後了幾步，如今已站在了騎手外圍的圈子。變化陡生，狄青倒還鎮靜道：「石砣，原來你就是這樣好好招待我？」他嘴角露出嘲諷之意，可目光流轉，打量著四周的環境。綠洲向西處，帳篷漸多，這裡看起來，竟像世外桃源。可桃源無疑是石砣的，他不會允許別人在裡面走來走去。

單單臉色慘白，喃喃道：「我說過了……你一定會後悔的。」

狄青不待回答，石砣已道：「你錯了，他不會後悔，只要他不管你，我一定會把他奉若上賓，以後想留就留，想走就走。」

單單這才明白石砣早認出自己，遲遲沒有發難，只因為時候未到。心中畏懼，悄然站在了狄青的身邊，扯著他的衣裳。單單雖沒有再說話，但眼中的哀求之意顯而易見。

她只能依靠狄青。

狄青皺眉，半晌才道：「你在大漠劫持商隊，就是要找單單？」他想到石砣洗劫商隊，只挑選大件物品搜尋，原來就是怕這個單單藏身其內。

石砣簡潔道：「是！」

狄青不解道：「但她不過是個不懂事的孩子，你為何一定要為難她呢？」

單單突然臉漲得通紅，叫道：「我不是孩子！」她望著石砣，惡狠狠道：「石砣，我知道……你沒有那麼大的膽量敢抓我，一定有人指使你！你可以告訴我是誰，我讓我哥哥派人，將他們全部殺死，事後……就當沒有發生過這件事。」

狄青一驚，不解單單為何有這麼大的口氣，難道說，石砣也有不敢動的人？

石砣神色如岩石般生硬，一字字道：「你錯了，我就有這麼大的膽量。」隨即指著狄青喝道：「你……請……讓開！」

石砣說完，身形一縱，從一個騎手鞍上拔出單刀，橫刀而立。他傷勢嚴重，但看起來只要有一口氣，就不會放過單單。

本是綠意盎然、生機勃勃的綠洲，已讓人嗅到死亡的氣息。那十數個騎手的目光更冷，刀鋒更寒，他們來到這裡，沒有一人說話，可誰都看得出來，只要石砣下令，這些人肯定會不顧一切地衝上來拚命。

狄青手試刀鋒，緩緩道：「我若是不讓呢？」

單單那一刻，臉色蒼白，眼中突然有了淚光。她從沒有想到過，這個冷漠陰鬱的人，會為她出頭。石砣眼中厲芒閃動，笑容滿是陰冷，點頭道：「那好。」他也知道狄青不會讓，狄青和他……完全是兩類人。

石砣知道狄青的厲害，本不想出手，但他不能不出手，這個單單對他而言，實在太過重要。他已揚起長刀，準備發動攻擊的命令……

狄青沉冷而立，單單已沒有了畏懼，她癡癡地望著狄青，心中只是想：我只以為在這世上，除了大哥外，不會再有第二個男兒對我這般好……沒想到，他不知我的身分，竟然還敢為我對抗石砣！

單單突然笑了，只是望著狄青，那一刻的她，像是完全不再留意到來的危機。

或許對她而言，生也好，死也罷，一個女子，有個男人肯為你去死，那還有什麼可畏懼？眾馬賊已開始對狄青形成合圍之勢，就在石砣準備揮刀那一刻，遽然有飛騎前來。石砣眼角輕跳，喝道：「等等。」

眾馬賊停刀，止住了攻勢。那一飛騎馳到，馬上騎士叫道：「石砣，飛鷹找你。」對於沙漠惡魔石砣，他的口氣竟然很不客氣。

石砣嘴角抽搐，半晌才道：「我在抓人，等會過去可以嗎？」

狄青滿是驚奇，才知道石砣也是可以商量的。

那騎士神色倨傲道：「和你一起的人，一同過去。」

狄青盯著那騎士，不知為何，心中依稀有種熟悉的感覺。那騎士並未蒙面，臉上好像被燒了般，紅一塊黑一塊。這人對狄青來說，亦是陌生的臉孔，可他為何覺得曾經見過這人？狄青心中古怪，還能不動聲色，又好奇飛鷹到底是誰，竟能命令石砣！

石砣木然道：「飛鷹可以命令我，但不見得能命令旁人。」

那騎士微微一笑，「飛鷹算無遺策，知道和你一起的人，肯定會過去。」

狄青也笑了，嘲諷道：「那也說不定。」

騎士目光一凝，已望在狄青身上，問道：「你就是和石砣一起回來的人嗎？」

狄青聞言有些疑惑，心道若真的見過此人，為何這人對他全然不識？轉念一想，又有些失笑，暗想自己早就改容，這人認不出自己也不足為奇。

見狄青點頭，騎士道：「事到如今，由不得你不去見飛鷹。」

狄青微笑道：「是嗎？那你問問我這口刀，看它是否同意？」

騎士臉色一沉，伸手從懷中取出一物道：「你若想見此物之主……還是乖乖和我走一趟吧！」狄青見到那物，臉色微變。單單大惑不解，那騎士手中拿著的，不過是一根絲帶。絲帶藍如海，潔淨如天……

這樣的絲帶，單單覺得可以隨便拿出千萬條來，所以不明白狄青為何會變色。

狄青吐了口氣，說道：「好，我跟你去，但是單單也要跟我走。」他認出那絲帶本是飛雪所帶，這麼說……飛雪已落在飛鷹的手上了？

狄青想到這裡，喜憂參半。喜的是，飛雪沒有死；憂愁的是，就算石砣對飛鷹都有些畏懼，他孤身來到這裡，如何能救出飛雪和單單？

騎士撥馬向西行去，狄青只能跟在那騎士之後，單單別無去路，又跟在狄青的身後。石砣帶人兜住單單的後路。事情了結，可石砣非但沒有半分欣喜，眼中反倒露出怨毒之意。

眾人深入綠洲，狄青見周邊花紅草青，甚至還能見到有池塘高樹，不由感慨造物神奇。等再走片刻，眾人已到了一帳篷之前。那帳篷雖不華貴，但卻極大，帳篷外肅立幾人，腰身標槍般挺直，狄青見了，更增戒備。那騎士到了帳前，反倒客氣些，對狄青做了個請的手勢，「你和石砣……」瞥了一眼單單，淡淡道：「還有這個人，一起進去吧！飛鷹就在裡面。」

簾帳掀開，狄青舉步而入，才發現帳篷內坐著兩人。一人身軀嬌弱，膚色微黃，聽簾帳響動，那黑白如水墨的眼眸輕輕一瞥，然後移了開去。狄青差點叫出來，飛雪果然還活著，可怎麼看起來，她都不像是階下之囚，反倒像個貴客。飛雪怎麼能來到這裡，又是如何和飛鷹認識的？

狄青壓住疑惑，目光已定在飛鷹的身上，他無法不注意這樣一個讓石砣都畏懼的人。飛鷹果然有蒼鷹的氣勢。他隨隨便便地坐在那裡，隨意地抬眼一望，狄青就有中了一針的感覺。狄青從未見過有人有那麼犀利的眼神。

飛鷹的眼神，簡直比蒼鷹還要敏銳有力。他的臉上戴著面罩，遮擋住半邊臉頰，只露出薄薄的嘴唇和鷹鉤一樣的鼻子。他望著狄青，開口道：「你就是狄青？」

他的態度不是很冷，但很是狂傲。他的傲然，更像是蒼鷹翱翔天際，漠視天下蒼生的那種傲氣。

石砣聽到「狄青」二字的時候，眼皮又在跳。他顯然也聽過狄青的名字，他萬萬沒有想到，如此沉默的一個人，竟是狄青！狄青在西北，官職不高，但遠比很多人要有名氣！尤其是羌人，更知道青澗城有個狄青！單單聽到「狄青」這兩個字，依稀感覺熟悉，再想下去，眼中有了不安之意。

狄青向飛雪望了眼，道：「你還好嗎？」他很不喜歡飛鷹這個人，他明白飛鷹知道他是狄青，肯定是因為飛雪的緣故。

飛雪的目光從狄青的身上，落在他的左手上。狄青右手握刀，左手還拿著那個水袋，水袋滿滿的……有如那濃厚的關切。

「我……很好。」飛雪輕聲道。她的聲音依舊冰冷，但她的眼中，又有重迷霧。

飛鷹突然笑了，並沒有被狄青的無視所激怒，「我問的是廢話，你當然不屑答。其實你見過我，我也見過你，但我也沒有想到，你我會在這種情形下再次見面。」

狄青好奇心起，記憶中，他從來沒有見過這個人。飛鷹雖戴有面罩，但這樣的一個人，狄青只要見過，沒有理由不記得。飛鷹到底是誰？為何飛鷹說見過他，而他全無印象？為何他對帳外那個騎士有似曾相識的感覺？

飛鷹續道：「你我見面，可說是天意，你我見面，也有著共同的目標。」

狄青搖搖頭，哂然道：「我不覺得，我和你有什麼相同的目標。」

飛鷹眼中寒芒隱去，突然流露分傷感，嘴唇翕動，輕聲地吐出幾個字，「郭遵死了。」

狄青只覺得耳邊一個炸雷響起，身形晃了晃，臉上血色盡去，失聲道：「你說什麼？」

飛鷹眼中閃過黯然，咬牙道：「郭遵死了！郭大哥死了！你我的共同目標，就是為他復仇！」

郭遵死了？

狄青確信沒有聽錯，腦海中一片空白。他想不信，可無法不信。飛鷹有什麼理由欺騙他？他看得出來，飛鷹沒有說假話！

郭大哥死了？那個對他有如父兄的郭大哥死了？那個陪他開心傷心的郭大哥死了？

狄青父母早亡，郭遵對他海一般地寬容和愛護，狄青如何會不記得？在狄青心中，早把郭遵當做是父親、是兄長、是朋友。

可郭遵就這麼死了？

狄青想到這裡，心如刀絞，一股悲意湧上胸膛，嘶聲叫道：「他怎麼會死？他怎麼死的？到底是誰暗算了他？」

郭遵武功蓋世，若不是有人暗算，絕對不會死！

狄青那一刻，再也無法鎮靜。額頭青筋暴起，握刀之手也是咯咯響動。

那時候的狄青，心中只有一個念頭，以血還血！誰殺了郭遵，他一定要殺了對手為郭大哥報仇。

這些年來，狄青變了很多，但胸中那種剛烈熱血永在！

狄青殺意滿懷，並沒有注意到單單眼中滿是驚怖之意，可那濃濃的驚恐中，還有著無邊的哀愁，有如狂海怒濤中行著的無助扁舟！

她一個弱女子，為何聽到郭遵的死，會受到如此驚嚇？

弟？

第九章　霹　靂

雖是炎夏，帳篷中依舊寒意凜然。狄青只想著郭遵為何會死，並沒有留意飛鷹說了一句，「郭大哥死了。」狄青稱呼郭遵為大哥情有可原，可飛鷹為何也稱郭遵為大哥？難道說飛鷹本來也與郭遵是好兄弟？

飛鷹見狄青雙眸紅赤，情緒激動，反倒冷靜下來，靜靜地等待。

狄青憤怒不去，悲哀湧上心頭，叫道：「飛鷹，你還沒有告訴我，到底誰是凶手！」

飛鷹歎口氣道：「這件事一言難盡……我正感覺到勢單力孤，幸好，你來了，我也找了一個當初在三川口作戰的兵士，你或許……可從他口中得知詳情。」

狄青立即問：「他在哪裡？」

飛鷹望向簾帳口道：「他就在你身後。」狄青回頭望過去，不由愣住。方才他情緒激動，並沒有留意又有一人站在帳篷入口處，而他也認識那人。那人卻是狄青在沙漠中救出的那個年輕人。年輕人雙拳握緊，神色激憤中，又滿是哀傷……

狄青早覺得那人是宋軍，可沒想到他竟知曉郭遵的事情，嘎聲問道：「郭大哥真的死了？」他多希望那年輕人能反駁他，可見到那年輕人在流淚，他一顆心已凝冷如冰。

年輕人泣聲反問道：「你真的是狄青嗎？不都說你已死在平遠了嗎？」

狄青昂首道：「不錯，我就是狄青，但我只是受了傷，並沒死。」方才他不屑回答飛鷹的詢問，可這時，他要天下人都知道，他狄青沒有死，狄青一定會為郭遵復仇！

年輕人抽泣道：「我就知道，你沒死，你這種人怎麼能死？你死了，誰能再領引宋軍對抗元昊？」

狄青厲聲道：「是元昊嗎？是元昊害死的郭大哥？」

單單聽到喝問，臉色慘然，退後一步，身軀瑟瑟發抖。她不是怕，她的臉上已帶有難言的悲哀。

年輕人道：「是，就是元昊害死的郭大人！」

狄青反倒沉靜下來，緩緩道：「你把當時情況告訴我……好不好？」他心中已在想，他孤身一人，如何能殺了元昊？可他只要有一口氣，就不會放過元昊！

年輕人指甲已深陷手心，嘴唇已咬破，堅定道：「好！」他聲音過後，營帳中就再沒有別的聲音。眾人都在沉默，沉默地聽著年輕人述說著三川口的慘烈和悲壯、血氣和不屈！狄青這才知道，原來在他趕赴平遠砦的時候，金明砦已失守。原來是他的好兄弟張玉殺出重圍，頂風冒雪去延州送信；原來他的好兄弟李禹亨為救張玉，早就先一步送了命。狄青沒有落淚，可他的心口在滴血。這筆帳，不能用淚，一定要用血來清算！

狄青又知道，張玉雖把消息送到延州，但不等范雍傳出消息時，劉平等人已回兵。竟有人未卜先知，知道延州肯定有危機。劉平、石元孫、萬俟政、郭遵和黃德和五人聯合回兵救援，所率兵力不過一萬多些，而且還是騎步兵夾雜，疲憊不堪。劉平之軍，從慶州趕赴保安軍，殺向土門，又返回三川口，更是奔了五天五夜的路……

狄青靜靜地聽，靜靜地望著手上的單刀。單刀已有缺口，但仍泛著寒光……

年輕人又說，原來平遠砦一直沒事，不是党項軍無能攻取，而是元昊麻痹宋軍的策略。在元昊派兵攻擊平遠、塞門兩地的時候，趁宋軍龜縮不敢出擊，元昊早率大軍突破土門，長驅之下，利用數萬的內奸，破了金明砦。李士彬下落不明，李懷寶被殺。那銅牆鐵壁一樣的金明砦，其實早就千瘡百孔。而元昊破了金明砦，並沒有稍作停留，徑直帶著八萬鐵騎，數萬大宋養的內奸，再加上生戶熟戶數萬人，共有十五萬大軍圍城打援，坐等劉平等人入彀。而來援延州城的宋軍，不過才一萬人！兩軍相遇在三川口的五龍灘頭……雪花正飄，宋軍以偃月陣對敵，以一對十五，以疲憊之師對党項軍的深謀遠慮。可宋軍沒有降，沒有怕，他們竟然還拚了三天三夜，因為他們有個勇將——郭遵！郭遵激發了宋軍全部的勇氣和血性，可郭遵第一天就死了。

狄青聽到這裡的時候，胸中針扎地痛，恨得頭髮幾乎都要豎起來。他恨自己當時不在，恨不能和郭遵並肩作戰。但他還是靜靜地聽，他要將所有的事情牢牢記住，然後全部還回去。沒有人打斷年輕人所言，因為所有人胸中都有了慘烈之意。但也有人在想，這年輕人到底是誰，為何對三川口之戰如斯熟悉？這人對全部如此了然，絕非一個普通的宋軍。

年輕人又道，郭遵和党項軍進行了三戰。第一戰，郭遵以騎兵破騎兵，以更剽悍的姿態擊敗党項人，擊殺党項人第一力士萬人敵，橫杵冰河，千軍不敢過。

就算是飛雪聽到這兒，眼睛都亮了起來。她喃喃地念著郭遵的名字，突然歎了聲，「我為何不早些見到他呢？他一定……」郭遵一定什麼，飛雪沒有再說下去。

誰都沒有留意飛雪的細語，誰都迫不及待地想要知道後來如何……結局已定，但郭遵的事情，豈不是所有人都想聽的？

郭遵隨即和党項人進行了第二戰，單挑党項龍部九王之一龍野王！

龍浩天在党項軍心目中，已和天神彷彿，誰都不認為郭遵能勝了龍浩天，就算郭遵能勝龍浩天，可也必須付出血的代價。但郭遵只用了一招，就擊殺龍野王在冰河水下！

郭遵置之死地而後生，破冰殺敵，威震三軍。

狄青熱血再次沸騰，急問：「那……後來呢？」

年輕人悲聲道：「後來党項人知道有郭大人在，我們就絕不會降，他們全軍發動，要擊潰我軍。他們過冰面，和我們鏖戰在北岸……我們從清晨戰到黃昏，死傷半數，可沒有人退後一步。」

狄青已熱淚盈眶，「那郭大哥呢？」郭遵再勇，畢竟還是人，難道說郭遵就這麼戰死在疆場了？

年輕人悲憤道：「我們本來還有勝機。就算沒有勝機，但還有衝出去的希望！」

眾人訝然，難以置信。狄青喃喃道：「還有機會？還有什麼機會？」

年輕人道：「我們不能退，因為我們跑不過那些騎兵。我們只能拚，拚殺過去，聚在延州城下，才有反擊的機會。郭大人早就想到這點，劉……大人也想到了，所以我們都在拚，因為我們還有一殺招沒有出。我們還有霹靂！」

狄青腦海中電光一閃，他曾聽郭遵說過，霹靂不是天上的響雷，而是朝廷大內武經堂最新研製的一種火器。趙禎一直憂心邊陲鐵騎遠不及党項人和契丹人，因此從民間搜集各種土方，匯總到武經堂集中研究火器，用以對抗契丹和党項人的鐵騎。

而霹靂就是這幾年來，最有威力的一種火器，郭遵竟然帶著霹靂？

年輕人大聲道：「郭大人只帶著千餘的手下，但帶著數百枚霹靂。到黃昏的時候，我們已疲，党項人其實也累了，他們想不到我們這麼韌。本來還準備再發動一輪衝鋒，這時候劉大人的耳朵被箭射掉了，石大人重傷了，王信、萬俟政兩位大人都戰死了……」狄青聽到王信已死，心中又是一痛。他記得那沉默的漢子，沉默地死在沙場，可若沒有這些沉默的漢子，大宋又如何能保住今日的安寧？

年輕人激動道：「就算郭大人也受傷不下十數處，可他仍再整旗鼓，準備最後的霹靂一擊。郭大人在，我們就不會退。那時候党項人蜂擁衝來，郭大人一馬當先，再次衝過去，他手上的鐵杵都已砸彎，又換了鐵槍，結果鐵槍再斷，他又搶了馬槊，奮力殺敵，竟帶兵又將党項人殺回到河面上。」

飛鷹默默地聽，聽到這裡，也忍不住讚歎，「郭大哥真乃天下第一英雄！」他眼中不再憂傷，反倒閃著熾熱的光芒。

狄青突然道：「霹靂破冰，這是最後的機會。」他已想到郭遵如何出招，可不懂為何會失手。

年輕人道：「不錯，郭大人將党項人逼到冰面的時候，就動用了霹靂。霹靂一出，河面炸裂，河水突出，党項軍猝不及防，已亂成一團，死傷難數。郭大人趁那一刻號令三軍發動總攻，衝過河水，衝出党項軍的包圍。党項人已亂已疲，這是我們最好突圍的機會。」他說到這裡，眼中露出怨毒的光芒，咬牙道：「這本來是好計策，因為我們一直有兩千生力軍沒有動用，那隊兵馬由黃德和率領，只要他奮力前衝，我們本不會輸。」狄青臉色巨變，啞聲道：「他……沒有衝？」

年輕人慘笑道：「他非但沒有衝，反倒在這最關鍵的時候，率部逃命。」

狄青手掌一緊，竟握裂了刀柄，咬牙道：「他……他可有半點良心？」

「他的確沒有半點兒良心，他的良心都被狗吃了。」年輕人嘴角已溢出鮮血，「他這一逃，不但帶走了本部，也亂了軍心。宋軍早就疲累，沒有了後援，更多的人開始放棄了作戰。我……劉平讓他的兒子劉宜孫去追黃德和，苦求黃德和不要走，可反被黃德和所傷。」

狄青喃喃道：「好，好！」他要殺的名單中，又加了個黃德和。

年輕人繼續道：「郭大人在冰水中作戰，本已殺散了党項軍，可後軍亂了，他所有的苦心都付之流水。這時候，就算劉平的部下都開始亂了，劉平奮力廝殺，抽刀砍殺退後者，高喊『為國而戰，後退者死！』」

「為國而戰，後退者死」，眾人聽到這句話的時候，心中已有悲涼之意。三川口一戰，只是郭遵、王信、劉平幾人，就讓元昊不敢小窺了宋人，可這疆場上，也就只有這幾人。狄青喃喃道：「為國而戰，後退者死！那郭大哥呢？」

年輕人握緊雙拳道：「郭大人若走，沒有人攔得住他。可他仍苦戰冰河中，為其餘人爭取逃命的機會。党項軍不知派了多少高手去圍攻他，他最後深陷重圍……身中數箭，馬兒慘死，人也淹沒在冰河之中……後來，党項人都說，郭大人死了！那種情況，他怎能不死？」狄青嘴角抽搐，低聲問：「那後來呢？」

年輕人哀聲道：「郭大人死了，劉平見狀不妙，知道再也衝不破党項人的圍攻，只能後退。後來的事情，我因為暈死在戰場上，並沒有親見，只是聽說劉平雖敗，但拖住了党項人進攻延州的步伐，又戰了兩天，最後和石元孫部全部戰亡。」

他的聲音越來越低，口氣中明顯有些不自信。難道說他只是因為沒有親見，所以不敢肯定劉平、石元孫的結局？狄青敏銳地感覺到這點，但一時間不知道怎麼開口。飛鷹悠然道：「我聽說的卻有點不一樣。」

年輕人怒視飛鷹道：「你認為我撒謊？你可以不信我，但怎能不信郭大人？」他迷失在沙漠中，被飛鷹救下，本對飛鷹有些感激，可這刻怒髮衝冠，恨不得與飛鷹一戰。他不知道飛鷹是什麼人，但聽飛鷹說，狄青來了，他也忍不住來了，將所知講了一遍。這是党項人的地域，可他不怕講，這種事情，講出來就算馬上死了，他也不在乎。

飛鷹銳利道：「我不敢懷疑你說的前半段，但你後面說的有問題。」

年輕人眼露痛苦道：「有什麼問題？」

飛鷹避而不答，緩緩道：「黃德和敗退，導致宋軍終敗。可宋軍雖敗猶榮，他們以疲憊的萬人，拖住元昊的十數萬人馬，已讓元昊吃驚。宋軍本是敗亡的結局，但他們拖了三天，西北各路援軍終於趕到，元昊在三川口五龍灘雖勝，但是慘勝，損失的不止是近兩萬的兵馬，還有必勝的信心。試問他以十數倍的兵力圍攻宋軍，都是如此艱難地勝出，讓手下怎能再有作戰的決心？元昊看出這點，在圍殺了劉平、石元孫兩部後，就沒有試圖南下，也沒有進攻延州城，反倒回撤金明砦防禦，又順取平遠、塞門兩地，自此延州城以北，除了青澗城外，盡數落在党項人的手上。」

狄青急問：「青澗城現在如何了？」

飛鷹道：「青澗城一直都在嚴防死守，元昊不能破。宋廷這次顏面盡失，當然不會再棄此地，是以也派兵增援青澗城，眼下大宋和元昊又處於僵持階段，但大宋延邊已岌岌可危。」

狄青舒了一口氣，暗想种世衡有先見之明，總算保住延邊附近的一塊疆土。

飛鷹又道：「黃德和回到延州後，對范雍說劉平、石元孫作戰不利，喪師辱國，陣前叛變，已投靠了元昊。范雍信了黃德和所言，急於推卸責任，把這件事奏給朝廷，結果當今聖上聽了，氣憤無比，立即派兵將劉平、石元孫兩家的家眷全部抓起來，投入天牢，準備秋後處斬。唯一沒有受到責罰的就是郭遵，因為所有人都知道郭遵的忠烈，也知道郭遵對聖上忠心耿耿，就算黃德和這種人也不敢冤枉他。」

眾人都是大為詫異，不想事情竟然變成這個結果。

狄青失聲道：「聖上不會如此糊塗。那後來如何呢？」

飛鷹冷笑道：「你真以為趙禎有多聰明？他若真的聰明，怎麼會派范雍、夏守贇這種蠢材來守邊？」他孤傲非常，看起來連大宋天子都不放在眼裡，又道：「後來幸好有范仲淹上書質疑，龐籍力保，再加上御史文彥博前往延州，這才調查出事實真相，將黃德和腰斬在延州城下示眾，還所有人一個清白。不過黃德和有件事倒沒有說錯。」

年輕人額頭青筋暴起，緊握雙拳，上前喝道：「他滿口謊言，一個字也信不得。」

飛鷹淡淡道：「他說劉平投降了元昊，這點最少沒有說錯！」

年輕人目眥欲裂，叫道：「你說什麼？劉平怎麼會投降党項人？」他雙目紅赤，竟是極為憤怒。

飛鷹一字字道：「郭遵是死了。但劉平沒有死，石元孫也沒有死，就算鐵壁相公李士彬也沒有死！該死的沒有死，但不該死的卻去了。劉平他們都被擒到了興慶府，據我所知，再過幾個月，元昊就要立國，和大宋、契丹平起平坐、三分天下。而這些人已被封賞，到時候都要跪拜稱臣，可笑大宋還不信這消息。」

「你說謊！」年輕人激動地喊道。

飛鷹道：「我既然是說謊，那你激動什麼？」年輕人倒退幾步，滿面紅赤，飛鷹又道：「我其實一直都很奇怪，你在三川口一戰中，扮演著什麼角色？」

那年輕人臉色變得慘白，退後一步。眾人忍不住奇怪，這年輕人既然在三川口也戰過，當無愧於心，為何怕別人說出他的身分？

飛鷹嘴角帶分殘忍的笑，緊盯著年輕人，似乎要將年輕人看穿，「你本是宋軍，但臉上並未刺字，說明你出身不低。你還年輕，武技尋常，當然是倚仗父功才有今日的地位。你每提及劉平時，都有種特別的表情，態度對他明顯不同旁人。據我所知，劉平出征時，帶著兒子劉宜孫參戰，後來根據朝廷所言，劉宜孫戰死了。但很明顯，劉宜孫沒有死，你就是劉宜孫！」

年輕人又退了一步，臉現惶亂之色。帳篷中死一般地沉寂，不知過了多久，年輕人才道：「不錯……我是劉宜孫，那又如何？」他伸手撕開胸膛的衣襟，露出傷痕累累，叫道：「我在三川口，憑良心一戰，雖僥倖沒有死，那不是我的錯！」

飛鷹雙眸閃亮，「你就是有良心，所以才要橫穿沙漠去興慶府看看劉平到底死沒死，對不對？你寧可你父親死了，也不願他投降元昊，對不對？你這次若見劉平還活著，說不定會出手殺了他，對不對？」

飛鷹一連三問，如雷霆般轟在劉宜孫身上。劉宜孫身軀一震，慘笑道：「你說的都對，但我怎能殺了家父呢？你到底是誰？又如何知道這些事情？」

飛鷹並不回答劉宜孫的詢問，望到狄青身上，「現在所有的事情都說完了，所有禍患，都是元昊一人引發，只有除去元昊，才能保邊陲安寧。狄青，你認為，我們該不該殺了元昊為郭大哥報仇？」

狄青凝視飛鷹道：「當然應該！如果用我一條命換取元昊的命，我無怨無悔！」他並沒有注意到單單已抖得似風中殘葉，又道：「可我到現在，還不知道你是誰，更不解你為何要擔上這個重擔。」

飛鷹嘿然一笑，「我是誰真的很重要嗎？當年郭大哥救我一命，我就應該還給他！這個理由，不知是否已足夠？」

狄青歎口氣，「足夠了……但你有什麼打算？」有沒有飛鷹，他都要為郭遵報仇！聽到郭遵死訊的那一刻，狄青出奇地沒有再想香巴拉，他滿腦子都在想著如何能殺元昊。至於成敗與否，他不考慮。

飛鷹伸手一指單單道：「我們的圖謀，就落在此人身上。」

狄青望過去，詫異道：「為什麼？」

飛鷹舒了口氣道：「我知道郭大哥身死，就想著如何對付元昊。這人叫做單單，可身分絕不簡單……」微笑著望向單單，飛鷹道：「單單公主，你希望我說呢，還是自己介紹一下呢？」狄青錯愕，不知道單單還是個公主的身分。她是哪國的公主？

單單不再顫抖，上前一步，只是望著狄青道：「我叫單單，本姓嵬名。嵬名單單！」狄青吸了口氣，已隱約明白了什麼。不等說什麼，單單已淒然道：「元昊是我大哥，我和他是親兄妹！」

狄青怔住，他沒想到，飛鷹竟然抓了元昊的妹妹。更沒有想到，這古靈精怪的女子，竟和叱吒西北、常人難測的元昊有著血緣關係。他當然也沒有想到，元昊害死了郭大哥，而他竟救了元昊的妹妹。飛鷹一旁道：「我抓了她，不想她竟然能逃出去，所以我又讓石砣去捉，幸運的是……你將她帶了過來。或許這是天意，上天的旨意。」他冷望著單單道：「上天也讓我們給郭大哥復仇，所以讓你逃不出我們的掌心。」

單單反倒沉靜下來，對狄青輕聲道：「如果上天要我死，我更希望……能死在你手上。你救了我，又殺了我，你我今生豈不是再不相欠？」她眼中霧氣朦朧，望著狄青的時候，沒有哀求，沒有恨意……她的眼中似乎藏著什麼，但絕不是畏懼。石砣和飛雪都是臉色微變，欲言又止，他們似乎從單單的言語中聽出了什麼，但並不想多言。

狄青明白了事情的始末，暗忖道：石砣雖稱雄毛烏索沙漠，但看飛鷹眼神犀利，氣勢驚人，想必飛鷹是憑武力折服了石砣。但石砣暗懷不滿，大是隱患。飛鷹做事不擇手段，郭大哥怎麼會有這種朋友？可飛鷹若不是郭大哥的朋友，為何要與元昊作對呢？

見單單目光淒婉，狄青良久才扭頭望向飛鷹道：「我們要殺的是元昊。元昊的事情，和他妹妹無關。」單單眼簾濕潤，她根本沒有想到，狄青竟是這樣的人。

營帳中眾人表情各異，飛鷹手扶矮几，手上驀地青筋暴起。狄青只感覺到難言的壓迫衝來，還是平靜道：「我不知道你本來是誰，但你是飛鷹，就應該傲嘯碧霄，而不是學禿鷲吃腐肉。你也說了，我是狄青，所以我認為寃名單單不該死。如果郭遵大哥在天有靈的話，他也不會贊同我們這麼做。」

飛鷹冷笑道：「可你知道元昊的可怖嗎？我們雖恨元昊，但不能不承認他的雄才偉略。此人尚武，建五軍，創八部，本身功夫深不可測，手下亦是高手如雲，更是網羅奇人異士，志在天下。這樣的人，我們近身都難，更勿用說刺殺他。」

狄青回道：「那你認為這樣的人，會為了寃名單單，放棄自己的性命嗎？」

飛鷹一滯，反駁道：「最少我們可以讓他投鼠忌器。」

單單嘲笑道：「原來你這隻飛鷹，不過自詡是老鼠而已。」

飛鷹眼中厲芒閃動，卻放淡了口吻，「你大可多說幾句……不然以後，只怕沒有話說。」單單沉默下來，心道自己徒逞口舌之利，並沒有什麼好處。他們要用自己威脅大哥元昊，暫時就不會殺了自己，可折磨在所難免。這裡除了狄青外，只怕旁人都不會善待自己。

飛鷹見單單不語，眼中又閃過分古怪，對狄青道：「狄青，就算你不贊同我的計謀，但眼下寃名單單已知曉我們的用意，也絕不能放她離開。」

狄青問道：「你有什麼計謀？難道說抓個寃名單單，就能逼元昊就範嗎？」

飛鷹突然換了話題道：「你可知現在誰取代了范雍的位置，掌管永興軍呢？」見狄青搖頭，飛鷹道：「是夏竦。」狄青暗自歎息，心道夏竦也是個文臣，性質和范雍大同小異，朝廷這是換湯不換藥，難道趙禎還意識不到延邊的危機嗎？

飛鷹諷刺道：「范雍無能，夏竦無用，二人毫不例外都不知兵。夏竦此人好色享樂比起范雍來說，更勝一籌，他上任所做的第一件事你可知曉？」

狄青搖頭，心中更是古怪，暗想飛鷹為何對延邊這般熟悉，而且指點江山，更是熱情澎湃呢？

飛鷹侃侃而談道：「夏竦做的第一件事就是發出榜文，說有得元昊人頭者……賞錢五百萬貫。」這絕非一個沙漠之盜會想的事情！

狄青半晌才道：「這元昊的腦袋也夠值錢了。」暗想飛鷹要刺殺元昊，是為了賞錢嗎？看飛鷹逸興飛揚的一雙眼，狄青否認了自己的想法。

飛鷹又道：「狄青，你可知道元昊如何反應？」見狄青不語，飛鷹哈哈一笑道：「元昊只發個榜文回復，能得夏竦人頭者，賞錢兩貫！」

狄青不得不讚歎道：「元昊是個不世之才，相較之下，我等反落入了下乘。」他想的是，「元昊志在天下，只憑此舉，夏竦就遠遠不是對手了。自己刺殺元昊，相較元昊的胸襟，更是不敵。但自己事到如今，又怎能不出手？」

飛鷹緩緩道：「你說的不錯，但三川口大敗，絕非幾人之過，要怪只能怪朝廷為何讓范雍領軍。我等去刺殺元昊，非胸襟不如，不過是生不逢時而已。」他說及「生不逢時」四個字時，又是躊躇滿志，「狄青，你我若能掌控西北，領軍對抗党項人，不見得敵不過元昊！」狄青望了飛鷹半晌，「你或許可以，我多半不行。」

飛鷹搖頭道：「你莫要自謙，眼下大宋沒了郭大哥，能擋住元昊鋒芒的人只有一個，那就是你！只是可惜，你奮戰年餘，立功不少，不被元昊制約，卻被大宋祖宗家法和那些無能之輩牽制。」狄青默然無語，可心中何嘗不覺得眼下空有氣力，卻無用武之地？一將無能，累死千軍。可朝廷無能，他空有為國之心，卻無施展拳腳之地。

飛鷹似乎也在想著什麼，可看了眼飛雪，終於笑道：「元昊這次對陣夏竦，看起來已牢牢吃住了夏竦，但元昊顯然也暴露出了弱點。」

狄青緊鎖眉頭，「他有什麼弱點？」

「他已驕，驕兵必敗！」飛鷹自通道，「他根本不認為還有人敢對他出手，所以現在正是我們出手的機會！只要得以擊殺元昊，西北可定，百姓能安，若大宋振作，收拾舊地也是指日可待。」

狄青聽飛鷹說得萬丈豪情，也切中他的心思，但他總覺得有些不安。

「那眼下，我們應該怎麼做？」

「趕赴興慶府，趁元昊稱帝之時出手。就算事有不成，我們有寬名單單在手，也留有退路。」飛鷹慎重道。

狄青目光掠過單單，又看了眼飛雪，喃喃道：「興慶府？看來我是非去不可了。」飛雪不語，似乎眾人所議，和己無關，可一向清澈的眼眸，不知為何，突然有了絲波瀾，如春風撫動的湖面，也帶著分難言的憂慮。

興慶府為党項元昊西北第一城池。此府依山帶河，形勢雄固，北望狼山，西有賀蘭，兼有祁連山、黃河之險，地形險要，亦是眼下元昊稱帝建都所在。李德明在位之時，就曾北渡黃河興建此地，定名興州，元昊升興州為興慶府，大肆營造殿宇，廣建宮城。如今興慶府地勢廣博，城高牆厚，水利發達，極為繁華。興慶府雖說是党項人的心腹之地，但中原人在此居住的亦是不少。元昊尚武重法，蕃漢並用，在興慶府，為官的已有半數是中原人，因此蕃人在此雖是狂傲，但中原人亦不卑賤。

狄青終於到了興慶府。

他從毛烏索沙漠走出，進入興慶府的時候，只有一個念頭，刺殺元昊！

他和飛雪並肩走入了太白居後，撿了個不起眼的座位坐下。狄青見飛雪還是沉默，忍不住道：「你要帶我去個地方，就是這裡嗎？」

飛雪搖頭道：「不是我要帶你到這裡，是飛鷹要你先到這裡。」

狄青四下張望，沉吟道：「他現在又在哪裡呢？」

飛雪平靜道：「他當然在他應該在的地方了。」

狄青苦笑，已叫了一壺藏邊的青稞酒，品嘗著那酸中帶甜的滋味。飛雪竟然也在慢慢地喝著酒，眼中現出一種緬懷的思緒。如今西北元昊勢力已雄，隱約有與契丹、大宋分庭抗禮的架勢。這時元昊的地盤，北有契丹，東有大宋，西有高昌、龜茲，南有吐蕃、大理等國。因為興慶府彙聚天下百姓，又因受大宋影響，城池建造格局如唐長安、宋汴京般，這裡有太白居，這裡有青稞酒，只要汴京有的，這裡竟然也模仿個十成十。

狄青心道：看飛鷹躊躇滿志，似乎對刺殺元昊胸有成竹，他約我在這裡等候，究竟是何打算呢？原來狄青、飛鷹定下了刺殺元昊的計畫，狄青就和飛雪先往興慶府，飛鷹卻負責籌畫其餘的事情。至於單單，終究還是留在了飛鷹的手上。單單甚至連反對不滿的表情都沒有，她好像已認命。飛鷹向狄青保證，不到萬不得已的時候，不會對單單如何。狄青做不了太多，只希望飛鷹真的能夠言行如一。可狄青到了興慶府，下一步如何來做，還是一片茫然。

「飛鷹讓我在這裡等候，可是……你到底想要帶我去哪裡？」狄青唏噓道。要不是因為飛雪，他也到不了沙漠，更不會來到興慶府。人生總是不經意的一個轉折，就能掀起滔天波浪。

飛雪道：「到了那地方，你自然知道。」

「可我現在不能和你再出興慶府。」狄青為難道。

「我知道。」

「我這次的行動，其實連一成把握都沒有，但是我一定要出手。」狄青堅定道，「郭遵是我大哥！」他不再需要別的理由，這一個就足夠了！

「我知道。」

「我很可能會死在興慶府……」狄青神色悠悠，他在想，羽裳若知道他的行事，不會反對。「人總有一死的，我並不在乎。可無論事成或者不成，這裡多半會亂，你若能告訴我要去的地方，只要我不死，我爬也會爬去。我這一生，欠三個人的情，一個是你的，一個是郭大哥的……」

他欠的第三個人，當然是欠羽裳的，但他不必說出。那種情，他註定要用一輩子去還的。

飛雪雙眸凝望著狄青，並沒有問第三個人是誰，「我只想告訴你，只要你不死，我會極力帶你前去那個地方，因為這是命中註定的事情。可你若是死了，何必知道太多的事情呢？」

飛雪的意思也很明瞭，人死如燈滅，不必知道太多的事情，徒亂心意。

狄青盡一碗酒，不再多言。

飛雪反倒再次開口道：「你知道飛鷹是什麼人？」

「我不知道。」

「那你知道如何下手刺殺元昊嗎？」

「我不知道。」

飛雪譏諷道：「你什麼都不知道，就孤身到了興慶府，聽從飛鷹的安排去刺殺元昊？」她並沒有再說下去，但顯然覺得狄青太過莽撞。

狄青突然笑笑，「我只知道，飛鷹和元昊是敵人；我只知道，就算沒有飛鷹，我也要來興慶府；我只知道，有時候，我並沒有太多的選擇。我當然可以不來，可我以後會後悔。」

「你這和賭有什麼分別？」

狄青望著酒碗，那微黃的青稞酒映出截然不同的臉，可照出同樣憂鬱的臉龐。

「年華」可以改變一個人的容顏，可改變不了一個人的本性。

「人生不就是在賭？」狄青惆悵道，「你的每一個選擇都是在賭，選擇對了，就賭對了；選擇錯了，就會賠點東西出去。更可悲的是，很多人別無選擇。」

飛雪平靜的目光又有了波瀾，良久才道：「那我只能告訴你幾件事情。第一，雖然都在賭，但有人一輩子都在贏，因為他考慮得多。第二，我不會陪你賭。」

「第三呢？」狄青問道。飛雪已站了起來，冷冷道：「我要告訴你的第三點就是，飛鷹的確是元昊的敵人，但敵人的敵人，不見得就是你的朋友！所以這次你若不死的話，我會再來找你，你是為了郭遵，我卻沒有理由陪你去死。」她說完後，轉身離去，片刻間，已不見了蹤影。

狄青陷入沉思，在考慮飛雪的用意，也在思索著飛鷹到底是個什麼樣的人。

就在這時，腳步聲響起，有幾人已走上了酒樓，一人大呼小叫道：「酒保，快些準備好酒！再辦一桌上好的酒席來。」

狄青聽那聲音有些耳熟，斜睨過去，心頭一跳，血往上湧，差點兒握裂了酒碗。

他沒有想到會在這裡遇到熟人，他認得說話的人叫做高大名，本是京中侍衛，而他身後一人，眼高於頂，神色倨傲，正是延州都部署夏守贇的兒子——夏隨！夏隨怎麼會來這裡，而且肆無忌憚？

夏隨並沒有留意狄青，他也根本想不到狄青會到了興慶府。聽高大名大呼小叫，夏隨皺眉道：「大名，小聲些，這裡是興慶府……」

高大名賠笑道：「這裡雖是興慶府，可夏大哥不是比在京城還風光？」

夏隨面有得意之色，撿了個靠窗的位置坐下，舉目向長街望去，眼中帶著期盼之意。狄青為免麻煩，出門的時候並未帶刀。四下望了眼，見夏隨身邊跟著高大名、厲戰、宋十五和汪鳴四人，心中冷笑。高大名這幾人當年都是夏隨的死忠，甚至曾想引狄青入彀，這次顯然和夏隨一起投靠了元昊。他已知道，夏氏父子投靠了元昊！他也隱約知道，三川口宋軍慘敗，就是拜這父子所賜！

狄青心中殺機已起，但還能保持冷靜。他的目標是元昊，如何殺了夏隨而不打草驚蛇是他需要考慮的事情。狄青思索間，宋十五諂媚道：「夏大哥，這次令尊和你都立了大功，可兀卒雖重賞了令尊，但只給夏大哥一個指揮使的職位，未免太過輕視了吧？」

狄青心中暗恨，元昊為何要重賞夏守贇？還不是因為當初延邊最大的內奸就是夏守贇！延州慘敗，郭遵身死，萬餘宋軍的冤魂，都是因為夏守贇的部署！

狄青已準備動手，突然聽汪鳴道：「好戲在後頭呢！這次野利王要夏大哥到此等候，說不定就要提拔夏大哥呢！」

夏隨叱道：「莫要亂說，若被野利王聽到，那可不好。」他雖是斥責，但臉上滿是得意，顯然這個消息不假。

狄青一凜，知道野利王就是龍部九王之一的野利旺榮，是元昊手下的重臣。他要見夏隨？他為何選在太白居見夏隨？狄青壓抑住衝動，因為聽到樓梯口又有腳步聲傳來，一人隨後出現在樓上。夏隨扭頭望見，慌忙站起迎上去道：「原來是監軍使大人，不知道……王爺什麼時候能來呢？」

狄青見那人身形剽悍，雙眸炯然，暗自琢磨此人的來頭。他知道元昊為便於對五軍管理和調遣，仿大宋的「廂」、「軍」設置，以黃河為界，將全境劃為左右兩廂，下轄十二監軍司，監軍使就是監軍司中的官員。而野利王野利旺榮就統領左廂明堂軍司眾，因此位高權重。這次野利旺榮帶部下回來，多半是因為元昊稱帝在即，所以回都城協防？狄青正琢磨時，那監軍使道：「王爺偶染風寒，不能來了。」

夏隨滿是失望，可還裝作關切道：「那卑職……倒想去看望王爺呢！」他和父親夏守贇當年是太后的親信，後來宮變事敗，雖說聖上說不再追究，可夏家父子隨後就被明升暗貶到了邊陲。夏守贇老謀深算，當然知道天子在算帳，心中忐忑，只怕有一日趙禎會反目。夏家父子心一狠，這才投靠了元昊，當年他們在京城呼風喚雨，這時雖對個監軍使，仍是不敢怠慢。

監軍使道：「不用了。不過王爺已保舉你入衛戍軍。調令這幾日就會下來，你好好地準備吧！」

夏隨大喜道：「多謝王爺提拔，多謝監軍使大人。」他知道衛戍軍就是京中御圍內六班直，是五軍之一。御圍內六班直和大宋班直一樣，那是元昊的親信才能入內充任，待遇好，地位高，一直都由党項人充任，沒想到自己也能在那裡立足。

監軍使哈哈一笑道：「不用客氣，不過到時候……你可得好好謝謝王爺。」夏隨迭聲應是，監軍使又和夏隨客套幾句，告辭下樓。

夏隨恭送那人下樓，等回身後，臉上難掩喜意。高大名已叫道：「夏大哥，你這次可發達了。到時候……莫要忘記提拔兄弟們。」

夏隨笑得嘴都合不攏，「一定，一定。」

幾人才要落座，又聽身後腳步聲起，都轉頭望去，見一戴斗笠的漢子走了上來。夏隨見那人不是監軍使，也不在意，才待讓酒保上菜，不想那漢子徑自到了夏隨等人的身前。夏隨感覺對方來意不善，霍然站起喝道：「你做什麼？」

那漢子半張臉遮在斗笠下，只是露出嘴角的一抹笑意，那笑意如蒼鷹睥睨般的冷酷，「你是夏隨夏大人嗎？」

狄青見到那人的冷笑，已認出那人是誰，不由凜然。這人為何要找夏隨？

夏隨微愕道：「我是夏隨，你是哪位？」

那漢子低聲道：「須彌善見長生地……」

狄青一震，夏隨一驚，高大名已失聲道：「你怎知道這聯絡……」陡然間收聲，滿臉的驚疑不定。狄青聽了高大名的半截話，腦海中如閃電劃過，一瞬間已明白了太多的事情。「須彌善見長生地，五衰六欲天外天」，狄青一直不知道這句話的意思，當年丁指揮就是因為向錢悟本逼問此事的時候被殺。後來狄青裝鬼本要逼出答案，但被夏守贇打斷。之後狄青雖一直帶著這個疑惑，但奔波征戰，無暇再追究。現在聽高大名一說，狄青就已了然，這是夏隨他們聯絡的暗號。延邊很多人都被党項人收買，錢悟本也是其中的一個。丁指揮就是因為發現錢悟本勾結党項人的事情被殺，而夏隨殺人滅口，當然也就是掩藏夏家勾結元昊的事情。狄青心中暗恨，恨自己為何這麼晚才猜到這個事情。

那面的夏隨也是滿腹狐疑，緩緩道：「閣下是誰？」他聽對方說出自己在延邊的暗語，滿腹疑惑，以為這也是當年他聯絡的人手。那漢子推了下頭頂的斗笠，笑道：「我是……狄青！」那兩字如同霹靂般擊中了夏隨的腦海，夏隨訝然失措，不由倒退了一步。高大名最先反應過來，鏘啷一聲，已拔出單刀，喝道：「你敢來……」單刀才出，鮮血閃現。高大名話未說完，手捂咽喉，已倒仰摔在樓板上。他咽喉血肉模糊，爛得不像樣子，好像被鷹嘴啄過。

酒樓上一陣譁然，眾酒客見發生了命案，紛紛向樓下逃去。狄青雖很吃驚，但還鎮靜，在別人徬徨失措的時候，他已看到那漢子袖口突然冒出個鐵杆模樣的東西，頂端尖尖，有如鷹隼利喙，閃電般啄在高大名的咽喉上。

高大名死，夏隨大驚失色，縱身後退，叫道：「你不是……」他當然認識狄青，知道這人並非狄青，可他為何要冒狄青之名殺自己？夏隨想不明白。

夏隨畢竟身手不弱，後退之際，已拔刀出鞘。可夏隨單刀才拔出一半，就覺得胸口一痛，全身氣力倏然被抽了出去。

狄青見那人鷹喙般的利刃擊穿了夏隨的胸口，也震驚那人出手的狠辣快捷。見到自己胸口血如泉湧，夏隨滿眼的不信和恐怖，嘎聲道：「你……為……什麼……」可那血湧得極快，夏隨眼前發黑，晃了幾晃，摔倒在地。臨死前，他突然望見了一雙眼，那眼中帶著譏誚、厭惡和憎恨，他突然認出來，那是狄青的眼。

殺他的不是狄青，可狄青就在他身邊。夏隨思緒混亂，不解緣由，喉結滾動幾下，再沒了聲息。宋十五等三人也倒了下去。那漢子只是用袖中的兵刃在其餘三人胸口啄了下，犀利如電。宋十五等人斃命時，那人拍拍手掌，手上乾乾淨淨，沒有半分血跡。膽小的酒客已嚇得屎尿都流了出來。那漢子殺人後卻不急於離去，伸手撕開夏隨的衣襟為筆，沾著夏隨胸膛的鮮血為墨，在雪白的牆壁上，寫了龍飛鳳舞的幾個大字。「叛宋者，死！殺人者——狄青！」

狄青就那麼看著，並不吃驚，只是皺了下眉頭。別人冒用他的名字殺人，他問也不問。別人殺人後留下他的名字，他好像也不反對。

那人殺人留跡，目光若有意若無意地望了狄青一眼，突然撮唇做哨，聲音淒厲。只聽到樓下有馬蹄遽響，狄青探頭望過去，見一匹健馬奔行而至，那人倏然而起，蒼鷹般從酒樓上飛出去，落在馬背上。那馬兒奔得急，轉瞬去得遠了。

這時候，酒樓大亂，鑼聲四起，才有兵士遠遠地趕來……

第十章　元　昊

狄青回返客棧的時候，一副事不關己的模樣。誰都看到凶徒已走，趕來的兵士只是例行盤問一下，就放一幫食客離去。誰都以為狄青已走，誰都不知道狄青就在他們身邊。

狄青殺了夏隨，這消息已在興慶府傳開了。有人振奮，有人惶惶，有人咬牙切齒地想找狄青一較長短，也有人提心吊膽地怕狄青前來算帳。叛變大宋的當然不止夏隨一個人。誰都不知道狄青殺了夏隨後，會不會再次出手。

興慶府因為狄青的名字，已變得波濤暗湧，可當事人狄青，還是有點兒糊塗。他雖不是殺人凶手，但他已知道凶手是誰。

殺人的不是狄青，而是飛鷹！飛鷹果然有狂妄的本錢，就憑他閃電般擊殺夏隨五人，狄青就知道，三個石硊綁在一起，也不是一個飛鷹的對手。可這樣的人，橫空殺出，收服石硊，認識他狄青，還立志要為郭遵報仇，他到底是誰？狄青想破頭也想不出來。但更讓狄青頭痛的是，飛鷹既然要和他聯手刺殺元昊，為何要大張旗鼓地擊殺夏隨？如此一來，興慶府豈不是戒備重重，他想要入宮行刺元昊，更是不易！

最讓狄青不解的是，飛鷹這樣的身手，比殺手還合格，他既然大義凜然地為郭遵復仇，為何不親自去刺殺元昊？又想起飛雪說過，「敵人的敵人，不見得就是你的朋友！」狄青感覺到事情並不是想像的那麼簡單。

狄青回到了客棧，見眾旅客都在議論著太白居酒樓的凶案，說得口水橫飛，有如親見。狄青懶得多聽，等回到房間後，見隔壁房間換了人，知道飛雪已走，不由一陣悵然。那個雪一樣的女子，就真的和飛雪一樣，飄飄忽忽，讓人難懂冰冷後的用意。

狄青在客棧睡了一天，並不出門。等到第二日晚上，狄青出了客房，才待去找些吃的，就聽到庭院處喧喧嚷嚷，有夥計道：「官爺，這邊請。」狄青聽腳步聲竟向自己住處走來，心中微凜。

那腳步聲在狄青房門前停住，那夥計討好道：「官爺，你要找的那位客官，就在這房裡面。」緊接著有人拍門道：「霍十三可在嗎？」

那聲音平和，聽不出半分敵意。狄青到了興慶府，當然不會像飛鷹那樣，大搖大擺地把別人的名字蘸血寫在牆上，但他住客棧寫的也不是自己的名字，他登記的名字就叫做霍十三。狄青打開房門，就見到門前站著一人，長得有如門框一樣，四四方方，好像客棧才建起的時候，他就和門板一塊嵌在那裡。

見狄青開門，那人突然問道：「昨天老王家死了一條狗。」

夥計見二人竟像是認識的，識趣地退下。夥計久在興慶府，當然知道這位官爺是御圍內六班直的人，這些人素來只賞耳光，不賞錢的。

可退下的時候，夥計還很奇怪，老王家的狗死了，又是什麼大不了的事情，需要內府班直的人來通知霍十三？狄青問道：「老王家的狗死了，關我什麼事？」

那軍官道：「不關你的事，那關誰的事？」

狄青道：「你或許應該去問問老張家的母狗。」

那店夥計若是聽到二人的對話，只怕要瘋掉。那軍官沒有瘋，伸手入懷拿出半枚銅錢遞過來，狄青拿出另外一半對了下，銅錢合成完整的一枚，只因為這本來就是一枚銅錢掰開的。

那軍官眼中露出分釋然，低聲道：「跟我來。」他轉身就走，狄青皺了下眉頭，終於跟了上去。方才二人的對話不是廢話，是飛鷹和狄青要聯繫的暗號，而那半枚銅錢，也是他們聯絡的憑證。

狄青想過千百人來找他，可做夢也想不到，找他的人竟然是御圍內的六班直。

飛鷹到底有什麼手段，竟然能差使動這些人呢？或者是，這本來就是個陷阱，飛鷹就想利用這些人將狄青除去？

狄青沒有回頭路，他跟著那軍官出了客棧。客棧外早有兩匹馬，狄青和那軍官上了馬，向城南奔去。二人到了城外，那軍官不說話，狄青也保持沉默。二人越行越偏，漸漸到了一高崗。那裡荊棘遍布，萬木橫秋。塞外的秋，總是來得比江南更早些。

狄青暗自戒備，不解那人為何將自己帶到這裡，難道說飛鷹要在這裡等他？那軍官上了高崗，到了密林裡。狄青這才發現果然有一人在等著，但那人絕不是飛鷹。

那人滿面虬髯，神色木訥，眼中藏著比晚秋還淒涼的悲傷，見到狄青來後，渾身上下竟劇烈地顫抖起來。他身邊還有個坑，埋個人不成問題。狄青搞不懂這人見到自己為什麼會害怕，那軍官為何要帶自己見這個人？

那軍官已道：「他叫尚羅多多，御圍內六班直的人。御圍內六班直分三班宿衛，負責宮中的安全。尚羅多多是虎組的，眼下是個散都頭的職位，每個月領兩石米，五兩銀子。」

狄青差點兒要問這關我什麼事？可見到尚羅多多死灰樣的眼神，竟問不出口。

那軍官又道：「三班分虎、豹、熊三組。虎組的領班叫做毛奴狼生，也就是尚羅多多的頂頭上司。」狄青皺起眉頭，竟還能忍住不問。那軍官對狄青的沉默反倒有種欣賞，對尚羅多多道：「你還有什麼話說？」

尚羅多多竟然脫下了衣服，疊好遞給狄青道：「這是我的衣服。」又脫下了靴子遞給狄青，「這是我的鞋子，你穿著應該合適。」

狄青接過了衣服和鞋子，滿是困惑。尚羅多多又解下佩刀遞過去道：「這是我的刀。我走路的時候，左肩低，右肩高，我最喜歡吃清蒸羊肉，不喝酒，平時沉默寡言，親人都死了。我沒有女人，性格小氣，花錢節省，少說話。」嘴角咧出淒涼的笑，「其實這些我都寫了下來，你可以看看這封信。」他遞過一封信給狄青。

狄青戒備在心，緩緩接過書信，卻不展開，更不懂尚羅多多為何要說這些。

尚羅多多目光已望向了遠方的白雲，突然說了句，「入秋了，冷呀！」他手腕一翻，已亮出一把精光閃閃的短刀，用力揮過去。狄青眼中閃過駭然之色，但並沒有閃躲，因為那短刀並不是刺向他。嗤的一聲後，短刀入胸，尚羅多多這一刀，竟然刺在了自己的胸口上！

狄青震驚非常，那軍官還很平靜，似乎一切都在意料之中，對尚羅多多道：「你放心去吧！」尚羅多多軟軟地倒下去，掉到自己挖的那個坑裡，抽搐幾下，再沒有了動靜。可是一雙眼仍是睜著，死死地望著碧空。

涼風起，寒了一秋的黃綠。狄青只覺得渾身發冷，扭頭向那軍官望過去，啞聲道：「為什麼？」那軍官眼中也閃過分悲哀，道：「因為他和你很像……」

狄青不明白自己和尚羅多多像在哪裡，見到那衣服、佩刀和鞋子，又望著那個坑，終於明白過來，

「你們要我扮成他？」

那軍官點點頭，一字字道：「不錯，從今天起，你就是尚羅多多！」

秋涼如水，狄青入宮充當侍衛已有月餘，並沒有人看出狄青的破綻。尚羅多多本不多話，身材和狄青彷彿，唯一不同的是，尚羅多多虬髯滿面，可狄青容顏俊朗。但這並不是問題，領狄青入宮的那個軍官刮下了尚羅多多的鬍子，一根根地沾在了狄青的臉上。

狄青搖身一變，變成了沉默寡言的尚羅多多。這本是一場精心策劃的行動，每個步驟，都經過了周密的安排。為了讓狄青混入宮中刺殺元昊，飛鷹竟然能讓尚羅多多甘心赴死，也能讓宮中侍衛冒殺頭的危險帶狄青入宮？這個飛鷹，到底什麼來頭？怎麼會有這般本事？

狄青一直沒有見過元昊。這是興慶府，這裡算是元昊的皇宮，但元昊好像很少來到這裡。狄青並不著急，他知道元昊十月會在興慶府的南郊祭臺祭天稱帝。那一日，元昊總要與群臣在天和殿議事，那時候，也就應該是他下手之時。

飛鷹自從將狄青送入宮內後，再沒有進一步的舉動，是不是也等那天進行刺殺行動？狄青來宮中月餘，已知道帶他入宮的軍官叫做浪埋，是豹組的隊長。虎組的毛奴狼生性格殘忍，以虐人為趣。好在毛奴狼生似乎對狄青沒什麼興趣，這月餘來，宮中風平浪靜。可宮外並不平靜，應該是說，興慶府外並不風平浪靜。飛鷹殺了夏隨後，出了興慶府向西，一路上掀起了無數風浪。當然，這些事情都算在狄青的頭上。

狄青還不是很明白飛鷹的意思，但他能忍，等待給元昊致命的一擊。

只要能殺了元昊，狄青等死都可以，更不要說等些日子。

這一日，狄青整理了裝束，準備入宮當值。孤單單地走在青石大街上，這時秋意生涼，雲闕蒼蒼，他突然有些想念塞下的風光，更在想著，塞下的兄弟，眼下如何了？元昊自從三川口一戰後，借此戰勝出之威，積極為稱帝做準備，宋廷那邊不知是何反應？

正沉思間，狄青已近宮門前，有兵士驗過腰牌，放狄青入宮。元昊稱帝前，雖說發揚蕃學，建五軍，創八部，但宮內禮儀和大宋大同小異，狄青久在宮中，應對遊刃有餘。今日狄青領到的任務，是負責巡視丹鳳閣左近。和狄青一隊的人還有三個，分別叫做尚乞、嘎賈和昌里。尚乞是四人的隊長。御圍內六班直分虎、豹、熊三組，每組又分二十四隊，每隊又是四人、八人不等，分別巡視宮中要地。丹鳳閣本是單單公主住的地方。

狄青知道這些消息後，忍不住歎了口氣。他知道單單公主肯定不在丹鳳閣，這麼說值守丹鳳閣，也不過是例行公事。

狄青在宮內已月餘，可只輪到一次到人和殿巡視的機會。那裡本是群臣議事的地方，元昊有時會去。元昊宮中禮儀雖和汴京彷彿，但戒備嚴格之處，遠勝汴京大內。狄青就親眼看到過，有個兵衛因為晚出宮片刻，就在宮門外被砍了腦袋。

宮中護衛輪換嚴格，如節氣運行，絲毫不亂。狄青若不是採用變成尚羅多多的方法，絕對混不進宮中來，更不要說刺殺元昊。

從監獄到丹鳳閣，中間要過人和殿。狄青過人和殿的時候，見一幫大臣低聲商議著什麼，其中有一書生模樣的人站在殿前，抬頭望天，神色飄逸。狄青感覺那書生有點門道，怕露出破綻，不敢多看。聽身後有腳步聲傳來，斜睨了眼，心頭一跳。

身後那人鬚髮皆白，神色威嚴，竟是夏守贇！狄青抑制住衝動，腳步不停，已和夏守贇分道而走。狄青只見到夏守贇急走到殿前，向殿前那書生行禮道：「中書令大人，下官來遲，還請恕罪。」

狄青心中微凜，暗想原來那書生就是中書令張元。他知道大宋的中書令只是榮耀，並不掌實權，比如說八王爺就是宋廷的中書令，但沒什麼權力。元昊建官制，不重浮華，手下的中書令，卻是極為重要之人。元昊雖蕃漢皆用，但由党項人掌控軍權，張元是個漢人，卻能位高權重，不能不說是個異數。

狄青不便多看，隨尚乞去得遠了，還聽張元笑道：「好飯不怕晚。三川口一戰，多仗夏大人的妙計。兀卒將回，眼下仍需借助夏大人出謀劃策了。」

夏守贇賠笑道：「一定，一定。」

狄青聽到「兀卒將回」四個字，心中微動，知道元昊一回，就是他動手的時候了。眾人過假山奔丹鳳閣，一路上金碧琉璃。這裡的奢華雖不及汴京大內，但宮殿氣勢恢弘，卻勝在氣魄逼人，隱如元昊的大志。

狄青知道一路行來雖是風平浪靜，但如走錯了地方，只怕轉瞬就有刀劍砍來。四人均是悶不做聲，狄青卻留意四周的建築地形。他在宮中月餘，唯一能做的就是將所經之處的地形和護衛方位記下來。

等又過了處花園，遠遠望見花樹掩映處現出閣樓飛簷，狄青就知道，已到了丹鳳閣。四人到了閣前，尚乞與守在這裡的兵士交換了令牌，就吩咐三人分站閣樓四處。眾人都和樁子一樣地立在那裡，沉默無言。

日落黃昏之時，平安無事，尚乞見時辰將至，不由得舒了口氣，只等換班之人前來，眾人就可出宮。不想就在這時，遠處突然有腳步聲響起，有四個女子抬頂小轎行了過來。尚乞上前喝道：「來者何人？」

那轎子停下，從轎子中傳來聲音道：「連我你都不認識了嗎？」那聲音如流水清風，又像鳴泉冰灘，風雅中帶著分高傲。

尚乞聽到那聲音，慌忙單膝跪地道：「卑職不知部主前來，還請恕罪。但還請部主出示令牌，卑職不敢破了規矩。」

狄青聽到轎中的聲音，卻是心中一震，暗叫道：「我聽過這聲音嗎，怎麼會如此熟悉？難道說……我認得這女子嗎？」

任憑他搜遍記憶，可終究還是沒有想到這女子是誰。飛雪嗎？不像，飛雪絕沒有這種柔媚的腔調。單單公主？也不是，單單沒有那聲音中的嬌翠。可若不是她們兩個，那會是誰？部主？難道說這人是元昊八部中人？

那女子輕聲道：「你沒有錯。」轎子窗簾一挑，一隻手伸出來，手上拿著面令牌。狄青遠遠望不真切，只見到令牌隱泛金光，上面似乎畫著個仙女飛天的圖案。

尚乞見到那令牌，這才道：「不知道部主來此，有何貴幹呢？」

那女子道：「因兀卒找我有事，此刻方回，我只想順路看看……公主回來了沒有？」尚乞搖頭道：「公主還沒有回來。」

那女子幽幽一歎道：「她也不知道去了哪裡，真讓人憂心。起轎吧！」那四個宮女抬起轎子，向宮外行去。

狄青望著那轎子遠去，恨不得掀開轎簾看一眼，可也知道絕無可能。那轎子消失不見，換班的豹組已前來，狄青出了宮中，又平添了一分疑惑。

御圍內六班直在宮外都有軍營可供休息，但這些宮中禁軍多數都是貴族子弟，平日驕橫，再加上武技不俗，在宮內雖是大氣不敢喘，但出了宮，少受管束，不到深夜不會回返軍營休息。

狄青亦不想這麼早回營，夜幕已垂，他信步街頭，還在想著轎子裡面的女人是誰。

他認識的女人並不多，怎麼會有一人是八部中人？

狄青正思索時，聽路邊有酒肆傳來淙淙琵琶之聲，有老者啞著嗓子唱道：「屈指勞生百歲期，榮瘁相隨。利牽名惹逡巡過，奈兩輪、玉走金飛。紅顏成白髮，極品何為？」

狄青不懂這詞是誰寫的，聽到「紅顏成白髮，極品何為」的時候，心中油然一股蒼涼之意。他當兵十數載，日月如梭，可很多兄弟死了，心愛的人不能相聚，郭遵也去了，他人未老，心已滄桑。琵琶聲漸轉淒涼，狄青突然心頭一震，呆立在當場，他終於想到了轎中之人是誰！

是她，應該是她！若不是她，誰會有那種風情的語調？可怎麼會是她？狄青不敢信，心中告訴自己，這世上，聲音類似的人多了，不可能是她的……

狄青心亂如麻。琵琶聲盡，月色愁苦，狄青呆立長街許久，這才苦澀地笑笑，走街穿巷，向軍營走去。他的笑容中滿是無奈之意，這時他已走到了巷口。

他才待出巷口，突然稍停下腳步。他心雖亂，但警覺未失，他倏然感覺踏入了一個死地。殺機四起。

有人要殺他，是誰要殺他？他們要殺的是狄青，還是要殺尚羅多多？狄青不知道，但只聽到刷的一聲響，高牆兩側已冒出數人，手持連環弩，一扣扳機，巷子內弩箭如織，已把活路全部封死。

狄青就算是飛鳥，那一刻也再無生路！狄青若在巷子中，必死無疑！可狄青警覺早生，就在那些人冒頭的那一刻，已上了高牆。他走路時，一肩高一肩低的像個酒鬼，可躥上高牆時，卻如虎生雙翅。

那些人扳機扣下，可狄青已到那些人的身側，用力撞過去，只聽到幾人悶哼跌落，手中弩箭斜射出去，竟將對面高牆的人射死。而他們跌落巷內，已被高牆對面射出的弩箭打成了篩子。兩側殺手都未想到，狄青尚未出手，他們就已自相殘殺而亡。

狄青冷汗淋漓，無暇去查看殺手是否有活口，因為他要應付迫在眉睫的危機。

一刀劃破夜空，有如流星，已向他兜頭斬到。那刀極快，極厲，就像亙古已存，就等著狄青上牆，然後取他性命。

狄青來不及拔刀，只能退，可他在高牆，一退成空，已向牆下落去。那如月色的刀光暴漲漫天，堪堪斬到狄青的脖頸，狄青只來得伸手一擋，拿著把搶來的弩弓擋了下。嗤的一聲，弩弦綳斷，可長刀終於頓了片刻，狄青倏然而落，退在牆側。

高牆那人連出兩刀，只斬斷弩弦，才待人借高勢，再次出刀，可他身形陡然凝了下，然後就從高牆栽下來。噹啷一聲，長刀墜地，那人摔落在地，抽搐幾下，再沒有了動靜。他脖頸上卻多了枝弩箭，從他的咽喉斜入，幾乎全部沒了進去。

狄青落地之前，已拔出一支射在牆上的弩箭，當做飛鏢擲出去，擊殺了那人。

狄青落地之時，背脊微弓，雙耳豎起聆聽動靜，準備迎接下一輪的攻擊。這幫人絕不是要殺尚羅多多，尚羅多多還不配，這麼說，來人就要殺他狄青？

他們怎麼知道狄青就是尚羅多多？

狄青一顆心沉下去，緩緩轉過身來，望向巷子的另一頭。不知何時，有一頂轎子已無聲無息落下。轎子旁站著一人，皎皎的月光只照在那巷牆上，投下一道暗影，蓋在那人四四方方的身上。狄青瞳孔微縮，低喝道：「浪埋？」他目光敏銳，已認出那人正是浪埋！

浪埋帶他入宮，為何又要殺他？如今刺殺失敗，浪埋為何不走？難道說他還有底牌在手？狄青一步步地走過來，盯著浪埋的舉動，更留意他身邊的那頂轎子。

浪埋見狄青走近，突然道：「這些人，是我安排來殺你的。」

狄青見浪埋直認不諱，反倒有些愕然，不由問：「為什麼？」

「因為我讓他做的。」一個聲音從轎子中傳來，滿是威嚴肅穆。

狄青一聽那人說話，就知道應該沒有見過那人。而轎子中人，應該是掌握重權之人。因為只有那種人，說話的口氣才永遠地高高在上。

狄青不語，等待對方的答覆。良久，轎中人終於道：「你我都有個共同的目標，那就是殺了元昊。我本來希望飛鷹親自出手，但他建議讓你來，我並不放心。」

狄青反問：「飛鷹為何不親自出手？」

轎中那人道：「因為他還有更多的事情要去做。」

狄青嘲諷道：「你不放心，所以就要試試我。你有沒有想過，我若是躲不過他們的暗算呢？」

轎中那人冷笑道：「你若是躲不過那些暗算，不如立即去死。這世上只有兩種人，有用的，沒用的。沒用的，最好早些死了，以免連累旁人。」

狄青沉默下來，知道轎中人的意思。這次刺殺，已經過精心的策劃，勢在必得，若不成功，不知道有多少人要死。都說元昊殘忍好殺，他若不死，死的肯定不止狄青一人。

對方雖對他暗算，可狄青反倒有些放下心來，暗想這些人若不是苦心積慮對付元昊，實在不用費這般周折。雖然說敵人的敵人，不見得是他的朋友，但他狄青現在只能與這些人聯手。

轎中人放緩了口氣，「不過……你果然不負我的期望。你若能成行，日後想要什麼，就會有什麼！」不等狄青再說什麼，轎子已被抬起，出了巷子。明月照在長街上，如同凝了一層霜。

狄青沒有再追上去，只是想著……這人如此自負，會是哪個？他終於明白了一點，安排他入宮的不是飛鷹，而是轎中那人。這麼說……這人在宮中有很大的權力？

狄青不再想下去，也沒有追上去，出了巷子，選擇了另外的一條路。至於屍體如何處置，他根本不用去考慮。他現在唯一需要考慮的是，他怎麼才能殺了元昊。

那轎子又過了幾條街，終於停了下來。浪埋一旁道：「王爺……為什麼不走了？」轎簾張開，秋月高冷，撒下淡青的光芒，落在了轎中那人的臉上。那人額頭很高，鼻梁很挺，但鬢角已染了霜白。他若再年輕二十歲，無疑也是讓女人心動的美男子。但英雄末路、美女遲暮，都是讓人無可奈何的事情。望著天空那皎的明月，轎中人突然道：「很久沒有見到這麼明朗的月色了。」

浪埋道：「王爺……你可是擔憂不能成事嗎？」

轎中人歎口氣道：「這是我生平，最沒有把握的一次出手。但我必須要出手……」

浪埋試探道：「你覺得狄青武功不夠強？」

轎中人搖頭道：「他已是我們能找到武功最強的人了。就算飛鷹親自出手，只怕也不能強過他。」

「那王爺還怕什麼？」浪埋眉宇間也有憂愁。

轎中人望了浪埋一眼，眼中閃過分感慨，「因為你我都知道，狄青要殺的人，只有更強！」他突然帶些嘲諷的笑，「想當年，趙允升豈不是也聯繫我們去殺宋天子？如今風水轉了，變成我們聯絡狄青來殺元昊，也是好笑。」

轎中人雖說好笑，可眼中一點兒笑意都沒有，因為他知道這件事一點兒都不好笑。元昊不是趙禎，此事若不成，後果不堪設想。

浪埋猶豫道：「其實……有句話不知當講不當講？」

轎中人道：「你說吧！這時候，你我還分彼此嗎？」

浪埋建議道：「如果王爺放手退隱，說不定可以避過這劫。有時候……退一步才是好棋。」轎中人目光一厲，低喝道：「你可是有了退意？」

浪埋不避轎中人的目光，沉聲道：「浪埋不懼，可只為王爺憂心。我們雖做了布置，又安排了狄青，但要取兀卒的性命，仍沒有太多的把握。浪埋死不足惜，可還怕王爺有事。浪埋斗膽，還請王爺三思。」

轎中人移開目光，感喟道：「就算我放手，兀卒會放手嗎？兀卒不再是當年的那個兀卒了，我陪他打下了偌大的江山，不想只是區區的一個种世衡，就讓他對我有所猜忌。這次讓我從明堂回返興慶府，明裡是他稱帝在即，讓我回來恭賀，可是……他想著什麼，我並不知道。我當然可以放下一切，但放下了，和死有什麼區別呢？」

浪埋不再相勸，因為他也知道，有時候人活著，就是因為放不下！

權力可以讓人瘋狂，權力當然也能讓人滅亡！

轉眼間狄青又當了三天的侍衛，但他反倒不急了，因為他知道有人比他更要著急。

這一日入宮，狄青輪值日班，前往養心堂值守。那裡平日沒什麼人去，算不上要地。狄青不等出發，就遇到浪埋。二人雖早熟識，可彼此見面，從不多說一句。只是擦肩而過的時候，浪埋突然對狄青道：「你欠我的錢，是不是不打算還了？」

眾人均是一怔，狄青冷笑道：「我什麼時候欠你錢了？」回話時他已知道，出手的時候到了。

浪埋一拳打過來，卻被狄青刁住了手腕，二人角力片刻，尚乞已過來勸道：「有事出去說！」

浪埋收了拳頭，悻悻道：「你莫要讓我再看到你。」他霍然轉身離去，尚乞埋怨道：「你怎麼惹了他呢？出去的時候，小心些……誰都管不了這些閒事。」

這本是宮中禁衛常見的糾紛，既然沒有出事，眾人自是見了就忘。

狄青臉上滿是怒容，拳頭緊握，跟在尚乞身後，到了養心堂的時候，還有些憤憤不平。等獨自一人梭巡的時候，狄青這才展開手心，見到裡面有粒蠟丸。輕輕地捏碎那蠟丸，裡面露出薄如蟬翼的一張紙。

狄青看了兩眼，已明瞭了一切，將那紙搓成碎屑，小心翼翼地埋了起來。

日近黃昏，斜陽照過來，映得紅牆如血。狄青望著那堂頂的琉璃閃爍，目光也有些流離。

紙上只寫著一句話：「明日天和殿出手！」

命令簡單明瞭，可為了這一擊，端是花費了太多人的工夫。

明日出手，他今夜一定要潛到天和殿去。

狄青有些皺眉，御圍內六班直分三組，三組各二十四隊，每隊人的腰牌都在宮中有詳細的記錄。這種措施不但防得刺客無法入內，就算對衛戍軍也一樣地防備。

狄青一直想不通，如果他突然消失不見，浪埋等人如何填補這個缺口。

狄青正疑惑時，有一宮人走進，見到尚乞笑道：「尚乞，王爺說有事吩咐我，讓我來找你，不知道是什麼事呢？」宮中多少可隨意走動的，也就是宮人宮女。這裡是養心堂，看那宮人的服飾，倒像是禦膳房的人。

尚乞四下望了眼，說道：「王爺說……」他蚊子般地說了幾句，聲音很低，那宮人很是奇怪，問道：「你說什麼？」可不等再問，陡然間雙眸突了出來，因為一根繩子已扼住了他的脖子。

繩子的另一頭，就在尚乞的手上。狄青遠遠見到，吃了一驚，隨即明白了什麼。

尚乞殺了那宮人，扭頭對狄青喝道：「脫衣服，解佩刀。」他將狄青的衣服、佩刀、腰牌統統地換在那宮人的身上。

狄青想通了，尚羅多多已死，而宮中少個宮人暫時無妨。尚乞殺了這宮人，不過是充當尚羅多多的替屍，也就添了狄青離去的缺口。

尚乞給那宮人穿了尚羅多多的衣服，再為那宮人沾上了鬍子，又在那宮人的臉上塗上了鮮血，就算是狄青，也覺得躺在地上那人就是自己。

嘎賈已從假山處刨出一坑，取出裡面的衣服讓狄青換上。那是一套緊身的衣物，除了衣服外，尚有一雙鞋、兩個竹筒、一柄短劍和一小包吃食。嘎賈在狄青換衣之時，說道：「一竹筒是毒水，射程四尺。一竹筒是毒針，射程七尺！只有一次噴射的機會。均是在近身的時候使用，只要一點兒沾到對手，那就萬劫不復了。這兩件暗器都只有一個按鈕，一按就發射。」

竹筒構造巧妙，黑幽幽的，讓人心生畏懼之感。狄青接過竹筒，妥善放好，目光卻落在那短劍之上。那短劍外有一短鞘，黑黝黝的並不起眼。嘎賈抽劍出來，那劍極短，僅有一尺，但森氣凜冽，碧了拔劍人的眉髮。

狄青忍不住道：「好劍。」他甚至不用試，就能感覺到那劍能切金斷玉，削鐵如泥。嘎賈突然用拇指一按劍柄突出的花紋，只聽叮的一聲輕響，劍芒暴漲，倏然變成三尺之長。狄青目光一閃，歎口氣道：「好劍。」他不能不說，這些人為求殺死元昊，什麼都考慮到了。

嘎賈按了下那花紋，長劍縮回，狄青接過那短劍插在腰間，終於明白原來一直以來，不是他喬裝得好，而是因為尚乞、嘎賈和昌里，本來就和他是一夥人。

這麼說，宮中侍衛已有很多是轎中人的手下？

狄青來不及多想，昌里已走過來道：「那處假山，有個凹洞，足夠你藏到天黑。剩下的事情，需要你自己解決。」狄青點頭，已鑽到假山之中。之後聽警訊傳出，腳步聲繁遝，已有人向這方向奔來。

尚羅多多死了，因不服命令擅自走動，被尚乞殺死。

在宮中，等級制度極為嚴格，不服上意就是死罪。至於就算有人懷疑，也是以後的事情。喧囂過後，漸趨平靜，養心堂只留了四人把守，如同尚乞幾人一樣立在那裡。狄青藏身假山洞穴中，等著日落西山，等到夜幕降臨。

無星無月，宮中雖有燈火燃起，但養心堂周圍滿是黑暗。狄青已留意到那看守的侍衛有些打盹，趁其不備的時候，悄然出了假山，向天和殿的方向行去。

這些天來，他早對宮中的一草一木都熟悉非常，輕易地避開了警戒，到了天和殿旁。

天和殿本是元昊和群臣商議要事之所，白日雖戒備森然，但到了夜晚，因為並無人留，防範也就弱了很多。狄青如狸貓般，從一側柱子攀沿而上，輕踩琉璃瓦片，到了大殿的偏上方。尋了半晌，掀開幾片瓦，閃身而入，藏在大殿橫梁之上。

從那裡看去，下方處一覽無遺，但因這裡是個死角，下方的人反倒見不到上面的動靜。狄青可以看到殿上高臺有一龍椅，鋪著繡龍的黃緞。那裡只有一張椅子，想必坐著的，也就只有一人。那就是西北獨一無二的元昊！

天和殿比起汴京的皇宮大殿來，少了靡靡之氣，宮殿無人，卻多了肅然肅殺的氣息。狄青望了那龍椅許久，揣摩著下手的角度後，終於從懷中取了乾糧，緩緩下嚥。尚乞給他準備的吃食，他動也不動。他從未信任飛鷹和轎中人，但他信——眼下元昊不死，他就還有被利用的價值。有時候，到底是誰在利用誰，沒有人能分辨清楚。

事情好像很複雜，事情又像是過於順利。到了現在，狄青已沒有了回頭路。他坐在梁上，想了許多許多，最思念的還是雨中輕舞，霓裳羽衣，但那翩翩之舞中，似乎總有條藍色的絲帶隨風而起。

藍得如海，潔淨似天，狄青閉上了眼，靜待天明。

雄雞三唱，東方微白，狄青早醒，調息運氣，稍活動一下筋骨。他在此休憩的時候，已小心翼翼，連粒灰塵都不讓掉下去，他知道不久後……元昊早朝的時候就到了。很快，那兩扇厚重的殿門被推開，一縷陽光從外照了進來，只撕開殿中暗影的一角。秋日的晨光，帶著分南飛大雁的淒涼。狄青望著那晨光，突然想到，原來每日見到晨光，也不是件容易的事情。

鼓樂聲起，有執戟侍衛分兩列而入。他們不用再檢查什麼，因為他們自信，以這裡防範的森然，就算鳥兒，都很難飛得進來。有值殿官喝道：「百官入內。」

進來的十數個臣子，狄青大多不識。他雖在宮中月餘，但和這些官員卻少有見面，他是個侍衛，更不會問太多的事情。

狄青能認出的人只有兩個，一個是那滿是書卷氣的中書令張元，另外一個當然就是大宋叛將夏守贇。可狄青更留意的是另外一個人，那人站在張元之後，遠在夏守贇之前。那人額頭很高，鼻梁挺直，鬢角微染霜白。以那人所站位置來看，應是元昊手下的重臣。這次刺殺行動極為縝密，若非是重臣，豈能輕易掌控布局？

群臣就位後，樂聲又起，群臣肅然垂手，恭候元昊前來。狄青聽偏廊處腳步蹉蹉，斜望過去，見那裡走出兩隊護衛，左右各八名，均是身著金甲，手執長戟，極具氣勢。

狄青心頭沉重，他已就看出，那十六名護衛均是步履沉穩，淵渟嶽峙，顯然都是武技好手。可那十六人就算金甲長戟，氣勢非凡，卻也掩不住中間行來那人的風采，狄青其實第一眼就看到了那個人。那是個無論你在什麼地方，第一眼都要留意、不能不看的人。那人身著白衣，頭戴黑冠。白衣勝雪，黑冠如墨。他渾身上下，可說是沒有半分華麗的裝束，因為他已不用龍袍金冠來維護所謂的尊嚴。他若是龍，走到哪裡都是龍，何必衣錦著綺？

他就那麼緩步地走上了龍座，靜靜地坐下來，手指輕彈。一把長弓置在案前，一壺羽箭輕放手邊。

長弓剛勁，壺中只插著五支箭，箭鏃顏色各異。一支燦爛若金，一支潔白若銀，一支泛著淡黃的銅色，另外兩支箭鏃一黑一灰，泛著森然的冷光。

狄青心中已在想，元昊為何只用五支箭，那五支箭矢若和箭鏃一樣的顏色，就應該是金銀銅鐵錫五種。這人狂傲如斯，難道認為天底下，只需要這五支箭就能解決一切問題嗎？驀地心中一震，狄青心中有些古怪，彷彿想到個極為重要的事情，偏偏一時間忘記是什麼。

鐘磬一響，萬籟俱靜。元昊終於開口道：「中書令，我志在一統天下，三川口一戰後，又過大半年之久，不知你可有了取天下之策？」那聲音不帶絲毫的狂傲，甚至可說是漫聲輕語，但其中語意決絕，不容置疑。

狄青心中一震，暗想大宋整日想著內鬥，趙禎年少缺乏魄力，比起這整日想著一統天下的元昊，可差了許多。

中書令張元上前，恭聲道：「啟稟兀卒，定天下之計早有，無非是盡取隴右之地，據關中形勝，東向而取汴京。若能再結契丹之兵，時窺河北，使中原一身兩疾，其勢難支撐久矣。」

元昊一聽，並不回應，只是手撫桌案，食指輕叩。狄青這才留意到，元昊的手掌秀氣，手指纖長，但輕輕叩動，卻顯得極為有力。

不知為何，狄青從他敲擊的動作中，宛若看到力士擂鼓，金戈錚錚，這是不是說，元昊表面上雖儒雅平靜，可內心卻戰意熊熊？

可最讓狄青留意的是……元昊左手尾指留有長長的指甲，而那指甲竟是藍色。

藍色如海……

狄青心頭一震，不知為何，已想起了飛雪的那條絲帶。他絕不該這麼去想，因為飛雪和元昊，本是完全不同類型的人，更不會有任何瓜葛。但狄青那一刻，心中卻有種古怪的念頭，那就是飛雪和元昊……其間必有連繫。

大殿沉寂，悄無聲息，但每個人心中都像有戰鼓擂動，咚咚響個不停……

第十一章　博弈

狄青雖奇怪自己的聯想，但聽張元之計，愈發地心驚，暫將雜念放在一旁，甚至差點忘記了刺殺一事。

張元說得雖是文雅，但狄青聽得明白。張元之計說得簡單有力！党項人意圖清晰，那就是先取隴右之地，強據關中，然後以關中為憑，進攻中原，直取汴京，征戰天下。古來多有得關隴者得天下，所以党項人早看中了關隴這塊肥肉。因此党項人處心積慮，發動了三川口之戰。可元昊顯然不滿足只取了金明砦這麼簡單，他顯然要依據金明砦，盡取大宋的關中之地。

更讓狄青驚忧的是，党項人還想聯合契丹。想大宋自從澶淵之盟後，已和契丹人和平相處數十年，但契丹人狼子野心，若真有瓜分大宋的機會，如何會不參與進來？到時候本就積弱的大宋，又要兩面受敵，形勢可說岌岌可危。

張元只是輕描淡寫的幾句話，卻已定下了党項人日後征戰的基調，自此西北定然烽煙四起，難得安寧。張元這人的計謀，恁地如斯毒辣？殿中眾人各想著心思，元昊再次開口道：「契丹人安逸久了，已沒有狼心，難以說服其共同出兵。」

張元立即道：「但我等若持續獲勝，他們難免不蠢蠢欲動。」

元昊微微點頭，一字一頓道：「所以眼下最關鍵的事情不是稱帝，而是下一步如何用兵！夏大人，三川口一戰，我等仰仗你力甚多，不知接下來……你覺得對哪裡用兵好呢？」

夏守贇受寵若驚，忙道：「臣這些日子來，殫精竭慮，已草繪關隴地形，制定了下一步的作戰計畫，還請兀卒參詳。」他從袖中取出奏摺，雙手呈上。

有侍衛取過奏摺，元昊接過看了良久，讚許道：「夏大人辛苦了。」他任何時候，說話都如和煦春風，狄青在梁上聽了，很難想像詭計多端、奸詐百出的元昊是這種人。但狄青不能不服元昊的用人之策，只要是有用之人，元昊從不惜好言相向，可對無用的人呢……

夏守贇聽元昊稱讚，老臉泛光，喜不自勝。

元昊換了話題道：「野利王，我聽說……你昨夜帶兵入了劉平府邸，將劉平抓了起來，不知是何緣由？」

那鬢角霜白之人上前一步，回道：「啟稟兀卒，劉平想反！」

狄青心頭一震，不是因為聽到劉平要反的消息，而是已聽出那人的口音。那人正是轎中人！野利王，那不是執掌明堂廂軍的野利旺榮，亦是龍部九王之一？怪不得野利旺榮如此狂妄，許諾若狄青成事，要什麼就有什麼；怪不得就算飛鷹如斯狂傲，也要和野利旺榮聯手，因為野利旺榮夠資格；怪不得狄青入得宮中，雖是步履薄冰，但仍能順利潛入天和殿。只因為這一切的主謀人就是野利旺榮！可野利旺榮為何要殺元昊？他不是元昊的膀臂嗎？狄青想不明白，只能靜靜地看著這齣戲演下去。

元昊聽到劉平想反四個字的時候，叩桌的手指根本沒有停頓，他柔聲道：「他有什麼資格反呢？」

狄青雖高高在上，但一直看不到元昊的正面。他只見到元昊的背影、衣冠、弓矢。但他聽得出元昊口氣雖淡，卻自有風骨，這無疑是個極具信心的人，元昊根本就沒有把劉平放在心上。劉平反也好，不反也好，何必他元昊出手？可既然如此，元昊為何過問劉平一事？狄青想到這裡，目光也移到野利旺榮身上。野利旺榮神色慎重，緩緩道：「我只怕……他受了狄青的蠱惑。」

聽到「狄青」二字的時候，元昊擊鼓般的手指終於停頓片刻，轉瞬節奏如常，「狄青殺了夏隨，逃出興慶府，又殺了我的幾個副統軍和監軍使，一直向玉門關的方向逃竄，你們還沒有抓住他嗎？」

夏守贇恨得手指已深陷肉中，顫聲道：「兀卒，臣請親自領兵去追蹤狄青！」狄青殺了他的親生兒子，夏守贇恨不得將狄青寢皮食肉，可不得兀卒的吩咐，誰都不能擅自領軍。

元昊淡淡道：「我沒有問你。」他望著野利旺榮，負責追捕狄青的是野利王。

狄青聽到元昊在談他，心中凜然。

野利旺榮歎道：「狄青詭計多端，身手高強，總有一日……會成為我等大患。老臣無能，到如今還沒有抓到狄青，還請兀卒恕罪。」

元昊道：「若逃往玉門關的那人就是狄青，倒真讓我大失所望。」

狄青心頭一震，野利旺榮面不改色道：「兀卒何出此言？」

元昊輕聲道：「聽說狄青這幾年來，端是不簡單。力抗鐵鷂子，破我後橋砦，傷了羅睺王，興建青澗城時殺退我們不少前去騷擾的族長，甚至在平遠還殺了菩提王……比起那矜誇的鐵壁相公可強了許多，也算是我等的一個對手。但上兵伐謀、其次伐交，其次伐兵、其下攻城。他以領軍之才，行刺客的行徑，已讓我失望，若是只敢殺些統軍、監軍使之流，更只是匹夫之勇。這樣的人，何勞我們費心？」

張元道：「狄青絕非只有匹夫之勇，但缺伯樂。他礙於大宋祖宗家法，以行伍之身能到今日的地位，已是讓人難以想像。」向夏守贇看了眼，張元道：「范雍無能，再加上夏大人看出此子會對我等有威脅，是以一直對他壓制，這才限制他的發揮，此人若得宋能臣的提拔，只怕終有成龍的一日。」

元昊漫不經心道：「是嗎？宋廷有何能臣呢？」

張元謹慎道：「三川口之戰後，宋廷派夏竦守邊……」

「此人好色貪財，不知兵，何足為懼？」元昊淡淡道。

狄青聽元昊對大宋邊將瞭若指掌，就算對他狄青都一清二楚，不由背心冰涼。

張元道：「夏竦的確不足懼，但眼下除了夏竦外，宋廷又派范仲淹、龐籍、韓琦等人協助邊防……有這三人鎮守西北，我軍若再想如三川口般取勝，只怕不易。」

元昊手指又停頓了片刻，這才道：「龐籍沉穩幹練，范仲淹……竟又被提拔了嗎？」他沒有評價范仲淹，似乎也覺得范仲淹此人難以簡單評價。

張元歎道：「不錯……此人幾起幾落，不畏權貴，得罪了太后、得罪了趙禎、得罪呂夷簡，只要是朝中重臣，他若覺得不對，就敢率直而言，毫無忌憚……」

元昊沉吟道：「他這種性格，若到我這裡，能做到和中書令一樣的官職。」

張元竟沒有嫉妒之意，只是道：「范仲淹若能來這裡，臣的位置讓給他也是心甘情願，因為臣自覺不如他。只可惜，他不會來。」狄青遠見張元神色肅然，並沒有虛與委蛇之意，心中突然又有了古怪。他還真不知，大宋有哪個臣子有張元這般的胸襟。

元昊終於也歎口氣道：「可惜他在宋廷。那滿朝的文臣，整日勾心鬥角，不為財權，就為色氣。范仲淹是個異數，但他的性格註定了他難被昏庸的宋廷重用。我想不到他這次竟被派到邊陲。此人胸有天下，久經歷練，只怕是我等的心腹大患。」

張元贊同道：「兀卒說得不錯。」

狄青在梁上聽了，不知心中是何滋味。心想最瞭解宋廷的，反倒是党項人，最瞭解范仲淹的，卻是元昊！

元昊緩緩點頭，忽笑道：「可范仲淹終究還是一個人，想呂夷簡妒賢嫉能，夏竦難有容人之量，我們就算奈何不了范仲淹，只怕呂夷簡和夏竦也容不下他。更何況……西北還有個韓琦，此人性剛，雖有大志，但難聽人言。書生用兵，終有缺點，這一次，就可選他為突破口。」

張元面帶微笑道：「兀卒所見，倒與夏大人不謀而合了。」

夏守贇面有得意之色，卑謙道：「兀卒志在天下，目光廣闊，臣怎敢相比呢？」

狄青在梁上聽得一身冷汗，見元昊分析精闢，見識獨到，不由又為西北擔憂。見夏守贇卑躬屈膝的樣子，狄青又恨不得給他一刀。殿中沉寂片刻，元昊回到先前的話題，「野利王，你說劉平想反，這才抓住了他。這麼說……你多半已帶他入宮了。」

野利旺榮聽眾人議政，一直沉靜地站在那裡，聞言道：「不錯，老臣雖有確鑿的證據，但也不能擅自殺戮，所以將他帶到了這裡。只請兀卒明斷。」

元昊輕聲道：「那……就帶他上來問問吧！」

劉平被押上來的時候，狼狽不堪，塵土滿面。他耳朵少了一隻，是在三川口一戰被箭射飛。如今的劉平，很是憔悴，全然沒有了當年的意氣風發。他入了殿中，就一直在顫抖，似有畏懼之意。

元昊見劉平上前，問道：「劉平，聽野利王說，你想反嗎？」

劉平顫聲道：「臣不敢。」他不敢造反，更不敢說野利旺榮冤枉他。

元昊望向野利旺榮，「野利王，你的證據呢？」

野利旺榮緩緩道：「劉平暗中勾結狄青，陰謀想反。這證據嘛……其實找一個人出來，就可知真相了。」

「是什麼人？」元昊懶洋洋道。他看起來對這件事根本沒有興趣，他還能問一句，無非是因為對野利王還有分尊敬。這人畢竟是他妻子的大哥。

野利旺榮嘴角露出殘忍的笑，「這人……就是劉平的兒子，劉宜孫！他也到了興慶府！就是他聯繫了狄青，勾結大漠的石砣，準備找劉平聯合造反。」

狄青微驚，舉目望過去，只見劉宜孫被押了進來，渾身是血，悲憤地看著顫抖的父親。

劉宜孫怎麼會來？他不是和飛鷹在一起嗎？

劉平已不敢抬頭，失去了看兒子的勇氣。劉宜孫依舊一霎不霎地望著父親，目如刀鋒，可鋒芒之內，藏著無盡的悲涼和憤怒。

元昊喃喃道：「有點意思。」他似乎也來了興趣，不再多說什麼。很顯然，有些人天生就有殘忍的本性，以看別人的痛苦為樂。元昊根本問都不問，是不是覺得這父子的關係，也變得微妙有趣？

劉宜孫終於開口道：「你不是我的父親！」

劉平羞愧難抑道：「宜孫……我……」

「我父親早就死了！」劉宜孫嘴角溢血，「在三川口的時候，他就死了。他拚盡了最後的一滴血，不屈而亡！他絕不會投靠元昊，求得殘生！」

劉平衣袂無風自動，已不能言。劉宜孫見劉平不語，突然撕心裂肺地喊，「你是誰？你為什麼要冒充我的父親？」他被兩兵士擒住手臂，衝動地想要上前扼住劉平，卻被身後的兵士死死地拉住。

劉平終於抬起頭來，雙眸滿是淚水，「我不配做你的父親。可是你……為何這麼傻？」他抖得和秋風中的落葉一樣，誰都看得出，劉平不想兒子死，但事到如今，這父子就算不死，命運只有更加地悲慘。

劉宜孫見劉平如此，反倒放聲長笑起來，可笑中帶淚，滿是悲戚。

「我是太傻了，我傻得信了父親本是頂天立地的英雄；我是太傻了，傻得認為我父親寧可死，也不會降！因為他從來都告訴我，只有斷頭的將軍，沒有苟且的父親！我是太傻了，傻得當有人告訴我，劉平——劉宜孫的爹當了降兵，我還和人去撕咬打架，弄得遍體鱗傷……」

殿中只餘劉宜孫淒厲如狼的嚎叫，眾人皆靜。元昊的手指還是輕動有力地敲擊著桌面，似乎這慘絕人寰的叫聲，也無法打動他的鐵石心腸。

劉宜孫又道：「所以我一定要來興慶府，爬也要爬到興慶府。我本想告訴所有人，我爹不是懦夫！」他雙目紅赤，幾欲滴血，盯著劉平道，「可我錯了，錯得厲害。原來當初那個說『義士赴人之急，赴湯蹈火在所不辭，何況眼下為國難當頭』的人早死了，原來那個叫著『為國死戰、後退者死』的人也早死了。不，他沒有死！他喊著讓別人去死，可自己最終苟且地偷生下來，他怎麼對得起那三川口前戰死的郭將軍？他怎麼對得起那無數為國死戰，流盡最後一滴血的大宋兵士？你說……你說呀……」

劉平倒退一步，已難站穩，失魂落魄道：「我……我……」

劉宜孫見父親仍是懦弱，大喊道：「你到現在，還不敢看我一眼嗎？」他力盡被擒，沒有當場就死，只為要見父親一眼。可見父親表現出前所未有的卑懦，真的心如刀割。不知從哪裡來的氣力，劉宜孫用力一掙，竟掙脫身後那兩人的束縛，從一人腰旁拔出單刀來。

眾侍衛一聲喝，兵甲鏗鏘，就要上前。

元昊擺擺手，眾侍衛止住了腳步。在這殿中，元昊無疑有著至高無上的權力。

劉宜孫單刀在手，臉色鐵青，那森然的刀光中似乎也帶著淒涼心酸之意。劉平急道：「你……放下刀來。」

劉宜孫突然笑了，笑容中帶種解脫，淡淡道：「現在……還放得下嗎？」

他舉刀，勁刺，鮮血飛濺而出，濺了劉平一身一臉。劉平撕心裂肺地叫了聲，在劉宜孫揮刀時，他已撲了上去。劉宜孫的一刀沒有刺向旁人，他也無能再殺旁人，他刺的是自己！

長刀入腹，劉宜孫軟軟地倒下去，跌在劉平的懷中。劉平傷痛欲絕，淚流滿面，緊緊抱著兒子，嘎聲道：「你……你為什麼……」

「你現在……肯看我了嗎？」劉宜孫流血的嘴角帶分譏誚。飛鷹說錯了，他來這裡，不是要殺父親，而是要殺死自己。

劉平抱著兒子的身體，泣道：「我……對不起你。」

劉宜孫眼中光彩漸散，喃喃道：「聰明的人……都活著。蠢的人……要……死的，我是蠢人。」他身軀劇烈抖動了幾下，喊道：「我好……恨……」他不等再說恨什麼，身軀陡挺，腦袋卻已垂落下去。只是那雙眼還睜著，盯著虛無的前方。

劉宜孫死了，屍體冷下去，只餘兩滴淚水順著眼角流淌，不甘地墜落……

無人上前，天和殿再次沉寂下來。那些侍衛饒是看過太多的生死，可也像被劉宜孫的悲烈所震撼。劉平抱著兒子的屍體，感受懷中的兒子一點點冷卻，也像死了一樣。沒有人看他，也沒有人忍心去看他，誰都知道，劉平還活著，但也死了。

元昊看著野利旺榮，突然道：「他怎麼來看，都不像要造反的人。」

野利旺榮道：「這些漢人都是心懷叵測，個個該死。」

元昊緩緩說道：「心懷叵測的不僅漢人。」

野利旺榮身軀微震，抬頭盯著元昊道：「老臣為兀卒鞠躬盡瘁，莫非兀卒也懷疑老臣嗎？」他說出這句話來，極為突兀，直如對元昊宣戰般，眾人皆驚。

元昊擊鼓一樣的手指停頓了片刻，這才道：「野利王何出此言呢？」

野利旺榮道：「兀卒若不是懷疑老臣，為何幾天前突然派人去老臣的府上搜索？難道說老臣家中，有什麼東西讓兀卒不安嗎？」

元昊輕聲道：「若心中無愧，讓我搜搜又有何妨？」他這麼說，無疑是承認了野利旺榮的指責。眾人均是駭異，但都保持沉默。

張元見局面劍拔弩張，本待出來調停，可見元昊手指不停地跳動，終於還是止住了這個念頭。他知道元昊的習慣，知道這時候的元昊，不能被打斷。

野利旺榮放聲笑道：「那兀卒可在老臣家裡搜到了什麼？兀卒認為，老臣是否想反呢？」狄青只見到元昊揮揮手，有侍衛捧個錦盒上來。那錦盒的樣式再尋常不過，可野利旺榮見了，臉色倏變，似乎有了不安之意。

元昊慢慢道：「這盒子是從你家搜來的……」他緩緩打開了錦盒，盒內有柔和的光線透出，五彩斑斕，交織在一起，給錦盒罩了層輕浮的暈光。

狄青居高臨下地看到，大為詫異，因為盒中的東西他竟然見過。那裡面裝著四個瓷瓶，四個顏色各異的瓷瓶。紅像海棠，紫若玫瑰，青似梅子，白如凝乳。瓷瓶上流彩不定，那上面的顏色竟隨光線而變，交織在一起，端如雲霞般絢爛。那赫然是狄青在沙漠中見過的幾個瓷瓶，瓷瓶極美，狄青也是見了難忘。實在不能想像還有別的地方，同樣有這般花色的瓷瓶。這麼說，這瓷瓶的確是從沙漠取來的？狄青當時見那瓷瓶，只感覺驚豔，但如今見到，卻覺得瓷瓶上鬼氣森森。在沙漠出現的瓷瓶，怎麼會突然到了這裡？

野利旺榮本沉靜的臉上也帶著驚疑，良久才道：「這瓷器是老臣從一個商人手上買得，還不知道兀卒也有興趣。兀卒想要，說一聲就好，我怎會不給？」

元昊拿起那青似梅子的瓷瓶，感慨道：「我素來嚮往中原文化，西北就造不出這種瓷瓶。我聽說……這瓷器本是中原龍泉錢家所製，叫做梅子青，一窯出來不過十數個，一年也就出窯一次。所以這種重量的一個瓷瓶，比三倍重的金子還貴重。在宋廷的達官貴人中，若有人得到這樣的一個瓷瓶，必定視若珍品。我說的對不對？」

狄青見野利旺榮本主動發難，可自從元昊取出瓷瓶後，神色竟猶豫起來，不由大為奇怪，不解野利旺榮已箭在弦上，為何開始示弱？

野利旺榮聽元昊詢問，半晌才道：「兀卒說的對。」

元昊放下了梅子青，手若撫弦，從其餘三個瓷瓶上摸過去，碰到那海棠紅的瓷瓶，說道：「聽說這個瓷瓶每逢夜晚，就會褪色變淡，到了清晨，又豔紅如血，有如花開花落，所以有個雅名，叫做花自落。」

狄青更是詫異，不解元昊在這種滿殿芒鋒的時候，為何說起了風花雪月。而聽元昊的見解，竟對這些東西也瞭若指掌。

元昊又指著那紫若玫瑰的瓷瓶道：「這瓷瓶叫做紫羅輕，看似沒有奇異之處，但都說它比鐵還堅固，比羅緞還要輕，也是個異物。而這白色的瓷瓶，叫做冰火天，在夏天的時候，冷酷若冰，可到了寒冬，卻又溫暖如春……」

殿中群臣聽到元昊的介紹，雖不解元昊的用意，但眼中都露出豔羨之色。只有張元肅然一旁，眼中有了驚怖之意。

夏守贇讚道：「這等異物，臣雖在中原聽說過，卻也未能收集。兀卒竟悉數得到，可算是天意所歸了。」

元昊淡聲道：「那你抓了鐵壁相公，幫我三川口大勝、用數萬宋軍的鮮血為你鋪平晉升之路，是不是就因為沒有得到這些瓷瓶？」

夏守贇一滯，竟不能言。他是太后黨羽，太后死後，他因宮變一事整日惶惶難安。但這不過是他叛逃的一個緣由，最主要的因由卻是大宋崇文抑武，他雖自詡功勞，但總被那些文人騎在頭上，這種瓷瓶，素來都是那些達貴之物，他根本沒機會獲得。

元昊說得犀利，切中了夏守贇的心思，但夏守贇該怎麼回答？

元昊見夏守贇不答，長歎一聲，「這四個瓷瓶加起來，價值千金呀，甚至……千金都買不到了！」

眾人臉上都露贊同之色，不想元昊突然做了一件所有人都想不到的事情。他衣袖一拂，已將錦盒拂在地上。青瓷碎響，如玉器哀鳴。那四件價值千金的瓷器，轉瞬變成了一堆碎片，不值一文。眾人有的不能喘息，有的喘息如牛，就算梁上的狄青也有些震驚惋惜，不解元昊到底要做什麼。

元昊不望一地碎片，只望著殿中群臣，一字字道：「英雄之生，當稱王稱霸，何必衣錦著綺！又何必要此俗物誤我雄心！」

狄青心頭一震，只能歎這元昊的確非同凡響。元昊的意思很明顯，大宋君臣貪戀奢華，靡靡不振，他元昊絕不會重蹈覆轍！

殿中沉冷寧靜，眾人望著那堆碎片各有所思。元昊突然起身，下了龍椅，緩步走到那碎瓷旁蹲下來。眾人目露疑惑，有的甚至覺得元昊也有些心疼那些瓷瓶被打破了。那麼完美的東西，本應該欣賞，又怎能只聽聲碎響？

元昊起身，修長的手指已從碎瓷中夾了一物，望向野利旺榮道：「不知你能否告訴我，這是什麼？」野利旺榮臉色又變，他已看到，元昊手上竟有粒蠟丸。蠟丸中，當然會藏著東西。

「這麼精緻的瓷器裡怎麼會有蠟丸？」野利旺榮咬牙道。

元昊淡淡道：「或許就是因為瓷器精美，所以沒有人捨得打破它，自然也就想不到其中還藏著個不能說的祕密。或許……野利王，你能告訴我這是什麼祕密？」

野利旺榮恢復了鎮定，突然道：「眼下西北算個人物的，除了范仲淹、龐籍、韓琦外，還有個种世衡。」他突然岔開話題，讓眾人又有些摸不到頭腦。

元昊並不意外，只回道：「是。」

野利旺榮道：「范仲淹有救天下之志，龐籍可獨當一面，韓琦鋒氣正銳，种世衡卻和狐狸一樣。」

元昊道：「你說的只對了一部分。在我看來，范仲淹只有救宋廷的志向，卻沒有救天下的志向。宋廷不是天下。能救天下的人——是我！」

狄青心中不知何種滋味，也不明白元昊到底是自大還是自戀，或者是自信？可在大宋中，有哪個有這樣的自信？

野利旺榮點點頭道：「是，你一直想要一統天下，你認為只有這樣，才是解決天下紛爭的根本辦法。我不和你說范仲淹，我只想說說种世衡。」

「你說。」元昊一直不緊不慢的口氣。

野利旺榮道：「种世衡雖是財迷，但他卻是宋廷忠實的一條看門狗。為了對付宋廷的敵人，不擇手段。我知道，他在這半年來，網羅了不少奇人異士，沒少花錢請人刺殺我。他想殺了我和遇乞。」

元昊道：「他太小家子氣了。」

野利旺榮凝聲道：「他不是小家子氣，他是沒有別的辦法。他若跟了兀卒你，想必能有更好的方法。但他和狄青一樣，都是戴著鐐銬在行事，他們一方面要對付我們，一方面還要應付宋廷的牽制。兀卒你不需俗物羈絆雄心，可這世上，有幾個兀卒呢？」狄青嘴角帶分苦笑，不想最理解他們的人，竟是敵人。

夏守贇臉色有些難看，野利旺榮雖沒有明說，但也狠狠地刺了他一下。

元昊沉默無言，野利旺榮繼續道：「种世衡雖看似輕浮，但為人穩紮穩打。我們的用意很簡單，盡取關中，進攻中原。种世衡的用意也簡單，他想除去鎮守橫山的我和遇乞，搶佔橫山，登上進攻我們的高點。种世衡知道，有我和遇乞在，宋軍就不能打過橫山。因此這半年來，种世衡絞盡腦汁想除去我，他用計離間你我的關係，送我財物，許以厚利。」

元昊終於道：「這和我們當年對付李士彬的法子彷彿，有些俗套。」

野利旺榮道：「這世上，往往越俗套的法子越有用，因為我們都是俗人。雖然你是帝釋天，可你也要住在欲界。」

元昊點頭道：「你說得不錯，可我不明白，你說這些做什麼？」

野利旺榮道：「我知道种世衡在用反間計，因此我派人去假降，可他當然也知道我不會降，因此一直和我虛與委蛇。這些日子來，兩方彼此試探，假假真真，但种世衡的目的已達到了，他成功地離間了你我。我如果對你說，這瓷瓶的確是我買來的，這或許本來就是种世衡的圈套，故意騙我買下這瓷瓶，然後被你發現，你信不信呢？」

元昊舒了口氣，漫聲道：「你信我信你嗎？」

野利旺榮一怔，半晌不能答覆。

「你信我信你嗎？」這句話很簡單，但意思卻有多重。野利旺榮所言到底是真是假？無論真假，元昊到底信不信野利旺榮的解釋？就算元昊說信，那野利旺榮信元昊是真心相信嗎？懷疑的種子種下來容易，很快地生根發芽，但想要再徹底清除，絕非那麼簡單的事情。

不知過了多久，野利旺榮才道：「我信！」

他信什麼？誰都不知道。

元昊捏著那粒蠟丸，淡淡道：「我卻不信。」

野利旺榮臉色巨變，咬牙望著元昊道：「這些事情，我本來盡數告訴你了。我派人假降宋廷，你也知情。到如今，你不信我？」

元昊凝視野利旺榮道：「這些我都信，但有些事，我真的難以再信。狄青逃往玉門關了，是不是？」

狄青聽元昊又提及自己的名字，心頭一跳。他到現在還沒有見到元昊的正臉，但他知道，這無疑是個非常可怕的人，因為沒有人知道元昊在想什麼。

野利旺榮不想元昊舊事重提，想了半晌才道：「是。」

「負責捉拿狄青的人是你，對不對？」元昊追問道。

「是！」

「你為了追拿狄青，甚至調動了衛戍軍，宮中好手不少，也被你調出去追狄青了，對不對？」

「對。」野利旺榮很是遲疑。他顯然在琢磨元昊為何要問這些。

元昊手指屈伸，不望野利旺榮，望著自己的右手，緩緩道：「在你追拿狄青的幾個月裡，宮中的侍衛，已被你藉故抽調了三成，是不是？」

野利旺榮不再回答，可雙拳陡然握緊。

元昊又道：「我信你，因而才隨你折騰，但你呢……你辜負了我的信任。」他的口氣中滿是遺憾，「從夏隨死的那一刻，他的空缺就被你另外派人彌補。在你負責宮中調度後，你就不停地安插自己的人手。夏隨去太白居，因為你約了他，可那刺客也去了。顯然你約夏隨到那裡，就想讓刺客殺了他，進而攪亂興慶府，混淆視線，方便你行事，對不對？」

狄青一震，恍然大悟，明白元昊推測得不假。

飛鷹既然能聯繫野利旺榮，那飛鷹在太白居殺了夏隨就絕非偶然，飛鷹知道夏隨肯定會在太白居！飛鷹為什麼這麼肯定？還不是因為這一切都是野利旺榮的安排！

野利旺榮眼角已跳動，竟還能忍住不言。夏守贇牙關咬碎，可還不敢上前。他做夢也沒想到，殺他兒子的人不是狄青，而是野利旺榮。

元昊續道：「現在事情很簡單了，你弄出個狄青，吸引所有人的注意。本意不過就想抽調宮中的人手，然後替換成效忠你的人。你的目的當然不是為了宮中的安危，而是想要殺我！你已不信我了，試問我如何再信你？」

野利旺榮身軀已在顫抖，竟還沒有發動進攻。元昊手指輕彈，那蠟丸已飛得遠遠，眾人又是一怔，不明白元昊既發現了祕密，為何看也不看其中的內容？

元昊吸了口氣，說道：「你現在還不動手，是不是覺得飛鷹出賣了你，所以沒有了自信？這瓷瓶，本是飛鷹送你的禮物，你也不知道這裡竟有蠟丸，你覺得飛鷹在陷害你？」

野利旺榮嘴角抽搐，嘎聲道：「若不是他……你怎麼會知道這些？」

元昊口氣中滿是嘲弄，「其實飛鷹沒有出賣你。瓷瓶裡本來就什麼都沒有，那蠟丸……不過是我預先藏在手中的。你太緊張了，難道不會認真想想，一年才出窯一次的瓷器，裡面就算藏著消息，也早過時了？更何況，蠟丸怎能在那種環境下安然無恙？」野利旺榮如中一刀，倒退幾步，臉無血色。

狄青心思飛轉，暗想如果飛鷹沒有出賣野利旺榮的話，那是誰出賣了他們？很多事情，元昊可能知道，但也有些事情，元昊本不可能知道。

元昊輕彈下手指，又道：「你和飛鷹的計畫，到現在為止，還很成功。我知道現在殿中，已最少有一半人是你的手下。你想殺我，那好，我給你個機會。可惜的是，不知道你有沒有勇氣出手呢？」

野利旺榮好像已喪失了出手的勇氣。

元昊歎氣道：「我以前一直在想，你為何要叛我？當然不是因為种世衡，也不是因為宋廷。他們不夠資格……」他不等說完，野利旺榮已放聲狂笑起來，他笑得肆無忌憚，再不像沉冷的野利王。

眾人都吃驚地望著野利旺榮，背脊都有了寒氣。

誰都已明白，劉宜孫是今日在天和殿第一個流血的人，但絕不是最後一個。

元昊見野利旺榮狂笑，竟還平靜地立在那裡。野利旺榮已嘶聲道：「你不會知道的，你永遠不會知道的……」

「我知道的。」元昊溫和道，聲音雖柔，但裡面帶著鋼鐵般的堅硬，「你背叛我，是不是因為……香巴拉？」

「香巴拉」三字一出，野利旺榮突然冷了下來，眼中閃著灼熱的光輝，天和殿也冷了下來，空氣幾欲結冰。

狄青腦海中遽然轟轟隆隆地響了起來，元昊怎麼知道香巴拉？野利旺榮為何因為香巴拉反元昊？難道說，這二人都知道香巴拉的祕密？

狄青血已沸，可不等他再想下去，就聽到野利旺榮說了兩個字，「迭瑪！」野利旺榮吐出這兩個字的時候，神色冷得如賀蘭山頂的積雪。

元昊聽到「迭瑪」二字的時候，正在屈伸的五指驀地僵硬。那兩字到底有什麼魔力，竟讓一向冷靜如山嶽的他也如斯震驚？

狄青又是一震，驚詫莫名。

迭瑪？

什麼是迭瑪？是人、是物？是洪荒怪獸，還是仙境地府？狄青不知道迭瑪是什麼意思，他問過种世衡，种世衡也不知道。种世衡當初說幫他去問問，但狄青未來得及等消息，就趕赴了平遠砦。

他沒有想到，竟從野利旺榮口中再聽到這兩個字。郭遵說過，「要去香巴拉，必尋迭瑪！」而如今，野利旺榮因為香巴拉，也說出迭瑪兩字……

狄青沒有再想下去，也沒時間再想下去。他隨即被發生的事情震撼，因為野利旺榮終於發動了進攻。迭瑪不管是什麼，但肯定是這次進攻的暗號。狄青隨即加入了那場終生難忘、慘烈絕倫的搏殺中。

但他不是對元昊發動第一攻的人。

第一個對元昊出手的竟是個死人！

倏然間，寒光起，寶劍出，鮮血淬厲！

第十二章　兩　箭

天和殿只有一個死人，那就是劉宜孫。

但劉宜孫的確死得不能再死，出劍的是劉平。

離元昊最近的不是野利旺榮，而是劉平。誰都覺得劉平不死比死更慘。劉宜孫自盡後，誰都看得出來，劉平就算不死，可也和死人差不多了。兵敗被俘，被人陷害，兒子自盡，這是任何一個有心的男人都難以承受的事情，可劉平不但承受得住，竟然還能拔劍。

他本被押上來的，手無寸鐵，但他一伸手，就從腰間抽出一把軟劍。軟劍曲折如蛇，一劍刺向就在身旁的元昊。劍氣光寒，寒了一殿的殺氣，已堪堪刺到元昊的身邊。幾乎在劉平出手的那一刻，殿前侍衛已有兩人衝出，手揮長戟斷了元昊的退路。三人聯手一擊，已罩住了元昊的四面八方。元昊根本沒有留意劉平，他只關注天下大業，英雄逐鹿，根本看也沒有看過卑微懦弱的劉平。

殿中遽然響起嘁嘁嚓嚓的聲響，那聲響中帶著血腥之意，甚至讓人聽了想嘔吐。在劉平出手的時候，殿前侍衛已陷入了混戰中。元昊知道，殿前侍衛中被野利旺榮換了不少，但他的侍衛根本不知道誰被野利王收買。

背叛的侍衛當然要出手，因為他們輸了就一個結局——死！沒有背叛的侍衛被迫出手，因為他們若不出手，死的就是自己，可他們不知道到底有誰背叛，因此死得也就更快些。混戰中，殿前侍衛倏然就和風吹草浪一樣，倒下了半數。

元昊不理，抽身暴退。他似也沒有想到劉平會出手，更沒有想到劉平的劍法如斯犀利，但他不懼。他很快意識到，野利旺榮帶劉平、劉宜孫上殿絕非無因，野利旺榮就是為了埋伏下這個讓元昊想不到的殺手。

劉平假降，卻是真的想要元昊的性命！劉平行的是荊軻刺秦之計，劉平想不到劉宜孫會來，想不到野利旺榮如斯殘忍，讓他父子這種情況見面，他想不到兒子會死。他傷心莫名。一腔悲憤，湧成無邊的戰意，劉平出劍，劍不留情。

元昊已退到長戟之前。他已看出寶劍霍霍，隱泛綠光，寶劍上淬了劇毒。可那長戟風起，已堪堪到了元昊的腰間。

元昊奇異般地一扭，黑冠不顫，白衣翩翩，倏然已到了長戟之上。他腳尖一點，握戟力士只覺得雙臂被大力帶動，戟尖已刺入了另外一人的小腹。那人疼呼聲中，長戟橫出，正砸在同伴的腰間。

元昊有如清風扶柳，根本不看兩力士互殘，他已退到龍椅前。他雖是倒退，可身形如電。持劍而追的劉平，竟然被他撇開數丈。劉平急怒，腳尖點地，就要衝到元昊的身前。陡然間瞥見元昊長弓在手，箭壺腰畔，劉平心中微凜，不等反應，只感覺一股銳風穿透身體，帶來了嚴冬的寒意。

劉平才撲在半空，背心爆出一道血泉，已如石頭般墜落下去。他臨死只看到了元昊的弓，看到了元昊的弓弦如琴弦般震顫，但他終究沒有看到元昊的箭。他至死都沒有看到元昊搭過箭。長箭透胸而過，霍地刺入了天和殿的柱子上。

箭鏃顫顫，灰若心死，死灰難燃。

狄青看得清楚，元昊用的是五色羽箭中的錫箭，一箭就射殺了劉平！

眾人連吃驚的表情都沒有，也沒有人顧得上吃驚。今日既然反叛，不生即死，他們早知道元昊武功高絕，箭法犀利，但他們已別無選擇。

殿中侍衛已死了大半，死的多是元昊的護衛。並非那些人功夫不夠好，而是他們陷入混亂，四處為敵。甚至擁護元昊的護衛，都彼此相殘，因為他們已分辨不出敵我。最少有七個侍衛衝到龍椅前不遠。

可就在此時，已有兩隊各八人擋在了龍案之前。盔是金盔，甲是金甲，就算那些人，看起來也是金色的。十六人，已在元昊身前築起了金甲高牆。元昊無論早朝、出遊、狩獵或者出征，身邊總帶著這十六金甲勇士。這些人只忠於一人，那就是元昊。就算是野利旺榮在十年前籌畫這次刺殺，也不能收買這些人手。元昊明知野利旺榮想反，卻聽之任之，他是不是也想憑藉這些勇士，誅殺所有謀逆他的叛將？謀劃得越久，參與的人越多，那殺起來，豈不越是痛快？元昊從不怕殺人！

元昊出箭，天和殿亂，劉平死，局面失控，可元昊鎮靜如初。但他一箭射出，遽然有了心悸。那種心悸許久未曾有過，當年他十來歲在野外遇虎的時候，有過一次。當初衛慕山喜糾結數十高手圍攻他的時候，也有過一次。

但危機來得卻比以往所有危機都要猛烈。

危機來自頭頂！

頭頂是梁，有人早就潛伏在梁頂，是野利旺榮安排的？元昊腦海中思緒電閃，吃驚的不是野利旺榮的心機，而是來自頭頂那磅礴的殺氣。

元昊頭也不抬，腳尖點動，龍案倏然飛起，直擊半空來人。而在桌案飛起之際，右手一伸，已扼斷了青羅傘蓋。

他是兀卒，也是青天子，示意和大宋黃天子有別，但他一直想將青羅傘蓋換成黃色。不過在他換傘之前，必須要活下去。傘斷，青色的羅傘浮雲般向殿左飄去，而元昊閃身出了羅傘的遮罩，竟去了殿右。

他早習慣了虛虛實實之法，算準常人見到傘蓋向左，多半會追斬那羅傘。避其鋒銳，擊其惰歸，眼下殺手實力不明，元昊並不急於和他過招。元昊看似狂妄，但絕對是個能忍的人，他要出手，一定要有十足的把握。

可他才出了羅傘，就見一道劍光斬來。那一劍如同劈開了殿頂，引了青霄的紅日，耀得天地失色。殿中只見劍光。

元昊立即明白，頭頂刺殺他的那人絕非劉平可比擬。此人心機靈動，不下於他。最少那人沒有被羅傘吸引，最少那人也能忍得。那人也能算，算準了元昊遇刺，必先取弓箭，所以他從殿頂躍下，目標就是龍椅。

那人算得和元昊一樣精準。

元昊退無可退，退不過那讓滿殿失色的劍光，他擎弓一架。劍光追斬在鐵弓之上。鏘的一聲大響，直劍正中彎弓之上，聲響如龍鳴，似虎嘯。劍弓相擊，激盪出比紫電還閃亮的火花。

狄青終於出劍，劍做刀使，等候數月，一劍竟砍在了弓背之上。那鋒銳的劍鋒，竟削不斷元昊的鐵弓。箭是定鼎箭，弓是軒轅弓！

元昊射的是指點江山的五色定鼎箭，用的是千古無雙的軒轅擎天弓。傳說中軒轅弓乃軒轅所製，選泰山南烏號之柘、燕牛之角、荊麋之弭、河魚之膠所製。若非如此神弓，如何擋得住狄青的橫行？

狄青心頭微沉，可鬥志更昂。他終於見到了元昊的臉，火花中，他瞥見元昊額頭寬闊，鼻梁很高，眼窩凹陷，滿是個性的一張臉。但狄青只凝視著元昊的那雙眼。

火花爆閃，照亮了元昊的一雙眼。那雙眼熾熱、譏誚，盡是雄心壯志。雖在躲避，但眼中沒有絲毫驚惶，只有沉冷。

火花不等散盡，狄青已借力飛彈，空中又是一劍劈了過去。元昊從未想到刺客有這麼敏捷的身手，空中騰挪，靈巧如飛。他本待借力而退，拉開距離。借鐵弓震顫之力，他雖飛了出去，但劍光仍在他的眼前。

噹！噹噹噹！噹噹！刹那間，弓劍不知交鋒了多少次，眾人只覺得那聲響敲擊如急雷密鼓，空中火星四射。長弓捭闔，短劍橫行。狄青雖攻得凶，但元昊竟也盡數擋了下來。

一寸短，一寸險。狄青已看出不能讓元昊出箭，不然生死難料。他手持不過尺許的短劍，以快打快，貼身肉搏，竟讓元昊騰不出射箭的空間。

天和殿全部的殺氣已凝聚在這二人的身上，眾人見虎躍龍騰，聽金戈鳴響，雖有不少人圍過來，可竟沾不到二人飄忽的身形。

十六個金甲護衛死了五個，殿前侍衛亦是斃命不少，但人數遠比金甲侍衛要多。屍體已遍地。最後活下來的能有幾個？

狄青久攻不下，突然暴喝一聲，短劍勁刺。元昊目光如炬，長弓格擋。他退到殿柱之旁，他雖在退，不過是尋反擊的機會。他箭不輕出，一擊必殺！

他有長弓的優勢，可狄青沒有。他格擋狄青的寶劍時，已想了反擊對策。可咯的一聲後，寶劍暴漲，倏然已刺到了元昊的腹間。這招變化之快，有如天成，眼看元昊已避不開這奪命的一刺。不想元昊背貼梁柱，只是一游，竟蛇一般地上了梁柱。

長劍急刺，已入了元昊的小腿。狄青才待揮劍橫斬，元昊眼中厲芒閃動，長弓抖閃，弓梢已擊在狄青的腕間。殺人的機會，往往也是被殺的機會。狄青刺傷元昊的瞬間，如潮的攻勢終於停頓了片刻。元昊得到機會出手，一下就擊飛了狄青的寶劍。狄青腕骨欲裂，可在被擊中的那一刻，已掏出了竹筒。竹筒中是毒針，射程七尺。

他和元昊之間就是這麼遠的距離，狄青已算定，元昊會反攻。只要元昊一攻，二人距離急縮，那就是他射針的機會。

針上有毒，劇毒！狄青相信，那毒針只要有一根射在元昊身上，就能讓他萬劫不復。野利旺榮既然想殺元昊，說針上有毒，肯定會淬上最厲害的毒藥。

元昊擊飛了狄青的寶劍，長弓再彎，已點在梁柱之上。長弓三彎，元昊已蓄力作勢，以軒轅弓為弦，以自身為箭，準備給狄青奪命的一擊。

可等他見到了狄青手中的竹筒，元昊臉色變了。變得極為驚怖。元昊很少有失色的時候，他身經百戰，就算那竹筒有毒針，他也絕不會如此畏懼，他畏懼的是什麼？狄青見到元昊的驚懼，內心突然感染了不安。

可箭在弦上，人在弓前，元昊已不能不發。他只來得及將鐵弓彈出的角度變換了一下，他斜穿了出去。元昊斜飛上天，如流星般畫出一條微彎的幻線。

狄青按下了按鈕，他沒有更好的機會。咯的一聲響，天和殿隨著那聲響，好像突然被冰封了一樣。狄青的感覺已到了巔峰之境，他感覺元昊一寸寸地上升，感覺周邊的兵士浴血奮戰，感覺到元昊臉上突然閃過分陰霾。他感覺到自己心頭狂跳，針竟沒有發出來。

只是剎那間，狄青眼都來不及眨一下，突然將那竹筒用力地向空中的元昊扔過去。竹筒有問題，殺機來自竹筒。轟的一聲大響，竹筒在空中已爆，射出毒針無數。

狄青再也顧不得追殺元昊，奮力向後滾去。他真的沒有想到過，野利旺榮給他的竹筒，竟然會爆炸！硝煙彌漫中，狄青只覺得左肩微麻，頭腦發暈，但明白了所有的一切。

那毒針的確如嘎賈所言，按一下就會發射。但嘎賈沒有告訴狄青一件事情，那就是毒針是以火藥爆炸之力噴出。這本是野利旺榮的計謀，他就是想讓狄青和元昊同歸於盡。狄青想到這點的時候，腳下一個踉蹌。

元昊有沒有受傷，狄青並不知道。但他知道的是，他中了毒針。他雖怒，但嘴角反倒有了哂笑。他怨不得別人，只能怨自己還是太過信任野利旺榮了。

與虎謀皮，豈是那麼容易的事情？

這時天和殿已驚呼聲一片，不知有多少湧來的人被毒針射中。硝煙中，狄青只感覺到有一金甲侍衛衝來，對著他就是一戟。

狄青用力撞去，躲過長戟，拔出那人的腰刀，一刀就了結那人。然後他反手一刀，刺在自己的肩頭之上，挖下一塊帶針的肉來。

肉已發紫，流出來的是黑血，狄青甚至感覺不到疼痛。

硝煙中，只聽到有一人大喊道：「莫要跑了叛逆。」那聲音如此熟悉，狄青聽了，心中怒火陡炙，振臂一揮，單刀破煙而出，砍在一人胸膛之上。

那人翻身倒地，眼中滿是不信之意。那人正是夏守贇。他本不該喊的，但他實在傷痛兒子之死，已準備好同野利旺榮拚命，順便成為元昊手下的第一忠臣。

這是個機會，「疾風知勁草，板蕩識忠臣」。他夏守贇雖投降過來，但始終感覺不到元昊的信任，他想在這種時候，表示忠心。但他還沒有拚的時候，就先送了自己的命。

狄青早就有心殺他，正趕上他送上門來，如何會不出手？這時候天和殿混亂一團，狄青只覺得陣陣昏厥，再顧不得許多，身形一晃，已從偏廊衝了出去。

他那時候腦中只有一個念頭，活下去，他還不能死！

狄青中針逃命，元昊卻沒有中針。

倒非元昊遠比狄青高明，而是他提早警醒一步。狄青並不知道手中暗器的犀利，但元昊卻知道狄青手中的暗器叫「潑喜」。

元昊的五軍中，就有一軍叫做潑喜軍。潑喜軍只有二百人，只有一個作用，就是使用旋風炮攻敵。這些人投擲的是拳頭大小的石塊，旋風炮在軍中的威力，還要強過連弩。但元昊遠不滿足這些威力，他早知道大宋武經堂正在編寫《武經總要》。而《武經總要》中，最讓元昊心動的不是其中的兵法，而是霹靂！

宋廷已在研究火器，想要對付契丹人和党項人的騎兵。三川口一戰，宋軍雖敗，但大宋霹靂初顯威力，元昊每念於此，都是心中難安。因此他想方設法地竊取霹靂的製法，雖未完全成功，但已仿製霹靂做出了潑喜。這還是個嘗試階段的利器，研製不宜，製作更是不易。

元昊一直讓野利旺榮負責此事，可他從未想到過，潑喜才出，就用到了他自己的身上。這或許也是個諷刺。潑喜一出，本來就是有人歡喜，有人憂愁。元昊就因為知道這潑喜的威力，所以放棄了對付狄青的念頭，先行躲避。他快了一步，空中已見狄青中招，只能歎息。很顯然，狄青並不知道手中暗器的威力。可野利旺榮如此做法，豈不是自毀長城？

元昊已落了下來，見狄青逃走，竟沒有搭箭。他知道眼下最重要的事情，就是鎮壓野利旺榮的造反，其餘的事情，暫可不理。

元昊才一落地，就有兩人一左一右殺來。那兩人棄戟拔刀，封住了元昊左右。刀光極寒極厲，雖不如狄青，但遠勝尋常的侍衛。但差一分，已差千里。狄青以劍做刀，憑橫行刀法逼得元昊只能守，這二人顯然還不夠資格。元昊出手，長弓一端已刺入一人的咽喉，拳頭重擊，竟將另外一人擊飛了出去。

速度就是力量，元昊的拳頭，直如開山巨斧。就在元昊全力揮出一拳之時，驀地又感覺危機再現。這次危機，卻是又來自一個死人！

元昊、野利旺榮和狄青三方交織在一起，天和殿已如修羅場，每一刻都有人倒下。天和殿早就血流成河，屍骨堆積。元昊除去兩名叛逆之時，本覺得身邊再無危險，卻沒想到身後突然無聲無息立起一個死人。

那死人從地上彈起，倏然就到了元昊的身後。煙霧彌漫中，常人本不能發覺，但元昊及時發現。元昊有種察覺危機的本能，這讓他在很多次險惡的情形下化險為夷。但這次危機來得實在太突然、太古怪，元昊只來得及回下頭，就聽到一個聲音傳來。

「臨──兵──鬥──者──皆──陣──列──在──前！」

那九字似慢實快，就在元昊回頭時，就已念完。聲音幽沉，有如天籟佛音，又如地獄咒語。元昊目光斜睨處，只見到一雙手不停地扭動變幻，結成奇特的手印。在元昊不及回身之際，一手按出，色澤淡金，印在了元昊的背心。

那金手掌看似輕飄飄的無力……但元昊就如被千斤巨錘擊中般，一口鮮血噴出來。他白衣染血，黑冠掉落，整個人已被那輕淡的一掌擊飛了出去！

狄青眼前發黑，他衝入偏殿，只聽到呼喝陣陣，不知有多少人向這個方向衝來。但受傷搏命的老虎，比為食物搏命的老虎更可怕。

狄青竟又殺出了重圍。所有侍衛聽到天和殿有變，都是心中惴惴，趕過來護駕。狄青衝出重圍後，聽到有個威嚴的聲音道：「你們去追那人……我們去保護兀卒。」

緊接著腳步聲繁遝，最少有十數人追了過來。狄青臉色已發青，眼前發花。他雖割了中毒針的地方，但那毒性猛烈得超乎想像。狄青只憑直覺前衝，路上又砍翻幾個攔截之人，突然靈機一動，飛快地扒下其中一人的盔甲和靴子，穿在身上。

他還是尚羅多多，雖然死了，但很多人不見得知道這個消息。他只能渾水摸魚，雖然這個法子十分冒險，可他還能有什麼方法？狄青穿了侍衛的衣服，搖身一變，又變成了尚羅多多，繞過一座假山。

聽身後遠遠處有人叫道：「他向那個方向逃了，地上有血跡。」狄青竭力求生，再動機心，奮起餘力向前方跑去，只是跑了十數丈，又奔了回來。地上已有斑斑血跡。誰都不明白狄青要做什麼，只有狄青自己清楚，他要冒險一搏，甩脫敵兵。他跑個來回，已氣喘吁吁，搖搖欲墜，用刀在肩頭又割了刀，割破了鎧甲。這些事情，他從前來做，輕而易舉，這刻做起來，只累得喘息不停，汗水直冒。他還沒有倒下去，只是仗著無雙的毅力。

追兵趕到，有人問道：「尚羅多多，可看到刺客？」

狄青喘氣道：「向那個方向跑了，他還砍了我一刀。」

那些追兵看到血跡，紛紛叫道：「他就在前面，快追。」眾人蜂擁而去，竟沒有人再多看狄青一眼。他們當然不曾想到，尚羅多多就是刺客。

狄青鬆了口氣，可知道他們找不到自己，遲早還要回轉搜索。抬頭見到不遠處有閣樓一角，奮力衝過去，費盡九牛二虎之力才爬到二樓，可陡然間天旋地轉，已倒了下去。他本來想找個藏身之處，但如今驀地暈倒，追兵遲早要到，而他終究還是逃不脫被擒的命運。

這時閣樓內有腳步聲響起，想來是狄青爬上來時，驚醒了閣樓中的人。

腳步聲漸近，咯吱聲響，屋門打開。狄青動也不動，早就失去了知覺……

「臨兵鬥者皆陣列在前！」這九字一出，那死人突出金手，重創了元昊。

元昊、狄青，這兩個生死相搏的人，看起來都到了生死關頭。可嘲諷的是，要他們性命的不是彼此，而是布局的人。野利旺榮顯然就是布局的人。野利旺榮一直沒有出手，他心有顧慮，不敢上前。他雖造反，但內心對元昊還有畏懼之意。但當見到元昊噴血的時候，野利旺榮眼中終於露出狂喜！

他巧設圈套，連環三刺，如今終於重傷了元昊。只要元昊一死，勝者為王，他就能取代元昊，成為西北之主。他見狄青刺傷元昊的那一刻，心中也有悔意。他還是低估了狄青。野利旺榮當然不會將這種豪賭押在狄青的身上，雖然他也明白狄青一定不會錯過刺殺元昊的機會，但他是個謹慎的人。謹慎的人註定考慮得要多，因此他給了狄青潑喜，希望狄青就算傷不到元昊，可也能和元昊同歸於盡。

但潑喜也沒有傷到元昊。可若狄青拿的不是潑喜呢？和野利旺榮請來的那死人聯手，勝出的把握豈不更大？野利旺榮不知道結局，世間之事也不可能再重來一次。他唯一欣慰的是，元昊受了傷，而且傷得不輕。只要那金手人再能擊元昊一掌，想必就能取了元昊的性命。

野利旺榮對那金手人很信任，也信他的九字真言，大手印的犀利。傳說中，那九字真言可驅魔辟邪，增人神力。很多人以為那是無稽之談，但野利旺榮知道不是。

這世上本來就有很多神跡，是所謂聰明的人，永遠無法解釋和想像。若不是因為神跡，野利旺榮也不會如此處心積慮地造反。野利旺榮思緒飛轉，金手人動作更快，在擊飛元昊之時，人已高高躍起。可他突然見到元昊弓在手，箭在弦！

弦上是銀箭。

元昊生死關頭，竟然還不想用金箭。他若沒有把握，怎麼會拿自己的性命開玩笑？時空陡凝，金手人心頭一震，嘎聲道：「臨……」他十指屈扭搭扣，口吐真言，就要借神之力抵抗元昊的定鼎一箭。

龍部九王，八部至強。定鼎羽箭，王中之王！

傳說中，八部九王中的高手，沒有任何人有把握接帝釋天元昊的一箭。金手人也並沒有接箭的把握，但他不能不接。他知道，這一箭射出，兩人必定要死一個。他已念出了「在前」二字，真言已成，手印已結，人在半空。

陡然間弦上已沒了箭。

金手人手上金光倏滅，人也從空中掉了下來。一道寒風帶著擊穿神魔的力量透過了金手人的手掌，穿透了他的胸膛，吹在殿牆之上。嚓的一聲響，利箭沒羽，只見到了空中餘留的半點銀光。元昊射出了五箭中的銀色之箭。

箭破長空，炫耀、冰冷、無情、犀利中還帶著些許驚豔。那一箭如流星經天，射滅了兵戈錚錚、悲歡山河……

金手人死！

天和殿終於安靜了下來。

雖還有人不停地倒地，但叛軍已失去了信心。野利旺榮才露喜意，就顯驚怖，他雖知元昊武功極強，可也沒有想到過，有神庇護的金手人，還是擋不住元昊的驚天一箭。

元昊的箭，本來就是神擋殺神，魔擋除魔！元昊殺劉平用的是錫箭，就算生死關頭，殺金手人用的也不過是銀箭。他沒有動用金色的長箭，是不是他認為，就算金手人，也不值得他出動金色的長箭？還有三支箭尚在箭壺，無人再敢上前。

野利旺榮已敗，雖然他還有些護衛在抵抗，但誰都看得出，他們已失去了信心。元昊不可戰勝，就算他們圖謀神算，也無法戰勝元昊！

野利旺榮沒有動，元昊亦是沒有動，只是元昊眼中，已透著箭矢一樣的鋒芒，狂熱中夾雜著冷酷無情。

「你敗了。」元昊嘴角還在流血，但聲音平靜。他有絕對的權威，無須提高聲調來維持威信。野利旺榮眼角抽搐，望著天和殿的一地狼藉，神色落寞。

「和我作對，敗了就意味著死。」元昊又道，「但我一直奇怪的是，你畢竟是我龍部九王之一，身手不錯。你老了，可還有與我一戰的能力。但你任由你安插的刺客出手，自己卻始終不敢上前，怕什麼？怕我一箭射殺了你？」

元昊字字如針，扎在野利旺榮的心上。野利旺榮不再從容，渾身發抖，握緊了雙拳，已忍不住要出手。元昊手指輕撫箭鏃，節律如樂，「我親手殺人，一向擇箭而殺。劉平被俘假意投靠於我，顯然是等候刺殺我的機會，可惜……劉宜孫不知道劉平的用意，誤會了劉平。劉平親眼看著兒子慘死，心中悲痛不言而喻。可他竟還能出劍，也算不差了。」元昊嘴角帶分殘酷的笑，目光掠過劉平的屍身。

劉平已死，可他眼未閉，望的是兒子死去的方向，眼角有淚……

元昊繼續道：「野利旺榮，你能聯合劉平行刺於我，計策是好的。可劉平雖勇氣不差，但身手實在太差，我只給了他錫箭。殿梁躍下那人，身手極佳，可卻被你的毒辣所毀，他顯然不知道潑喜的威力，我只奇怪的是……他和你明顯不是一類人，為何會和你聯手？只可惜用人不疑，疑人不用，不等我對付他，你竟然先毀了他。」

野利旺榮眼中露出痛苦之意，他的確後悔沒有充分發揮狄青的威力。這場布局不是敗在實力，而是敗在彼此間的不信任。

元昊又道：「金手人當然是藏密高手……我聽說嗚廝囉為了香巴拉，已準備動用手下三大神僧對付我，那三人就是善無畏、金剛智和不空。不過聽說不空死在了汴京，金剛智以九字真言、金手印最為犀利。行刺我的人口吐真言，手成淡金，不用問，肯定是藏密三高手之一的金剛智了！他值得我的銀色一箭。」

野利旺榮已絕望，這世上，比死還難受的，無疑就是絕望。

元昊輕聲道：「你很奇怪我知道這些事情吧？其實我知道的事情，遠比你想像的要多。當年夜月飛天喬裝成多聞天王，擊毀汴京彌勒佛、尋求五龍的時候，我就知道有人吩咐他這麼做，因為那人也在想著香巴拉。我一直懷疑是你在幕後主使，但我還是選擇信任你。你和种世衡、宋廷的糾葛，如何會被我放在心上？你當然知道這不是我質疑你的緣由，你之所以發動，是因為怕我發現你也在尋找香巴拉，是不是？」

野利旺榮反倒沉靜下來，歎口氣道：「不錯，我是很怕你，但我真的很想找到香巴拉，你從來不許我們去找……因此唃廝囉派人找我的時候，我選擇和他聯手。我知道，只有殺了你，才可能擁有香巴拉，但你勝了，我敗了。」雙手攤開，望著遍地屍體道，「成王敗寇，素來沒有什麼好說的。這裡很多人，本不該死。」

元昊目光如針，盯著野利旺榮道：「不該死的人都死了，可該死的呢？」

「該死的人，也快死了。」野利旺榮反倒淡然了起來，「你殺人一向擇箭，不屑殺的人，就算他跪下來求你，你也不會出箭。你說得對，我一直沒有出手，因為我真的很怕死，可現在……我倒是很好奇，你會選擇用哪支箭殺我呢？」

他本來也很好奇，計畫為何會失敗，因為無論怎麼來看，元昊都知道了太多的事情。

計畫中肯定有一環脫節，這才讓他前功盡棄，但究竟是哪一環呢？野利旺榮不知道。

但野利旺榮已不放在心上，一個將死的人，何必想太多呢？他雖算陰險、狡詐，但畢竟也是龍部九王之一，死前並不想太過窩囊。

元昊手指從三箭的箭鏃上溫柔地劃過，突然彈了下，手指已離開了箭鏃。

他手中無箭。

「我何必殺你？有時候活著不見得比死舒服。你方才倒還值得我用一支箭，可現在……我還有必要出箭嗎？」元昊眼中滿是嘲諷，言罷，轉身離去，揮揮衣袖，不帶走半分塵埃。

日光從殿外照進來，照不到野利旺榮的身上。

他就那麼木然地站在殿中，無人理會。他鬢角的白髮已像霜染，他臉上的皺紋更如刀刻。輕輕地彎下了腰，望著地上的一具屍體，野利旺榮自語道：「你當初勸我放手，勸我退一步，但我不聽你的。實在是因為……我已退無可退。」

那屍體睜著眼，鼻子都被削去，軟噠噠地掛在臉側，說不出的猙獰可怖。那是浪埋的屍身，他雖竭盡全力，但刺殺開始沒多久，就已死在元昊的金甲衛士手上。

野利旺榮望著浪埋死魚一樣的眼，艱難地拾起那把染著血的鋼刀，喃喃道：「香巴拉？或許……」突然笑了笑，眼中竟閃過絲難言的愉悅。然後他一刀回刺在自己的腹部，緩緩地倒了下去……

他看起來終於解脫，也終於明白——很多時候，死並不是最痛苦的事情，活著才是！

第十三章　單　單

狄青甦醒過來的時候，一時間不知身在何處。

他幾經生死，但幾次都能死而復生，這是否意味著，老天還不想讓他死？狄青想到這裡的時候，內心苦澀，眼中卻閃過分詫異。他睜開雙眼的時候，本以為不死也要身在牢籠……

可這裡顯然不是牢籠。淡青的牆壁帶著分冷意，天藍的屋頂上竟繪著幾朵白雲，紫色的羅帳，色調雖冷，但滿是高貴的氣息。他竟然躺在一張床上。

狄青感覺到身體還乏力，但頭暈的感覺已去。他中了毒針，被圍捕等死，但下一刻後，他竟然又好了，而且睡得安穩。狄青不敢確定這是夢境，抑或是現實？掙扎著坐起，狄青陡然微震，目光盡處，這才發現，房間中還有一人。

那人靜靜地坐在角落，在狄青掙扎坐起的時候，轉過頭來，靜靜地望著狄青。狄青見那人如此冷靜，差點以為那人是飛雪。可他立即發現，那人絕不是飛雪。但他總覺得那個人有些眼熟，一時間想不起在哪裡見過，他認識那個人嗎？

那人是個女子，身著紫色羅裙，髮髻如雲，髮間斜插一根玉釵。她整個人就和這屋子一樣，簡潔、明瞭，高貴中帶著典雅，典雅中又帶著冷漠。她膚色如玉，被那紫色的羅裙襯托，更像是白玉雕成的美人。她眼睫毛很長，忽閃了下，如盛夏幽谷中那安寧的夢，可她不動的時候，如冰山一樣地冷。

狄青望著那女子，那女子也在望著狄青，二人均是沉默。房間內，沉靜、淡冷，還充斥著紫色的神祕……

狄青凝視那女子很久，終於打破了沉默，開口道：「單單公主？」他終於想到了這女子是誰。但他不敢確定，誰又能將沙漠中那古靈精怪、性情百變的女子和眼前這華貴、沉默的少女連繫在一起？

少女不答，反問道：「你是誰？」

她若是單單公主，怎能擺脫飛鷹的掌控？怎麼會不認識狄青？難道說因為狄青眼下還是尚羅多多，所以她根本認不出狄青？

狄青想到這裡，本不應該承認身分，因為那樣他才有生機，但他還是道：「我是狄青。」

少女終於笑了，笑容中也滿是孤單，「既然你是狄青，我就是單單公主了。」

狄青目光閃動，「若我不是狄青呢？」

單單公主冷漠道：「你若不是狄青，那你現在已被扔了出去。」她說完後，扭過頭去，呆呆地望著桌案上的一支紅燭。

紅燭垂淚，原來天未明。單單公主又陷入了沉默。

狄青實在琢磨不透這女子的心思，暗想：她是元昊的妹妹，也應該知道我要刺殺她大哥，可她為何不把我送給元昊？

狄青想不明白，忍不住道：「你為什麼救了我？」

單單公主淡淡道：「不為什麼。」她取了根銀簪，撥弄著紅燭的棉芯。紅燭一爆，火光四濺，耀紅了如雲的鬢髮，耀白了那雕刻般的側臉。

狄青坐直了身子，目光從漆黑的夜，移到了蔚藍的屋頂，那種感覺很是怪異。

許久後，單單放下了銀簪，扭過頭來，淡淡道：「我這一生，掉過兩次鞋子。」在這種時候，她突然說起了鞋子。狄青一時間不知如何回答，只能保持沉默。

單單凝望著狄青，眼中霧氣朦朧，似乎藏著什麼，「在沙漠中，我的鞋子掉過一次，那次……你幫我做了雙鞋子。」一見狄青不置可否，單單又道，「我很小的時候，躲避族中叛亂，也掉過一次鞋子。」

狄青暗想：這個單單看起來很孤單，卻不簡單。她到底如何從飛鷹手上逃脫的？難道說……飛鷹真的出賣了野利王？

狄青想著心事，單單也像是自言自語，又道：「那次父王的軍隊被擊散，大哥帶著我逃出來，若不是大哥保護我，我早就死了。」

狄青知道單單說的大哥顯然就是元昊，但還不明單單的心思，只是靜靜聽著。

「後來逃命的途中，我的鞋子掉了。大哥無暇去找，就背著我跑。他那時候已筋疲力盡，我怎麼哭求他丟下我，他都不肯。他說我是他的親妹子，絕不會丟下我……」

「後來我們陷入了一片流沙中……一起沉下去，若不是我連累他，他本來可以逃脫的。可或許是天不該絕，流沙並沒有要了我們的性命，我們從那流沙中穿過，到了個漆黑的環境，我和他失散了……」

「那是絕對黑暗的環境，聽不到任何聲音，看不到任何光亮。有人說……地獄很可怕，但地獄也比不上孤單可怕。有時候……孤單、靜寂就像是千萬隻螞蟻一樣，啃噬著你的身軀，可你卻無從逃避。你……不會瞭解那種感受的。」

狄青突然道：「我懂。」他說得誠懇，再望單單的目光，已有不同。他怕孤單，但不得不和孤單為舞，自從楊羽裳離開他後，他就一直孤寂入骨。他並沒有想到，單單也有過這種感受。單單嬌軀顫了下，看了眼狄青。她知道狄青沒有說假話，她看得出，狄青就算在千萬狂歡的人中間，也依舊孤單。

在大漠的時候，她就看出來了。

燭光照四壁，輕煙在這房間中，彷彿也是青的……

狄青移開了目光，望著那燭光，突然道：「所以你出來後，就把屋頂塗上青天白雲？你怕噩夢重現，你要確定，自己睜開眼的時候，不是在那噩夢中？」

單單環視四壁，輕輕點頭道：「你猜得很準。我在那時候就想，我一輩子也不要黑暗。但那時我只能被黑暗籠罩，摸索著前行，我大聲地喊著我哥哥的名字，我寧可死在親人的懷中。因為我們這裡有個傳說，死在親人身邊的人，來世還能再見。」

她言語清淡，可那雙眼眸中，有光芒一閃，如同紅燭迸發的星火，那是一種流淚的情感。狄青這次沒有接下去，他忽然想到當初單單求死時對他說過的話，「如果上天要我死，我更希望……能死在你手上。你救了我，又殺了我，你我今生豈不是再不相欠？」難道說，那時候，單單竟把他當做了親人？

他真的猜不出眼前這紫衣少女的心思，他也不想再猜下去。

不知過了多久，單單續道：「我就在那種環境不停地摸索，不停地哭喊，喊著大哥的名字，喊得嗓子都啞了，淚都流乾了。我那時，竟突然恨起大哥來，恨他當初不該救我，若讓我乾脆死了，豈不一了百了？」

狄青低聲道：「你那時，當然還是個孩子，怎麼想……都沒有錯的。」

單單輕咬紅唇，咬得紅唇都有些發白，就那麼看著狄青，良久才道：「後來我和大哥說起這件事，他回答的話和你一樣。」

狄青回憶起那黑冠白衣，回憶起那巨弓羽箭，再看著單單，突然感覺元昊這人無疑也很複雜。那個殺人不眨眼的西北之主，對妹妹竟也會如此關懷？

四壁色青，紅燭光冷。單單望著紅燭，幽幽道：「後來就在我絕望得要發瘋的時候，我大哥突然出現，帶來了聲音，帶來了光亮……我也就擺脫了那種孤單。自此以後，我就很怕孤單，也怕死，怕獨自死在一個陌生的地方。」

狄青覺得這故事講得不清不楚。

單單在哪裡落入了流沙？元昊怎麼會無事？他怎麼找到的妹妹？還有很重要的一點是……單單為什麼會突然對一個陌生人講這種事情？所有的一切，不明不白，可單單卻不再講下去了。狄青雖想知道，但沒有問。

單單卻問道：「你為什麼不問我，為何要對你講這個故事呢？你為什麼不問我，我怎麼能從大漠回來？你為什麼不問，現在我大哥到底怎麼樣了？你難道從來沒有一點好奇心嗎？」

狄青心口突然一跳，「我最想問一句，香巴拉在哪裡？」元昊、野利旺榮既然都知道香巴拉，他下意識地認為，單單也會知道。

可狄青沒想到，單單在聽到香巴拉的時候，反應會那麼強烈。單單霍然而起，嘶聲叫道：「你怎麼會知道香巴拉？你找香巴拉做什麼？」

狄青一顆心劇烈地跳起來，他已看出來，單單肯定也知道香巴拉。「你真的知道香巴拉在哪裡？」

單單臉色本如白玉，聽到狄青詢問，更是蒼白如雪。她身軀顫抖，凝視狄青，一字字道：「我知道。」狄青一喜，不等詢問，單單又決絕道，「可我不會告訴你！我什麼都不會告訴你。」

狄青心中錯愕，滿是失望，本待逼問，可見到單單那蒼白的臉、惶恐的眼神，不知為何，只覺得單單心中滿是恐怖之意。狄青心中泛起淒然，傷感道：「好的，那你就當我沒有問過吧！」

單單有些喘息，似乎還沒有從震驚中恢復過來，可見到狄青那憂傷至極的眼神，忍不住問：「你為什麼要找香巴拉？」

狄青回道：「你不告訴我香巴拉在哪裡，為什麼要我告訴你緣由呢？」

單單眼中的惶惑突然變成了憤怒，上前幾步，瞪著眼睛道：「你中了劇毒，如今毒雖解了，但七天內無法發力。你現在就在丹鳳樓，我只要喊一聲，就會有宮中護衛衝進來將你剁成肉醬，你信不信？」

狄青望了單單良久，點頭道：「我信！」

「那你說不說？」單單得意道。

狄青搖搖頭道：「我不說！」

單單微愕，蒼白如玉的臉上因為憤怒，已起了紅暈。狄青還很沉靜，扭頭望向了窗外，窗外有月，月明夜深。不知多久，單單眼中的憤怒已去，突然道：「我知道你想用激將法，你想讓我把你送到我大哥那裡去。你想知道香巴拉的祕密？哼，你想知道，我偏就不讓你知道。你想見我大哥，我就把你送出宮去。」

她竭力做出凶狠的架勢，但實在不像，狄青只是歎口氣。單單見到狄青那深邃的目光，狠話突然說不下去了，神色轉冷，「你可知道……我剛才發了什麼誓？」

她發起狠來，還像個不懂事的小姑娘，可冷靜下來的時候，又像座冰山，將自己和別人隔開千里之外。狄青搖搖頭，話都懶得多說。

單單自語道：「我方才發誓，你若是騙我，不承認是狄青，我就殺了你。可你若是沒有騙我，我就念著你在沙漠曾經救過我，把你送出宮去，讓你在外邊自生自滅。」

「我不是不想騙你，只是方才覺得騙不了你。」狄青淡淡道，「你不要把我想得多麼偉大，因此你也不用因救不了我，而耿耿於懷。」

單單瞪著狄青，「你真以為我沒有本事將你送出去嗎？哼，我今天就讓你看看，我有沒有這個本事。」

狄青沉默了下來，他看得出，單單孤單、高貴、多變、任性，但根本不想殺他。

就在這時，珠簾挑開，有婢女入內道：「公主，乾達婆的部主到了。」那婢女唇紅齒白，面容姣好。狄青心中微緊。他記得當年永定陵一戰中，王珪曾道，「在元昊所創八部中，乾達婆部和緊那羅部的人都精通樂理。乾達婆部均是妙女，個個能歌善舞……」

乾達婆部的部主來這裡做什麼？狄青沉思時，單單已走出內間。這丹鳳閣極大，從內房到前廳要過兩重門，狄青只聽到單單重重地關了下門，然後這屋內就靜了起來。狄青掙扎著下了床，見對面鏡子中的自己有些陌生，突然發現臉上的鬍子都不見了，而身上也被換了套柔軟如絲的衣服。狄青吃了一驚，伸手到懷中一摸，發現五龍竟然不見了！

狄青汗水一下子就冒了出來，心道這五龍一直被自己貼身而放，怎麼會不見？單單趁自己昏迷的時候，換了自己的衣服，難道說順手拿走了五龍？那五龍和香巴拉有關，他絕不能失。他心情緊張，不亞於和元昊對敵之時。忍不住地向外走了幾步，想向單單詢問此事。才過了珠簾，就聽有一女子漫聲道：「單單，你找姐姐來，有什麼事情呢？」

那聲音如水流淙淙，有種難言的風情。聲音隔門傳來，本是微弱，但狄青聽力敏銳，早聽得清楚。狄青聽了那聲音後，身軀一震，止住了腳步，他已聽出，說話那人就是上次坐轎來丹鳳閣的那個部主。聲音熟稔非常，更讓狄青確定了心中的猜疑。他立在屋內，想要舉步，可腿重千斤，嘴角露出絲苦澀的笑。

只聽單單道：「張姐姐，我有事求你，你一定要幫我呀！」

狄青暗想，張姐姐？唉……原來她果真是元昊的人，元昊處心積慮將她派到京城去做什麼呢？哦，她接觸的都是達官貴人，自然可以刺探些大宋的消息……元昊早有心與大宋為敵，在這幾年來，派出的細作當然不止她一個了。

正琢磨著，狄青聽張姐姐笑道：「單單，你大哥就是帝釋天，這裡還有他不能解決的事情嗎？」

單單急道：「不行，我不能讓他知道這件事的。」

那女子哦了聲，半晌才道：「那是什麼事呢？」

狄青聽單單道：「張姐姐，我喜歡上一個人，可我大哥不喜歡他，還讓人重責了他。眼下他帶傷在身，我把他藏在了房中，可怎麼弄他出去，就沒辦法了。我知道你比我聰明百倍，你得替我想個主意呀！」狄青心頭一震，心中道：她是說我嗎？這丫頭滿口謊言，信不得。

張姐姐沉默良久，方才道：「單單……你也知道你大哥的脾氣，他若知道你瞞著他做這些事情……只怕不好交代。」

單單立即道：「你放心，若真的事有洩露，我會承擔一切後果，絕不會說你幫手了。張姐姐，你最疼愛我，這次一定要幫幫我。」

張姐姐調侃道：「原來單單也長大了，也有中意的男子了。不知道到底是誰呢，能否讓姐姐也看一眼？」

單單推搪道：「這人黑不溜丟的，有什麼好看呢？」岔開話題道，「姐姐，你到底有沒有辦法呀？」

張姐姐輕聲道：「辦法嘛……其實簡單得很。」她故作遲疑，單單喜道：「那……快說呀！」

狄青在屋內聽到，心中不知何等滋味，暗想單單比起那張姐姐，可算是個天真的孩子。那張姐姐若真知道救的人是他狄青，會不會翻臉無情？

張姐姐笑道：「我若冒著風險幫了你，你如何謝我呢？」

單單道：「怎麼都行啊！可你是八部部主乾達婆，大哥也很器重你，要什麼都有呀！」

張姐姐突然歎口氣，「可單單妹子都有了意中人，姐姐卻沒有呢！」

單單直爽道：「那好辦，你看中了哪個，和我說一聲，我立即讓大哥把那人綑起來送到你面前。」

張姐姐忍不住噗哧一笑，「原來單單妹妹中意的男人，現在也是被綑起來的，所以不敢讓我見一面啊！」

單單卻沉默起來，良久才幽幽道：「我恨不得把他綑起來。姐姐……可是……我又一定要讓他走。我……不想讓大哥殺了他。姐姐……你快把主意說出來吧，不然我就另找他人了。」

張姐姐道：「他人？那是哪個？」屋外突然沉寂下來。片刻後，張姐姐笑道：「好了，我就不逗你了。最近兀卒登基在即，要在戒臺寺持齋禮佛，命我重整禮樂，說什麼『王者制禮作樂，道在宜民。』你大哥覺得，唐宋之縟節繁音，不適合在西北推廣，因此要我將國樂改得簡單些。每隔幾日，姐姐我都要去戎臺寺見兀卒稟告進程。明日你可藉口和我去戎臺寺禮佛還願，將你的意中人裝在轎子中帶出去，豈不名正言順嗎？」

單單欣喜道：「姐姐果然聰明。」

張姐姐歎道：「其實妹妹當然也想得出這種辦法了，你若帶著他出去，誰敢阻攔呢？你非要扯上姐姐，又是為什麼呢？」

單單苦惱道：「唉……你不說我還不氣。我最近每次出門，都有不少侍衛跟在身邊，我罵也罵不走。我只怕單獨出行，他們會有疑心。」

張姐姐道：「因此你扯上我了？單單……兀卒也是擔心你的安危……」不再多說，輕聲一笑道：「好了，姐姐要走了，明日清晨就來，也不耽誤你和情人話別了。」

狄青聽到這裡，轉身又到了床榻前。不多時，聽到外邊門聲一響，單單已走了進來。見狄青坐在床榻旁，單單冷冷道：「你起來了？想逃跑嗎？」

狄青岔開話題道：「我的東西在哪裡？」

單單故作詫異問道：「什麼東西？」

狄青直接道：「是個黑球。上面有五龍兩個字。」

單單漫不經心道：「那是什麼呢？」

狄青望著單單，誠懇道：「說實話，我真的不懂那是什麼。但它對我來說……是十分重要的東西。」

「可你知道那東西有何用處嗎？」單單手一攤，五龍已在掌心。黑色的五龍在凝脂般的掌心上，滿是幽幽。

狄青並沒有伸手去取，望著五龍的眼中已有了痛苦之意，搖搖頭。單單眼中閃過絲奇異的光芒，把五龍拋給狄青，「你的東西，我不稀罕。」狄青接過，心中困惑，單單為何要拿走五龍，為何又這麼痛快地還給他？

狄青仔細看了眼黑球，認得沒有錯，緩緩將那黑球放在懷裡。

單單見他臉上滿是疑惑，譏誚道：「不假吧？你看得如寶，可在別人眼中，不過是根草了。」轉身要走，又止住腳步道：「明天……我就帶你出宮，讓你看看我的本事。你莫要想從我這裡逃脫去找我哥哥。哼，只要你走出這裡一步，只怕就會被斬成肉醬。」可說完後，單單又有些後悔，暗想這黑不溜丟的狄青看起來倔強得很，若真不信邪，那可如何是好？

年華改變了狄青的面容，卻改變不了狄青的抑鬱堅韌之氣，單單早在沙漠的時候，就已經知道了狄青的性格。但話說出口，她又不想更改，出了房間後，難免惴惴。幸好狄青沒有什麼舉動。

單單一夜無眠，擁衾靠在床邊，也不知想著什麼。等到天明之時，單單見晨光照入，這才從恍惚中驚醒，不聞內室狄青的動靜，有些吃驚。赤足跳下床榻跑過去，推開房門，見狄青正望著自己，他手裡，還握著那五龍。

單單有些訕訕，隨即又有些得意道：「狄青，今日我就送你出宮，你不是一直覺得我沒能力救你嗎？」

狄青心道：我什麼時候說過這種話？本想再問「香巴拉」一事，可想到昨晚單單的表情，終於忍住不問。單單雖時而冷漠，忽而故作惡毒，可狄青只覺得她還是個不懂事的孩子。那香巴拉如此神祕，單單又能知道多少？

單單見狄青沉默，感覺他是輕蔑，忍不住叫道：「我送你出去，不過是因為你在沙漠救過我。你給我水喝，我給你解毒。你把我帶到綠洲，我就帶你出宮。我這輩子，從不想欠別人情，你也別以為我是喜歡上了你。」

她說完最後一句話，臉色通紅，眼中彷彿還有著凶意。但渾身顫抖，竟再也說不下去。

狄青良久才道：「我懂的。」

單單氣地跺腳，「你懂得什麼？你什麼都不懂！我就討厭你這自以為是、狂妄自大的傢伙。你這次出了皇宮，滾得遠遠的，莫要再回來，不然我第一個就殺了你。」

狄青不待回答，丫環進來低聲稟告，「公主，她來了……」

單單臉有喜意，立即帶著丫環衝了出去。又過片刻，那丫環走了進來，說道：「這位……公子，這邊請。」那丫鬟不敢正視狄青，可眼中嘴角滿是笑意，顯然覺得單單和狄青之間的關係古怪有趣。

狄青不知是福是禍，橫下心來出了房，到了廳堂的時候，見到有兩頂轎子停在那裡。一轎子旁，站著個風華絕代的女子。那女子輕紗罩面，可更顯無雙的風情。她就那麼靜靜地望著狄青，雖沒有隻言片語，但那雙眼自從見到狄青的那一刻，就充滿了迷惑和訝然。

狄青鎮定地走過去，緩緩站在轎旁，一聲不吭。他雖改變了容顏，但只怕一說話，就被那女子聽出是誰。他和那女子，本來就是認識的。那女子竟然也沒有出言，只是用春蔥般的玉手指了其中的一個轎子。狄青掀開轎簾，才待坐進去，身形一凝。

轎子中坐著的是單單。

狄青雖知道單單肯定也會出宮，但見轎子不寬，上轎後只怕要坐到單單的腿上去，如何還能舉步？

單單臉上掠過絲紅暈，見狄青躊躇不前，冷笑道：「你怕了？」側了下身子道：「你坐我後面去。」狄青這才發現轎子設計得巧妙，從外面看來，略有局促，但轎子後端竟還有個空間，尚能坐下一人。可若是單單不讓開身子，狄青也發現不了轎子的奧祕。

狄青心中微動，暗想那張部主真是想幫單單嗎？她到底是什麼心思？不再猶豫，狄青側身到了單單的身後，坐了下來。轎子設計得雖是巧妙，但空間畢竟有限，二人前後而坐，雖不是耳鬢廝磨，但呼吸可聞。轎中頃刻間靜了下來。二人均是沉默，以免尷尬。可要命的是，轎中實在太過安靜，就算心跳都能聽得到。

狄青這輩子，也從未面對過如此難以應對的局面。放緩了氣息，只怕一口氣吐到單單白玉般的脖子上。驀地發現單單秀髮有些抖動，然後見到她玉頸微紅，喘息漸急。狄青垂下頭來，不再去看。可幽香細細，卻是不由得傳到了他的鼻端。

轎子抬起，那轎子搖呀搖的，如在雲端。單單坐在前面，一張臉紅得有如山花燦爛，一顆心慌亂地跳動著，好像都要跳到嗓子眼。她雖竭力裝作天不怕、地不怕的樣子，但這輩子，亦是從來沒有和哪個男子這般親熱過。但不知為何，眼淚卻沿著臉頰流淌下來。到底傷心什麼，只有她一個人知道。幸好，狄青看不到她的表情。單單暗想，可內心深處，卻不知道這是幸運還是不幸？

那路途如綢緞般地光滑，流水般地逝去。不知過了多久，轎子頓了下，竟然停了下來。狄青心中一凜，聽到轎外有人問道：「轎中可是張部主嗎？」

有人喝道：「你眼睛不瞎，當認得部主的轎子。」

前面那人顯然是宮中侍衛，又問：「可後面的轎子坐的是誰呢？」
張部主的聲音響了起來，「是單單公主。她今日……要和我去戒臺寺燒香還願。」
那侍衛忙道：「部主，你可以出宮，但公主不行。兀卒有令，為護公主的安全，這段日子，絕不能讓公主出宮。」
狄青心頭一沉，發現不妙，不待多想，就見身前坐著的單單已躥了出去！
攔住張部主和單單的，正是宮中御前侍衛。他倒是一片忠心，只聽兀卒的命令，本還在想著如何勸單單回去，不想轎簾一晃，單單已站在他的面前。
那侍衛駭了一跳，見單單公主滿臉通紅，退後兩步，單膝跪地道：「殿直吳昊參見公主。」
單單公主玉臉帶紅，也不知道是羞是氣，突然道：「你真的很聽我大哥的話呀！」
吳昊賠笑道：「卑職得兀卒賞識，當鞠躬盡瘁。」
單單公主嘴角帶笑，又道：「你的腰刀不錯呀，給我看看好嗎？」
吳昊怎敢拒絕，忙解下腰刀雙手奉上道：「公主要看，儘管拿回閣中去看。這裡風大，還請公主起駕回閣。」他倒還不忘記自己的職責，只想著刀沒有了，再去領就好，能把單單勸回去，就是大功一件。
單單公主咯咯笑道：「原來你不但很聽我大哥的話，對我也很好嘛……」
吳昊忙道：「卑職忠心耿耿，為兀卒……和公主萬死不辭。」此人口才倒好，一副諂媚的樣子。
單單緩緩拔刀道：「好呀，那你……就死去吧！」她的聲音突然變得尖銳淒厲，竟一刀向吳昊砍了過去！

吳昊駭了一跳，慌忙跳開。只不過單單砍得太過突然，他雖身手不差，還是被一刀劃傷了手臂，鮮血淋淋。

吳昊大呼道：「公主請住手。」

單單雙手握刀，呼呼又砍了幾刀。吳昊急避，單單叱道：「你不是為我萬死不辭嗎？還不停下來讓我砍了腦袋，你這個騙子！我告訴大哥，說你對我們不忠，將你千刀萬剮！」

吳昊又驚又怒，心道元昊冷酷無情，就算老婆孩子都照殺無誤，但一直對這個妹妹極為疼愛，單單若真的讓元昊殺他，也是大有可能。但此時此刻，他又如何能伸著脖子等砍？

旁邊的侍衛早就看直了眼，可誰也不敢上前，只怕惹禍上身。萬一這刁蠻的公主刀鋒一轉，砍到他們身上，豈不是天大的冤枉？

張部主竟然只是坐在轎子中，也不出來解圍。

吳昊已忍不住大呼道：「部主救我。」

單單冷笑道：「就算天王老子來了，也救你不得了。」話未說完，刀鋒已被一人夾住。單單大怒，雙手用力，可那單刀已如砍入了岩石中，竟紋絲不動。

夾住單刀的那隻手枯瘦如柴，但手指根根如鐵。而那隻手的主人神色寂寥，一雙眼眸滿是灰白之色。

夾住那單刀的人，居然是個瞎子。

單單望見那人，不驚反怒，叫道：「野利斬天，你莫要多管閒事，不然我連你一塊砍！你別以為救了我回來，我就得聽你的！」

狄青心中又是一凜，這才知道，原來龍部九王之一的羅睺王野利斬天，竟也來到了這裡。

野利斬天沒有死！原來單單能從大漠回來，是被野利斬天救回。野利斬天的確有這個本事，那飛鷹、石硊眼下又怎樣了？狄青雖和野利斬天只交鋒一次，但知道此人極為詭異，只憑單單公主，恐怕不能奈何他！

野利斬天沒有回話，只是鬆開了五指，單單又待持刀砍去，旁邊一人和聲道：「公主息怒，何事發這麼大的脾氣呢？他們若得罪了公主，本太師為你做主。」

狄青一聽那聲音，更是凜然，外邊那人，竟是元昊手下的太師、兼中書令——張元！

張元怎麼也會到此？

狄青嘴角滿是苦澀的笑，他身上餘毒未清，眼下無法發力，若被這些人發現了行蹤，只能坐以待斃。

聽轎外的單單道：「這個狗侍衛不讓我出宮，中書令，你幫我斬了他。」

吳昊額頭盡是汗水，忙道：「太師，卑職只是奉命行事呀！」

張元微笑道：「這命令是死的，人可是活的。兀卒不想公主出宮，不過是擔憂她的安危，有張部主在，你又何必阻攔呢？公主，請上轎，臣請你出宮。」他緩步走到了轎子前，竟主動伸手為單單掀開了轎簾。

單單的一顆心幾乎停止了跳動。

轎中無人！

張元似乎有些錯愕，卻還是掀著轎簾不動，心中暗想，那個天和殿的刺客，如今到底在哪裡呢？原來天和殿叛亂，野利旺榮自盡，餘黨悉平，可唯獨那個從殿梁縱落、刺殺元昊的人沒有下落。依照宮中護衛的森嚴，那人想混出去，絕非易事。張元方才只怕刺客藏匿在單單公主轎中，脅迫公主，這才掀開轎簾一看，但轎中無人，雖讓他失望，但也讓他放下了心事。

單單公主卻等了會兒，這才上轎笑道：「能讓太師親自掀轎簾，這種榮耀，只怕大哥都沒有的。我今天，可有些受寵若驚了。」

張元含笑道：「公主若是喜歡，臣天天為公主掀轎簾，又有何妨？只怕再過些日子，臣就算肯，只怕有人也不肯了。」

單單臉有些發紅，暗想這老不正經的，竟然敢拿本公主開玩笑？可見到張元老狐狸般的一張臉，心中有些發虛，忙道：「好的，我先出宮了，就不勞太師遠送了。」

轎子抬起，急急地離去，張元一直含笑望著轎子，可待轎子走遠後，臉色又陰沉起來。野利斬天一旁道：「太師何故憂心呢？」

張元差點兒想伸手到野利斬天眼前試試，看看這人是否真的是瞎子，不然為何比明眼人看到的還要多？可終於忍住了這個衝動，張元又浮出微笑道：「老夫坐過轎子。」他說的簡直是廢話，可野利斬天還是寂寥如舊，只是哦了聲，野利斬天似乎從來不把什麼事情放在心上，就算他弟弟當初死，他都沒有太多的悲慟。

張元歎氣道：「老夫最近有些發福，因為走得少了。」

「太師雖少動，但觀察的更細了。」野利斬天不明不白的接了一句。

張元皺了下眉，可見到野利斬天灰白如死的眼睛，又強笑道：「不錯，那抬轎的四個人顯然身子骨都不錯，就算抬我，腳步都不見得會那麼沉。更何況……單單公主並不胖。」

「太師是想說……轎子中另外還有一個人嗎？」野利斬天突然道。

張元乾咳幾聲，「老夫的確有這個疑惑。」

野利斬天問道：「在下雖是個瞎子，可太師無疑不是。轎中若另外還有人，那你方才掀開轎簾，怎麼會看不到呢？」

張元皺眉道：「老夫也正疑惑這件事情……」

野利斬天淡淡道：「我聽說汴京繁華，知道那裡的瓦舍中有種戲法，箱子中明明藏人，卻讓你可能看不到。那種戲法，和西域諸國的一種障眼法大同小異，可利用光線、顏色和箱子的結構，讓你以為看到的是箱子的全部，但其實你看到的只是箱子的大半。而剩下的那點空間，足夠人來藏身了。」

張元眼中發光，卻故作恍然道：「難道說……那轎子也和箱子一樣，內有夾層嗎？那裡面若真的藏了人，是誰呢？會不會對公主不利？」他語氣中滿是焦灼，可一雙眼盯著野利斬天的臉，沒有半分擔憂的樣子。

等了半晌，不見野利斬天應聲，也看不到野利斬天臉上有半分變化，張元終於忍不住道：「難道老夫說的不對嗎？」

野利斬天道：「太師是華陰人吧？」

張元不想野利斬天突然問出這麼一句，半晌才道：「不錯，羅睺王為何有此一問？」他本來一直是祥和安寧，頗為儒雅，可聽到「華陰」二字的時候，眼中有了分惆悵。

野利斬天道：「我聽人說，太師本來是中原人，當初年少氣盛，頗有才華。負氣倜儻，自詡有蘇秦、張儀之才，而且擊劍任俠，頗做了幾件讓人稱頌的俠事。不過入京幾次應試，總不能及第，後決定棄筆從戎，又被宋邊帥質疑，這才憤而遠走西北，遇到兀卒後，抒胸中之策，才被兀卒重用？」

張元緩緩道：「如老夫這般遭遇而來西北的，數不勝數。兀卒用人唯才，宋廷用人唯親居多。」張元這句話是有感而發，因為元昊建官制，除了軍權外，其餘職位倒有大半數是漢人充當。這些漢人，很多都是當年在宋廷不得志之人。而宋廷此刻賄賂成風，蔭補買官現象嚴重，雖有憑應試中舉，得躍龍門之人，但很多轉瞬也入染缸之中，終究難改靡靡之氣。

野利斬天道：「太師既然也去過汴京，又心細如髮，對這種箱子藏人的戲法當然不會陌生，不然方才也不會特意和我提及轎子重量不對一事。可太師既然發覺了，為何不直接說出來呢？」

張元臉色微變，這才發現野利斬天眼雖瞎了，可一顆心玲瓏剔透。

野利斬天又道：「太師當然也明白轎子中還有一人，也怕那人威脅單單公主，所以才親手為單單公主掀開轎簾，企盼伏魔？」

張元歎了口氣，「有羅睺王在此，老夫才有這膽量呀！」

野利斬天淡淡道：「可太師發現轎中無人，卻有暗格，很快就明白過來，單單公主不是被威脅，而是想要藏一個人出去。依照太師的想法，這人肯定不會是刺客，因為單單公主沒有必要保護一個行刺兀卒的刺客。而轎子是張部主那面的，這件事顯然也得到張部主的默許。公主長大了，說不定正在私會情郎，你若是當場揭穿，只怕惹怒單單公主，還連累你的升遷。因此你言語暗示，想看看單單公主的反應。單單臉紅，自然也中了太師的猜測。」張元已說不出話來，更懷疑這野利斬天是不是瞎子。他若是瞎子，怎麼會把眾人的表情都看得一清二楚呢？

野利斬天續道：「你不想得罪公主，可又放心不下公主的安危，所以故意把這件事話於我知。想我還有點兒頭腦，說不定能聽出你的言下之意，衝出去保護公主，看看轎中還有哪個？這樣你不用擔責，也保護了公主，誰以後知道此事，都會豎起拇指讚一聲中書令了。」

張元儒雅的一張臉，如同被打了一拳，強笑道：「不聽羅睺王一說，老夫還不知道有人有這種複雜的心思呀！」他明褒暗貶，暗指野利斬天以小人之心度君子之腹。

「是嗎？」野利斬天不鹹不淡道，「我是瞎了，也不聰明，辜負了太師的期待，明白不了太師的君子之心。既然如此，太師還請將這份心思話給別人聽吧，在下先行告退。」他轉身離去，也不施禮。

張元盯著野利斬天的背影，直到消失不見，這才喃喃道：「你既然都不擔心，想必也認為轎中的人絕非刺客，那我操心什麼呢？」拍拍衣襟，像是把煩惱全部拍掉，臉上又露出淡淡的笑。這時有兵士急匆匆地趕到，低聲道：「太師，那面來人了。」

張元精神一振道：「帶我去見。」他面色又轉凝重，隱約又帶著分振奮，隨兵士匆匆離去。張元本是老謀深算，喜怒不形於色之人，這次對來人如此慎重，旁的兵士見了，都難免猜測，來人是誰呢？

兩頂轎子出了宮，出了城，直奔城南郊的戒臺寺。

如果說大相國寺是大宋的國寺，那戒臺寺也無疑是党項人心目中的國寺。

眼下党項人東有大宋，西南有吐蕃，南有大理，西面更有回鶻等國，這些國度都是信奉佛教，党項人也不例外。党項人的佛教本分禪宗、密宗兩派，禪宗流傳雖廣，但密宗影響也是不容小覷。元昊本人也是信佛的。這樣一個極負大志、雄心勃勃之人，在党項人中，不但崇信佛教，而且精通浮屠之道。元昊掌權以來，為了發展佛教，不但廣搜舍利妥善安置，而且大修佛窟、佛塔和佛寺，在元昊的推行下，党項人信佛風氣極為濃郁。

戒臺寺因是元昊常去之地，這些年經過發展壯大，若論輝煌絢麗，或比汴京大相國寺稍遜，但論氣勢恢弘，寶相莊嚴，可和大相國寺分庭抗禮。

出了城南，前方有群山連綿，轉過山腳，只見到碧空洗練，青霄萬里。樓臺亭閣虎踞半山，戒臺寺已現出佛跡。兩頂轎子停了下來，張部主先行下轎，輕聲道：「單單，是時候了。難道你還想把他帶到戒臺寺去嗎？」

轎簾挑開，單單坐在轎中，神色像是扭捏，又夾雜著幾分傷感。她身後……一塊隔板倏然閃開，露出了暗格裡的狄青。張元猜得不錯，轎子中果然有暗格。在張元挑開轎簾之前，狄青按了下轎側的按鈕，就有面隔板無聲無息地滑出，擋在了狄青的面前。狄青知道轎子的設計，只因為單單躥出去的時候，還對狄青說了一句，「轎子有暗格。」狄青見單單躥出去的時候，臉紅得如熟透的蘋果。誰也不知道，單單到底是因為憤怒臉紅，還是因為別的原因。單單既然知道轎子有暗格，為何不一開始就讓狄青藏起來？狄青不願多想，很快就找到了那個按鈕。那隔板不但設計巧妙，色澤也和轎子後面的擋板一模一樣。從正面望過去，絕看不出轎內別有洞天。可狄青還是很擔心，他早就看出張元和野利斬天都是心細如髮的人，單單若論機心，絕不是那兩人的對手。

可讓狄青奇怪的是，張元和野利斬天竟像什麼都沒有發現。狄青總覺得有些古怪，但他既然出了城，也就暫時將疑惑放在一旁。

出了轎子，狄青見秋高霜早，花草已敗，可遠山綠樹仍有那難洗的蒼鬱。張部主舉眸望了狄青一眼，那眼中似乎也藏著秋意閒愁。可她很快地移開了目光，轉身走遠。她似乎想給單單些告別的時間，也像不想再看狄青。抬轎子的人，均是沉默，這些人都是張部主的手下，懂得什麼應該知道，什麼必須裝作不知道。

單單終於下了轎子，滿是紅暈的臉，又變得和秋霜一樣地白。她靜靜地向南走了片刻，聽到一聲雁鳴，忍不住抬頭望去。那是一隻離群的孤雁，空中徘徊，終於還是向南飛去。「這大雁南去，終究還是要飛回的。」單單突然道。

狄青就在單單的身後，聞言抬頭望天，雁聲飛天，蒼穹極遠。他沒有說什麼，單單好像也沒有對他說話。他只想等單單轉過身來，然後向單單告別。

單單霍然轉過身來，眼中又露出惡狠狠的凶意，「可你這次走了，就一定不要再回來了。你救過我一次，我也救過你。你帶我出了荒漠，我也帶你出了宮中。自此後永不相欠，再無瓜葛！」

狄青心道：我或許會回來，但那時……只怕你我再難有今日的情形。

單單臉色又開始發紅，嘴唇卻被貝齒咬得微白，握緊了纖手，渾身都有些顫抖，「你是我大哥的敵人，我這輩子就欠過兩人的情，一個是我大哥，另外一個就是你。我還了你的情，但對不起我大哥。因此你下次若是敢來，我說不定……會第一個讓人殺了你！」狄青終於開口道：「我明白。」

「所以你最好趕快走，走得遠遠的。你現在餘毒未清，還有幾天才能用力，這些天若是被人宰了，可不關我的事。」單單的聲音有些顫抖。

狄青微笑道：「你既然都能從飛鷹的手上逃出來，我當然也要自食其力。天涼了……你早些回轉吧！」

單單冷冷道：「我不用你關心。」

狄青無話可說，轉身想走，可突然又道：「單單，無論以後如何，我總記得你的相救之恩。你是個好姑娘，我應該謝謝你。」

單單蒼白的臉上突然泛起分光輝，如驚浪浮霜，又像夢醒燈暈……

狄青並沒有留意，已轉身要走，可才邁了幾步，單單突然叫道：「喂！」狄青止步，卻沒有轉身，問道：「還有什麼事嗎？」

秋風冷，秋風凝。狄青望著秋意濃晚，秋雲悲風，有如紅顏憔悴，豪情夢碎，心中只是想：羽裳，我沒有死。郭大哥，我沒有給你報仇。單單望著那蕭索的背影，臉色又變得白皙非常，指甲都嵌入了肉裡，也不覺得疼痛。

靜寂良久，感覺那秋風都凍凝了，心跳都要停了，單單這才用了全身的氣力說道：「狄青，我問你！這世上，若……有一人，可以為你不當什麼公主……什麼都不要，只想跟著你，跟著你死也好、活也罷。去荒漠、天涯……你是否會為了她，捨棄一切？」

第十四章　伏　藏

秋風蕭蕭，吹起滿地枯草殘葉，凌亂地舞動。可就算所有的凌亂加起來，都不及女兒的心思。

單單說完後，嬌軀已如風中落葉般，抖個不停。她的秀眸一霎不霎地望著狄青的背影，一望有如千年。狄青身形僵凝了良久，方才道：「我……」

單單眼中突然有了哀傷和恍然，不等狄青的答案，已大笑道：「你不要以為那個人是我！這世上的男人都死光了，我也不會喜歡你的。」

誰都想不到單單會這麼肆無忌憚地笑，可那笑聲也如秋風吹舞，其中總帶著那麼點兒蕭瑟的味道。單單不等笑完，已轉身跑開，逃命一樣。

狄青回過頭來，見那紫色的身影在黃葉中跳蕩，很快地鑽入了轎子。轎子移動，轉過山腳，陽光照耀下，如秋晨的霧氣一樣，消失不見了。

狄青怔怔望了半晌，搖搖頭，舉步向南走去。他知道只要繞過眼前的山，再走幾里的話，就離黃河很近。他如果取道西平府，轉去夏州的話，就可從夏州過橫山前往宋境。路途雖遠，但狄青自覺這裡無人識得他，走這條路，應該不會有什麼波折。

主意已定，狄青立即動身，他渾身上下還有些發軟，但這阻擋不了他回返的決心。翻過個山坡，狄青已有些氣喘，撿了個有溪水的地方稍微洗了下臉。見溪水照著的那張臉，黝黑沉鬱，不由苦笑。現在飛雪不見了，他臉上的年華洗不去，難道這輩子都要如此？他以前極為俊朗，這次變黑了，卻更顯堅毅。他不介意自己長什麼模樣，可如何對別人解釋這件事情？

狄青正望著溪水，突然感覺水面起了層波瀾，心中警覺突生。他雖然暫時不能動武，但警覺仍在，一人不知何時，已如幽靈般靜靜地立在了狄青的身後。狄青渾身繃緊，緩緩地直起身子，轉過頭來，望著身後的那個人。狄青已認出那人不是幽靈，而是修羅——阿修羅！

他身後之人竟然是野利斬天！

野利斬天為何會來這裡？是不是已發現了狄青的祕密，特意來取狄青的性命？

狄青沒有驚惶之色，靜靜地看著野利斬天。野利斬天一雙灰白的眼睛，卻在望著天空。他是個瞎子，可無疑比很多明眼人看得還清楚。

風動，溪水上微波粼粼，陽光照在上面，水面上有如凝著薄薄的冰。

良久，野利斬天開口道：「狄青？」

狄青沉默片刻，知道在這敏銳的瞎子面前，謊言無用，沉聲道：「是。」

野利斬天臉色寂寥，「方才你在轎子中的時候，我就知道那裡面的人是你！」

狄青皺了下眉頭，知道野利斬天不必講大話。但這瞎子為何比有眼睛的人還看得準？驀地想起當初他見野利斬天的時候，聽他說過，「你終於來了！」不由一陣心悸。狄青當初以為這句話是妄語，可現在想想，總覺得其中大有深意。

他和野利斬天，雖天各一方，但總像有種連繫……

「其實張元也知道轎中有人，但他沒有揭穿，你知道為什麼？」野利斬天突然問道。他竟不提以往的恩怨，無疑更是件讓人費解的事情。

狄青搖頭道：「不知道，你說為什麼？」他本來以為野利斬天不會答，可野利斬天立即道：「他知道轎中還有人，但絕對想不到會是刺客。他還想當他的中書令，自然不想因為這些小事得罪了公主，阻礙了前程。誰都知道，在兀卒心目中，公主的地位僅次於他的江山。」

「張元為何會覺得轎中不是刺客？」狄青反問。

野利斬天道：「因為他不知道你認識公主，他不認為公主會保護一個刺客。」

「但你當然知道了。」狄青嘲諷道，「你能從飛鷹手上救出單單，當然知道所有的一切。元昊能知道很多事情，就是因為你的緣故！你知道我認識單單，可你為何當初沒有說？是不是因為你也怕得罪單單，因此一直都跟著我們，在單單走遠後才出現？」

野利斬天嘴角突然現出分微笑，他臉形削瘦，臉色灰敗，秋風中看起來，如同蒙著一層薄霧。狄青總以為看清了這個人，但不知為何，看到的總是他的沉寂。

「我不怕得罪任何人！我如果真想殺你的話，隨時都可以殺了你，就算帝釋天不讓，我也一樣會殺了你。」野利斬天一字字道，口氣不容置疑。

狄青沒有半分驚惶，鎮靜道：「你來這裡，當然不是要殺我。你要殺我，不必這麼多廢話。」

野利斬天還是在望著青天，淡淡道：「你說對了，我來這裡，是想替飛雪傳一句話。」

狄青臉色陡變，失聲道：「你……抓了飛雪？」他突然又感覺到什麼，扭頭望過去，見到山腳處竟來了幾人，均是陌生的臉孔。狄青心思被飛雪的下落吸引，不管那幾人什麼來頭，喝道：「飛雪現在怎麼樣了？她與行刺元昊一事沒有什麼干係。」

野利斬天緩緩道：「你怎麼知道沒有關係呢？你可知道她要去哪裡？」

狄青微愕，皺眉道：「你難道知道嗎？」只憑這一句話，他就知道飛雪的確和野利斬天在一起。

野利斬天淡然道：「我當然知道。她要去的地方就是——香、巴、拉！」

狄青心頭一震，只覺得耳邊有如雷鳴，失聲道：「香巴拉？她要帶我去香巴拉？你怎麼知道？」狄青那一刻震驚非常，他只知道飛雪堅持要帶他去一個地方，哪裡想到那個地方竟是香巴拉！飛雪到底是什麼來頭？為何會知道香巴拉？野利斬天說的是真是假？飛雪為何能認識野利斬天和飛鷹？飛雪要野利斬天傳什麼話？所有的謎團太多太多，狄青雖接連三問，但問不出心中疑惑的十分之一。

野利斬天也聽到有人向這個方向走來，可全不介意。狄青的問題，他一個也沒有答，只是冷冷道：「你走吧！飛雪說，『你已不必和她去香巴拉了。』」

「為什麼？」狄青苦澀道。他不想再次接近香巴拉的時候，竟又失之交臂。

野利斬天淡淡道：「因為你不配！」他灰白的眼珠仍舊漠然，可灰敗的面容突然有了分振奮和激動。不聞狄青的動靜，野利斬天嘲弄道：「你不信飛雪說過這些話嗎？」狄青眼中突然有分古怪，盯著野利斬天道：「我不信你方才說的一句話。」

「哪句話？」野利斬天還是平平的口氣。只有在說及「香巴拉」的時候，他才有分激動。除此之外，他永遠是如蒼穹一樣淡漠，從不把什麼放在心上。

「你說可以隨時殺了我，我不信。」狄青慢慢道。

野利斬天終於不再望天，灰白的眼睛盯著狄青，像是譏誚，又像是思考，「我知道你不怕死，但你真的想用自己的命來驗證我說的話嗎？」

狄青挺直了腰板，一字一頓道：「你若不信我的話，為何不試試？」

野利斬天淡漠地笑著，「以前我盼你來，是因為你有用。可有了飛雪，我殺了你又何妨……」他話音未落，臉色微變，灰白的眼眸有了分僵凝，突然不再多言，向一旁看去。一人大步從那個方向走過來。

那人穿得和尋常商賈沒什麼兩樣，嘴角有兩撇讓人討厭的鬍子。可走過來的時候，如同一柄出鞘的利劍！那利劍的鋒銳森然，就算是九王之一的野利斬天，都無法輕視。那人走過來，和狄青並肩而立，冷望野利斬天道：「野利斬天，我不信你說的話！狄青沒有那麼容易死的！」

狄青見到那人前來，顧不得再琢磨野利斬天言語的深意，眼中閃過絲激動，也帶著分溫暖，可鼻梁卻有些酸楚。他當然認識來的那個人，他從未想到過，這人也到了興慶府。可看到了這人，他就想到了郭遵，想到了飛龍坳，想到了太多太多。往事如煙亦如刀。

野利斬天恢復了平靜，灰白的眼珠翻了翻，突然道：「葉知秋？」

秋風起，秋葉黃，秋葉知秋！來人雙眸的寒芒如淬厲的劍鋒一樣，只應了一個字，「是！」來人正是葉知秋。開封名捕——葉知秋！

葉知秋也有些奇怪，實在不明白這瞎子怎麼會認出自己來。但他並不畏懼，他一生中，從無畏懼。

野利斬天抬頭望天，歎口氣道：「你不是我的對手。」

葉知秋微微一笑，坦承道：「是！可不是對手，也要出手！」

葉知秋沒有多說，但狄青明白。狄青明白，因此熱血沸騰。

人這一生，只找弱者出手，未免過於無趣。人這一生，有些事情註定要出手了。

野利斬天還是神色寂寂，但衣袂獵獵。良久，他才點頭道：「好！」他說完後，別人本以為他要出手，不想他轉身舉步，緩緩地離去。

葉知秋並沒有出手，因為他的目的並不在野利斬天。狄青等野利斬天走得遠了，這才記起一事，叫道：「飛雪如今在哪裡？」

野利斬天人已不見，餘音隨風傳來，「她不想再見你！」

風冷，狄青僵立在那裡，滿腹疑雲。許久後，感覺到葉知秋還在望著他，狄青扭過頭來，低聲道：「葉捕頭，郭大哥去了。」

他本想岔開話題，可一提到郭大哥三個字的時候，立即連香巴拉都忘記了。

葉知秋眼中有淚，淚中帶笑道：「誰能不死？只要死後，還有很多人記得，已不枉此生了。狄青，你不該傷心的。」他雖是這麼安慰狄青，可自己都要落淚。

狄青視郭遵為兄為父，葉知秋孤傲平生，何嘗不把郭遵當做是一生知己。

二人互望，都見到彼此眼中的唏噓感慨。狄青重重點頭，悵然道：「可是……我沒能為郭大哥報仇。」

葉知秋拍拍狄青的肩頭，沉聲道：「你可知道，如今有多少人想要元昊的腦袋？夏竦花五百萬貫要元昊的腦袋，這錢豈是這麼容易賺到的？」本想開個玩笑，但心頭沉重，葉知秋岔開話題道，「先離開這裡再說事情。」

葉知秋為人謹慎，擔心野利斬天會帶人去而復返。狄青點點頭，見不遠處還站著幾個人，一人臉帶微笑，一人面如死灰，另外有一人背負長劍。

狄青見那三人均是陌生的臉孔，忍不住問道：「葉捕頭，這是你的手下？」

葉知秋搖頭，「不是。是……种世衡的手下……或許可以說……是你的手下。」

狄青正奇怪，那臉帶微笑的人上前，含笑道：「狄將軍，在下韓笑。」指著那臉如死灰的人道：「他叫李丁……那個背劍的叫做戈兵，我們最近被种老丈招入了軍中。狄將軍大鬧興慶府的事情傳出去後，种老丈立即命我們幾個來找你……不想我比較沒用，一直找不到狄將軍。」

狄青想起去年种世衡曾說過，「我這些年來，著實認識了不少有志之士，不如我們把他們都編入廂軍中讓你指揮，有些人性格可能怪些，但我想你能鎮得住他們……」狄青暗想，轉眼又過了近一年，我是一事無成，但种世衡從未放棄他的念頭。見韓笑三人都是風塵滿面，狄青歉然道：「我一直躲在宮中，你們當然找不到我了。」他將這幾個月的事情大略說了遍，只是沒有提及單單。

眾人聽了，都是訝然，韓笑一旁道：「种老丈一直想要除去野利王和天都王，這次党項人內訌，我等聽聞野利旺榮身死，本以為是种老丈的離間計起了作用，不想還有這種內情。」

狄青道：「其實种老丈的離間計還是很有效果，若不是元昊和野利旺榮彼此猜忌，野利旺榮也不會這麼快地行動。」

眾人均是點頭。談話間，一行人已出了群山到了官道，韓笑雖自謙無能，但諸事已準備妥帖。狄青等人才上官道，就又有人前來策應，送上馬匹衣物。幾人為免波折，換了羌人的裝束，一路東歸。

狄青一路上聽韓笑介紹，才知道韓笑等人早到了興慶府，沒有找到狄青，可碰到了葉知秋。葉知秋憑直覺認為，狄青絕非這麼張揚之輩，更認為狄青前往玉門關不過是聲東擊西，因此建議眾人不必前往玉門關，還是留在興慶府打探消息，眾人因此這才碰到狄青。狄青對葉知秋的判斷很是欽佩，忍不住問道：「葉捕頭，我已易容了，為何你還能認出我來？」

葉知秋伸手從懷中取個圓筒遞給了狄青，笑道：「這個東西叫做千里眼，是我從西域商人手中購得……我在城外的山上，碰巧見到有八部的轎子出來，也就稍加留意。你臉色雖黑了，但身形未變，我遠遠見到，感覺是你，就帶人跟了過來。」

狄青拿著那千里眼湊到眼前，見遠景倏近，倒吃了一驚，感慨世物之奇，也明白葉知秋早就見到他和單單了，葉知秋不問狄青和單單的事情，自然是因為信得過狄青。狄青還了那千里眼，問道：「葉捕頭，你怎麼會來興慶府呢？」

葉知秋見狄青略有尷尬，笑道：「郭遵託我去吐蕃，我才從那裡回來，知道你可能在附近，就留了幾天。」

狄青心頭一顫，回憶往事，心中難過。他當然猜到，郭遵請葉知秋前往吐蕃，肯定是和香巴拉有關。

葉知秋勒馬，凝望遠山連天，霄空袤廣，感喟道：「你可知道，郭遵生平很少求人？」

狄青半晌才點頭道：「他素來都是在幫人的。」

「但據我所知，他最少求過三次人。」葉知秋扭頭望向狄青，目光如炬，「三次都是為了你！」

狄青身軀顫抖，低聲道：「是哪三次？」

葉知秋悠悠道：「當年夜月飛天在大相國寺擊毀了彌勒佛，五龍遺失，太后震怒，命我緝捕盜五龍的竊賊，格殺勿論……」

狄青霍然而悟，失聲道：「你早知道是我拿了五龍，可你一直沒有抓我，就是因為郭大哥請你莫要抓我？」他早知道郭遵為了他做了許多事情，但從未想到過，郭遵竟然會忤逆太后的意思，而葉知秋竟也答應了郭遵。

葉知秋點點頭，感慨道：「不錯，這是他求我的第一件事。他知道你喜歡五龍，也認為五龍才能讓你振作。可是……」他眼中有分異樣，嘴唇動了兩下，但終究什麼都沒有說。狄青熱血激盪，沒有留意到葉知秋的異樣，只是喃喃道：「我欠郭大哥太多太多……」

葉知秋舒了口氣，自語道：「你欠他的的確不少。他還一直幫你在找尋香巴拉……無論生死。他去了，但他知道我肯定還會幫你找下去。」

狄青早猜到郭遵第二次求人是為了幫他找尋香巴拉，但聽葉知秋親口說出，還是忍不住地感動。

「你也相信香巴拉？」狄青忍不住問。

葉知秋目光本是銳利中帶著唏噓，但突然間帶了分惶惶困惑。他望著蒼穹，低聲道：「這世上，有很多事情，是不可理喻的。」他原本極有個性的一張臉，突然帶分畏懼和神祕。良久，他才夢囈一般說道：「你知道什麼是迭瑪？」

狄青臉色微變，驚詫道：「你也知道迭瑪？迭瑪到底是什麼？」他只以為郭遵去了，就不會再有人告訴他迭瑪的消息，沒想到葉知秋竟又提及這兩個字。

「欲尋香巴拉，必找迭瑪。」葉知秋喃喃道。

狄青一震，急道：「葉捕頭，到底什麼是迭瑪？」

「迭瑪和香巴拉一樣，都是藏語。」葉知秋吐了口氣，眼中熠熠生輝，「迭瑪的真正意思，就是伏藏！而香巴拉的意思，就是安樂之土，也可以說是心中的日月。」

「伏藏？安樂之土？心中的日月？」狄青聽了解釋，還是不懂。

葉知秋看出了狄青的疑惑，苦笑道：「當初我聽到了這些，也是很迷惑。但你知道《桃花源記》

吧？」狄青緩緩點頭，他雖書讀得不多，還是知道東晉陶淵明寫的這篇名著的。

「晉太元中，武陵人捕魚為業。緣溪行，忘路之遠近。忽逢桃花林，夾岸數百步，中無雜樹，芳草鮮美，落英繽紛……」寥寥數語，勾勒出一個太多人心目中的世外桃源。所有人心目中，豈不都有個桃花源？只是有些人已忘記，有些人夢中記起……葉知秋為何會提起《桃花源記》？

葉知秋抿著嘴唇，終於道：「在藏人心目中，香巴拉就是他們的桃花源。不過……桃花源好像也不足以形容香巴拉的萬分之一。傳說中，香巴拉四處雪山，其中溫暖如春，綠樹成蔭。那裡是修行聖地，聳立著壯闊輝煌的宮殿，一個人到了那裡，不但能無憂無慮，還能得償所願！」

狄青一旁道：「葉捕頭，你說的和太后說的差不多，但怎麼才能找到香巴拉呢？桃花源？安樂之土——心中的日月？這是不是說，這種地方雖有人嚮往，卻沒有人找得到？」他嘴角已有苦澀的笑，以為葉知秋所知也是有限。

葉知秋霍然望向狄青，搖頭道：「你錯了，有人找得到香巴拉！」

狄青吃驚道：「是誰？」

葉知秋一字字道：「伏藏可以找得到香巴拉！」

「伏藏？迭瑪？那是什麼人？」

葉知秋如劍刃般的眼中，也有了分輕霧，「那到底是不是人呢？」他說得奇怪，見狄青一頭霧水，又低聲道，「藏邊多亂，遠勝中原。當很多佛傳經典或咒文在無法流傳下去的時候，佛就會將這些經典藏在一個地方……藏在一個極奇特的地方！」

「藏在哪裡？」狄青雖然不明白葉知秋為何又扯到藏邊動亂上，還是忍不住問。

葉知秋手指指向自己的腦袋，半晌才道：「佛將這些經典藏在一些人的意識深處，也就是藏在人的腦海中，以免經典失傳。等到時機成熟，神靈就會開啟這些人的意識，取出這些經典流傳於世。」

晚秋的風吹來，葉知秋的聲音有些飄忽。遠山輕霧，落葉繽紛，如同跳動的精靈。狄青打了個寒顫，不為了深秋，而為事情的匪夷所思，良久才強笑道：「這很難讓人相信。」

葉知秋眼中彷佛藏著根針，「那五龍呢？不也讓人很難相信嗎？」

狄青無言，他只能承認，五龍的神祕的確也是匪夷所思……

這世上，本來就有太多無法解釋的事情。

「人總是不經意地拒絕承認不可知的事物，因為他們驚怖，驚怖那些不可控制的神祕之力，人妄想把一切都掌控在手中！」葉知秋突然笑了，笑容中帶著無奈，「可人能控制什麼？人甚至連自己的情感都無法控制！我在初次聽到這些傳說的時候，和你的反應也一樣。」

狄青默然片刻，問道：「那是什麼改變了你的觀念？」

葉知秋悠悠的反問：「你可知道格薩爾王？」

狄青搖搖頭，遲疑道：「我見識少，沒有聽說過這個人。」

葉知秋歎口氣道：「那不是個人，是個神。藏邊一直流傳著他的神話。在很久很久以前，藏區天災人禍遍地，妖魔鬼怪橫行，於是老天為了普渡眾生出苦海，就派下了格薩爾王。老天給了他神、龍、念三種能力……」

「神、龍的能力還好理解，但什麼是念？」狄青問道。

葉知秋沉吟了片刻，說道：「念是藏邊的一種厲神，比修羅要凶悍。一個人要剷除邪惡，肯定要有神的神通，龍的本領，還有念的凶悍。格薩爾王仗著這三種神通，東伐西討，南征北戰，擊敗了入侵國土的妖魔，又戰勝了霍爾國的白帳王、姜國的薩丹王、門域的辛赤王、大食的諾爾王……他的事蹟，你就算說上幾個月，都不見得說得完。」

「那格薩爾王和迭瑪有什麼關係？」狄青問道。他最關心的，不是格薩爾王，而是迭瑪和香巴拉。

葉知秋緩緩道：「格薩爾王的神跡天威難以盡數，藏邊滿是他的故事，所以有信徒開始給格薩爾王做傳。那傳有幾百萬字之多，少有人能全部記誦，而且動亂頻繁，傳說也會失落。但我在藏邊之時，碰到了一個孩子。那孩子不到十歲，不識字，傻傻的，什麼都不會，我知道那不是裝出來的。」

狄青相信葉知秋的一雙眼，不解道：「那孩子又和格薩爾王有什麼關係？」

葉知秋微微一笑，可笑容中藏著無盡的不可思議，「那孩子有一天發了高燒，整整昏迷了三天三夜。等醒來的時候，突然變聰明了。」

狄青也笑道：「一個人總有變聰明的一天。」

葉知秋淡淡道：「可你知道他有多聰明？他連說帶唱地彈著琵琶，把數百萬字的格薩爾王傳說了一遍。」狄青怔住，眼皮忍不住地跳，他知道葉知秋不會騙他。那孩子呢……當然也不可能騙過葉知秋。

葉知秋感慨道：「我之後的日子中，跟了那孩子幾個月，發現他彈唱得自然圓潤，絕沒有半分背誦的痕跡。那是他骨子裡面的記憶，由心而來地傳唱……」

狄青腦海中像有閃電劃過，終於恍然，叫道：「那孩子就是迭瑪？也就是伏藏？」

葉知秋點頭道：「你終於明白了。可他不過是一種伏藏而已，這世上有很多種伏藏……」

狄青已將很多事情連繫起來，沉思道：「這麼說，伏藏代表神藏，只等有機會去觸發？能夠傳誦格薩爾王傳的人是伏藏，知曉香巴拉在哪的人，也是伏藏。只要找到特定的伏藏，就能找到香巴拉？」

葉知秋眼中露出讚賞之意，「你說得很對。」

狄青笑笑，可笑容滿是苦澀，心中也有懷疑，但這種伏藏，甚至可能比香巴拉還難找！他懷疑葉知秋所知不過是傳說，也不過是要安慰他狄青。

葉知秋淡淡道：「這世上，豈不是艱難的事情，才值得人去找？若太輕易了，反倒不會被人珍惜。我今天對你說了這些，只不過是還想對你說三句話。」

「請說。」狄青心中歎息。

「第一句就是，郭遵從來沒有騙你，他對你說的每句話，都是他血淚凝聚，你不應該懷疑！」

狄青有些愧疚，半晌才道：「葉捕頭，我不該懷疑你。」

葉知秋笑笑，「我知道你經歷了太多的磨難和失望，難免對很多事情有疑心，我不會怪你。」他雙眸發亮，滿是執著，「我要說的第二句話就是……郭遵不能就這麼死了，他為我們做了太多太多……你應該換種方式為他復仇！」

狄青沉吟許久，重重點頭道：「我明白！」郭遵戰死疆場，他狄青就應在疆場上為郭遵報仇雪恨。

葉知秋眼中滿是欣慰，「我想說的第三句就是，郭遵去了，但我還活著！守衛邊疆我不行，但查線索你不如我。所以我去查伏藏，為你找尋香巴拉。而你要做的事情，就是為了郭遵和我、為大宋、為西北百姓，擊敗元昊！」

狄青垂頭半晌，終於抬起頭來，目光中滿是堅定之意，「我會盡力。」他知道這很難，但他沒有退縮的理由。

有些事情，是有些人必須要做的。

葉知秋這才舒了口氣，神色輕鬆了很多。

狄青還在想著香巴拉、伏藏、迭瑪幾個字，突然想到野利旺榮也曾提及「迭瑪」二字，當初宮變諸事電劃而過，那五色羽箭、軒轅巨弓、黑冠白衣浮到了眼前……

這些事情，串起了他埋藏許久、塵封多年的記憶。不知為何，他竟想到了永定陵。他為何從天和殿想到了永定陵？狄青不解，苦苦思索，陡然一震，失聲道：「我想到了。」

葉知秋微怔，疑惑道：「你想到了什麼？」

狄青臉色激動，急道：「五色，五種顏色，五龍？黑白，這其中有什麼關係？肯定有關係的，不然他們不會都這麼選擇！」

葉知秋更是不解，低喝道：「狄青，你冷靜些，到底怎麼了？」

狄青一震，額頭已有汗水，神色激動中還帶著困惑，「葉捕頭，你去過永定陵的玄宮，見過玄宮朝天宮內有七道門。」

「那又如何？」葉知秋皺眉道。

「那七道門入口是玉門，去先帝靈柩停放的地方要經過五色門。除此之外，其餘的五道門，是金、白、黃、黑、灰五色。據太后所言，永定陵就是真宗心目中的香巴拉，是真宗仿心中的香巴拉而建……這麼說……香巴拉肯定和這五色有關。」

葉知秋歎口氣道：「這不過是真宗的想法……」他本想說做不得準，但不想狄青失望。

狄青叫道：「不是。這絕非真宗一人的想法。元昊也是這麼想的。」

葉知秋一震，忙問：「你為什麼這麼說？」

狄青將在天和殿所見又說了一遍，見葉知秋還有些迷惑，分析道：「元昊有五箭，像是金、銀、銅、鐵、錫五種材質製成……」原來他方才心思飛轉，想起在見元昊的五色羽箭時，曾有種奇怪的感覺。這刻再想起那五箭的顏色，突然明白他困惑什麼，忍不住心頭震撼。

葉知秋點頭道：「聽說他那五色羽箭又叫做定鼎箭，有定鼎江山之意。他手持軒轅弓，使用定鼎箭，不言而喻，就是胸有雄心，想要一統天下……」霍然明白過來，葉知秋失聲道：「按照你所言，元昊也知道香巴拉，他那定鼎五箭的顏色和朝天宮五門的顏色相同，這說明，元昊心目中的香巴拉和真宗的彷彿，最少可以說……香巴拉和那五種顏色有關。因此先帝建了五色門，元昊持有五色羽箭。」

狄青連連點頭，又道：「不僅如此，元昊好著黑冠白衣，而朝天宮地面的地磚，也只有黑白兩種顏色，這兩種顏色不謀而合，似乎說明，元昊和真宗對香巴拉有很多相同的認識。」心中想到，黑白，五色……又說明了什麼？

葉知秋眼露贊同之意，隨即又失望道：「但這好像對找尋香巴拉，也沒有什麼太大的幫助。」狄青如同被潑了盆冷水，呆呆地望著天際，突然又道：「葉捕頭，你沒有發現元昊很像一個人嗎？」

「像誰？」

狄青神色古怪道：「元昊是不是很像格薩爾王呢？」見葉知秋有些不屑，狄青解釋道：「元昊創八部，天龍二部就是他的神、龍之力。他其餘六部之眾，就是他的念力，助他為惡！」

葉知秋本對元昊不服，但聽到這裡，臉色已變。他覺得狄青所言，不像無稽之談。元昊創建八部，原來也大有深意！

狄青又道：「格薩爾王擊敗外敵入侵，又不停地南征北戰，東討西殺。元昊祖輩從西北硬生生地搶出一塊地域，這幾年元昊擊回鶻、高昌，戰吐蕃，和我們大宋相抗……」

葉知秋截斷道：「我知道你想說什麼，你想說元昊所為和格薩爾王彷彿。但你說錯了最重要的一點，元昊是為禍百姓，而格薩爾王最終功德圓滿，和母親、王妃重返了天庭。再說他自稱帝釋天，建八部，不過是故作神祕，愚民之道。」

狄青暗想：你這麼認為，但元昊不見得這麼想。可不想同葉知秋爭辯，狄青道：「香巴拉和迭瑪有關，迭瑪又和格薩爾王有關，那香巴拉和格薩爾王會不會有關係呢？」

葉知秋忍不住也陷入苦思中，狄青更覺得所有的一切交雜錯亂，但他好像越來越接近了香巴拉。最少可以確定一點的是，香巴拉並非虛幻。一想到這裡，狄青振作道：「眼下最少可以確定幾點，香巴拉和五色，亦和黑白有關，香巴拉並非虛幻。元昊和真宗心目中的香巴拉很是相似，但元昊顯然比真宗要知道得更多。最少元昊看起來，知道香巴拉在哪裡。我們要找香巴拉，已有兩條路，一是去尋伏藏，還有一條路，就是找元昊！」

葉知秋點點頭，見狄青躍躍欲試，歎道：「但你現在要走第三條路，快些回延州！」他沒有多說什麼，狄青早已明白，猶豫片刻，緩緩道：「你說得對。」

葉知秋精神一振，笑道：「你明白就好。既然如此，你回延州，我去走另外兩條路。狄青，就此別過。」

狄青知道葉知秋多半也會從元昊身上入手，一想到元昊的武功，狄青擔憂道：「那……你小心。」

葉知秋看穿了狄青的心事，微微一笑道：「這世上，武功並非解決一切的法子，你也保重。」話畢，他已撥轉馬頭，再向興慶府的方向奔去。

蹄聲遠去，風沙又起。狄青望著葉知秋的背影，喃喃道：「葉捕頭，多謝你。」他今日得知了香巴拉的事情後，其實迫不及待地想要親自去尋。但郭遵、葉知秋、种世衡均是無怨無悔地為他奔波勞累，他擔負的已非一己恩怨。

他唯一能為這些人做到的事情，就是征戰疆場、擊敗元昊，不負眾人的厚望。

突然想起，葉知秋說過，郭遵為他狄青求了三次人，但葉知秋沒有說第三次是什麼。葉知秋是忘記了，還是刻意沒有提及？狄青不再多想，他只知道，郭遵為了他做的事情，是數不過來了！他也忘記了告訴葉知秋關於飛雪的事情，狄青一念及此，想要追過去，轉念一想，還是作罷。那如飄雪一樣的女子，飄忽不定，神祕非常。要找飛雪，也絕非容易的事情！

狄青撥馬，已向東行去。馬嘶遠山，塵沙催老。

狄青過橫山時，望著那天闊山高，心中道：郭大哥，你放心，總有一日，我會帶兵打過橫山，方不負你的一番苦心。

淒風起，吹起了一地的凌亂。有枯葉飄零，如同風影。一片葉子迎面而來，帶著分愴然。狄青見那枯葉黃中帶白，彷彿也如自己，有了鬢角的白髮，忍不住伸手接住。

觸手清涼，原來非白髮，而是葉上凝霜。

狄青這才驀地察覺，此生如葉，恍惚迷離，難料霜冷。他人雖未老，但天已深秋！

山河寂寂，唏噓悲歡。不知哪裡的羌笛悠悠吹起，蕩起那風葉憂獨，如白髮癡纏，似水流年……

第十五章　螢　火

狄青等人穿青崗峽過了橫山。

過了青崗峽，眾人又快馬奔了一天，已入了慶州，近了柔遠砦。柔遠砦乃慶州對抗党項人的重砦，守砦的人仍舊是武英。狄青想起武英，心中有分暖意。正琢磨著是否前往柔遠砦和武英見面時，有一騎從遠處奔來。

韓笑迎上去，說了兩句就回轉道：「狄將軍，种老丈在柔遠砦等你，他請你務必去柔遠砦一趟。」這一路行來，狄青已知道李丁、戈兵和韓笑三人各有所能。韓笑武技不行，但打探、傳遞消息的本事一流，有韓笑在，狄青行在路上，倒是知曉了許多事情。狄青很是奇怪，暗想种世衡不在青澗，來柔遠砦做什麼？

見狄青困惑，韓笑微笑道：「狄將軍……」

「莫要叫我什麼狄將軍了。」狄青擺手道，「我不過是個尋常的指揮使，擔當不起將軍二字。」

韓笑笑容不減，可眼中滿是誠懇，說道：「狄將軍，或許你不過是個指揮使，但你這幾年來，做的一切，無愧將軍二字。說實話，李丁冷，戈兵狂，我呢……看多了尸位素餐之人，感覺西北也沒有幾個值得尊敬的人。但我們三人前去興慶府找你的時候，都是真心真意想跟你。种老丈說過，狄將軍是西北唯一可能抗衡元昊的人，只是一直難得盡展才能的機會。种老丈信你，我們信他，我們也信你。」

他笑著說出這些，眼中滿是肅然之意。

狄青看看韓笑，又望向冷漠的李丁，負劍的戈兵。李丁只是點點頭，示意韓笑說得不錯。戈兵沉聲道：「狄將軍，不用看了，我們聽了你的事情後，都服你。自從你為新砦丁善本申冤的時候，自從你獨擋鐵鷂子的時候，自從你破後橋砦，戰野利斬天、殺菩提王的時候，我們就服你了。在西北，你若當不起將軍的稱呼，誰能擔當？」

狄青見三人不同的表情，一樣地真誠，歎道：「狄青何幸，死裡逃生後，竟能再認識你們。好，你們信我，我狄青就不能辜負你們的信任！總有一日，狄青要讓党項人知道，有狄青在，胡馬再不能肆虐中原。」他這句話，是對韓笑三人所言，也是向种世衡、葉知秋、郭遵等人所言，更是對楊羽裳承諾——此生不變的承諾！

「秦時明月漢時關，萬里長征人未還。但使龍城飛將在，不教胡馬度陰山！」狄青不知為何，突然想起這四句詩來，心中熱血再起，一掃頹唐。生也好，死也罷，既然老天不收他狄青，他總要痛痛快快地戰一場。

韓笑三人都是精神振奮，神采飛揚，齊聲道：「我們就等著狄將軍的這一天！」

狄青策馬向柔遠砦行去時，忍不住問韓笑，「种老丈為何到了柔遠砦？」

韓笑搖頭道：「我也不知道。狄將軍離開的近一年來，种老丈總是長吁短歎的，說你不會死。聽你又在興慶府出現，他比誰都高興，立即命我們來找你……他那高興勁，好像是……」韓笑忍不住地笑，沒有再說下去。

狄青追問道：「像什麼？」

韓笑神色滑稽，說道：「就像是債主終於找到欠債的了。」

狄青哈哈一笑，眼前卻浮出种世衡帶著菜色的臉龐、微禿的額頭、市儈中夾雜著憂愁的一雙眼。

他和种世衡之間，嘻嘻哈哈像是沒有個正經，但彼此的情誼，早如春雨潤物。

已近柔遠砦，狄青突然雙眸一凝，催馬奔去。遠方也有一匹馬跑來，快如風火，馬上那人微禿的頭頂，深秋還穿著個破爛的草鞋，可不就是种世衡？

二人幾乎同時翻身下馬，走到一處，又是不由得止步，看出彼此眼中的唏噓之意。种世衡眼圈已紅，用滿是油膩的衣袖揩了下眼角，喃喃道：「你小子沒死，太好了。」狄青笑道：「我既然還沒死，你著急哭什麼？」

种世衡感慨道：「你當然不能死，你還欠我很多錢沒還呢！」說罷想笑，可劇烈地咳嗽。狄青見种世衡身軀都佝僂成弓，幫他拍拍後背，關切道：「你沒事吧？你也不能死呀！」

种世衡終於忍住了咳嗽，歎口氣道：「你都沒死，我當然也不能這麼早就去……」狄青道：「那是那是。你不能死，我還指望你給我賺錢呢！」

二人對視，想起當初在青澗城的合作無間，忍不住又笑，笑中滄桑如沙。一旁的韓笑見到，笑容中已有淚，戈兵昂著頭，只有李丁還是死灰的一張臉，可眼中也有溫情閃動。有些人，有些情，不必驚天動地，可當多年後回顧時，永銘心間。

种世衡不再說笑，拉著狄青上馬道：「快跟我去砦裡，我帶你去見一個人。」

「是誰？」狄青詫異道。

种世衡有些神祕道：「你見了自然就會知道了。」种世衡不說，狄青也就不問。种世衡和狄青並轡而行，到了柔遠砦前下了馬，突然道：「狄青，我知道迭瑪是什麼意思了。我還以為……這輩子不能告訴你了呢！」言罷，很有些感慨。

狄青有些感激，悵然道：「葉捕頭告訴我了，說是伏藏的意思。」

种世衡點點頭道：「原來葉捕頭也查到了。唉……狄青，這段日子，我沒找到地圖，也沒有找到香巴拉，我……對不住你。」他神色很有些歉然。

狄青歎口氣，搖搖頭道：「要找香巴拉，看起來真要靠緣了。我知道……你也無從下手啊！」

种世衡像是想到了什麼，喃喃道：「要尋香巴拉，必尋伏藏。唉……這伏藏也不好找，誰知道別人腦袋裡面想什麼？再說伏藏自己也不見得知道自己是伏藏，要靠特定環境激發的。我聽說，這種人總是在夢中得到啟示……」

不等說完，已瞥見狄青臉色蒼白，种世衡吃驚道：「狄青，你怎麼了？」

狄青那一刻，好像想到了很重要的東西，感覺和香巴拉有關，但一時間無法確定。

就在這時，砦中已衝出一騎。馬上之人到了狄青面前，飛身下馬，稍有猶豫，問道：「狄青？」那人正是武英，見狄青變了模樣，難免困惑。

狄青點點頭，武英再無遲疑，照著狄青就是一拳，激動喝道：「狄青，你沒死，很好！」

狄青亦是一拳打出，雙拳相抵，感慨道：「你放心，我不會那麼容易死的。」

二人對視而笑，胸有豪情。武英更是興奮非常，並不多問，立即帶狄青入砦，說道：「有人要見你，快跟我來。」

柔遠砦從外看，已如刺蝟般讓人頭痛。狄青進入後，才發現砦中更是軍容肅然，鬥志高亢。

狄青顧不得讚歎，已和武英、种世衡二人到了中軍帳。狄青見中軍帳雖簡陋，但規模不小，心中琢磨，「种世衡要帶我見一人，武英也是這般急切，想必那人就在這裡。可那人是誰？」

武英並不通傳，掀開簾帳徑直而入，施禮道：「范大人，狄青已到。」

帳中坐著兩人。可狄青第一眼見到的就是那席地端坐、舉目望過來的那人。那人方才正凝望著案幾上的地圖，聞眾人入內，這才抬起頭來。他無疑是那種混在人群中，也能被人一眼就見到的人。

那人有些胖，坐在中軍帳中，並沒有將軍的威嚴。他沒有威嚴，也沒有刻意地板起臉，他看起來不像是個將軍，而像是個商人。但誰看到他的第一眼，都知道他不是商人，那是因為他有著商人沒有的一雙眼。他吸引別人的正是他的一雙眼。那人的眼角，已有了不少的皺紋，每一條，似乎都寫著他的沉浮不屈，磨難艱辛。但他的一雙眼，卻總有種釋然。那雙眼告訴所有人，他沒有因為磨難而意志消沉，沒有因為打擊而折服於命運。他反倒因為不幸更加地明朗執著，溫柔多情。他本是個多情的人，多的是憐惜天下蒼生之情。

寶劍豈非是因為磨礪才更見鋒利？梅花不正是因為苦寒才有沁香傳來？那人見到了狄青，嘴角露出絲微笑，如春風拂柳，給這蕭瑟的秋意帶來抹亮色，他只輕聲說道：「你來了？很好，我一直在等你。回來就好。」

「回來就好」，那人不必多問，因為他堅信該來的終究會來！聲音中滿是欣慰，如同早已約定重逢的摯誠好友，雖平淡若水，卻情誼深重。他和狄青只見過一面，但他們註定要再次相見。兩類不同的人，一多情一專情，一歷經浮沉，一百經磨難，若是攜手，會不會撞擊出世間最璀璨的光輝？

那人就是范仲淹！范仲淹來到了西北！

狄青臉上也有了尊敬之意，范仲淹——值得他尊敬！

可狄青還是有些奇怪，他的臉上還有「年華」，早非本來的面目，范仲淹為何一眼就認出了他？狄青回來的路上，早聽韓笑提及了西北眼下的情況。三川口之戰後，天子震怒，不但范雍難辭其咎，西北邊防的官員也幾乎全部被撤換。眼下夏竦為陝西經略安撫使，全權負責西北防務。夏竦不知兵，使氣好色，但他聰明的是，他將所有的事情交給了范仲淹和韓琦處理。范仲淹和韓琦眼下均為陝西經略安撫副使，范仲淹兼知延州，韓琦兼知徑州。這二人如今的地位，和范雍彷彿。

范仲淹身為安撫副使，眼下知延州，為什麼悄然跑到了柔遠砦？狄青琢磨間，范仲淹指指身邊的席子，示意眾人坐下。

范仲淹並無客套，望著几案上的地圖道：「狄青，你離開久了，很多事情不知曉，我略微和你講講。」他像是同狄青合作多年的樣子，並沒有半分生疏，指著地圖道，「當初党項人以橫山為制高點，攻擊我朝。而我們則依據環、慶、延三州加上保安軍、土門等地，組成弓形防禦對抗党項人。三川口一戰後，我們被元昊取了金明砦，破了土門，又被他們攻佔平遠。再加上他們當年插進來的白豹城、金湯城兩地，延州左近的邊防，可說是千瘡百孔。」狄青見延州地域已有數支箭頭穿進來，心有戚戚。

范仲淹扭頭望向狄青道：「你對此有什麼看法呢？」

眾人都有驚奇，不想范仲淹竟會詢問一個武夫的看法。只是這一問，已打破了大宋的慣例。想大宋自立國以來，文臣就開始高高在上，每逢出戰，都會騎在武將的頭上。文臣雖不知兵，不會用兵，但所有的計謀，素來都是文臣所定。范仲淹竟然會向一個指揮使問策？

狄青沒有留意眾人的詫異，只是望著地圖沉吟道：「元昊連取大宋數地，以金明砦、金湯城、白豹城等地為弓背，以整個橫山為弦，箭在弦上，延州已處於全面被動的局面。」

范仲淹旁邊還坐著一人，白淨的面龐，聞言問道：「那眼下怎麼辦？」

見狄青目光帶有詢問，范仲淹微笑道：「還忘了給你介紹，這是慶州經略判官尹洙尹大人。」

狄青倒也聽過尹洙的名字，知道此人是范仲淹的好友。當年范仲淹數次被貶，尹洙一直站在范仲淹的身邊，跟隨被貶，也算是個正直之士。

經略判官主要負責協調各州事務，也有參與軍機職責，官職遠在狄青之上。

狄青抱拳施禮，尹洙道：「不要客氣了，我和范公一樣的脾氣，你有本事，得罪我無妨，你沒有本事還占個位，我就難免得罪你了。快說說我們現在要怎麼辦！」

尹洙斜睨著狄青，隱約有考問的架勢。

原來范仲淹到了西北後，曾向种世衡求將，种世衡毫不猶豫地推薦了狄青，說狄青有勇有謀，可堪大用。正逢狄青回轉，种世衡立即帶狄青前來相見。

尹洙為人直爽，雖不算知兵，但好論兵，聽种世衡誇獎狄青，難免不服，才有此一問。大宋素來崇文輕武，尹洙為人雖算是不差，但內心對狄青還是有所輕視的。

狄青見尹洙如此，倒有些好笑，略作沉吟道：「常言說得好，『知己知彼，百戰不殆』，眼下我方積弱，首先要明白元昊想做什麼，才能針對用兵。」

范仲淹眼中多了分讚賞，又問：「你認為元昊下一步會如何做呢？」

狄青毫不猶豫道：「元昊之計，無非盡取隴右之地，據關中，東取汴京！」狄青說這幾句的時候，倒是底氣十足，因為這是他在梁上聽張元、元昊親口所言，不會有錯。

眾人均是悚然，只有种世衡嘴角帶笑，若有深意地向范仲淹看了一眼。

范仲淹眼中有分奇異，似乎沒想到狄青竟有這般想法。只有尹洙嘿然不服道：「要盡取關中，他把我們當做死人嗎？」

范仲淹輕輕歎口氣，突然道：「最近朝廷有令，要我等積極備戰，可又在潼關設防……」他岔開話題，尹洙詫異道：「潼關尚遠，在那裡設防做什麼？」

狄青悚然，省悟道：「難道說……朝廷對党項人已有畏懼，想放棄關中之地嗎？」

尹洙愕然，本待反駁狄青，可見范仲淹臉色肅穆，知道狄青所猜不假，也是變色道：「這……這怎麼可能？最近朝廷不是讓我等招募兵士，收購驢馬，多修築要砦嗎？朝廷積極備戰，怎麼會有這麼消極的念頭？」

范仲淹憂心忡忡道：「三川口我軍慘敗，朝野震驚。他們當然也不願意放棄關中，但朝中沉痾已久，西北這次備戰，無疑耗費巨大。我們如今只能勝，不能敗！若我等再敗，朝廷喪失信心，放棄關中也是大有可能。」

眾人沉默下來，這才發覺肩頭責任重大。見眾人神色肅然，范仲淹反倒笑道：「但元昊絕非不可戰勝，只要我等小心再小心，讓他無機可乘，自然不敢輕易出兵。他沒有機會，就是我等的機會。」狄青咀嚼著范仲淹的話，覺得大有道理，心中希望已生。尹洙卻領會成另外的意思，振奮了精神，說道：「不錯，他是人，我們也是人，不信鬥不過他！」

范仲淹不經意地皺了下眉頭，似乎對尹洙所言並不贊同，可終究沒有多說，轉望狄青道：「可常讀書嗎？」

狄青不想范仲淹忽有此問，汗顏道：「卑職戎馬多年，少讀書。」他懷中其實有本書，是本已快被他翻爛的《詩經》。

范仲淹輕聲道：「將不知古今，匹夫勇爾！」略作沉吟，從身邊拿了卷書遞過去，「我這有本書，你若有暇，可以讀讀。」

范仲淹是商量的口氣，絕不想強人所難。狄青立即接過了書，沉聲道：「謝過大人。」他看了書頁，見上面寫著《左氏春秋》四個字。

「那這幾日，你先留在這裡吧！」范仲淹輕聲道，「狄青，你一路奔波，也很辛苦，暫時休息一下，我明天再和你談些事情。种大人，尹洙，你們留下，我有事說。」

狄青知范仲淹多半要和种世衡等人商議軍機，告退出帳。才到了帳外，見天色已晚，寒風蕭冷，柔遠砦已升起了堆堆篝火。火堆旁，站著兩人，卻是葛振遠和廖峰二人。狄青揉揉眼睛，驚喜道：「你們怎麼會來到這裡？」

葛振遠鬍子還是濃密，可整個人看起來瘦了幾十斤，雙眸深陷，有著說不出的憔悴。見了狄青，葛振遠眼中有淚，撲過來一把抱住了狄青，叫道：「狄指揮，你可算回來了。」他忍不住地淚下，又是疲憊、又是欣喜。廖峰在一旁，興奮中隱約有著內疚。

狄青瞥見廖峰有些不安，奇怪道：「廖峰，你怎麼了？」他詫異葛振遠迥異的激動，也好奇廖峰的表情，總覺得這二人間有些事情發生。

廖峰才待開口，葛振遠已抹掉眼淚，笑道：「沒什麼事。狄指揮，你回來了就好。」他從懷中掏出一小包藥粉丟給了狄青，「狄指揮，她當初帶走你的時候，說你回來後，肯定會變了模樣。這藥叫做時輪，可以洗去『年華』，還你本來的面目！」

狄青接了那藥粉，奇怪道：「時輪？她是誰……是飛雪嗎？」

火光中，葛振遠臉色好像變了下，喃喃道：「你說那個腰間有條藍絲帶的……姑娘嗎？她叫飛雪，我……不知道的。」

狄青更是詫異，「你不認識飛雪？那你怎麼會讓飛雪帶走我呢？」他只是隨口一問，不想葛振遠陡然變色，後退一步，盯著狄青道：「狄指揮，你不信我？」

葛振遠目光灼灼，眼中滿是委屈和失落。

狄青見狀，心中微顫，誠懇道：「振遠，我們是兄弟，我怎麼會不信你？但我知道你是個辦事穩妥的人，你既然把我交給飛雪，肯定有你的道理。我只以為你認識飛雪，因此問了句。你若不方便說，當我沒問好了。我還沒有謝你救了我！可是……司馬他……」

狄青神色黯然，暗想司馬不群因他而死，有空要去司馬的墓前拜祭。葛振遠嘴唇蠕動，不等說什麼，廖峰一旁大聲道：「老葛，一切都是我的錯，請你原諒我。」

狄青一驚，忙問：「廖峰，到底怎麼回事？」

廖峰臉色發紅，愧疚道：「狄指揮，我實話對你說了吧！當初司馬死了，老葛負責將你帶回青澗城求醫，結果他回到城中後，說你被人帶走了。他說不出那人到底是誰，也不說你去了哪裡，只說那人肯定能救你，我們都很擔心，自然……自然……」

狄青見廖峰支支吾吾，皺眉道：「你們自然就懷疑他出賣了我？」

廖峰長歎口氣，說道：「正是這樣。我一時氣憤，還和老葛動了手。兄弟們甚至要殺了老葛為你報仇呢……後來多虧种世衡一力擔保，才將老葛暫時看押。後來聽說你又大鬧興慶府，知道你沒事，种老丈忙派人去尋你，兄弟們知道誤會了老葛，這才把老葛從牢中放出來……」狄青已熱淚盈眶，才知道葛振遠為何這般憔悴，原來葛振遠為他狄青竟平白坐了半年多的牢。一把抓住了葛振遠，狄青自責道：「振遠……我對不住你。」

廖峰也道：「老葛，我們都對不起你，你若打若罵，儘管由你。但是……」

「但是我們是兄弟。」狄青握緊葛振遠的雙臂，接道，「你救我的時候，就預料到以後的事情，但你還是要如此。振遠……我……」

「你若真的把我當兄弟，就莫要再說對不起了。」

葛振遠突然開口，雖然眼角還有淚水，但嘴角滿是真誠的笑，「做兄弟的……不但是有福同享，還要隨時準備分享痛苦的，不然還算什麼兄弟？」他見狄青信他，已覺得一切付出都值得。他不怕委屈，可只怕別人不理解。

有時候，兄弟的信任，他看得比什麼都要重要。或許他們本是一類人，這才能聚在一起。付出真心的，才能期盼有真心回報。

「我老家人曾說過，這輩子做兄弟，不知道修了幾生才能修得，一定要珍惜！人活著，誰沒有一點兒委屈！這次狄指揮沒事，我也沒死，一切都過去了，好不好？」葛振遠問話的時候，望的是廖峰。廖峰手足無措，摸摸腦勺，半晌才道：「好，當然好！」

「不過你冤枉了我，總得有點兒補償才對。」葛振遠故作嚴肅。

「你說，你說。」廖峰忙道。他見葛振遠受了這麼多的委屈，竟肯一筆勾銷，當然什麼都肯去做。

葛振遠望了望狄青，又看看廖峰，沉聲道：「我要你們今晚……陪我喝酒，不醉不歸，你們可有膽答應？」

廖峰沒想到葛振遠竟是這個要求，半晌才道：「好，誰不喝，誰是孫子！」扭過頭去的時候，差點落下淚來。

狄青望著葛振遠，也是感慨萬千。或許相處容易，但瞭解，總是太難！

三人在柔遠砦找家酒肆坐下來，秋夜中，酒肆堂中燃起一堆大火。三人圍著火堆開懷痛飲，葛振遠喝酒如喝水一樣，像是要一洗多日的心境。狄青滿懷心事，本想問問飛雪的事情，可見葛振遠喝得痛快，不想打斷他的興致，也就將念頭壓了下來。

不想葛振遠喝了幾碗酒後，對著火堆，突然喃喃道：「我真的不知道她叫飛雪，我可以說認識她，但只是偶遇，我不想她還記得我。」

狄青一震，不知道葛振遠是有心還是無意說及往事，留心傾聽。葛振遠低聲自語，像是在追憶著什麼，「那時候，她還是個孩子。有一日，我們葛家集有一個婆婆病了，奄奄一息。村裡最有名的大夫都搖頭說沒救了，讓那家人準備後事……那姑娘突然來了，她當時還是個小姑娘，在老婆婆的床榻前，突然哭得很傷心，好像那老婆婆是她的親人……」

他說得恍恍惚惚，像是在述說一個夢。火光跳躍著，如同黑暗中跳動的精靈。

葛振遠神色迷離，讓人分不清醉醒，又道：「當時我在旁邊看著，不由問道，『小姑娘，這是你的親人嗎？』那小姑娘看了我一眼，那一眼……讓人如同墜入夢中……」

狄青追憶和飛雪相見的場景，也有些唏噓。他對飛雪有印象，也是因為她那雙清澈、似不沾人間煙火的眸子。

葛振遠神情恍惚，低聲道：「那小姑娘只望了我一眼，就又轉過頭去說，『你們莫要哭了，我能救她。』那婆婆的親人自然不敢相信，又見她年紀尚幼，紛紛喝斥。我在旁道，『反正左右都是個死，讓她試一試又能如何？』那時候我在村裡還有點兒聲望，他們這才勉強讓那小姑娘試試。那小姑娘拿出塊石頭模樣的東西。那石頭本是瑩白色，可其中好像有螢光流動，就如茫茫草原中……飄動的螢火蟲。」

他說到這裡，微微一顫，想起了那個雪夜，飛雪也拿出了那塊石頭，是以他才相信了飛雪，讓飛雪帶走了狄青。

狄青暗想：「這種石頭，倒也少見，怪不得葛振遠一見難忘。」

葛振遠又道：「小姑娘打了碗井水，將那石頭泡進去。等了片刻，取回石頭，將那碗水給那婆婆喝了，不想……」他臉上露出不可思議的表情，「那婆婆很快就醒了，還能下地走動了。」

廖峰一直忍住不出聲，這時候驚詫萬分，失聲道：「世上還有這種事情？」

葛振遠並不理會廖峰，又灌了一口酒，喃喃道：「我若不是親眼目睹，真的也不相信這種事情。我也知道……說出來後，很多人也是不信，反倒會覺得我是在編謊言。」

廖峰有些慚愧，一時無言。

葛振遠嘿然一笑，喃喃道：「那婆婆家的人自然對小姑娘千恩萬謝，可那小姑娘反倒冷冷道，『我自救她，不關你們的事。』她說完就走了，竟不再看那婆婆一眼。眾人都很奇怪，但不敢追上去，我卻看到村中有兩個遊手好閒的漢子嘀咕兩句，尾隨那小姑娘而去。」

狄青皺眉道：「這二人不懷好意，只怕看上了小姑娘懷中的石頭。」又在想，「飛雪嬌弱，肯定不敵兩壯漢，難道是葛振遠出手救了她嗎？」
葛振遠點頭道：「是呀，誰見那石頭如此神奇，肯定都有了佔有之意。我見那兩人鬼鬼祟祟，就跟在他們的後面。才出了村，即失去了那兩個地痞的行蹤。我不由急了，大聲呼喝道：『你們莫要胡來，小姑娘，你在哪裡？』我到處亂找，等到天黑的時候，到了葛家集村外的墳地前，突然發現有兩人跪在那裡，我壯起膽子走過去，竟發現那兩人就是尾隨小姑娘的地痞，而那小姑娘，早不見了。」
狄青一震，「那兩人……怎麼樣了？」
葛振遠臉上突然現出驚怖之意，握著酒碗的手劇烈地顫抖，似乎遇鬼一樣，半晌才啞著嗓子道：「那時候是夏日，螢火蟲飛來飛去，好像墳地的磷火。那兩人跪在那裡，有如死屍般。我心中害怕，喝道：『你們做什麼呢？』不想一聲喝後，那兩人倏然跳起，一人大哭道，『我該死、我該死。』他一掌掌地打在臉上，打得臉皮破裂，鮮血飛濺，都不覺得。另外一人卻大笑道，『嘿嘿，石頭。嘿嘿，滿天都是石頭。』他指著天上的螢火蟲，狂笑不停，竟然和瘋子一樣。那兩個白天還好好的人，竟然突然瘋了！而且自此以後，再也沒有清醒過！」
秋風吹過，焰火明滅，狄青和廖峰見葛振遠竟也神色瘋狂，不由背脊都泛起寒意。那兩漢子為何會瘋，難道是因為飛雪的緣故？陡然間一陣疾風吹來，吹動了火堆上的一根柴火，呼的一聲，火星飛舞。
葛振遠驀地跳起，伸手一指天空的火星，叫道：「是了，就是這種火。漫天都是這種火……」他表情駭然，像已發狂。當年的情形，顯然給他極大的刺激。
狄青心中驚凜，倏然握住葛振遠的手，喝道：「振遠……你醒醒！」他一聲斷喝，葛振遠身軀一震，軟軟地坐下來，額頭滿是汗水，有些茫然地望了眼狄青，說道：「狄指揮，我怎麼了？」

狄青滿是詫異，見葛振遠神色恍惚，只怕他再失控，搖頭道：「沒什麼。」他遞過一碗酒，葛振遠一口喝下去，半晌才有些清醒，後怕道：「我方才是不是有些發瘋？」見狄青和廖峰滿是錯愕的表情，葛振遠身軀又顫抖起來，低聲道：「我每次回憶起那事，不知為何，都會如此。我找你們喝酒，是想用酒壯膽，我才敢說這事。」狄青大是驚訝，不想那件事竟給葛振遠如斯恐怖的記憶。

葛振遠又喝了兩碗酒後，這才鎮靜下來，自語道：「我那之後，驚駭過度，大病了一場。可那兩個地痞，再也沒有正常過。到現在，有時夢中，我還能夢到墳地那一幕，總是心驚。後來我就混跡軍營，也就沒有再見到飛雪。」

狄青緩緩道：「飛雪後來到了新砦。是那裡打鐵老漢的孫女，難道你從來不知道？」

葛振遠一驚，「新砦只有一個鐵匠鋪，你說那個林老漢嗎？他的確有個孫女，但那……不像我遇到的那小姑娘呀！那小姑娘一張臉和雪一樣地白，林老漢的孫女，好像臉色發黃，真的是一個人嗎？」他皺起眉頭，苦思不解。

狄青見葛振遠滿是苦惱，安慰道：「是不是她都無妨了……」

葛振遠不再思索，歎口氣道：「她總是這般神祕，讓人難解。指揮使，你在平遠受傷，我帶你回青澗城的路上，碰到了那小姑娘。當然，她已長大了。我伊始並沒有認出是她，她說能救你，但必須帶你走，我真的很為難。但她後來拿出塊石頭，那石頭……就是當年那泛著螢光的白石頭，我記起了往事，才知道是她。我知道，或許還有人能救你，但那時候，只有她能救你，我只能賭一次！」

廖峰羞愧道：「可我們當時問你，你為何死也不說這些事情？」

葛振遠澀然道：「我說了，你們會信？」

廖峰怔住，無言以對。當時狄青失蹤，眾人都對葛振遠大起疑心，這件事又是這麼詭祕，葛振遠就算如實說了，廖峰捫心自問，也是不信的。

疑心一起，事實也是蒼白無力！狄青一旁不安道：「振遠，這件事……真苦了你。」

葛振遠突然哈哈一笑，「指揮使，一切都過去了。就和這喝醉酒一樣，第二天雖頭痛，但酒總是沒有了。你不必為他們擔當責任，我也不會再怪什麼。當初我就賭一次，你死了，我也要死。你活了……嘿嘿，我得償所願，無愧於心。好了，酒盡興了，該休息了。」言罷，他站起來，踉踉蹌蹌地離去，卻一個跟頭摔在地上。

狄青忙過去扶起葛振遠，見他已醉醺醺的不省人事，臉上滿是水滴，也不知道是酒水還是淚！

狄青將葛振遠背回營帳，廖峰主動要求照顧葛振遠。狄青不知為何，想起了當年的張玉和李禹亨，心中感慨，讓廖峰留在葛振遠的身邊。出了營帳後，狄青想著飛雪的古怪，無心睡眠。

飛雪那塊石頭怎麼會那麼奇怪？飛雪如何讓兩個壯漢發狂？為何當年的場景，葛振遠過了這多年來，回憶起來還這般震駭？飛雪到底還有多少祕密？她真的知道香巴拉在哪裡？她若真的知道香巴拉，那裡是桃源聖地，她為何不留在那裡，反倒一直四處飄蕩？狄青想不明白，伸手入懷要取時輪。那是飛雪留下的藥，可以洗去年華的。

時輪，很奇怪的名字，狄青暗自想到。狄青伸手入懷，沒有掏出藥物，卻碰到了范仲淹給的那卷《左氏春秋》。狄青心思微動，掏出那本書，隨手翻了下，見一頁寫道：「聲伯夢涉洹，或與己瓊瑰，食之，泣而為瓊瑰，盈其懷……還自鄭，壬申，至於狸脤而占之，曰：『余恐死，故不敢占也。今眾繁，而從余三年矣，無傷也。』言之，之莫而卒。」

狄青粗通文，倒也看懂了這些話，知道這文是說有個叫聲伯的人做夢渡過洹水，有人將一種叫做瓊魂的珠寶給聲伯吃。聲伯吃了後，哭出的眼淚都變成了珠玉。聲伯醒後，一直不敢占卜，因為口含珠玉，本是人死後才有的葬禮，這多半是不祥之夢！三年後，聲伯回轉鄭國，對身邊人道，他害怕死，所以不敢占卜，但如今已過了三年，應該沒事了。不想他才說了這件事，當晚就死了。

狄青心道：不想古書也記載這般荒誕不稽的說法，可是……發生在我身邊的事情，豈不很多都很怪誕？目光流轉，見那頁紙旁又寫了幾個字的評語，字體端莊雄秀中又帶著意境逸飛。

那幾個字是，「無愧於天，何懼死？」

狄青不知寫評語的是誰，但已想到了那雙執著多情的眼眸。若非那樣的人，也寫不出這樣浩蕩的評語。

「無愧於天，何懼死？」狄青望著那七個字良久，這才輕輕地吁口氣。合上了書，想著聲伯的那個夢，狄青只感覺腦海中朦朦朧朧有些思緒，像是想到了什麼重要的事情，一時間又琢磨不透。篝火熊熊，狄青也有些倦意，緩緩地閉上了眼。火光漸暗，星光亦暗，天地間陷入了無邊的沉寂。不知過了許久，狄青霍然睜開眼眸，長身而起，額頭上已有汗水流淌。

他做了一個夢。一個讓他忍不住心悸的夢。夢境是個石窟，石窟四壁滿是古畫，他記得來過這裡，他夢中來過這裡。他還記得，那些古畫本來應該是畫著無面佛像的。可這次那些古畫不是無面佛像，而是一團光！光芒極其豔麗，竟有七彩，光芒的下方，是蒼茫的大地。他見過這團光，但不是在夢中，是在永定陵彩雲閣的那道石門上。他本來以為已經忘記，但夢中卻是那麼的清晰。

那團光，是什麼意思？狄青夢中錯愕間，突然見四壁起火，有五箭射來。箭分五彩，是五色神箭，元昊的定鼎五色羽箭。狄青大驚，正要閃避時，霍然驚醒。將醒未醒之際，他聽到了一個如天籟傳來的聲音，「來吧！」

狄青驚醒，眼角不停地跳動，甚至耳朵都在抽搐。

「來吧！」去哪裡？他第四次聽到了這個聲音，陡然間腦海中有白光閃動。狄青心口痛楚，不知為何，想起葉知秋說過，「當很多佛傳經典或咒文在無法流傳下去的時候，佛就會將這些經典藏在一個地方……藏在一個極奇特的地方！」

「佛將這些經典藏在一些人的意識深處，也就是藏在一些人的腦海中，以免經典失傳。等到了時機成熟，神靈就會開啟這些人的意識，取出這些經典流傳於世。」

狄青身軀已顫抖，不解自己為何做夢都是和永定陵元昊有關？

難道說，這些夢不過是日有所思，夜有所夢？

陡然間又想到了种世衡的一句話，「聽說伏藏自己也不見得知道自己是伏藏，要靠特定環境激發的。我聽說，這種人總是在夢中得到啟示……」

狄青身軀一顫，腦海中如紫電劃過，額頭滾滾汗水流淌，心中只有一個聲音在叫喊，「我為什麼總做這個怪夢？難道說……我是伏藏，我就是伏藏！那夢，是引導我去香巴拉嗎？」

一念及此，思緒繁遝，不可遏制。

狄青霍然想到什麼，伸手從懷中掏出五龍，見五龍幽幽沉沉，似有光芒流動。陡然抬頭，晨光破曉，曉霧輕寒，原來……已天明。

第十六章　城　破

天已明，葉上霜寒，征衣帶冷。

狄青一想到自己可能就是伏藏，激動不已，但又不能肯定。不待多想，突聞有腳步聲傳來，扭頭望過去，見到范仲淹正望著他。

狄青記得范仲淹說要找他，但沒想到范仲淹這麼早就來找他，略有遲疑，還是迎上去道：「范大人找我有事嗎？」他在范仲淹身邊，總忽視范仲淹的身分，如朋友般招呼。

范仲淹若有所思地望著狄青，點頭道：「我想出砦轉轉，你可以與我同行嗎？」見狄青點頭，范仲淹翻身上馬，策馬出了柔遠砦西。

武英知曉范仲淹出砦，不便阻攔，命手下人帶兵跟在范仲淹的身後。

東方曙破，西方黛青。狄青和范仲淹並轡而行，雖心事重重，見范仲淹向西北行了十數里，還是忍不住提醒道：「范大人，前方不遠就近後橋砦了。」

當年狄青、武英、高繼隆等人大破後橋砦後，就焚燒了此砦。如今後橋砦雖已荒蕪，可党項人和宋人均是留意此地，范仲淹孤身前來，很是危險！

范仲淹勒馬，凝望西北，問道：「你怕了？」

狄青沉默無言，范仲淹扭頭望向了狄青，微笑道：「你當然不怕，就算元昊的天和殿，你都敢孤身前往行刺，這世上估計也沒有你怕的事情，你是怕我有事。」

狄青知道這些事多半是种世衡說的，沉吟道：「范大人若真想偵察敵情，讓我等去做好了，不必以身犯險。」

范仲淹遙望遠山，許久才道：「我不親自看看，總難體會你們的苦。其實我這點危險算得了什麼？你們出生入死，才是真正的凶險。」

狄青心下感慨，第一次見大宋文臣對武將這般看待，沉默無言。

范仲淹又道：「你或許還不知道，元昊又出兵了，兵出鎮戎軍！」狄青心頭一跳，聽范仲淹又道：「這次是天都王野利遇乞領兵，党項人兵勢凶猛，眼下已破宋境獅子堡、趙福、乾河等砦，轉而進攻鎮戎軍城。韓琦韓大人，親自在鎮戎軍坐鎮。」

狄青突然想到元昊曾說過，「西北還有個韓琦，此人性剛，雖有大志，但難聽人言。書生用兵，終有缺點，這一次，就可選他為突破口了。」

他忍不住地心悸，想將此事說說，但終究無法開口。他只是個指揮使，有什麼資格評點韓琦呢？

「昨天你說得很對，元昊的確是想盡取隴右、關中之地，圖謀中原。可歎朝廷從未給予足夠的重視。」范仲淹神色悵然，雖不屈但有疲憊，若有沉思道，「依你之見，如何抵抗元昊的進攻呢？」

狄青略做沉思，回道：「不可盡守，可適當地以攻為守！」

范仲淹眼中掠過分期待，問道：「那具體如何來做呢？」

狄青見范仲淹眼中滿是鼓勵，沉聲道：「出兵貴攻其不備、出其不意！元昊急攻鎮戎軍，就是要打得我們不能喘息，疲於奔命。這是他慣用的法子，充分利用党項騎兵馬快的優勢，分散我們的兵力。每次他一出兵，我們總是毫無例外地去支援，事倍功半。這次……若依我的想法，党項人雖馬快，但不擅攻城，不如讓涇原路的宋軍死守鎮戎軍，閉城門不戰，以長擊短。我們若有多餘兵力，可暫攻白豹城……如下白豹城，無疑給党項人以重創，逼迫党項人回縮兵力。若能圍城打援，遠比奔援要有效的得多。」

范仲淹神色訝然，半晌才道：「可白豹城是党項人的要地，把守森然。」

「後橋砦不也把守森嚴，還不是被我們攻了下來？」狄青突然笑了，「後橋砦已廢，白豹城突兀而出，加上安定許久，党項軍已有大意。范大人到了邊陲這麼久還沒有動靜，這次突然到了柔遠砦，難道不是為了白豹城嗎？」

狄青一直在琢磨范仲淹來柔遠的用意，自料范仲淹必有行動。

范仲淹撫掌大笑道：「好你個狄青，果然不差。」他笑容甚歡，壓低聲音道，「种世衡說你有勇有謀，我還有些不信，可你竟一眼就看出我們的用意，實在不簡單。我來西北許久，總感覺缺少像你這樣的一個人，你來了，很好。」

狄青聽出范仲淹話中有話，沉吟道：「你們的用意？」問話的時候，他已明白，范仲淹要打白豹城，肯定已和一些人策劃過。

范仲淹並不隱瞞，點頭道：「攻打白豹城，是我和韓大人共同商議的結果。我們決定一改以往死守的弊端，以攻為守，突襲白豹城，減輕涇原路的壓力。可若能攻下白豹城，以後應該怎麼做呢？」他像是徵詢，又像是看看狄青到底有何本事。

狄青立即道：「下白豹城後絕不能和當年破後橋砦後一樣的做法，打蛇要打死，我們絕不能總是給元昊不停騷擾我們的機會。要想他不反覆地出兵，我們就要打過去，打金湯、戰葉市、衝過橫山去，把戰場放到党項人的地盤上……逼他們不得不守。」

「大舉進攻？」范仲淹不經意地皺了下眉頭。

狄青搖頭道：「現在絕非大舉進攻的時機，但可小規模地騷擾。西北不缺兵，但少精兵！以眼下我軍的作戰能力，十萬不如一萬。只有改其弊端，增其銳氣，強其裝備，才能以一當十，以少勝多……只有精兵強將，才能削減朝廷的花費，亦可增西北作戰之能。」

范仲淹大為讚賞，喜道：「狄青，你不過是個指揮使，卻有這般想法，實在是西北之福。若人人都如你般，何愁不平西北？」轉瞬歎口氣，說道，「可惜你戎馬多年，難展將才。」

他目光深邃，遙望天際。那裡秋意連天，寒煙凝黛，有如女子彎彎的眉，又像壯士沖天的氣。狄青也有些落寞，轉瞬道：「但有范大人在，我想我們邊將的機會也就來了。范大人，若攻白豹城，狄青請為先鋒。」

范仲淹略有猶豫，半晌才道：「狄青，機會有很多，不必急於這一次了。」

狄青一聽，已知道攻打白豹城的任務早有分派，范仲淹也不好改派，微有失落。

范仲淹見狄青失望，換了話題道：「你的說法和种世衡倒是不謀而合。對了，他這一年來，倒是開始著手訓練十士……」

「什麼是十士？」狄青不解道。

范仲淹臉上突然有分光輝，眼中也滿是期望，「十士是精兵……」話未說完，遠處有馬蹄聲急勁，狄青回頭望去，見到一騎飛奔而至。

那騎飛身下馬，單膝跪地道：「范大人，環慶副都部署任福已領兵趕到，請見范大人。」范仲淹望了狄青一眼，點點頭，已跟遊騎回返柔遠砦。

才入了營砦，就見一人大踏步地走過來。那人極高，竟比身邊的武英高出一頭有餘；那人也很壯，每走一步，地面好像都要顫顫。最讓人矚目的還是那人背負的一把鐵鐧。那是一把四刃鐵鐧，就像四把長劍拼出，泛著極冷的寒光。

那人見到范仲淹，單膝跪倒道：「環慶副都部署任福，奉韓大人之令，帶部將趕來柔遠砦，見過范大人。」

范仲淹微笑道：「都說任福乃將門虎子，今日一見，果然名不虛傳。」

狄青一旁聽到，已明白這次行動是任福負責調度，因此范仲淹不好派他為先鋒。

任福看了狄青一眼，低聲道：「還請范大人入帳商議些事情。」他見狄青不過是個指揮使，自然不肯洩露軍情。

范仲淹點點頭，若有深意地對狄青道：「你白天好好休息，晚上會有事了。」

狄青點頭退下，心中暗想：范大人說晚上會有事，難道說……今晚就要攻打白豹城？」正琢磨間，廖峰已和葛振遠並肩走過來。葛振遠還很憔悴，但精神好了許多。二人見到狄青都道：「狄指揮，我們什麼時候回青澗城呢？

狄青見二人再無隔閡，心中高興，說道：「恐怕要再等兩天，你們今日莫要喝酒了，只怕會有事。」

葛振遠放低了聲音道：「狄指揮，我也覺得有事呀！今天不知道為什麼，很多羌人都來到了柔遠砦，好像還都是族長的樣子。」

廖峰道：「是呀，我看砦中宰羊殺雞的，又準備了不少酒，像是要請客，不知道有沒有我們的份兒？」

葛振遠哈哈一笑，「得了吧，你夠資格嗎？」

狄青若有所思，暗想攻打白豹城在即，范仲淹為何要宴請羌人……這中間，只怕有些問題。對兩兄弟道：「你們不用管太多，晚上再說。」

葛振遠說的不錯，狄青留心觀察，發現不到半天的工夫，柔遠砦已來了數十位羌人首領。日薄西山的時候，篝火高燃。中軍帳前的平地上，已擺了幾十張桌子。可狄青也留意到，與此同時，柔遠砦也來了不少宋軍將領，只是一入柔遠砦，就進了中軍帳。明月升起之時，那些羌人首領都坐在席間，忐忑中還有著振奮，因為他們都收到了請柬，范大人今晚請他們喝酒！

那些收到請柬的羌人首領，都有些受寵若驚。誰都知道范仲淹眼下為陝西經略安撫副使，這裡范仲淹說了算，那些羌人在夾縫中生存，一直都是見風使舵，這次趕來，當然是向范仲淹示好。他們知道范仲淹的大名，也信范仲淹不會對他們不利。

狄青遠遠地望著，見客人已滿，范仲淹出了中軍帳，到了席間，微笑舉杯道：「范某今日請眾位前來，只喝酒，不談其他。」

眾羌人慌忙跟著捧杯，迎合道：「范大人所言極是，喝酒……喝酒。」

范仲淹喝了杯酒後，微笑道：「范某還有些事處理，先告退片刻。」說罷，不等眾羌人反應，又回了中軍帳。

狄青倒頭一次見到這麼請客，微有錯愕。

眾羌人也是面面相覷，心中有些不滿。可見到周圍不知何時，站了不少兵士，個個手持長槍，甲泛寒光，忍不住害怕，不敢多說，低頭喝起酒來。

狄青正在尋思，突然感覺有人接近，霍然轉身，就見到一隻大手拍在他的肩頭。狄青本想躲避，但看清楚那人，驚喜道：「高大哥，你來了？」

來人竟是狄青的義兄、慶州鈐轄高繼隆。

狄青得見故人，欣喜倒多過吃驚了。

高繼隆還是豪爽依舊，見到兄弟，神色高興，問道：「這裡這麼熱鬧，我當然也要來湊熱鬧了。兄弟，你在想什麼呢？」

狄青瞥了眼那面的酒席，低聲道：「這次請客好像很有問題。」

高繼隆嘿嘿一笑，「酒無好酒，宴無好宴！走吧，范大人要你入帳議事。有好戲上演了。」

狄青知有機會出手，心中微喜。聽高繼隆這麼說，陡然省悟過來，低聲道：「每逢作戰，這些熟戶都是最先知道消息。范大人請他們過來，就是不想走漏襲擊白豹城的消息吧？」

高繼隆摸摸鬍子，點頭道：「我想你肯定能猜到的。這次請他們過來，一來呢，聯繫感情；二來呢，看看誰對大宋示好；三來呢，讓他們投鼠忌器，警告他們族人莫要出兵支援白豹城。最後當然是你說的，我們出兵要經過他們的地盤，不能讓他們先洩露風聲！」

狄青欣喜道：「范大人這招倒是妙極，一頓飯就可以束住這些人的手腳。西北有范大人，再不會像以前那樣了。」

二人談話間，已入了中軍帳。中軍帳主位端坐一人，正是范仲淹。范仲淹左手處坐著環慶副都部署任福，右手處坐著經略判官尹洙。帳中已聚集十數將領，均是摩拳擦掌，躍躍欲試，武英也早到了這裡。見狄青前來，范仲淹欣慰道：「人都到齊了，任大人，你可以部署作戰計畫了。」

任福見狄青入帳，本來就有些不滿和輕蔑，聞范仲淹此言，突然道：「范大人，狄青不過是個指揮使，就算能參與此仗，但不應該聽取這等軍機要密。」

帳中氣氛有些僵凝，武英神色有些不滿，才待上前為狄青說話，狄青已抱拳道：「那卑職告退。」他轉身才要走，范仲淹突然道：「誰說狄青還是指揮使？」

任福一怔道：「難道不是嗎？難道說狄青平遠一戰落敗，被降了職位？」

范仲淹含笑道：「任大人，你說錯了。狄青平遠一戰，救了王繼元都監，間接救了平遠，殺了菩提王，立下赫赫戰功。平遠後來雖失陷，但絕非狄青的緣故了。我到延州後，已查明一切，上書將這些事情稟告給朝廷。朝廷有旨，已升狄青為閤門副使，掌延州西路巡檢一職，調令昨天才到，因此很多人不知道。這次攻打白豹城，狄青有資格，也應該參與的！」

任福怔住，甚至還有些震驚，眾人也是一臉難以置信的表情。只有高繼隆眼中有喜意閃過，喃喃道：「好，實在是好！」

狄青有些發愣，一時間不敢相信這個事實。

指揮使比起閤門副使來說，那職位差得可不是一星半點兒。他狄青幾年來在指揮使的職位不動，沒想到一躍就升了四、五級。最關鍵的是，指揮使仍是低級武官，閤門副使雖也是虛職，但標誌著狄青已是軍中高等官員。他若再立功，升為正使的話，已可免磨勘年限，憑軍功徑直升級！大宋武將高等官階分使臣、橫行、遙郡、正任四類，以正任官階最高，以使臣官階最低。每類中又有等階區別。遙郡、正任算是官階中的美職和貴品，任福眼下除任環慶副都部署的職位，亦兼忻州團練使一職。而忻州團練本是遙郡類的官階。在陝西，除夏竦、范仲淹、韓琦外，任福可算是這裡掌實權的第四人。

任福根本瞧不起狄青，因為雖都是武人，任福出身將門，狄青卻是從行伍而上，臉有刺青！大宋文臣看不起武將，武將看不起行伍中人。更何況，狄青從未入使臣行列，一直是個低賤的軍官。可閣門副使已在使臣之列，意味著狄青從此可脫離行伍卑賤之身，有資格和任福等人相提並論。經過這一任命，狄青雖官職還是不高，但他已有了極多的機會！

范仲淹見帳中眾人神色迥異，微笑道：「好了，打仗我本不行。任大人，人都為你準備齊全了，接下來還要看你的了。」

任福略有尷尬，再不望狄青一眼，沉聲道：「你等當然已知曉，元昊進攻鎮戎軍，我等不能由他猖狂。韓大人、范大人有令，命柔遠砦左近將士今夜集結力量，攻下白豹城！」他將韓琦排在范仲淹之上，隱約已有了不滿，范仲淹只是淡然一笑。

「此戰只能成行，不能失敗。」任福肅然道，「白豹城由党項勇將張團練把守，依山而立，並非孤城。白豹城南向的羌人首領，這次均被范大人請了過來，我軍若輕兵快行，他們投鼠忌器，肯定不敢聲張干擾我們的計畫。因此我們若攻白豹城，只有城池西方和東方兩向的羌族部落會出兵。此次攻城，當要先切斷援兵，才能全力攻城。」

狄青忍不住點頭，任福之策中規中矩，穩中取勝，讓人無可厚非。看來這個副都部署，比起夏守贇可要用心很多。任福交代完形勢後，喝道：「都監劉政聽令。」

有一虎背熊腰之人站出來道：「末將在。」

「我命你會同監押張立，與西谷砦砦主趙福兵合一處，趁夜出發，明晨丑時前務必趕到白豹城西三十里處。等丑時進攻之令一發，全力牽制白豹城西路党項人的出兵，你可能做到？」

劉政應聲道：「末將領令。」

「都巡檢任政聽令……」

「巡檢劉世卿聽令……」

任福一道道軍令發出來，打援接援，擾亂敵兵，分派得井井有條。等安排大致完成，這才又道：「攻城之責，重之又重，我當負責調度。可眼下當有一虎將負領兵攻城之責……」他欲言又止，目光從狄青身上掃過去，不做停留。

范仲淹一直沉默，見狀目光中有了喟然。狄青本待請令，可見任福如此態度，知道他不願意派自己前往，倒也不想去碰釘子。

武英上前一步道：「武英不才，願領此責。」

任福哈哈一笑，拍案道：「早聞武都監大破後橋砦的威名，這次主動請纓，實屬可貴。好，眼下就由你來主攻。即刻出發，由柔遠河谷北上，翻山越嶺，循小徑而行，再沿白豹川東進。丑時進攻！」原來武英這大半年來，又已升職，眼下是兼砦主一職。

武英抱拳道：「末將領令。」又看了范仲淹一眼，沉聲道，「末將若不成功，願提頭回見。」

范仲淹微微一笑道：「武英，這次不要你死，只要你勝！」

武英用力點頭，轉身出帳。高繼隆忍不住道：「任大人，這別人都有任務，怎麼就我和狄青沒有呢？」

任福皺眉道：「難道高鈐轄沒有發現，到現在為止，我還沒有派兵力去扼住金湯城的援兵？」金湯城就在白豹城東北，白豹城被攻，金湯城知曉動靜，肯定會出兵救援。

高繼隆哈哈大笑道：「這麼說……我就負責堵住金湯城的援兵了？」

任福點頭道：「不錯，但不只是你有責，狄青也有這個責任。華池縣是金湯城趕往白豹城的必經之地，高繼隆、狄青聽令，我派你二人帶本部人馬，即刻出發，趁夜趕赴華池縣。明晨丑時準時攻擊那裡的骨咩族，同時牽制金湯城出兵，若是放党項人的一個援軍過來，軍法處置。」

任福終於看了眼狄青，目光中滿是挑釁之意。只要金湯城有援兵到了白豹城，狄青、高繼隆就有過失！高繼隆微凜，還能大笑道：「好！」

狄青只是拱拱手道：「末將遵令。」

狄青出了營帳，見高繼隆還是笑容滿面，倒有些歉然道：「高大哥，我這次未帶一兵一卒……」

高繼隆心中暗想，任福此人雖勇，但妒賢嫉能，這次無論如何，都不能讓狄兄弟委屈。哈哈一笑道：「你把自己帶來就行。我的部下，可任由你指揮。」話才說完，种世衡已走過來，咳嗽道：「狄青，你還是有手下的。走……我帶你去看看。」

狄青只以為种世衡是說葛振遠和廖峰，出了柔遠砦才發現，戈兵已帶二百來騎在砦外集結待命。狄青有些驚喜，見那些騎兵無不是背負長弓、鞍掛羽箭、腰配短刀、手持長矛，所有人均是銳氣正酣，寒氣森然。

無論誰見到這些人，都能看出這些人戰意十足，絕非尋常的宋軍。

高繼隆見了這些兵馬，大為詫異道：「种世衡，真看不出，你不聲不響弄了這些手下……」

种世衡摸摸禿頂，輕咳道：「這些不是我的手下……」他凝望著狄青，滿是期盼道，「狄青，這些是你的手下！他們是十士，你還記得我們的計畫嗎？元昊有五軍、八部，我們就有十士和他對著幹！人雖不多，但我想……很快就要多了。」

「十士？」狄青望著戈兵的一幫人馬，若有所思，記得范仲淹也提過這個名字，不由問道，「什麼是十士？」

「十士就是十種兵。」种世衡收斂了嬉皮笑臉，正色道，「是我辛苦花錢為你選出來，供你調用的十種兵。而戈兵帶的就是十士之一……陷陣之士！」

一隊隊兵馬從柔遠砦開拔，疾馳出柔遠河谷，北上翻山過嶺。馬蹄雖急，聲息卻輕，人雖眾多，卻如幽靈。宋軍馬裹蹄，人銜枚，如洪水蓄勢般向白豹城殺過去。

范仲淹等宋軍出營後，又出帳安慰了一下羌人，擔保他們族人不會有事。羌人均看出宋軍要有行動，噤若寒蟬，酒也無心再喝，紛紛散去，但還是不能出柔遠砦。

范仲淹保證，明天太陽一起，就會請他們回轉，而且交易如舊。

羌人和元昊交好，是因為被元昊的武力屈服；羌人和大宋交好，是因為被大宋的利益所誘。既然元昊還沒有打過來，大宋還和他們做生意，羌人雖心中忐忑，也樂得繼續充當牆頭草的角色。羌人均已回營帳休息，范仲淹卻沒有睡，尹洙亦是如此。二人沒有入了中軍帳，只是在帳外而坐，望著東北的方向。那裡就是白豹城的所在。

尹洙神色興奮中還夾雜緊張，范仲淹倒還平靜。可他若真的平靜，早已回去休息，但他怎睡得著？

尹洙端著酒杯，早忘記酒杯已空，喃喃道：「快丑時了吧？」

范仲淹望著天上的明月，明月也在望著他。他杯中有酒，酒中有月，可心中呢……只有對出征將士的牽掛。月色如銀，鋪在地面上，如清晨的新霜，已近丑時。

范仲淹陡然間目光一凝，握杯的手都有些發緊。尹洙感染到戰起的金戈氣息，霍然抬頭。只見到一道亮光從東北向沖起，刺開遠方冰冷的墨夜。雖只是短暫得如流星般，但已帶來了晨曦的希望。

「開始了。」尹洙站起來，滿面興奮，恨不能親臨疆場。

范仲淹反倒垂下頭來，慢慢地喝著酒，喃喃道：「開始了。」所有該做的，他都已經做到，結局如何，是水到渠成還是功敗垂成，是看別人的時候。

尹洙走來走去，突然坐了下來，盯著范仲淹道：「范公，你已變了很多。」

范仲淹淡然一笑，「是嗎？」

尹洙道：「你以前不是這個樣子……以前的你，為天子寧可得罪太后、為廢后一事寧可得罪天子，為公正寧可得罪朝中第一人的呂夷簡。你寧可得罪天下人，也要堅持自己。但你現在變了，你少了倔強，多了圓和，你這次回京，甚至還去拜訪了呂夷簡。任福有些自大，若是以往的你，說不準已撤掉他的指揮權，但你今天什麼都沒有說……」他眼中隱約有了悲哀之意，是不是因為發覺今日的范仲淹，不再是從前的那個范公？

范仲淹反問道：「現在不好嗎？」

尹洙歎口氣，想要喝酒，才發現杯中無酒，只有風塵滿懷。范仲淹拿起酒壺，為尹洙滿了杯酒。

尹洙望著那杯酒，歎氣道：「范公，你還記得當年嗎……你每次被逐出京城，很多人因為你的正直而送你，長亭折柳，舉杯說你，『范君此行，極為榮耀』。」

范仲淹本平和的臉上，有了分激昂。但最終他不過端起酒杯，感慨道：「我當然記得。我還記得余靖、蔡襄、你還有歐陽修一幫大臣，為了給我鳴不平，隨我一塊被逐出了京城。我……一直都記得！因為有你們，我才不孤單！」

「那時候我們心甘情願！」尹洙一字字道，「如果再回到從前，我還是要為你鳴不平。」

「那現在呢？」范仲淹突然問。

尹洙目光複雜，並不直接回答，許久才道：「你可記得我們當初指點天下的時候說過什麼？」見范仲淹不語，尹洙霍然站起，激動道：「我等歷數大宋沉痾，均說變革勢在必行。只有富國強兵才能興治太平，只有先去除西北大患，才能繁盛大宋！」

范仲淹點點頭道：「你說的不錯。這些話，我從未忘記。」他說得堅定非常，雙眸中神采飛揚。這一刻的表情，有如多年前的冬夜飛雪。

寧鳴而死，不默而生！

尹洙見狀，精神一振，立即道：「如今聖上起用賢明，韓公和我等一般的想法。他也極力主張改弦易張，重振宋威。他決定先定西北，再改沉痾，是以決定五路出兵攻打元昊，但你為何上書說並不贊同？」

范仲淹沉默許久，望著一旁的大樹，突然道：「其實已入冬了……」那大樹光禿禿的沒有一片葉子，很是淒涼。

「樹上的葉子不是一夜能夠掉光的，也不是一夜能夠長出來的。」范仲淹又道，「如果我們想看蒼翠鬱鬱，心急的會澆水，甚至會澆熱水……但這樹非但不能繁盛，很可能會凍死的。西北就像這棵樹！」

尹洙沉默下來，范仲淹望著尹洙，真誠道：「我也很急，但我們必須要等，必須要準備，培土澆水，這樣時機到了的時候，我們才能得到想要的結果。尹洙，我知道……韓琦、你、很多很多人都盼著大宋強盛，迫不及待地想要變革。但這事不能急，我希望……你能懂我！」

尹洙歎口氣，搖搖頭道：「我說不過你。」他端起酒杯，又放下，問道：「范公，此戰能否成功呢？」心中在想，范公老了，少了當年的那股魄力。元昊算什麼，一介武夫罷了！范雍是無用之人，這才導致三川口慘敗。難道說韓公、范公聯手，還對付不了元昊嗎？只要能一舉平定西北，龍顏大悅，就是對大宋改革開拓之時，到時候我等起沉痼、改弊端，開創大宋一代盛世，豈不是多年所盼？如此方不負平生！范公做事最近考慮得太多，只盼白豹城能一戰而勝，鼓舞西北軍心，到時候再勸范公支持韓琦好了。

范仲淹見尹洙臉色陰晴不定，還是平靜道：「盡人事，聽天命。你我該做的都已做了，急有何用？」

尹洙哈哈一笑道：「那不談軍情，談談詩詞可好？你初到邊陲之時，曾做過一詞的上闋，不過一直沒有下文……我一直在等。柳七的詞雖豔，總不如你的來勁。」

范仲淹微笑道：「我都忘記了，偏偏你還記得。」

尹洙道：「我怎麼不記得？你的詞，我每個字都記得。為文章，務求古之道，偏偏汴京那些所謂的文人，除了豔詞外，再也做不出其他，讓人聽著來氣！」站起來，端著酒杯吟道：「塞下秋來風景異，衡陽雁去無留意。四面邊聲連角起，千嶂裡，長煙落日孤城閉！好詞，好詞！」見范仲淹含笑不言，尹洙認真問，「這不是好詞嗎？你聽聽，若非真正到了邊陲之人，焉有如此眼界；如非真正大氣魄的人，也難有如此憂國憂民之心。」

范仲淹啞然失笑道：「我雖然臉皮不薄，可被你這麼一說，臉也要紅了。」原來這詞卻是他所做。

尹洙笑道：「過了這久，你總該想出下闋了吧？」

范仲淹持杯在手，望著月光如霜，突然道：「你可聽到羌笛聲了嗎？」

尹洙側耳聽去，隱有所聞。如此深夜，那羌笛之聲無疑滿是幽怨。尹洙歎道：「這時候吹笛子的人，多半……是想家了。」只有在邊陲的人，才瞭解邊陲人的苦。只有邊陲，才有這種幽苦笛聲。

范仲淹雙眉微揚，望著酒杯道：「下半闋也有了。」他緩緩吟道：「濁酒一杯家萬里……燕然未勒歸無計。羌管悠悠霜滿地，人不寐，將軍白髮征夫淚！」

范仲淹吟詞如樂，可神色滿是蕭索落寞。

尹洙隨著節奏輕拍手腕，等范仲淹念完後，輕歎道：「好詞呀，好詞。這下闋中，我最喜燕然未勒四個字。當年東漢竇憲得罪了太后，為立功贖罪，請命北伐。結果大破匈奴，在燕然山刻石記功而回，功勛炳曜。范公你也得罪過太后，也想大破党項軍，效仿竇憲之舉。只是區區四個字，盡顯胸中抱負。范仲淹還是范仲淹！」

范仲淹吁了口氣，「尹洙，你還是……懂詞了。」

尹洙得范仲淹一言，眼珠一轉道：「只懂詞……難道不懂你嗎？你以為我真不懂嗎？竇憲為權，你為天下。他可以不擇手段，但你雖想破党項人，還憂兵士之苦。不過總是這樣瞻前顧後，如何成事呢？」

范仲淹沉默良久，才道：「范某之功，不想用兵士之血染成。」

「可若不戰，又有別的辦法嗎？」尹洙反問道。范仲淹悠悠一歎，再不多言。

遠處的火光焚天，天欲燃。那風聲、笛聲、廝殺聲交織錯落在一起，夜無眠，天欲破曉。

近清晨之時，范仲淹眼中已有血絲，尹洙也是一夜未眠。二人焦灼地等待白豹城的消息，這時砦北有一騎飛奔而來。見到范仲淹後，立即翻身下馬，稟告道：「啟稟范大人，白豹城已被團團圍困！我軍正在加力攻打。」

尹洙急問：「那現在情況如何？」

飛騎道：「還在等消息。」話未說完，又有一騎趕到，稟告道：「到如今，周邊羌人、葉市、金湯城，暫時沒有援兵來救白豹城。」

范仲淹喃喃道：「任福向我說這些，只想讓我放寬心，攻城顯然並不順利。」范仲淹雖聽喜訊，但已看出隱憂。

尹洙扼腕道：「難道說我等全力一擊，竟還下不了一個白豹城？」

「白豹城屹立西北多年，党項人狂傲是有，但警覺仍在。這次我等是出了奇兵，可誰都不能擔保，他們沒有戒備。」范仲淹緩緩道，「任福此人狂傲，只盼他莫要一意孤行。若真的攻不克城池，又逢敵援兵至，可暫時退回，再圖打算。」

尹洙道：「那如何能行？區區一個白豹城都攻不下，以後何談踏破橫山，平定西北？」

范仲淹微微皺眉，才待說什麼，又有飛騎趕到，「啟稟范大人，武英已殺入了白豹城。」

尹洙哈哈大笑，終露喜意道：「范公，你一直說武英勇而乏變，但他這次卻不負你的厚望。」

范仲淹終於也舒了口氣，可還是望著白豹城的方向。

消息絡繹不絕地傳到——「白豹城城南被破！」「白豹城城西被破！」「宋軍已燒了白豹城的太尉衙署！」「武英生擒了白豹城的最高統領張團練！党項軍沒了指揮，爭相逃命。」「任大人縱兵廝殺，屠戮白豹城。」「宋軍斬殺党項軍統領七人，捉敵官五人……搜獲牲口、戰馬難以盡數！」

宋軍大獲全勝！范仲淹聽到這裡的時候，這才終於放下心來，命人前往通知任福，燒城後，儘快回轉，莫要貪功，提防党項軍援兵趕至，那就得不償失了。

尹洙已去安排慶功宴，范仲淹突然發現，這些消息中，竟然沒有狄青的。

狄青那面如何了？范仲淹很有些憂心，他只聽過狄青的事蹟，畢竟沒親眼見過狄青作戰。但一想到狄青那剛毅的臉龐，范仲淹已不再擔心。范仲淹信自己的判斷，認為狄青不會辜負他的厚望。

黃昏之時，任福終於帶人趕回，本是肅然的柔遠砦因為大勝沸騰了起來。白豹城所藏甚豐，宋軍繳獲兵甲戰利品難數，帶回的牛羊馬駝竟有近萬之多。任福背負四刃鐵鐧，趾高氣揚地回轉，見范仲淹就道：「下官未負范大人所託！」

范仲淹笑容滿面道：「很好，很好。」聽著任福不停稟告戰績，瞥見武英已周身是血，忍不住道：「武英受傷了？」

武英咧咧嘴道：「一些小傷，不妨事。」

任福重重拍著武英的肩頭，贊道：「武英負傷不下七處，可還活捉了張團練，此次攻城，當記頭功。」

「那狄青現在如何了？」范仲淹問。

任福撇撇嘴，「他嘛……應該和高繼隆還在堅守華池，不過我已撤兵，已傳令讓他們回來了。不聞太多的消息，想他們撿了個便宜，沒有和党項人交手吧！」

范仲淹見任福身為此次戰役的部署策劃，可竟對手下狄青、高繼隆如此漠不關心，心中不悅。但見眾人興高采烈，不想打斷他們的興致，終於道：「諸君此戰辛苦，我已擺下慶功酒，還請入席。」眾人轟然叫好，就在帳外露天慶功。酒菜擺上，范仲淹陪眾人喝了幾杯，可不時地看看砦北。酒過三巡之際，終於有飛騎來報，「高繼隆、狄青已帶兵回轉。」

范仲淹欣喜，靜等狄青上前。見狄青塵滿面，血染征衣，關切問道：「狄青，可曾負傷？」

任福一旁道：「他這人……聽說好負傷。平遠之時，一傷就有半年之多。」說罷大笑，旁將均是跟隨而笑。

狄青只回道：「此次未曾受傷。」

任福問道：「那收穫如何？不知斬了多少敵兵？」

狄青皺了下眉，搖頭道：「末將不知。」

任福一拍桌案，喝道：「狄青，你無論如何，已是個巡檢，怎麼連戰果如何都不知？」

范仲淹不待多言，一人已哈哈笑道：「他是不知道戰果如何，他顧不上數呀！」高繼隆從狄青身後走出，對范仲淹施禮道，「范大人，華池一戰，狄青以逸待勞，等骨咩族出援之際，力斬骨咩三熊，大破骨咩族兵！」

尹洙驚詫道：「都說骨咩三熊是骨咩族極勇的鬥士……竟被狄青一起斬了？」

高繼隆道：「管他白熊、黑熊還是灰熊，都擋不過狄青的一刀。」

任福心中微顫，暗想早聽過骨咩三熊簡直比熊還凶惡，他這才把活兒交給了狄青，可狄青恁地凶惡，竟然連斬三人？

心中雖凜然，任福還故作淡靜道：「殺熊一事，不過是匹夫之勇罷了。」

高繼隆笑了起來，滿是得意，「下面的那件事，絕非匹夫之勇了。」

范仲淹雙眸中已有欣賞之意，微笑問，「後來如何？」

高繼隆道：「若是別的將領，擊敗骨咩族後應該如何做呢？」他雖像在詢問旁人，可只望著任福。他早就當狄青是他的兄弟，狄青可以沉默，可他不想。就算任福是他的上司，他也不怕。並非所有人都看重自己的官位！

任福心思飛轉，故作不屑道：「那還用問，當然是伏兵在側，請君入甕了。」

高繼隆摸摸鬍子，歎息道：「狄青就沒有這麼聰明了，他做了件很多人都想不到的事情。」

尹洙忍不住道：「狄青怎麼做了？」他向狄青望去，狄青還是沉默平靜，彷彿聽著別人的故事。

高繼隆緩緩道：「他知道一時間殺不盡骨咩族人，既然如此，若坐等對手前來，說不定党項軍有防備，如此一戰，勝負難料。因此他主動請纓，換了骨咩人的衣服，裝成骨咩人的敗軍，反倒向金湯城行去。」

范仲淹眼已亮了，尹洙拍案叫好道：「出其不意，先發制人，好計。」

高繼隆嘿嘿一笑，「金湯城果然出了近千兵士來援，那領軍的軍主見到狄青的人馬，只以為是自己人，還待詢問情況，就被狄青衝過去砍了。党項人大亂，被殺退數十里，丟盔卸甲，城門緊閉，已不敢開城。狄青就帶著二百來陷陣之士在城門前守著，可歎滿城党項軍，不知虛實，大半天不敢出戰。」

眾人血已沸騰，想像狄青橫刀立馬，傲立在金湯城前，竟讓敵手不敢出戰的豪情，不能自已！

尹洙滿了兩杯酒，端到狄青的面前，真誠道：「好一個狄青，竟讓敵人不敢戰。只憑此一役，我敬你一杯。想當年郭遵五龍川橫杵立馬，也不過如此。」

狄青聽到「郭遵」兩字，心中一痛，接過酒杯，黯然道：「尹大人過獎了，我如何能和郭大哥相比呢？」

尹洙轉問高繼隆道：「那後來呢？你們就這樣安然地回返了？」

高繼隆笑道：「哪有那麼簡單？金湯城終於看破了狄青的虛實，竟傾兵和狄青一戰，由守城的團練親領人馬，圍剿狄青。」

尹洙失聲道：「那如何是好？」

眾人也是臉上色變，心道狄青帶領不過兩百騎兵，如何來抗？

高繼隆道：「他還能怎麼辦？當然是逃了。」

任福冷冷道：「我還以為他是神，原來也會逃的。那傷亡多少？」他不關心狄青的戰績，只關心狄青的損失，有如個嫉妒的婦人，看不得別的女人好。

范仲淹一旁見了，不由憂心，暗想這任福是涇原路的領軍第一人，怎能這樣意氣行事？

高繼隆歎口氣道：「他一路逃命，党項人就一路地追。然後，狄青就逃到了鳳池縣南的雲天崖……」

范仲淹突然問道：「那時候高鈴轄在做什麼？」

高繼隆嘿嘿一笑，知道瞞不過范仲淹，說道：「那時候我正帶著兩千人馬在雲天崖喝風。」

尹洙恍然大悟道：「原來狄青故意敗逃，引敵入伏！」

高繼隆鼓掌，刺了任福一句，說道：「還是尹大人聰明呀！老夫見他們殺來，心道和狄青總算有點兒交情，就幫他一把。」

狄青第一次露出笑容，眼中暖意融融。那本是他和高繼隆定下的計策！

「那千餘人一殺來，老夫先用大石，後用滾木一砸，狄青又反殺了回去。若不是那團練跑得快，只怕也被狄青砍了腦袋。」高繼隆捋鬚大笑道，「這幫孫子，竟然小瞧我們，結果被我們斬了四百多人，又抓了他們百十來人。而我們呢，傷了幾十人，未折一兵。」

眾人悚然，尹洙難以置信道：「你們殺骨咩三熊，屠骨咩族，斬一軍主，擊敗金湯城援軍，一日三戰，竟然未折一兵？」

高繼隆淡然道：「當然了。狄青只管殺，老夫只管數，因此他不知道戰績，但老夫我……還是一清二楚的。」

眾人默然，就算任福一心找碴，一時間也是無言以對。

范仲淹終於歎口氣，卻沒有再說什麼，他已不必多說什麼。武英一旁聽到，霍然站起，激動道：「狄青實乃西北宋軍第一英雄！」

眾人就算有不服，心中也早被狄青之勇震撼，沉默無言。

只有狄青還是表情寞寞，突然感覺臉上微涼，抬頭望去，原來天已落雪。望著天空飄的雪，有如冬的承諾，狄青耳邊像是有一聲音道：「狄青，好好活下去，讓我知道，我不會……看錯我的英雄！」

狄青望著飄雪，嘴角帶笑，但掩不住眼中的相思。

雪無聲無息地下，落在枝頭，層層疊疊，有如思念；落在臉頰，融化成水，好似淚。淚凝雪飄中，有朦朦朧朧，那白皚皚的盡處，有風旋，旋起一地的雪，有如舞者。雪在舞，接天連遠，雪在落，絳河星落。

原來……相思如雪。

第十七章　大　順

雪落無聲，蒼穹同色。可無論再冷的雪，也有消融的那一刻，就像再冷的冬，也有被春天取代的時候。地上的雪，漸漸地薄了。

馬蹄聲急響，踏破長街，翻起殘雪，帶出分新綠。那馬兒奔得極快，轉瞬衝到長街的盡處。盡處有一府邸，是慶州知州府。騎士飛身下馬，有兵士才待阻攔，見到那騎士塵染衣、鬢已秋，滄桑的外貌掩不住俊朗的那張臉，都是不約而同地施禮道：「狄巡檢，范大人正在等你。」

來人正是狄青。

狄青點點頭，大踏步入了知州府，他要見范仲淹。范仲淹是陝西經略安撫副使，知延州，可他好像很少在延州。范仲淹和范雍都姓范，但有很大的不同。范雍好像只知道吃飯，范仲淹卻是飯都顧不上吃；范雍自從知延州後，就很少離開延州，誰都看得出他等著回京城，范仲淹自從知延州後，就很少待在延州，但誰都覺得，范仲淹好像準備扎根在邊陲。

范仲淹眼下沒有吃飯，他在看著酒杯，杯中無酒。見到狄青前來，范仲淹第一句話就是，「元昊稱帝了。」西北元昊終於建國，國號夏，自此後，和契丹、大宋分享天下。

狄青其實已知道這個消息，但聽范仲淹提及，眼皮還是跳了下。他眼前不由閃出元昊的身影，黑冠白衫，手持巨弓，壺中五箭。元昊的一雙眼，帶著幾分熾熱，數點譏誚，滿是壯志豪情。狄青知道元昊肯定會稱帝，自從他見到元昊的那雙眼後，他就知道，誰都阻擋不了元昊前進的步伐。

元昊十月稱帝。那時候，野利遇乞還帶兵和韓琦在鎮戎軍鏖戰；那時候，范仲淹、任福正在全力攻打白豹城；那時候，京中覺得三川口之戰過去了近一年，已可忘卻悲痛，趙禎正準備冬日大典，朝臣也在準備稱功頌德，歌舞昇平。那時候，事情很多很多，但元昊只做了一件事，就是稱帝！宋廷震怒，立即宣布全面停止和党項人的交易往來，拒不承認元昊的地位。

兩國來往的文書，最多只肯稱夏國為西夏。那不過是區區蠻夷，怎能稱作大夏？只有大宋才是正統中原之邦！宋廷雖自欺欺人，但事實已成。宋廷震怒，想著如何制裁元昊……當然這種制裁，要經過太多人的辯論商議，最終可能才會得出一個結果。元昊沒時間商議！他做的事情，就是不斷地進攻！

狄青回想著發生的一切一切，覺得這個冬天果然熱鬧，熱鬧得看似飛舞的雪，又和雪一樣寂寞。范仲淹望著狄青，輕輕地歎口氣道：「朝廷有對西夏用兵的打算，但是否一戰，還在商議……無論商議的結果如何，我們都要先做好準備。十士現在如何了？」十士是廂軍編制，但戰鬥力遠勝廂軍。這隊人馬是在种世衡的謀劃下，經范仲淹大力支持，由狄青親自率領！

狄青道：「如今种世衡已建五士，分為陷陣、死憤、勇力、寇兵和待命五隊。總共有三千多人馬，已到了我統兵的極限。」狄青眼下是延州西路巡檢，領兵不能過三千。

范仲淹笑了，「你錯了，還沒有到極限。你眼下是鄜延路兵馬都監，最少可統帥五千兵馬了。」

狄青一怔，錯愕道：「我是鄜延路的兵馬都監？范大人，你記錯了吧？」

范仲淹微微一笑，搖頭道：「沒有錯，你協助任福破了白豹城，功勞不小。西北缺將，因此我奏請天子，請破格提拔軍將對抗元昊，天子竟准了。破白豹城的諸將都有提升，天子有旨，特旨升你為鄜延路的兵馬都監，調令前天才到我手上。」

狄青心中不知何等滋味，他數個月前還不過是個指揮使，哪裡想到才到了初春，就已升到兩州兵馬都監的地位。雖說他有功勞，雖說趙禎和他有些關係，但若沒有范仲淹，他也不會如此迅疾地升遷。

「對了，天子還挺想念你的，令我讓人畫了你的像回去。」范仲淹感慨道，「他說你心在西北，也就不勉強你回去了。他還說，讓你莫要忘記彼此的約定。」

范仲淹眼中，有分感慨，顯然也知道狄青和趙禎的關係。

狄青心道，難得趙禎還記得當年的盟誓？可我哪有李靖、霍去病之能呢？

范仲淹見狄青神色悃悵，並不以升遷為喜，知道他志不在官位，話題一轉道：「好了，出發吧！」

狄青也不多問，知道該說的范仲淹自然會說。他幾天前得范仲淹調令，命他帶兩千兵馬來慶州聽令，范仲淹到底要做什麼，他暫時不知曉。

二人出府，在百十名兵士的護衛下出了慶州城。才到城北，就見到平野上肅然立著兩千驍騎。人如冰，馬似鐵；人禁言，馬無嘶。那鐵騎如龍，經過嚴冬的洗禮，已要傲嘯九天。

城北立著的正是狄青統領的十士，亦是鄜延路、甚至是整個西北，最強悍、最有衝擊力的驍騎。領軍之人有四，一人面如死灰，正是李丁；一人背負長劍，卻是戈兵；還有一人手持長錘，拳頭如缽般大小；第四人坐在馬上，輕飄飄的沒有什麼分量，像是隨時要被風吹走的樣子。

范仲淹的目光從這四人身上掃過，微笑道：「我知道李丁統領死憤之士，戈兵帶陷陣之士。那個拿錘子的叫暴戰吧？他好像帶的是勇力之士？」

狄青回道：「范公說的沒錯，暴戰帶勇力之士，寇兵之士由張揚帶領。」

「那只有四士呀！」范仲淹眉頭一軒，恍然道，「待命是由韓笑統領吧？」

狄青點頭道：「不錯。但待命不入編制，只負責消息傳送等責。」

范仲淹舒了口氣，喃喃道：「很好。」說罷已策馬向東北行去。

眾人出慶州奔東北，馳了半天的工夫，已奔出百十來裡。略作休息，繼續疾馳。那兩千鐵騎不緊不慢地跟在狄青身後，如同雪地群狼般——堅忍、沉默、等待嗜血。

日頭西歸之時，范仲淹勒馬不前，遠處平原將盡，群山如蒼龍般蔓延。雪已消融，露出山上青色的石頭，有如蒼龍的骨，褐色的泥土，宛若蒼龍流的血。

前方突然有飛騎來報，在狄青耳邊低語幾句，狄青有些詫異，到了范仲淹近前道：「范大人，近馬鋪砦東北、西南二十里外，竟都有一千多宋人向馬鋪砦的方向聚集，那些人少武備，大車多，暫不知道他們的用意。」馬鋪砦本是宋人的營砦，不過自從党項人在附近建了白豹、金湯兩城後，馬鋪砦因為年久失修，兵力稀少，只能放棄。

范仲淹笑笑，神色有分振奮，說道：「狄將軍，那是我們的人，我叫他們來的。走吧，去馬鋪砦。」狄青有些奇怪范仲淹跑到荒蕪的馬鋪砦做什麼，但他聽從命令，一揮刀，向西南、東北向點了下。兩千立在寒風中的騎兵就像被刀劈開一樣，分成兩組，如待發的怒箭！

范仲淹見了，暗自點頭，心喜狄青自有主張。狄青雖聽來人是范仲淹所招，但不明真相，還是積極防備，以防不測。狄青如此做法，雖對范仲淹有些不敬，但范仲淹更是欣賞。眾人策馬，黃昏之際，已到了馬鋪砦。

這時西南、東北兩向的宋人同時趕到。兩千多人，趕著數百輛大車，車上裝滿了各種材料和工具，好像要蓋房子一樣。兩向各走出一人，到了范仲淹面前，施禮道：「范大人，屬下如約趕到。」

左面那人長得一表人才，滿是書生氣息，讓人一見之下，就心生好感。右邊那人卻長得沒有人樣，他臉上挨了一刀，鼻子都被削去了一半，瞎了一隻眼，面目猙獰，瘸著腿。黃昏的時候，看起來就像是鬼，若是到了晚上，只怕要把鬼都嚇死。那殘廢之人似乎也知道自己面容太過恐怖，始終垂著頭。范仲淹望著那殘廢之人，眼中只有憐憫，向二人介紹道：「這就是鄜延路的兵馬都監狄青狄將軍。」

那二人都向狄青行禮，狄青回禮。范仲淹拉著那殘廢人的手道：「狄青，這本是藩部的統領，叫做趙明，當初曾鎮守過馬鋪砦。那個……是犬子范純佑，眼下是延州主簿。」狄青見范純佑和范仲淹倒是很像，只是朝氣蓬勃，少了范仲淹的滄桑，有些奇怪范仲淹為何要找這兩人前來。

范仲淹道：「趙明，純佑，你們做事吧！」那兩人應了聲，已喝令手下趕車入山。趙明更是一瘸一拐地在山中打量地形，指揮眾人卸車取料。

狄青見眾人這般舉動，心中一動，問道：「范公，你要重建馬鋪砦嗎？」

范仲淹笑了，「我就知道你能猜到。」突然問道，「我們雖破了白豹城，為何不趁機佔領那裡呢？」

狄青不想范仲淹有此一問，沉吟道：「暫時沒有兵力去守。」他說的不無道理，眼下大宋無論是陝西、山西或者是河北，都無險可守。這就導致一個很嚴重的後果，大宋什麼地方都想守，但一交兵的時候，很多地方都守不住。大宋號稱擁兵百萬，但太過分散，結果導致當初三川口一戰時，兩個副都部署加上郭遵等人所率的兵馬，不過萬人，大宋調兵之弊端，可見一斑。

范仲淹微微一笑，「說得有道理。那地方對西夏人很便利，我們能趁其不備斬斷他們的枝葉，卻不能挖出他們的根。既然如此，只能放棄。我們對抗橫山的夏軍本就處於不利，三川口一戰後，又丟了土門，失了金明砦，更沒了地利。延州那裡，我們只能死守青澗、延州，等待機會。」

狄青立即道：「延州暫時沒有機會，但慶州有！我們破了後橋砦，燒了白豹城，眼下金湯城只是孤城一座。馬鋪砦若重修起，就如尖刀般，插在白豹城和金湯城的中間，不但可直逼夏人的葉市，還能伺機攻打金湯城！」

范仲淹眼中滿是欣慰，點頭道：「你說得一點兒不錯。我們進攻一直難以為繼，是因為我們缺個根。馬鋪砦地勢極好，可做我們的根，我們以後就依據這裡生根發芽，不停地修下去，總有逼到橫山的時候。這個法子雖慢，但眼下只有這個法子！以前我們守不住馬鋪砦，但現在不同了，現在……我們有你！」范仲淹回望狄青，凝聲道，「夏人不久後就會知道我們的行動，他們不會容忍一把刀插在這裡，也很快會派兵來攻！」

「范大人儘管建砦。」狄青一字字道，「有狄青在，他們奈何不了這裡。」他字字如同刻在了岩石上，不容半分修改。

范仲淹舒了口氣，欣慰道：「很好！對了，我決定給馬鋪砦換個名字……」略作沉吟，范仲淹緩緩道，「就叫做大順……大順城，好不好？」

又近黃昏，夕陽晚照。冷風中的暖陽撒下了金黃色的光芒，斜飛千峰，最終落在范仲淹的臉上。那張臉上已有皺紋，鬢角早染霜花，但那雙眼，依舊明亮多情，滿是希望。狄青望著那張臉，眼中也充滿了期冀。這兩個一樣命運多舛的人，也一樣地堅強不屈。不屈命運的安排，竭力地抗爭，心中又有希望……希望終有順行的那一天。

狄青移開目光，望著太陽一點點西落，喃喃道：「大順城？好，好名字！」

日頭落了升，升了落，天道循環。兩千多的人手，晝夜不停建砦。山上的雪融了，草綠了，黑石褐土上，開始盤旋著一條新的巨龍。巨龍雖粗糙，但已成型，只待春風夏雨，就能霧化飛騰。

這一日，紅日東升，狄青坐在山腰的方向，遠望西方，若有所思。他的征衣上黑褐夾雜，已分辨不出本色，黑的是塵，褐的是血。塵也好，血也罷，都掩不住他堅毅的臉龐、憂鬱的眼。金燦燦的光線落下來，給那偉岸的身軀帶來幾分漢家陵道的滄桑……他望著西方，心中在想，為何我沒有再次做那個古怪的夢呢？難道說，我不是伏藏？伏藏到底是什麼樣的情形？

相思如麻，戎馬倥傯，他這段日子堅守大順城，疲憊的夢都難做一個。無夢相思濃，有前塵往事，紛遝雜亂。飛雪、元昊、飛鷹、野利斬天、還有那如神龍見首不見尾的葉喜孫……這些人都好像和香巴拉有些關聯，眼下他們如何了？是否找到了香巴拉？他們離狄青雖遠，可狄青總覺得，他們終究還有相見的那一天。

收回了遠望的目光，狄青望向了盤旋在山間的大順城，嘴角浮出分微笑。他是看著大順城兀立而起，一點點地雄偉壯大的。他沒有辜負范仲淹的期望。數月五戰，斬將七人，殺敵兩千餘人，他甚至沒有讓夏軍接近大順城。他狄青已開始向元昊宣戰！大順城，就是他的戰書！一直以來，都是夏人蠶食宋人的領土，只有這個大順城，建在了夏人的地盤中。

遠望韓笑向這個方向行來，狄青拍拍身上的塵土站起來。山間殘雪早盡，一朵不知名的花兒，悄然綻放。花兒如雪，山風中瑟瑟抖動。狄青蹲下去，望著那朵花兒，又想起那個夜，那雙淒婉的眼眸，那不捨而又深情的聲音，「你在我心中……本是天下無雙的……蓋世英雄！」他輕輕伸出手去，卻沒有攖取那花朵，只是用指尖輕觸花瓣。花瓣有露，陽光下閃著亮，有如淚光。

終於直起了腰，狄青回望韓笑。韓笑到了狄青的身邊，低聲說了幾句。狄青不經意地皺了下眉，韓笑又道：「狄將軍，范大人找你有事，請你過去一趟。」

狄青點點頭，前往范仲淹的營帳。才到了帳外，就聽帳內有人厲聲道：「范公，你變了！」狄青一怔，不解這裡有誰會對范仲淹這麼無理，聽那聲音有些熟悉，猶豫片刻，還是掀開簾帳走了進去。

帳中有兩人，一站一坐，站著的是尹洙，坐著的是范仲淹。尹洙已臉紅脖子粗，范仲淹還是神色平淡，但雙眸中，已有了幾分無奈。范仲淹見狄青前來，眼中有分暖意，看了眼尹洙，商量道：「尹洙，我和狄青有事商議，你先休息幾天再談好不好？」

尹洙道：「不行，我辛苦地趕赴京中，又從京城趕到你這裡，就要聽你一句話。」

狄青見這二人竟有點兒劍拔弩張的味道，心中奇怪。正要圓場，帳外警聲遽起，大順城的人都知道，有敵來襲！尹洙怔了下，一時間忘記了爭吵，范仲淹揚眉望向了狄青，問道：「怎麼了？」

狄青倒還鎮靜，微笑道：「無非是夏軍又來轉轉，估計送貨來了。范大人，我去看看。」見范仲淹點頭，狄青不慌不忙地出了中軍帳，消失不見。

鼓聲急，戰意橫空。大順城外，風雨狂來。尹洙聽那鼓聲緊密，有如敲在胸口，忍不住問道：「夏軍常來騷擾嗎？」

范仲淹輕歎口氣，說道：「也不常來，一月幾次罷了。」

尹洙瞠目道：「一月幾次還少嗎？我軍損失嚴重嗎？」他這一問，其實很有深意。

范仲淹搖搖頭，「沒什麼損失，反倒收穫了不少。他們每次來，都送來了不少戰馬、盔甲……」嘴角帶分欣慰的笑，「有狄青在，不用擔心了。他已連斬党項人七員大將，想不到夏軍還敢來。」心中忍不住地想，「夏人看來已把大順城視為眼中釘，不拔不快了。」

尹洙明白了送貨的含義，眼珠轉轉，贊道：「狄青真英雄，范公得此虎將，可說是天意了。」他說得微妙，范仲淹已聽出尹洙還沒有放棄說服他的念頭，岔開話題道：「京中現在……比西北要暖些吧？」

范仲淹一旁有個火爐，上面清水才沸。范仲淹親自提壺，為尹洙倒茶，心中又想：「怎麼才能讓尹洙、韓琦打消大舉進攻夏人的念頭呢？如今時機未到，西北軍備早荒，兵力積弱，在這時出兵，根本沒半分勝出的把握啊！再說朝廷頹靡，廟堂之人只享安樂，不知西北之苦，錢糧調撥總不及時。大宋無精銳之軍，前方要對虎狼之師，後面有廟堂牽扯，這樣出戰還不是送死？」

原來前些日子，和范仲淹同赴西北的安撫副使韓琦，仗著在鎮戎軍擊退了野利遇乞、又大破白豹城之功，信心高漲，想畢其功於一役，竟建議宋廷五路出兵進攻夏國。范仲淹並不贊同，上書反對。夏竦雖統領陝西，見手下有分歧，舉棋不定，又不想擔責，就讓韓琦、尹洙親自前往京城，對聖上分析形勢，再作定奪。

范仲淹雖未聽尹洙述說京中詳情，但察言觀色，也知道尹洙此行不利。尹洙一到大順城，就期盼用情面說服范仲淹，讓范仲淹上書支持韓琦出兵，范仲淹斷然拒絕，尹洙這才憤怒，指責范仲淹變了。

尹洙滿腹心事，知道范仲淹故意轉移話題，憤憤道：「范公錯了，京中只比西北要冷，因為西北還有熱血，但汴京只有冷血！」

范仲淹沉默無語，他久經浮沉，早明白朝廷的心思，知道呂夷簡這些人為求穩妥，就算天子有心興兵，呂夷簡和兩府中人也不會贊同韓琦出兵的。

要出兵，絕非是某個人能定下的事情，就算趙禎都不能！

尹洙見范仲淹只是望著茶杯，問道：「范公為何不問問我京城之行呢？」

范仲淹略帶無奈道：「不知你京城之行如何？」

尹洙道：「此行倒還順利。朝廷決定出兵了。」

范仲淹心中一緊，有些訝然道：「當真嗎？如何出兵呢？真的要兵分五路進攻西夏嗎？」他一連三問，心中沉重。

尹洙凝視范仲淹的表情，回道：「非五路，而是兩路出征。朝廷建議……由韓大人的涇原路和范公的鄜延路聯合出兵，伺機進攻西夏。」

范仲淹敏銳道：「是建議？並非是決定？」

尹洙見范仲淹目光灼灼，不想騙他，終於長歎一聲，「不錯，是建議范公酌情與韓大人聯手出兵。范公，目前呂夷簡獨攬大權，只求高官得坐，難有進取之心。眼下西北惶惶，國威不振。國事至此，唯有一戰才能平民怒、振國威，想范公定不會放棄這個千載難逢的機會吧？」

范仲淹也歎口氣，搖頭道：「你錯了，這絕不是機會。」

尹洙憤然又起道：「范公，你怎能這麼說？你我蹉跎多年，還能有多少機會？你早知大宋危機重重，一直對我說，不惜此身，也要拯救大宋於危難。你生平最具鬥志，和太后鬥、和皇上鬥、和兩府鬥，只因你憂國憂民，為國為民！眼下大宋北有契丹虎視眈眈，西夏又是虎窺在畔，我們一味地軟弱，只能坐以待斃。韓公憂國之心，不遜范公，期待與范公聯手，共擊元昊。本以為天下人獨棄韓大人，而范公不會，沒想到你竟第一個反對。難道說，多年的磨難，已讓你失去了銳氣？升職西北，讓你喪失了雄心？難道說……范仲淹已不是范仲淹？」

尹洙愈發地憤怒，范仲淹反倒冷靜下來，等尹洙住口，這才道：「說完了？」

尹洙道：「沒有！但我想先聽聽你說什麼。」

范仲淹神色無奈，但還堅決道：「尹洙，我並非想要坐以待斃，你也看到了，大順城建起，已入西夏的境內。青澗城防禦極佳，暫可取代金明砦。我們只要慢慢地修下去，以守為攻，穩紮穩打，終有一日會到橫山下。」

「終有一日？」尹洙冷笑道，「不知我們還有沒有機會看到？」

范仲淹皺眉道：「我不知道你我有沒有機會看到，可你若執意立即出兵，肯定沒機會看到了。三川口一戰，已顯我軍弊端重重——兵調不靈，將士乏勇，隱患多有，武備不行。以這種情況，就算能讓韓琦召集大軍，但遠伐西北，長途跋涉，面對以逸待勞的夏軍，如何能勝？韓琦雖有鬥志，但可會用兵嗎？」范仲淹說得已很尖銳，書生用兵，三年無成。韓琦雖心比天高，但素無征戰沙場的經驗，這種人領軍，范仲淹很是擔憂。

尹洙辯白道：「就算不會用兵，也比不用兵的好！」

范仲淹長歎一聲，「如此出兵，勝算可有一成？你讓我如何能夠贊同？是的，我蹉跎多年，時日無多，空有雄心，難有回天之力。若憑這一仗勝了，你我都可名垂千古，但是……若敗了呢？你我身敗名裂倒也無妨，但疆場難免會有無數屈死的冤魂，我們怎對得起信我們的兵士？」

尹洙亦是仰天長歎道：「韓公曾說過，『用兵須將勝負置之度外』。范公今日，前怕狼、後怕虎，如斯謹慎，近於懦弱，看來真不如韓公！」

范仲淹臉色微變，怫然不悅道：「尹洙，你說我不如韓公，我倒無妨。但你若激我出兵，萬萬不能。想大軍一發，萬命皆懸。士卒之命，大宋存亡，豈能置之度外？范某就算不如韓公、就算懦弱、就算錯過這個揚名天下的機會，但也絕不能用無數兵士的性命，搏一個置之度外！」

尹洙見范仲淹態度堅決，憤然道：「既然如此，多說無益，我就去回韓大人。想韓大人就算沒有范公的協助，也會興兵西討。到時候……只請范公莫要後悔。」他雖和范仲淹交好，但意氣所至，竟翻臉相向。轉身出帳，也不施禮。

范仲淹才待召喚，知尹洙主意已定，無法相勸，又頹然坐下，喃喃道：「我會後悔？唉……韓琦只知進取，輕視元昊，自身漏洞百出，若元昊來攻，如何是好？」饒是他心思縝密，這刻也想不出個兩全之計。

正枯坐時，簾帳一挑，狄青走入，見范仲淹憂心忡忡，低聲道：「范大人……你……沒事吧？」范仲淹這才留意到大順城中軍鼓聲已停，暫時把煩心之事放在一旁，問道：「狄青，戰況如何？」狄青道：「殺退來敵了。」他說得倒是輕描淡寫，但身上又多了不少血跡，顯然又是身先士卒，殺退來敵。范仲淹一摸茶杯，見茶尚溫，心中喜悅，暗想狄青如斯勇猛，退敵談笑之間，實乃西北之福。

略作沉吟，范仲淹為狄青滿了杯茶，舉杯道：「祝你再立戰功，我以茶代酒，先敬你一杯。」

狄青端起茶杯，並不喝茶，問道：「范公，尹大人為何與你爭吵呢？」他早當范仲淹是朋友，因此一問。

范仲淹眼有憂愁，將方才所言說了遍，徵詢道：「狄青，韓琦氣盛，執意動兵，你覺得如何？」

狄青皺眉道：「范公，我與夏軍作戰多年，知道我軍不適宜長途奔襲，也少了夏人的剽悍之氣，再說……邊陲因『更戍法』導致將不知兵，兵不知將，五路進攻西夏？只怕難以調度，勝負難料。」

范仲淹點點頭，心想狄青都明白這個道理，為何韓琦不知呢？難道說，壯志雄心有時候真能衝昏頭腦，還是說一些經驗教訓，必須用鮮血才能銘記？

他神色中有些疲憊，「你說得好呀！其實不但西北有這個問題，整個大宋在我看來，也是沉痼已久。當年太宗有大志，禁軍還是太祖的底子，也曾三路進攻燕雲，五路圍剿李繼遷，但結果均是不妙。自澶淵之盟後，又逢真宗信神，太后當權，朝中一直委靡不振，賦稅日重，百姓窮苦。官員冗餘，武備不修。大宋內憂重重，眼下絕非大舉出兵的機會。」

沉默片刻，范仲淹突然道：「可若小股出兵，倒還可行。狄青……大順城自建起之時，就屢受夏軍進攻，你可有應對之法？」

狄青放下茶杯道：「夏軍出兵，多是兵出橫山的賀蘭原，過葉市來攻大順城。若不讓他們出兵，不如我們殺過去！」

范仲淹欣慰一笑，暗想狄青果然膽大心細，這時候亦能忙而不亂，「你倒是和我的想法差不多。與其讓他們總打我們，不如讓他們根本無法出兵。只是聽說野利遇乞已到賀蘭原……你主動出擊的時候要小心。」這幾個月，他早知道狄青用兵謹慎，領軍竟有天賦，數戰告捷，仍是不驕不躁，已值得他重用。

狄青點頭道：「不錯。根據我的消息，天都王野利遇乞已到葉市，多半是在籌畫再次攻打大順城……不過……先下手為強，我們也在準備對付他了！」

范仲淹眼內光彩閃爍，微笑道：「你們？你和种世衡嗎？」見狄青點頭，范仲淹問道：「元昊手下九王，以野利王、天都王權勢最大。這兩人鎮守橫山，一直是我們的心腹大患，我聽說种世衡曾以離間計除去野利旺榮，不知道這次，他會用什麼辦法對付野利遇乞呢？」

狄青眼中有了狡黠的光芒，低聲道：「這次……我們要用一把刀來對付他。」

「什麼刀，這麼犀利？」范仲淹有分好奇。

狄青一笑，一字字道：「刀是好刀，刀名『無滅』！」

第十八章 殺　青

葉市地處白豹城、金湯城之西，近橫山，北望白於山。夏人每攻延州之時，均從白於山賀蘭原而出，經葉市，或分兵北上去取土門，或徑直東行來攻大宋的保安軍。

如果說白豹城、金湯城是夏人進攻大宋的利刃，那葉市無疑就是利刃的刀柄。

葉市因有白豹城、金湯城在前，又經營多年，極為安定繁榮。若論交易規模，早遠超大宋邊陲的榷場。是以西夏和大宋交兵後，雖榷場交易斷絕，但這裡還是繁榮依舊，吸引了四方來往的客商。

葉市最繁華的一條街，叫做葉落。能在這裡經營的人，可說是終日刀頭舔血，彪悍非常。元昊好武，也不禁在這裡交易的人動武，是以在這條長街死去的人，就如落葉般尋常。

馬蹄聲急如驟雨，踏破了葉落街的繁華。只見長街盡處，突然馳出一隊騎兵，雖不過十數人，但眾馬疾馳的聲勢，有如千軍。長街兩處的買賣人見狀，紛紛肅立兩旁，買賣都不敢做了，看他們的神色，就算白天見鬼都沒有這般驚怖。

來的不是鬼，而是葉市團練保旺羅。誰都知道最近保旺羅不開心，前幾個月，骨咩三熊竟同時斃命，葉市幾次出兵攻打大順城均是損兵折將。所有的不順都是因為一個人，那人叫做狄青！

保旺羅不怕狄青，他只想找到狄青，痛痛快快地戰一場，一解怨氣。不過他身為葉市團練，不能輕離，只能將一腔憤怒發洩在旁人身上。保旺羅身後跟著十數個手下，每人的戰馬後，均拖著一個宋人。那些人被一路拖過來，早奔得筋疲力盡，有幾個已踉蹌栽倒。只要一倒下，就再也沒有爬起來的可能。

百姓卻早就司空見慣。党項人每次若逢戰敗或者發怒，均會玩這種把戲，號曰「殺鬼招魂」。傳說中，這種方法能夠磨礪勇氣，保佑下次作戰順利。保旺羅行到長街正中，陡然勒馬，他的十數個手下也齊齊勒馬，有幾個宋人還在勉力奔行，馬勢一停，徑直被拋了出去，重重地摔在青石街上，多數被摔得腦漿迸裂。

但那些宋人中，竟還有一人掙扎站起，就要逃命。不想一箭飛來，刺穿了他的背心，將他釘在了土牆上。一抹豔紅的血，順著土牆流淌而下，觸目驚心。保旺羅手持弓箭，雙眸通紅，看起來還沒有殺過癮。淬厲的目光一掃，長街兩旁的人紛紛低頭。保旺羅嘴角帶著分獰笑，叫道：「誰告訴老子狄青在哪裡，我就賞他一百兩銀子。誰敢幫助狄青，我就要他的命！」

無人應聲。保旺羅還待再吼，長街對面馳來一匹快馬，看其行裝，是夏兵的打扮。那人高喊道：「團練大人，王爺讓你立即前往通化樓。」

這裡只有一個王爺，那就是龍部九王之一的天都王野利遇乞！龍部九王，八部至強。天都無界，山訛守疆！

夏軍五軍中，以騎兵中的鐵鷂子和橫山的山訛軍最為犀利。天都王野利遇乞領山訛軍鎮守橫山多年，就算元昊見了，都要給幾分面子，保旺羅再是囂張，聽到野利遇乞相召，亦是不敢怠慢，忙道：「好，我馬上就去。」通化樓是葉市最大的一個酒樓，保旺羅暗想野利遇乞找他去那裡，多半是要商議攻打大順城一事。

那騎已到保旺羅的面前。保旺羅突然有了種心悸，察覺到有些不妥，厲喝道：「你是誰？」他驀地發現，那兵士只是葉市尋常夏兵的打扮，並非野利遇乞身邊的親兵。若非野利遇乞身邊的親兵，如何會被派出來傳訊？

那馬上騎士低聲道：「這是……王爺……的令牌……」他說得斷斷續續，手一伸，掌心上多了面令牌，金光閃閃。

保旺羅定睛望去，看不懂那是什麼。

陡然間，一道寒光從那人的袖口打出，直奔保旺羅的咽喉！

眾人大呼，不想那騎士竟是個刺客。變生肘腋，保旺羅怪叫聲中，奮力向左避去。那刺客暗器打得急，但保旺羅身手矯捷，竟避開了這必殺的一擊。

可那刺客暗器才出，人已騰空而起，手臂急揮，單憑手中金光閃閃的令牌，就劃破了保旺羅的咽喉。

保旺羅摔落馬下，眼如死魚般，盯在刺客的臉上。他到現在為止，還不明白那人為何要殺他。保旺羅只見到對手面如死灰般的臉。

那人空中翻身，已騎到保旺羅的馬上，高喝道：「殺人者——狄青！」

長街眾人聽到「狄青」二字，悚然驚呼。那人高喝聲中，策馬前奔，一騎絕塵。保旺羅的護衛這才清醒過來，驅馬急追，不想前面長街處，左右各衝出兩人，橫端巨木撞過來。那巨木碗口粗細，長達數丈，橫過來，已塞住了長街。

狂呼聲中，馬兒慘嘶，竟被那巨木擊折了四肢。那些護衛躲避不及，紛紛落下馬來。一護衛身手不錯，還待翻身而起，就見到有缽大的拳頭擊過來。砰的一聲巨響，那護衛慘叫聲中，竟被一拳擊飛了出去。

那護衛人在空中，鮮血狂噴，只見到一人拳頭帶血，嘴角帶笑，輕聲道：「我……就是狄青！」落葉街已亂，那護衛暈過去的時候，還想不明白，為何又冒出個狄青？

持巨木的四人連殺數人，止住了追擊，紛紛閃身進了附近的店鋪，不知所蹤。這時長街上示警號角長鳴，紛亂四起。拓跋摩柯快步走出府邸時，正聽到號角長鳴，不知發生何事。他本是嘉寧軍司的監軍使，奉命從宥州過橫山前來葉市，隨時準備進攻大順城。

野利遇乞方才讓人傳令，命他急赴通化樓。拓跋摩柯聽王爺相召，不敢怠慢，早就命手下準備車馬。他到了府外，身邊的十二勇士已整裝待命，神色肅然。

那十二勇士有如標槍般戳在那裡，冷酷、鎮靜。拓跋摩柯很滿意，知道這十二勇士到了哪裡，都有領軍的資格。他有這些人的護衛，可謂是高枕無憂。任何人想要擊敗這些勇士，衝到他的面前，都要付出慘痛的代價。更何況，就算有人衝過了那些勇士的防衛，也擋不住拓跋摩柯的開山巨斧。

拓跋摩柯身為監軍使，勇力無敵，一把巨斧，也不知道要了多少人的性命。

遠遠處，長號響聲不停，竟似有敵來襲。拓跋摩柯到了馬前的時候，皺了下眉頭，心道保旺羅在這裡坐鎮，出了事情，怎麼不趕來知會一聲？拓跋摩柯沒有多想，認為這是葉市，就算有敵，人也不會太多；就算有敵，保旺羅肯定也能搞定。拓跋摩柯上了馬，在十二勇士的簇擁下，沿著青石長街向通化樓的方向行去。

馬兒輕嘶，拓跋摩柯正在琢磨天都王用意的時候，感覺到微風蕩漾。抬頭望過去，見到樹上很有幾分綠意。

原來春已到了。

拓跋摩柯不待再想下去，就見到高樹上突然飄下了一片落葉，遮住了日頭，向他飛了過來。拓跋摩柯一驚，隨即已發現，那不是落葉，而是一個人！

一個身著灰衣的人。那人衣著顏色和枯樹彷彿，一直就攀在樹上，若是不加留意，只以為那是段枯枝。那人轉眼間已掠過拓跋摩柯的護衛，到了拓跋摩柯的頭頂。

拓跋摩柯大驚，喝道：「抓住他。」

十二勇士呼喝連連，紛紛向拓跋摩柯湧去。可那人從空而降，繞過護衛，十二勇士一時間鞭長莫及。

拓跋摩柯見那人已到頭頂，怒喝一聲，揮斧劈去。巨斧極重，足有五六十斤的分量，這一斧頭下去，就算石頭，都能被他砍成兩半。可抽刀難斷水，巨斧難克柔。空中那人如片樹葉，只是一盪，已避開巨斧。手一揚，一張大網倏然張開，竟將拓跋摩柯罩在網中。拓跋摩柯身經百戰，可從未經歷過這種過招。大叫聲中，已被大網束縛得不能動彈。這時候寒光一閃，一柄短刃已透網而過，插在拓跋摩柯的胸膛。

拓跋摩柯雙目凸出，怒嘶道：「你是誰？」

那人踢落拓跋摩柯，站在馬背上，冷然道：「我就是狄青！」

話音未落，那人手腕翻轉，一根繩索飛出，搭在牆頭之上。他借繩索之力，身形縱起，已上了高牆。手中繩索再飛，纏住樹枝，翩翩而起，盪得遠了。

十二勇士驚得目瞪口呆，不信世上還有這種身手。

拓跋摩柯死，十二勇士不能免責，一想到這裡，眾勇士硬著頭皮去追。才過了街口，就見轉角巷口處衝來十數人，個個手持短槍，犀利扎來。那十二勇士猝不及防，竟被扎翻了半數，餘眾一聲喊，紛紛退後。手持短槍那些人並不追趕，身形閃動，已再藏身巷中，消失不見。

不知多久，才有勇士壯著膽子去看，巷中早沒有了人跡。那巷子的白牆上，塗著幾個鮮紅的血字——殺人者、狄青！

殺人者狄青！狄青來到了葉市！這個消息風一樣地傳遞，雷一般地鳴響，只用了半天的工夫，已傳遍了整個葉市。

狄青威震西北，大鬧興慶府，甚至殺到了玉門關，夏人對他竟無可奈何。狄青協攻白豹城，殺骨咩三熊，橫刀金湯城前，竟無人敢出城一戰。狄青守大順城，數月五戰，斬七將，大破葉市來敵。這段日子，狄青這個名字早就傳遍西北，如日中天。

夏軍三川口的大勝，似也掩不住狄青兩字的光輝。狄青這個名字，在西夏人心目中，已越來越沉，越來越神祕。誰都聽說過狄青，可見過狄青的卻少之又少。有人說他玉樹臨風，有人說他青面獠牙，有人說他身高丈許……每個人說的版本都大不相同。而傳到野利遇乞面前的狄青版本，也有三四個之多。

已黃昏，野利遇乞正在通化樓。野利遇乞的確傳令讓葉市眾軍將趕來，可傳令一個時辰後，所召的七人中，竟然只有三人趕過來。

不聽天都王的號令，後果只有一個，那就是死！不過那不聽號令的四人顯然已不必害怕，又過了一個時辰，他們就被橫著抬了進來，四人已死。每一人眼中都是惶恐難以置信的表情，當然是不信會有人在葉市殺了他們。

屍體中有葉市團練保旺羅，有嘉寧軍司的監軍使拓跋摩柯，另外兩人，衣著華貴，顯然也是葉市的要人。

野利遇乞坐在高位，冷漠地看著那四具屍體問道：「教練使，你可查出凶手是誰？」野利遇乞額頭突兀，雙眸深陷，鼻子顴骨高聳起來，整個面容如天都山般，有峰有谷，很是奇特。

但沒有人敢笑他，甚至沒有人敢看他一眼。所有人都知道，野利遇乞本性殘暴，自從野利旺榮死後，他更是陰冷非常。若有半言觸怒野利遇乞，說不定就會惹上殺身之禍。

野利遇乞問的是左手處的一個藩人。那藩人身材彪悍，臉色蠟黃，聞言喏喏道：「卑職已在查。凶手……好像是狄青。」

「好像？」野利遇乞笑了，淡淡問，「你好像也快死了？」

天已冷，可那教練使汗水不停地流淌，顫聲道：「凶手就是狄青！」

野利遇乞歎口氣道：「我聽說，這四人幾乎同一時間死的，有的在葉市東，有的在西。狄青恁地厲害，竟可分身四處殺人嗎？」

教練使抹汗道：「那就不是狄青了。」

野利遇乞譏誚笑道：「我是讓你捉賊呢，還是讓你在猜謎？你累了，該休息下了。蘇吃曩……將教練使拖出去砍了！」話音落地，一人從野利遇乞身後閃身而出，一把抓住了那教練使。

站出那人臉若刀削，身上黑衣剪裁得極為妥帖，襯得身軀如長槍般挺直。眾人都認得，此人就是野利遇乞的近身侍衛蘇吃曩。

教練使也算魁梧，可不知是畏懼，還是根本無法抵擋，竟被蘇吃曩抓小雞一樣地抓住。

教練使被拖出去時，慘叫道：「王爺，卑職冤枉，只求你再給我個機會。」

野利遇乞不語，無人敢言，只怕惹禍上身。

片刻後，蘇吃曩已端個托盤入樓道：「王爺，請查驗。」盤上盛有一顆血淋淋的人頭，正是那教練使的腦袋。

眾人想著方才還是鮮活的一個人，轉眼間只餘個腦袋，不由胃中作嘔。可在野利遇乞面前，他們哪敢嘔出來？野利遇乞望著那人頭，突然一指不遠處的一人道：「你現在什麼官職？」

被指那人聲音微顫道：「卑職是軍中侍禁。」教練使職位在監軍使之下，侍禁又比教練使低了一級。

野利遇乞淡漠道：「你現在就是葉市的教練使，負責緝拿凶徒。去吧！」

那侍禁又驚又喜，喜的是莫名被提拔，驚的是，若找不到凶徒，是不是也會和方才那個教練使一樣的下場。可這時已沒有選擇的餘地，那侍禁飛奔下樓，呼喝人馬，開始在葉市全力緝凶。

野利遇乞端起酒杯道：「來……喝酒。」

他下手處，只坐著三人，個個面色如土，紛紛舉起酒杯道：「謝王爺。」

野利遇乞喝了杯酒後，問道：「頗超刺史，群牧司那面，有何消息了？」夏國群牧司主要負責馬匹供給，頗超刺史身在群牧司，眼下負責戰馬調配一事。

頗超刺史身材稍矮，膚色黝黑，聞言起身道：「王爺，日落後，就會有兩千匹戰馬送到葉市。」

野利遇乞點點頭，問道：「都押牙，各溜的兵力分派得如何了？」夏國都押牙和大宋的兵馬都監職責彷彿，主負責集兵。

都押牙神色冷峻如冰，沉聲道：「軍令已傳，明日當可聚齊萬餘兵馬。」

西夏全民皆兵，地方出兵，均是由當地的部落首領來指揮。一個部落的兵士就稱為一溜。軍令一下，各部落必須回應，若不跟從，將有重罰。

如此一來，夏人負擔遠較宋廷為輕，糾結兵力的速度更是遠勝宋軍。

野利遇乞聽都押牙回復俐落，滿意地點點頭道：「你們辛苦了。」

那二人齊聲道：「卑職本分所在。」

野利遇乞淡淡道：「可有些人，就連本分都做不好了。」他斜睨下手的第三人，輕聲問，「藩落使，馬已運齊，人已積聚，不知你可有了必勝的準備？」

藩落使詫異道：「王爺，眼下狄青為亂葉市，我們真要出兵攻擊大順城嗎？」藩落使又是各部落聯合的首領，羌人多部，統禦困難。元昊立國後，在夏境各要害之地設十二監軍司，由都統軍鎮守。都統軍之下，又有藩落使，都押牙負責指揮召集各部軍馬，以供夏人最快出兵。

當年三川口一戰，元昊能迅疾集結十五萬騎兵入侵大宋，就是得益於這種調兵策略。這藩落使本名拓跋守峴，已是葉市左近的最高統領。野利遇乞道：「你可知狄青為何要在葉市作亂？」

拓跋守峴搖頭道：「下官不知。」

野利遇乞冷笑道：「范仲淹興建大順城，已把刀子捅到夏境。宋廷西北邊防雜亂，難以糾集大軍，因此大順城最多也不過一兩千人在守著。范仲淹知道我絕對不能容忍有這樣一座城池立在面前，也知道我肯定要大舉出兵，他明白大順城堅守困難，這才讓狄青過來搗亂。他們的目的，就是不想我們出兵。既然如此，我們就偏要出兵！」

拓跋守峴又驚又佩道：「王爺心智非凡，想那范仲淹是萬萬比不上了。下官……雖沒有必勝的把握，但絕不會辜負王爺的厚望。」

野利遇乞冷哼聲，望著酒杯沉吟不語，心中暗想：大哥作亂被殺，兀卒最近對我很是冷漠，只怕已對我有了疑心。我這次帶兵攻打大順城，必須成功，不然的話……不然怎麼樣，他已不敢想下去。

野利遇乞不語，眾人更不敢多話。

夜已臨，酒寒風冷。華燈初上，從通化樓望過去，只見到長街燈火若星，但這星光下，卻是死一般的沉寂。今日葉市凶殺四起，就算再想買賣的商人，都早已回轉宅中，閉門不出。

拓跋守峴自從來到通化樓後，大氣都不敢多喘，只喝了幾杯冷酒，又冷又餓，小心翼翼道：「王爺，夜已深了。捉拿狄青一事，自有他們負責。王爺操勞一整日，也該早些休息了。萬一……」他見野利遇乞臉色不善，終於不敢再說下去。

野利遇乞雙眸斜睨，「萬一如何？」

拓跋守峴壯著膽子道：「萬一狄青前來行刺，王爺千金貴體，怎能不小心提防？」

「大膽！」蘇吃曩喝道，「王爺怎會畏懼狄青？王爺在此，就是想讓葉市的人看看，狄青不過是個鼠膽之輩。」

拓跋守峴心中不滿，心想你不過是王爺身邊的近衛，怎能對我大呼小叫？可見野利遇乞一言不發，拓跋守峴心中發毛，賠笑道：「下官明白了。原來王爺在此，就是要等著狄青前來！他若不來，不過是個無膽鼠輩；他若來了，還能逃脫王爺的掌心嗎？」他越想越對，自己都有些佩服起自己來。

野利遇乞突然道：「我餓了。」拓跋守峴一愣，半晌竟不知如何作答。野利遇乞道：「你這麼聽明，難道不知道餓了就要吃飯嗎？」

拓跋守峴終於省悟過來，忙喊道：「快上酒菜來，王爺餓了。」話音未落，樓梯上已有腳步聲響起，拓跋守峴心道：怎麼這菜上得這麼快？蘇吃曩臉色微變，已閃身到了野利遇乞的身前，神色戒備。有人未經通稟就上樓！

聽來人腳步，慢慢騰騰，絕不是侍衛，侍衛怎敢如此怠慢？可若不是侍衛，進來的難道是刺客？可若是刺客，怎麼會走得不慌不忙？蘇吃曩想不明白，手按劍柄，眼露殺機。無論來人是誰，他都以保護天都王為重！

眾人見蘇吃曩緊張，不由駭然變色，紛紛站起。

只有野利遇乞神色不變，緩緩道：「退下。」

蘇吃曩微愕，但不敢違背天都王之意，閃身到了一旁，還是全身貫力，虎視眈眈。樓梯口，終現一人。那人身材不高不矮，不胖不瘦，衣著簡樸到寒酸的地步。春寒料峭，那人卻只穿了件長衫。他臉色紅潤，嘴角似笑非笑。最讓人奇怪的是，他的一張臉很是年輕，可一雙眼已很滄桑。這人就站在那裡，可沒有人能看出他的年紀。

蘇吃曩鬆開握劍的手，倒退半步，眼中竟露出分驚懼之意。方才他殺人取首級，眼皮都不眨一下，可見到這個平和的人，不知為何，手都有些顫抖。

那平和的人斜睨眼蘇吃曩，嘴角還是帶著笑，轉望野利遇乞道：「我來了。」

野利遇乞握著酒杯，皺眉道：「你來做什麼？」

那人微笑道：「我來告訴你幾件事情。」

野利遇乞如山一般的臉，開始變幻流動，如同被雲層覆蓋，讓人看不出心意。

那人還是在微笑，就在靜靜地等野利遇乞回話。野利遇乞眼中帶分警惕，開口道：「請坐。」他在這通化樓中，終於說出個「請」字，可看他的表情，覺得理所當然，這人值得他用個請字。

那人也不推讓，含笑坐下來道：「有酒無菜，算不上好主人。」

野利遇乞一拍桌案，喝道：「菜呢？怎麼還不上來？」

酒菜如流水般上來，卻沒有任何人動筷。那人看了眼酒菜，突然扭頭對蘇吃囊道：「你為何怕我？」

蘇吃囊臉色蒼白，強笑道：「般若王說笑了，我不是怕你，只是敬你。」

那人微微一笑，不再言語。頗超刺史和都押牙都是一驚，不想這平和帶笑的人竟也是龍部九王之一。

來人竟是般若王！龍部九王，八部至強。般若悟道，智慧無雙！般若本梵語，意為智慧。眾人當然都聽過般若王的大名，但很少有人見過般若王。這人本來就少在邊陲活動，聽說般若王一直在藩學院出沒，這次怎麼也到了葉市？這也難怪野利遇乞也說個請字。蘇吃囊見般若王不語，彷彿也鬆了口氣。野利遇乞知道最近龍部九王中，菩提王被狄青所殺、野利王自盡、龍野王死在三川口一戰。若說以前，和元昊最近的當然是野利兩兄弟。自從野利旺榮死後，野利遇乞就知道，元昊再不可能和野利家親密無間。眼下和元昊走得最近的，卻是這個般若王。

野利遇乞每次想到這裡，心中都不舒服。見般若王如坐禪一樣，野利遇乞終於忍不住問道：「你說來這裡，要告訴我幾件事？」

般若王笑容不減，「狄青大鬧葉市，殺了我們幾個領軍的人，天都王當然憤然，就想守株待兔，看看狄青有沒有膽量來殺你。王爺雄風不減，可喜可賀。」

野利遇乞面沉似水，「那依你的看法，狄青敢不敢來呢？」

般若王微笑道：「他好像從來沒有不敢的事情，據我們後來推測，當初從天和殿橫梁躍下的那刺客就是狄青。你想他連帝釋天都敢去刺殺，這世上還有他不敢的事情嗎？」這本是尋常的一句話，野利遇乞聞言，眼睛眯縫起來，琢磨著其中的深意。當初天和殿叛亂，為首之人就是野利遇乞的兄長，般若王舊事重提，所為何來？

野利遇乞心思飛轉，還能冷靜道：「如果他敢來，不知會在什麼時候到呢？」

般若王眯縫著眼睛，突然望向那個端菜過來的夥計，一字字道：「現在！」

野利遇乞已變了臉色。

通化樓殺氣遽起。

眾人被兩個王爺之間的對話吸引，都明白般若王來這裡，絕非為了說閒話。可誰都想不到，還有人敢在龍部兩王的面前出手。

出手的是那個端菜的夥計。

夥計端著一個托盤，上面扣著個銀光閃閃的蓋子，裡面也不知道是蒸魚還是蒸雞。天都王要上菜，通化樓的老闆當然就在不停地上菜，有些菜根本動都沒動，就已原封端了下去。王爺吃的菜，當然不能涼，因此有夥計悄悄換菜，好像也正常不過。

但就是這個正常的夥計，霍然掀開托盤蓋子，取出了短刀。刀光閃亮，已壓得四壁燭光失色。

那夥計一定是狄青！所有人都是這麼認為，只有狄青才有膽子混入這裡，只有狄青才敢這時亮刃。所有人都認為狄青要殺的是天都王野利遇乞……可轉眼間，眾人大吃一驚，刺客出手，一刀竟刺向了般若王的喉間。短刀獨舞，刀意橫行！

刺客要殺的竟是般若王！刀光耀得野利遇乞臉上變色，他目光中也有了驚恐之意。那人不殺他，他應該慶幸才是，他驚恐又是為了什麼？

般若王笑容竟然還在，他喉間突然多了個酒杯。那酒杯本在桌案上，他一伸手就取了酒杯擋在喉間。短刀刺在酒杯上，叮的一聲響，酒杯四裂，刀勢微頓。碎裂的瓷片不等落下，倏然電閃而出，直奔刺客的喉間。那刺客出手突然，但般若王反擊更是犀利。轉瞬間，刺客已陷窘境。他若退，四面受圍，樓上的侍衛在刺客出手那一刻，已倏然衝過來。他若進，就要先挨那瓷片。瓷片若刀，尖嘯銳利。

刺客陡然倒仰，一腳踢在桌案上。桌案倏然而起，不但擋住了瓷片，還向般若王兜頭砸到。桌上碗筷瓷碟齊飛，呼嘯而出，不亞於飛刀利刃。野利遇乞身形一縱，已到了空中。他人在空中，只聽到波的一聲，就見短刀飛穿桌面，取的仍是般若王的咽喉。刺客踢飛桌案時，短刀脫手飛出，刺破桌面，仍要擊殺般若王。

般若王笑容一僵，倏然倒翻而出。那短刀幾乎擦著他的臉龐，刺在了酒樓的梁柱上。刀鋒冷厲，已吹得他遍體生寒。樓上兔起鶻落，一切不過是在剎那之間。

野利遇乞見般若王閃過那一刀，吐口氣喝道：「抓住他。」他已瞥見刺客急衝而出，就要奔下樓去。他空中一個轉身，飛撲而去。

一擊不中，當求全身而退，那刺客果斷離去，再無停留。

頗超刺史正守在刺客逃竄的方向，拔刀喝道：「哪裡……」他「走」字未說，單刀已到了刺客之手。刀光一閃，頗超倒地，刀光再閃，脫手而飛，向半空中的野利遇乞斬去。

野利遇乞一凜，閃身躲避。不待再追，就聽到酒樓轟的一聲大響，火光四起，濃煙滾滾。眾人皆驚，已察覺通化樓搖搖欲墜，晃動起來。再是一聲巨響，碎屑橫飛，通化樓竟然塌了下去。眾人大呼小叫，已顧不得再抓刺客，紛紛跳下樓去。那個都押牙和幾個侍衛躲避不及，慘叫聲中，竟被埋在了樓裡。野利遇乞落在樓外時，眼角跳動，鼻尖已有冷汗。

這場刺殺來得突然，去得突然，塵煙滾滾中，守在樓外的侍衛紛紛圍過來。一時間火把如林，照得樓外已如白晝般。眾人驚懼中，見王爺沒事，紛紛舒了口氣。有一人衝過來問，「王爺無恙吧？」那人也是野利遇乞的貼身侍衛，只想討好野利遇乞，不想野利遇乞霍然抽出他的腰刀。

那人一怔，不等再說，只見到眼前刀光一亮，已倒了下去。那人臨死也不明白，為何會觸怒了王爺。

單刀帶血，天無月。夜黑風高。野利遇乞斬一人後，眼中驚懼更濃。誰都看出他眼中有驚恐，刺客已去，他驚怖什麼？

眾人悚然，一人微笑道：「招是快招，刀是好刀，可還不如兀卒所賜的無滅刀。」這時候還能笑出來的人只有一個，就是那平凡沖和的般若王。般若王手中拿著一把刀，刀光不滅，黑夜明火中，熠熠發光。

刀是寶刀，亦是刺客所用的刀。般若王還在笑，好像刺客要殺的不是他，而是旁人。這裡就他不該笑，但他彷彿笑得最開心。

野利遇乞眼皮有些跳動，盯著般若王手中的那把刀，竟沉默起來。

般若王緩緩道：「阿那律，本意無滅。阿那律，亦是釋迦牟尼的弟子。此人本是釋尊的表親，從佛後，為佛守夜，晝夜不眠，以致雙目失明，卻得釋尊器重，修得天眼神通。」

他在這時候，突然說起佛教的一段典故，旁人均有些奇怪。野利遇乞臉色漸趨平靜，只望著自己手上的那柄刀，刀身上鮮血已滴盡，刀身色澤黯淡，這只是快刀，並非好刀。好刀殺人是不留血的……

「天都王鎮守橫山多年，兢兢業業，若論辛勤，可比阿那律。是以兀卒賜天都王無滅寶刀，以示嘉許。這寶刀削鐵如泥，又是兀卒所賜，天都王素來都是奉之若珍，旁人不能輕易看到……」般若王慢慢地說，眾人都是奇怪地聽，搞不懂般若王為何不關心刺客，只關心一把寶刀。般若王還是在笑，可笑容在森森夜色中，多少帶了分早春的冷，「我很奇怪，這麼珍貴的一把無滅刀，怎麼會在刺客的手上？」

眾人臉色皆變，再看般若王手上的刀，表情已各不相同。

原來刺客拿的竟是無滅刀！刺客拿著野利遇乞的無滅刀到了通化樓上，要殺的卻是般若王，這裡面的深意，讓人聽著都驚悚。

般若王繼續道：「自從野利王死後，天都王好像就很少回興慶府，常年在宋境出沒，久久不歸。知道的人都明白，天都王是為國盡忠；可不知道的看到了，難免會想，天都王會不會不滿兀卒賜死他的兄弟，想要聯繫宋人造反呢？」

野利遇乞竟然還不言語。眾人見了，皆是心中凜然，暗想天都王性子狠惡，脾氣躁厲，如今這般沉默，難道說刺客真是他派出來的？

般若王含笑道：「按理說，今日葉市殺機四起，狄青下一個目標很簡單，那就是刺殺天都王，徹底斷絕夏軍出兵攻打大順城的念頭。可奇怪的是……他要殺的人，不是天都王，而是我！」

野利遇乞開口道：「他不一定是狄青，他就算對我出手，也不見得殺得了我。」

般若王問道：「我只是疑惑一點，我來這裡，是奉兀卒之令，這之前，只有王爺才知道消息。為何那刺客會對付我？難道說……有人知道我對他不利，所以提前安排人下手除掉我。方才通化樓突然倒塌，讓我們追不到刺客，若沒有精心的策劃，怎能如此？事後，有人就可把一切都推在狄青的身上？」

眾人都明白了般若王的言下之意，通化樓無端被毀，恐怕也只有野利遇乞有這個本事。話如刀鋒，風捲火愁，通化樓外，已靜得呼吸可聞……

眾人都在望著野利遇乞，等待他的授意。這裡畢竟還是野利遇乞的天下，跟隨他的人不在少數，只要他吩咐一聲，般若王就算再智慧，恐怕也會被亂刃分身。

野利遇乞只是望著手上的刀，衣袂顫抖，也不知是風吹，還是心動……

葉市雖繁華，但也有廢地。就像陽光再明耀，也能照出暗影一樣。離葉落街幾里處，有個廢園，當年曾極為繁華，可自從那家主人因得罪了保旺羅，被斬殺殆盡後，那園子就變成了鬼園。冷風吹，如幽靈嗚咽。葉落街經常死人，很多人都說，那屈死的亡魂都匯聚在廢園，因此就算在白天，都無人敢進園。

深夜的時候，廢園寒風呼嘯，枯葉四飛，有如無數幽靈徹夜狂歡。園中一棵大樹下，佇立個黑影。枯葉寒風中，凝然不動。就算萬千幽靈在狂歡，那黑影也是孤寂的。狂歡是一群人的孤寂，但孤寂豈不也是一個人的狂歡？那影子雖孤寂，可那雙眼卻是雪亮熾熱……園外突然傳來幾聲貓叫，甚是淒切。傳言中，貓也是通靈之獸，甚至可以見到幽靈出沒。那貓兒悲鳴，難道是因為見到鬼怪的緣故？

那影子聽到貓叫，只是擊了下手掌。一黑影浮上高牆，有如幽靈般閃現。樹下的黑影還是紋絲不動，只是冷冷地盯著那前來的人。黑影縱下高牆，忍不住地四下張望。樹下那人道：「這裡除了我，並無旁人。」

前來那人笑道：「都說狄青膽大如天，今日一見，果然名不虛傳。」

樹下那人正是狄青。狄青眼眸閃亮，盯著眼前那人。夜黑風急，那人戴著眼罩，讓人看不清面容。狄青只能見到那人長槍般挺直的身軀，一身衣衫裁剪得不差。

那人輕咳道：「今日之事，很成功。」

狄青哦了聲，回道：「你放心，种世衡答應你的事情，肯定會辦到。現在野利遇乞如何了？」

那人舒了口氣，低聲道：「般若王中計了，他開始懷疑起野利遇乞。這次野利遇乞縱有十張嘴，只怕也解釋不清。再說前段時間，因野利旺榮叛逆，兀卒亦對野利遇乞有了戒心，恐怕也不會聽他的解釋。眼下般若王逼野利遇乞回返興慶府，向兀卒交代一切。只要他離去，就是你們攻打橫山的機會。」

那人語氣中隱約有了分得意，但聽他所言，顯然與狄青並非一夥。

狄青點點頭，眼神有了分古怪，突然沉聲道：「你很好……我們攻打橫山、再戰宥州一事……」

那人並沒有察覺到狄青的異樣，急聲道：「野利遇乞走了，我肯定也要跟隨他離開。攻打橫山的事情，和我無關。我來這裡，只是要告訴你，這是我為你們做的最後一件事，你們莫要忘記自己的承諾。」

狄青長吸一口氣，目光陡然變得如針尖般犀利，「你不用跟隨他走了。」

那人一驚，失聲道：「你要做什麼？難道說……你們言而無信？」

「你不用跟隨天都王走了，因為你哪裡都不用去了！」一個聲音從遠處飄來。

那人遽然而驚，長槍般的身軀劇烈顫抖起來。黑暗中走出一人，面帶笑容，如閒庭信步般走到狄青身前不遠處，止步道：「這位……就是赫赫有名的狄青狄將軍嗎？」

狄青瞳孔暴縮，還能沉靜道：「般若王？」來人正是龍部九王之一的般若王。

般若王點點頭，微笑道：「狄青，我早聽說過你的名字。一直想見你一面，可要見你，不是那麼容易的事情。」

狄青目光從般若王移到蒙面人的身上，見蒙面人如風中落葉般的抖，緩緩道：「你現在不是見到了？」他表面平靜，可早聽出廢園四周有細密的腳步聲傳來。

腳步聲雖輕，但逃不過他的耳朵，在般若王現身的那一刻，最少已有百十來人包圍了廢園。狄青伊始覺得是細作出賣了他，可見到那細作的舉止，就知道不是。顯然……般若王並沒有中計，中計的是他狄青。

「見你一面，真花了我不少工夫……」般若王還在笑，可目光如針，盯死了狄青的舉動。狄青已見過般若王的武功，知道平手交戰，自己不見得勝不了他。但他眼下四面為敵，已失地勢，更何況……般若王若沒有上當，天都王當然也來了。

他以一己之力，如何能抗得住龍部兩王、加上百十名高手的圍剿？最要命的是，他的五士均已化整為零地撤離葉市，他是留在這裡的最後一個人。他本來已決定，無論事成與否，他都必須要走。

他用無滅刀偷襲般若王，本是一計，嫁禍給野利遇乞的一計。种世衡收買細作偷了野利遇乞的無滅刀，他若能用無滅刀殺了般若王，野利遇乞百口莫辯。就算不能得手，般若王如何能放過野利遇乞？他能順利逃走，得益於霹靂。李丁等人在狄青一發動進攻的時候，就動用了霹靂，毀了通化樓。計畫很是周詳，但可惜的是，般若王比狄青想像中要聰明得多。般若王見狄青不語，又道：「最近你們的消息得到得太快，我們數次攻擊大順城，都被你提前得到了消息，我們就有懷疑了，懷疑我們党項人中有了內奸！」他若有意若無意地看了一眼蒙面人，蒙面人額頭已有汗，般若王續道：「你這次一出手，就殺了葉市領軍最要緊的四人，阻撓我們出兵攻擊大順城，當然是提前知道消息了。我一到這裡，你就轉而殺我，你心機很巧……」

不等般若王說下去，狄青已道：「你來葉市，不是為了野利遇乞，而是為了我，你早知道我會對葉市下手，對不對？」

般若王撫掌微笑道：「不錯。」

狄青冷冷道：「你想殺我，但一直抓不住我。因此你故作中計，你當然知道，你們中已有了細作！你只要做戲逼天都王回興慶府，那細作肯定會向我請功說明情況。通化樓倒塌，我雖逃了，但你並不急於抓我。你只要盯著細作，知道他必定會引你前來，因此你們就可以將計就計地圍殺我，對不對？」

一人拍掌道：「聰明，狄青，你果然是個聰明的人。」那人走了過來，一步一個腳印，步步如山，來人正是天都王野利遇乞。

蒙面人更是哆嗦得厲害，恨不得化成一片枯葉飄去。

野利遇乞根本不望蒙面人，因為他的大敵是狄青，一百個蒙面人，也抵不過一個狄青。更何況，他早就知道蒙面人是誰！

「幾日前，有人偷走了我的寶刀，我一直在想，他到底是什麼目的？現在事情簡單了，原來你們要用寶刀誣陷我。幸運的是……這件事我已經提前告訴了兀卒。狄青，你很聰明，你知道就算蓄力一擊，也不見得殺得了我，因此在知道般若王到來時，轉而攻擊他。你想讓般若王以為，我有反心，你想挑撥我們自相殘殺。」

狄青冷風佇立，半晌才道：「你現在不想殺般若王，不意味著以後不想。」

野利遇乞臉色微變，般若王已笑道：「狄青，你到現在，還不放棄挑撥之心嗎？方才你猜的很多都對，只說錯了一句話。」

「是哪句？」狄青問道。

般若王道：「你以為我們想殺你，那是大錯大錯。」

狄青嘲諷道：「你們不想殺我，布置百十來人到這裡捉鬼嗎？」

般若王道：「我們不想殺你，可也不想放了你。你是我們需要認真對付的敵人。」他笑容仍在，語氣真誠道，「兀卒已覺得，你是大夏最可怕的威脅。你很可能成為曹瑋之後，對夏國最有威脅的一個宋將。但你受制於那些庸才，不能盡展所能，戴著鐐銬作戰，何其痛苦？」狄青沉默無言，心中歎息。

般若王留意著狄青的表情，眼中發光道：「兀卒雄才偉略，任人唯能，志在一統天下，成就王圖霸業。狄青，你若投奔兀卒，我以人頭擔保，你可直升龍部九王之位，掌控党項千軍萬馬，一展生平抱負，何其痛快？你眼下雖有范仲淹賞識，但宋廷已朽，范仲淹自身難保。范仲淹若倒，你還能再找個范仲淹嗎？」

狄青輕歎口氣道：「大宋只有一個范仲淹。」

般若王哈哈一笑，「說得好。你若明白這點，就應該過來幫手兀卒……不然……縱然武功蓋世，還是和郭遵一樣的下場。」

狄青聽到郭遵的名字，霍然抬頭，眼中已有怒火一樣的顏色。般若王自悔失言，暗想聽說郭遵和狄青關係極好，自己本想舉例，如今倒有些弄巧成拙。不等再說，狄青已一字字道：「大宋只有一個范仲淹，但大宋也只有一個狄青！」

般若王笑容已很淡，他聽出了狄青的意思，緩緩道：「這裡好手如雲，夜叉部好手多半在此。你要想清楚，我們雖不想殺你，可絕不會放你回去！」

狄青微微一笑，「我何必回去？」

他言畢，已拔刀。

春風冷、相思濃，刀光起，斬不斷風中情思，卻斬得下大好的頭顱。刀聲清越，刀聲如歌，單刀孤獨，在淒涼的夜色中唱起如火的歌……

第十九章　高　手

狄青發動了第一攻。

他沒有逃，他不想逃，他也逃不了。狄青錯算一次，就不想再算錯第二次。

般若王很狡猾，說的話當然不可信，但般若王有一點肯定沒說錯，廢園外已遍布好手。狄青雖駭然般若王的調動能力，但他不懼。

若是貿然突圍，只怕會入圍，所以狄青攻，第一攻取的就是天都王！

野利遇乞雖勇，但已老。在通化樓行刺的那一刻，狄青就已看出野利遇乞凶悍的外表下有些懦弱。這本來就是無可奈何的事情。年輕人受得起挫折，因為不知道挫折的痛，但等到老了，傷痕累累，只能回憶挫折的痛，而沒有經歷的勇。野利旺榮被殺，野利遇乞竟還能安之若素，甚至爭取元昊的諒解，狄青在通化樓出刀，野利遇乞先行自保，這都可看出，野利遇乞並沒有拚命的勇氣。可狄青有拚命的決心！他必須拚，不拚就死！死也要拚！

野利遇乞身為九王之一，武技高強，反應仍在，見狄青拔刀，已躍躍欲試，可見到狄青出刀，臉色已變。他見到的不是狄青的刀，而是一道閃電。閃電橫行，閃電後，有沉雷的氣魄，犀利的雙眼。

狄青刀法厲，氣勢更勝，殺氣漫天。他使的本是千軍百戰，橫行睥睨的刀法。當年殘唐十三太保李存孝就是以橫行刀立世，打遍天下未逢敵手。橫行刀法固然犀利，但要使出刀意，卻要憑一腔橫行天下的霸氣。狄青少霸氣，但有悲意、有血氣！

野利遇乞在通化樓時，見狄青一擊不中隨即就逃，只以為狄青本事不過如此，只以為他最少可以接住狄青的幾招。但他立即發現自己錯了，大錯特錯！橫行刀下，他一招都接不下來。狄青可以不要命，他能嗎？

野利遇乞退、暴退、竭盡全力地退，轉瞬已退到了高牆之下。刀光追斬，如暗夜明炬，燃到了野利遇乞的近前。野利遇乞臉色已白，退無可退，厲喝聲中，出刀勁斬。可他氣勢已衰，刀光在如火炬般的光亮下，顯得那麼蒼白無力。

火焰中突然加了一種耀眼的紅色。

鮮血狂噴。

野利遇乞一隻手臂飛到半空，孤零零地舞動。

如斯絕境，狄青反擊，一刀砍斷了野利遇乞的手臂！

刀光終於弱了下來，長刀嗜血，唯有血氣才能暫制。就像寶劍難成，終究要以人血淬厲。但人血融入那一刻，寶劍亦是鋒芒最弱之時。

嗖的一聲響，一物已刺到了狄青的身後。那物先及狄青身後，再聞尖銳的嘯聲，可見出招之急厲。出招也是恰在好處，適逢狄青氣勢已弱之時，出手的人，正是般若王。

般若王智珠在握，但還少算了狄青的勇氣。他以為狄青會逃，他在廢園外，早就布置了圍殺的人手。狄青一逃，就正入他的陷阱，他準備等到狄青氣力衰竭的時候出手。可般若王沒有想到，狄青搶先進攻，而且一攻就斬了野利遇乞的手臂。

般若王一直在追，他身手雖敏捷，仍不及野利遇乞逃命的速度。一個人在逃命途中，豈不也能將體力發揮到巔峰？

只是在野利遇乞手臂被斬斷的一霎，般若王方才拉近了和狄青的距離，他果斷出手。他用的是飛錐，錐後有鏈，手臂一振，鏈錐就已到了狄青的背心。

狄青閃身急避，一道血光飛出，鏈子錐釘在了高牆上！般若王一凜，不想狄青反應竟如此迅疾。飛錐聲雖後發，但疾風早至，狄青提力之際，感官已到巔峰的境界。他在感覺風聲靠近之時，已竭力閃避。他躲得開要害，卻還被鏈錐傷了肋下。

狄青已負傷，般若王嘴角仍帶笑，但已是猙獰的冷笑。高牆上人影幢幢，顯然是伏擊之人等不及，已準備入園進攻。既然狄青不逃，索性就將他剿殺在廢園內。般若王手臂一振，嗤的一響，鏈子錐已帶血而回，其快如風。但般若王笑容未畢，已僵凝在臉上。比風更快的卻是刀光，刀光又起，如紫電丹焰，炳煥沖天！

淒涼的夜色中，刀聲再唱燕趙慷慨俠歌，橫行高歌！

長刀經血淬化，更豔更淒，鋒銳盡顯。

般若王急退，不敢擋。

方才般若王心中還責怪野利遇乞的懦弱，他覺得野利遇乞只要抗一下，就能牽絆住狄青，二人聯手，野利遇乞就不會受傷，說不定還能宰了狄青。

可他身臨其境的時候才明白，野利遇乞或許是懦弱，但野利遇乞真的擋不住如斯犀利的一刀。刀光如魔，肆虐縱橫，般若王也不敢正攖其鋒！

廢園早湧入了不知多少夜叉，但都追不上那紫電般的刀光。

轉眼之間，般若王已退到另外一處高牆下。對面終於迎來幾個夜叉，欲狙擊狄青，可刀光又漲，眾人躲避。

般若王終於得到分喘息的機會，厲喝聲中，嗖聲大響，鏈子錐已發。

無論如何，他都不能讓狄青就這麼攻下去，拚得兩敗俱傷，也要挽回頹勢。

般若王出招，狄青收刀，一個鷂子翻身，已上了牆頭。他這招更是變化莫測，由猛攻轉變為退守，輕巧靈動，遊刃有餘。般若王突然省悟，狄青以攻為守，以進為退，已完全調動了廢園外的人手。如今狄青已明虛實，當然要逃。

已沒人能阻擋狄青的離去。

除了一支箭——一支泛著銅黃的羽箭。錚的一聲響，弦鳴千里，箭在眼前。那箭已到狄青的背心。黃色的羽箭如流星經天，泛著冰冷的死氣。這一箭射得不但準，而且時機掌握極佳，箭一出，就有必中的把握。定鼎羽箭豈不是素不輕發，一擊必中！

眾人都被那一箭所震撼，腦海中均電閃過一個念頭，箭是元昊的箭，元昊竟然也到了葉市。狄青不及轉身，聽到弦響的時候，腦海中也閃過那黑冠白衣、手持巨弓的人。除了元昊，沒有誰能射出如此的一箭！

狄青已身陷絕境。就算是狄青自己，也覺得再無可能避開這一箭。他舊力才去，新力未生，只能勉強移動，希望能夠避開要害。但如斯一箭，豈是般若王的鏈子錐能比擬？狄青就算躲過要害，只怕也要被射個對穿，重傷之下的他，如何能逃脫身邊百十來人的追殺？狄青已感覺到冰冷的死亡氣息……

陡然間一物飛來，隔在羽箭和狄青的中間。那物倏然而來，如羽飄、如箭射！

叮的一聲響，羽箭射入那物，那物擊在狄青的背心。狄青飛身而起，竟從高牆上遠遠縱出，投入了黑暗之中。遠處再傳來幾聲悶哼，暗夜血透，呼喝連連，聲音去得遠了。

緊接著噹的一聲響，擋住羽箭那物已掉在了地上，發出金屬鳴響。那物是面鐵盾，已被羽箭射穿，箭上有血。那一箭射穿了盾牌，還是傷了狄青！

般若王沒有追，野利遇乞緊捂著斷臂，亦是不動。二人都在望著高牆上站著的一人。那人黑冠白衫，凝立在高牆之上，微風吹拂，直欲隨風而去。

那人長弓在手，羽箭在壺。壺中只餘四箭，金銀鐵錫，唯獨缺了一支銅色的羽箭。牆上那人正是元昊，他望著落在地上的鐵盾，滿是大志的眼眸中，突然有股狂熱！

是誰出手救了狄青？誰能在這種時候，出手擲出盾牌，幫狄青擋住了致命的一箭？這人無疑是個高手，這人怎麼會潛伏在眾夜叉中？葉市中，怎麼會冒出這麼個高手？這人算準元昊出箭，竟能後發先至地擋住了元昊的一箭，武功之高，不言而喻。此人到底是誰？元昊弓在手，目露沉思，凝視黑暗處，手在箭壺旁，輕輕地敲擊……

黑暗寂寥，元昊一時間竟忘記了追擊狄青。元昊沒有命令，可廢園外的夜叉們，還是一路追擊了下去。狄青這才發覺，那些夜叉，在深夜中，有狗一樣的直覺。他已負傷。但比起上次受傷而言，無疑輕了很多。般若王的一錐雖是犀利，卻不及元昊的一箭。元昊那箭雖透盾而出，箭力已被盾牌卸去了七成。箭尖刺入了狄青的後背，並未深入。狄青借那一擊之力，牆上高飛，反倒輕易地躥出了夜叉們的包圍。

血在流，狄青逃命途中，也和元昊想著一樣的問題，救他的是誰？救他的人，會不會與元昊一戰？

一想到這裡，狄青倏然止步，反倒迎了回去。經過個路口，身形一閃，已到了處暗角。

東西兩方各躥出一道人影，一人道：「般若。」另外一人道：「三味。」

二人倏然而止，均搖搖頭，又再次點頭，往南北向奔去。

狄青心中暗想，般若……三味？難道是他們夜色中分辨的口令？見向北那人經過自己身邊，渾然未覺。狄青才待起身，就見那人又停了下來，鼻翼微動。

這些夜叉，有著極其敏銳的嗅覺，可他們並不知道，若論眼力和聽力，狄青更勝一籌。

黑暗中，狄青見那人眼中有狐疑之意，好像感覺到他的存在，只是一時間無法肯定。心中微動，狄青已閃身而出，低喝道：「般若。」

那人一震，轉身道：「三味。」狄青猜得不錯，這果然是他們分辨彼此的暗號。那人聽到同伴的暗語，微有放鬆道：「你在這裡做什麼？你可聞到有股血腥氣？」

狄青壓低聲音道：「方才……」他聲音極低，吸引那人近前來聽。那人果然忍不住上前一步，狄青暴躥而出，一伸手就卡住了那人的咽喉，雙手一錯，已扭斷了那人的脖頸。

他動作乾淨利索，只是將快和力量發揮到了巔峰。

不知為何，突然想起當年在飛龍坳之時，郭遵也是用這種手段殺人。

往事依舊，物是人非。狄青心中有份傷感，取了那人的腰牌，飛快地脫下那人的衣衫，換到了自己的身上。又從懷中掏出一種藥粉摸在臉上，暫時掩蓋了刺青。感覺沒什麼紕漏的時候，這才拎著那人的屍體，找了口枯井投了進去。

他片刻間已由被捕殺者，變成捕殺的夜叉，認準方向，竟向廢園奔去。

這時候他若假裝追捕自己的夜叉，當然能輕易地離開葉市，但他不甘心。

狄青暗中觀察，多少瞭解夜叉的舉動，也裝作夜叉的樣子，躬著身子，遮遮掩掩地向廢園行去。一路上，也碰到幾個夜叉在巡探，狄青熟知口令，倒輕易地混了過去。夜叉們當然也以為狄青早就逃離，做夢也沒有想到，狄青還有膽子回來。

將近廢園牆外，狄青已止步。他不知道元昊等人是否還在，也不知道救他那人後來有沒有再次出手。正猶豫時，牆內有人冷冷道：「蘇吃囊，我待你不薄，你為何背叛我？」

一個聲音顫抖道：「王爺……我……」只聞牙關咯咯響動的聲音，那人顯然怕得厲害。

狄青心中暗歎，那是野利遇乞的聲音，蒙面人竟沒有膽子逃命，看來只有等死了。

給狄青通風報信的不是別人，正是野利遇乞的近身侍衛——蘇吃囊。

野利遇乞猜得不錯，狄青派五士潛入了葉市，刺殺葉市的領軍之人，就是為了阻撓夏人出兵進攻大順城。多一日的準備，大順城就會牢固一分，夏人再想拔除大順城，就要花費十倍的氣力。除了待命不停地給狄青傳送消息外，狄青能迅疾地得到對手的消息，還倚仗著蘇吃囊通風報信。种世衡認為，夏人可以收買宋人做內應，那宋人一樣可以收買夏人做奸細。這世上，很少有錢買不到的東西！

种世衡用重金收買了蘇吃囊，讓蘇吃囊偷了野利遇乞的寶刀，狄青因為蘇吃囊的緣故，才能掌握野利遇乞的行蹤。眼下蘇吃囊有難，他是救還是不救？

暗夜中，只聞野利遇乞粗重的喘息，良久，野利遇乞突然道：「我可以饒你一命。」

蘇吃囊大喜道：「王爺，只要你肯饒我的性命，我可去青澗城為你刺探消息。我就說拚命逃了出來，求种世衡收留，他必定沒有疑心。王爺早就想破了青澗城，到時候我做內應，破城把握大增。」

狄青本來還在猶豫，一聽蘇吃囊這般乞命，已準備宰了蘇吃囊。

野利遇乞緩緩道：「好計，好計！」

蘇吃囊賠笑道：「只要王爺肯……」話音未落，遽然一聲慘叫。

狄青一凜，又聽蘇吃囊的聲音從牆內傳來，「你……你……」砰的一聲響，好像有人倒地，牆內再沒有聲息，狄青吃了一驚，暗想難道野利遇乞殺了蘇吃囊？蘇吃囊的計策雖卑鄙，但對夏人來說是好計，野利遇乞為何要殺了蘇吃囊？

廢園內滿是靜寂，不知多久，有人道：「天都王，活著的蘇吃囊，顯然比死了有用。」

狄青皺了下眉頭，聽出那是般若王的聲音。原來般若王也沒有走，那元昊呢？是否還在這裡？狄青一想到這裡，更是屏氣凝神。他面對般若、天都二人都不畏懼，可對於元昊，實在沒有半分大意的理由。

野利遇乞冷笑道：「我若不殺他，何以解心中怨氣？」

般若王道：「王爺殺他，不見得是為了發洩怒氣吧？」

野利遇乞突然靜了下來，牆外的狄青都感覺到沉寂中有不同尋常的憤怒。

「那你說，我是為了什麼？」野利遇乞一字字道。

般若王緩緩回道：「王爺手臂斷了，也累了，掌控橫山本是件耗神的事情……王爺當然明白，兀卒這次來，是讓王爺休息休息了。王爺既然明白了這點，有些功勞，也不想讓別人領了。」

野利遇乞驀地爆發出來，嘶聲道：「沒藏悟道，你真的以為自己無所不知嗎？」般若王就叫做沒藏悟道。狄青明白了野利遇乞為何要殺蘇吃囊！野利遇乞既然不再鎮守橫山，就不想把破青澗城的功勞白送給旁人。

党項人內部，當然沒有表面看起來那麼和睦。這裡沒有宋廷的勾心鬥角，但若論血腥殘忍，只有過之。

般若王淡淡笑道：「我並非無所不知，但我知道一點，兀卒並不會責怪王爺。他甚至……還想把王爺派往沙州呢！」

野利遇乞失聲道：「此事當真？」

般若王道：「當然不假。」

狄青聽野利遇乞口氣中滿是激動，甚至還有分喜意，不由大為奇怪。沙州遠在玉門關，地處夏境最西，土地貧瘠荒涼。野利遇乞如果去那裡，可說是被流放，為何野利遇乞還很高興的樣子？

野利遇乞呼吸漸漸沉重，終於歎道：「好，好！」他沒有再說什麼，腳步聲響起，聽聲音，已行出廢園。

狄青暗自沉思，心想元昊多半已不在此地，可元昊前來葉市，絕非無因，他到底盤算著什麼念頭？攻大順城，抑或是取青澗，或者再攻延州？

突聞不遠處衣袂帶風，有數人已向狄青藏身的方向奔來。狄青一驚，幾乎以為野利遇乞和般若王方才聯手做戲，趁他不備的時候折返殺來。待見到為首之人也是夜叉的打扮，狄青才知道猜得不對。那人身著黑衣，神色冷漠，見到狄青道：「跟我來。」說罷向西奔去。跟在那人身後的還有幾個夜叉，均是沉默無言。

狄青知道那人並沒有認出他的真容，只憑衣衫進行判斷。猶豫一下，終於還是跟這幾人奔去。野利遇乞和般若王還在附近，狄青不想打草驚蛇。

一路上，為首那人又召集了幾個夜叉，到了葉市西的一座庭院前，吩咐道：「你們守在這裡，不能讓旁人靠近。擅離者，殺無赦！有靠近這裡的人，殺無赦！你們若讓樓中人發現了行蹤，一樣殺無赦！」

那人連著三個殺無赦，表情好像天經地義。沒有人反對，眾夜叉紛紛隱到暗處。狄青見狀，也找個暗角藏起來。為首那人滿意地點點頭，轉身離去。

狄青莫名其妙地來到這裡，心中奇怪。很顯然，那人把眾夜叉調集到這裡，是為了保護院中人，但為何保護院中人，又不想讓院中人知道？院裡的人是誰呢？狄青想到這裡，手心已發熱，眼睛已發光。

無論如何，夏人重點保護之人，他殺了總是沒錯。他這次來葉市，豈不就是要擾得夏人風聲鶴唳、草木皆兵？

狄青想到這裡，已準備有所行動，抬頭望去，望見院中閣樓一角。閣簷斜挑，閣內突燃起了一盞燈。燈照殘夜，風亂燈影。狄青見到那盞燈的時候，一時間竟打消了行刺的念頭。孤燈一盞，暗夜中只有寂寞。狄青凝望燈光良久，不準備再動手，已有了要離去的念頭。

就在此時，閣樓處有腳步聲響，到院中停下。沒多久，院中有聲音傳來，「公主，你總要吃點東西呀！」那是個女子的聲音。狄青微怔，公主？哪個公主？是單單？單單為何也來到了葉市？腦海中閃過那性格多變女子的身影，狄青微有恍惚。半晌後，一個聲音才道：「我什麼都不想吃。」初春中，那聲音還帶著餘冬的冰冷，但又帶著些春愁。狄青已聽出，果然是單單的聲音。

先前那女子勸道：「公主，你若不吃東西，兀卒會殺了我的。求求你，吃點兒東西好吧？」

單單怒道：「殺了你就殺了你！與我何干？」狄青皺了下眉頭，又聽單單道：「我想吃麻魁豆腐了，你給我做一盤上來。」

先前那女子喜道：「謝公主。」

狄青聽單單主意轉換得快，心想：這個單單，口硬心軟，只是個不懂事的姑娘了。陡然間一個聲音傳來，「單單，這麼晚了，你還在庭院做什麼？這裡冷，小心著涼了。」那聲音平靜中自有威嚴，狄青聽了那聲音，心中一凜，那是元昊的聲音！

單單半晌才道：「大哥……我睡不著。」

元昊問道：「你為何睡不著？」

狄青隔牆聽元昊向單單問話，言語雖還是平靜淡定，但多少還有些感懷的味道，不由心中困惑。

狄青雖只見過元昊兩面，但聽過太多關於元昊的事情。這人有壯志雄心，這人也是極為殘忍冷酷，這人根本是沒有什麼感情的。當年衛慕山風等人躲避到橫山東的宋境，就是因為族長衛慕山喜陰謀叛變事敗。衛慕山喜本是元昊的親舅舅，但元昊平定衛慕家族的叛亂後，不但殺了親舅舅，還把妻子衛慕氏和剛出生的兒子一塊殺了。因為母親也是衛慕氏族人，元昊隨後竟將母親也毒死！

元昊殺妻殺子殺母之事傳出，聞者無不動容，難信世上竟有如此狠辣殘忍之人。這樣的一個人，為何對妹妹還有幾分關懷？狄青琢磨間，聽單單低聲道：「我每次……到了陌生的地方，都很難睡得著。」他看不到單單的樣子，但聽單單的口氣中，滿是苦悶。

院中的元昊並沒有攜帶巨弓，也沒有帶五箭。他依舊黑冠白衣，眼中少了分大志和譏誚，正盯著妹妹道：「你既然知道自己有這個毛病，為何還要到葉市來？」

庭院裡的單單一襲紫衣，如同夜裡盛開的紫丁香。丁香多愁，單單秀眉也似丁香成結。似此星辰非昨夜，為誰風露立中宵？單單風中夜立，又是為了誰？

單單並沒有回答元昊的詢問，突然道：「這段日子，葉市人心惶惶，是什麼緣故呢？」

元昊皺了下眉頭，不答反問道：「你來這裡，是不是為了狄青？」

狄青心頭一跳，聽院中沉寂。單單的聲音良久才傳來，「是！」她答的只有一個字，斬冰切雪般。狄青一時間滿是茫然。

許久，元昊才道：「我今日不想殺他，只想擒他。可惜……有人出手擋了我的箭！」

單單吃驚道：「那他受傷了嗎？」她聲音雖冷，可就算高牆厚土，都難以隔斷其中的關切。

狄青心中只是想：她……為何對我這般關心？元昊可知道是誰出手嗎？

元昊沉默良久才道：「他肯定死不了，他若這麼容易就死，也就不是狄青了！」頓了片刻，元昊低沉問道：「單單，党項人勇士無數，為何你只喜歡這個漢人狄青呢？」

風停了，夜凝了，狄青牆外聽到元昊發問，身軀微震，不知道是什麼感覺。

單單喜歡他？怎麼可能？他們只見過幾面！但這話是經元昊親口說出，又不像有假。驀地想起當初在興慶府外離別之時，單單曾問他，「這世上，若有一人，可以為你什麼都不要，死也好，活也罷。去荒漠、去天涯……你是否會為了她，捨棄一切？」當初聽這句話的時候，狄青根本沒有多想。可如今想起來，含意萬千。

自從楊羽裳為他跳城後，狄青心中就再也容不下第二個女人。在他心中，單單不過是個任性的孩子，他只是在沙漠偶然救了單單一命，還沒有救得徹底，可單單為何會喜歡他？牆內牆外一樣地靜寂，不知多久後，單單才道：「我就喜歡！」

喜歡就喜歡，愛就愛，很多時候，本是不講理由的。

又過了良久，元昊這才道：「你喜歡了一個不該喜歡的人。狄青不為我用，就為我殺！」狄青心頭一震，知道元昊說的不假，到現在，他和元昊，根本不可能共存。聽元昊又道：「單單，整個西北党項人，均在我的腳下。無論貴賤、無論出身，你喜歡哪個，只要和哥哥說一聲……」

單單截斷了元昊的話，「你大權在手，可掌控天下人的生死，可怎能掌控天下人的感情？你可以讓我離開狄青，但你如何能讓我不想他呢？」她說得輕淡，但其中蘊含的決絕，讓牆外的狄青忍不住地震顫。

元昊雙眉一豎，才待說什麼，單單又道：「大哥……」元昊聽到「大哥」兩個字，見到妹妹夜色中淒婉的面龐，心中一軟，輕聲道：「你要說什麼？」

單單凝視著元昊，目光淒然，低低的聲音道：「我知道……我和他不可能在一起。可我請你……讓我保留那份想念，好嗎？」

元昊一怔，見到單單臉色雪一樣地白，目光水一樣地清，歎了口氣，再無言語。

院中再寂。

不知過了多久，狄青聽到院內有腳步聲響再起，單單上了閣樓，不由抬頭望過去。見夜黑燈青，有孤影落在紗窗上，說不出的蕭索淒清。

狄青望著那窗前燈影，一時間思緒繁雜。

春已暖，可在高牆內外，似乎凝結著一層冰。

就在這時，庭院中又有腳步聲響起。狄青微凜，收回思緒，凝神傾聽。就聽元昊道：「查出救狄青的人是誰了嗎？」

狄青精神一振，側耳傾聽。

般若王的聲音響起，「兀卒，此人武功極高……而且肯定和狄青有瓜葛……」

「我不想聽廢話。」元昊冷冷道，「你這麼說，是不是想告訴我，你還查不出那人是誰？」

般若王沉默良久，終於道：「是。」

元昊並不動怒，喃喃道：「這天底下能擋我一箭的人，屈指可數。但和狄青有關的人，據我所知，只有葉知秋和飛鷹兩個人武技不差……餘子皆不足道。」

狄青微凜，不想元昊竟對他這般熟悉。

般若王謹慎道：「葉知秋雖不差，但若說輕易地替狄青擋住兀卒的一箭，還不可能。飛鷹一直深不可測，出手的倒有可能是他。但到如今，我們還沒有查出飛鷹的底細，這人就像憑空蹦出來的一樣！飛鷹制服石砣，聯繫野利旺榮造反，去抓公主，手段詭異惡劣，用意不明……」

元昊嘴角有分哂然，不置可否。

般若王話題一轉，突然道：「但眼下這高手是誰並非最重要的事情……依臣來看，狄青下一步怎麼做才值得我們留意。狄青曾和蘇吃囊提及，要攻過橫山、戰宥州……」

元昊不待沒藏悟道說完，已截斷道：「蘇吃囊算是什麼東西，狄青怎麼會把真實用意向他透露呢？」

狄青又驚，心道元昊目光恁地這般毒辣？原來狄青發現被圍之時，故意對蘇吃囊提及要戰宥州，不過是對般若王施放迷霧，不想元昊一眼就看破他的心意。

般若王沉吟道：「兀卒認為，狄青那句話，是對我們說的？因此他絕不會攻打宥州了？可據臣方才得知的消息，宥州左右，已有宋軍出沒。」

元昊冷靜如常，「眼下橫山之事由你負責，自有你來主斷，如何應對，不必對我多言了。」他手指輕彈，突然嘴角有分哂笑，問道，「阿難王那面可有什麼消息了？」

狄青皺了下眉頭，留心傾聽。

元昊手下的龍部九王，是為天都、野利、羅睺、龍野、菩提、般若、阿難、迦葉和目連九人。

這九人在龍部中沒有高下，只是職責不同。

眼下天都王野利遇乞斷臂被派往沙州，野利王野利旺榮叛亂自盡，羅睺王野利斬天仍是詭異飄忽，龍野王龍浩天被郭遵擊殺在五龍川，菩提王卻被狄青扼斃在平遠砦。據种世衡所知，般若王、迦葉王和目連王三人，本在藩學院出沒，似乎在做些翻譯佛經之事。野利王死後，般若王沒藏悟道開始逐漸接掌野利王的職責，迦葉、目連兩王應該還在藩學院。龍部九王中，唯一讓种世衡費盡心思，也打探不到半分消息的只有一個人。

那就是阿難王！

龍部九王，八部至強。龍王有跡，阿難無方！

這就是种世衡打探出來的，關於阿難王的唯一的一句話，除此之外，狄青等人對阿難王一無所知。

故狄青聽元昊突然提及阿難王，大有興趣。

般若王緩緩道：「據阿難王所言，吐蕃王唃廝囉一直沒有放棄奪回沙州的念頭！」

元昊平靜道：「唃廝囉就算不來找我的麻煩，我也會找他的。當年他派不空前往汴京，想和劉太后圖謀共擊大夏，事後分得瓜、沙兩州時，我就知道他一直還賊心不死，還想奪回沙州。後來他派金剛印行刺於我，當然是想要事成後佔領沙州了。」

狄青聽元昊提及沙州，心中模糊地想到了什麼。

陡然間身軀微震，臉色已變。他聽到元昊清晰地說道：「唃廝囉要搶沙州，就是想去香巴拉，嘿嘿……可我就不讓他成行，我看他能奈我何來？」

狄青腦海轟鳴，一時間心緒起伏，難以自已，他探尋多年的地方終於有了下落。

原來香巴拉就在沙州！

第二十章　金　湯

香巴拉在沙州！

狄青突然想起當初和种世衡探討過一件事，曹賢英為何會有香巴拉的地圖？後來二人可以肯定一點，如果那地圖是真的，香巴拉應該在河西十一州。狄青甚至大膽地推測，歸義軍死守瓜州和沙州，那香巴拉就可能在這兩地。

不想今日元昊就證實，香巴拉果然在沙州！

更多的疑惑湧上心頭，狄青愈發覺得香巴拉神祕中還有分詭異。香巴拉既然就在沙州，曹姓人為何不親自找尋，反倒流傳地圖出來？聽元昊所言，原來唃廝囉也一直在找尋香巴拉，可香巴拉若真如傳說中那麼玄奇，可得償所願，元昊控制了沙州，為何不去香巴拉求願呢？

狄青很想元昊繼續說下去，偏偏元昊已岔開了話題道：「我等出兵在即，你命洪州、靈州兩州太尉開始準備調兵。我若出兵，三日內，兩州必須各出五萬兵馬聚在賀蘭原。」

狄青微凜，暗想元昊每次出兵，均從洪、靈、夏等州抽調人馬，這次出兵，目標要攻大宋的哪個地方？

夏國全境，眼下不過五十萬兵馬，而大宋號稱百萬禁軍，若論兵數，大宋當然超過夏國。但若論兵力聚集之速、發力之猛，夏國遠超宋廷，此中優劣只憑三川口一戰就可見端倪，元昊輕易聚集了十五萬鐵騎，而西北宋軍全力召集，不過才萬餘之眾……夏軍以快打慢，以眾擊寡，宋軍焉能不敗？

本以為元昊會說出兵何處，不想般若王應令後，元昊只是又道：「你下去吧！」腳步聲響起，般若王退下，庭院內再沒有半分動靜。誰也不知道元昊立在院中，到底想著什麼。

狄青心亂如麻，只是想著兩個問題，第一就是——夏軍再次出兵寇境，目標是哪裡？第二個問題當然是，沙州說大不大，說小不小，香巴拉到底在沙州的哪裡呢？

抬頭望，夜黑無月，那閣樓燈火如星。星光一點，照天地皆靜，不知哪裡羌笛再起，悠揚中帶分淒涼，似乎低歌著亂世烽火……

「洪州太尉」……狄青想到這四個字的時候，心中已有了主意。他悄然地來，悄然地離開，卻沒有見到閣樓處的單單正望著他的這個方向，手中捧隻簡陋的藤鞋，潸然淚下……

宥州有宋軍出沒，這個消息傳到金湯城的時候，歲香甲奴有些不敢相信。

歲香甲奴是金湯城的團練，眼下也是夏人進攻延邊的前沿鋒將。他一直躍躍欲試，等著元昊再次出兵，從未想到過宋軍會大鬧葉市。更讓人驚奇的是，宋軍大鬧葉市後，竟不回返，而是悄然穿過橫山，馬踏長城，殺到了宥州！

宥州已深入夏境，遙望靈州，而靈州就是夏國的心腹之地。宋軍屠歲香一族，殺人無數。宋軍為亂宥州，人心惶惶。宋軍亂葉市、攻宥州、屠羌人，聽說天都王都傷在了狄青的刀下。野利遇乞受傷，因剿殺宋軍不利被調離橫山。般若王接掌山訛軍，鎮守橫山一線，放棄了進攻大順城的念頭。

這些消息真假難辨，已讓歲香甲奴失去了理智。他鎮守前沿，聽族人被屠，如何能耐得下性子？歲香甲奴想戰，偏偏般若王沒藏悟道命宥州全境圍殺狄青，又命金湯城的歲香甲奴閉城不出，留意宋軍大順城的動向。
歲香甲奴閉城數日後，終於得到確定的消息，他的家人兄弟，已被宋軍殺得一個不剩！歲香甲奴狂怒，恨不得立即出城與宋軍一戰，但城外根本沒有宋軍，也沒有敵人。他空有一腔怒氣，卻是無從發作。
這一日，歲香甲奴站在城頭，雙眸噴火，見紅日正懸，突然道：「打開城門，我要出去打獵！」眾人都明白打獵的含意。歲香團練每逢心中有怒火的時候，都會打獵洩憤，獵物不是動物，而是宋人。既然狄青屠了歲香族，歲香甲奴就要以牙還牙，反殺宋人洩憤。雖說邊陲多戰，但也有不少人還在夾縫中生存。或因為不捨故土，或因為躲避苛稅……歲香甲奴就要找到這些人，以血來洗刷心中的憤怒。
金湯城內有一將領好意上前道：「團練大人……般若王吩咐，讓我們閉關守城就好。這些日子……」話未說完，慘呼聲中緊捂著小腹，臉色蒼白。
歲香甲奴緩緩地將長刀從那人肚子裡抽回來，撒了一地的血，問道：「這裡誰主事？」
眾人都道：「是團練大人。」
歲香甲奴命令道：「開城，等我回來。」
沒有人再敢反對，城門打開，歲香甲奴已帶著百十來騎兵出了金湯城。早春時節，空山寂寂，歲香甲奴出城數里，竟連個活人都見不到。眾兵士見歲香甲奴臉沉如冰，皆是心中忐忑。歲香甲奴冷聲發令，「去找獵物，找不到的人，都自己抹脖子吧！」百十來人呼哨聲中，已衝出去了半數，向四方擴展搜索。
可連年征戰，再加上前段日子，狄青曾橫刀金湯城前。眼下就算羌人都怕殃及池魚，紛紛向葉市、橫山方向移動。金湯城旁，羌人都不駐紮，更不要說是漢人。雖有數十人出去搜索獵物，可一炷香的工夫後，仍沒有趕獵物前來。

歲香甲奴心躁不已的時候，有一騎遠遠奔來，歡喜道：「團練大人，南方有幾處人家。」眾人齊聲歡呼，歲香甲奴眼前一亮，已策馬奔去。兵士呼嘯跟隨，捲起一地煙塵。來報兵士說得不假，再向南行數里，林木扶疏處，幾戶人家，炊煙渺渺。

聽聞鐵騎之聲，那幾戶人家中已有人影躥出，見到党項軍衝來，知道不好，問也不問，就沿著林子向山中奔去。歲香甲奴如何肯放，鞭馬急追，只是那幾戶人家多半早已習慣這種陣仗，腳程飛快，繞過山腳，已入了長嶺。有兵士見那裡地形崎嶇，林木森然，想要提醒歲香甲奴小心。可想到提醒的下場，又都把話嚥了下去。

眾人繞過了山腳，歲香甲奴見人跡不見，微有錯愕時，隱約聽遠遠處有人歡聲叫道：「宋豬在這裡。有很多人。」歲香甲奴聞言大喜，催馬又過了一個山坳，只見前方不遠的高坡籠出一谷，谷中坐著數十人，都是中原人的打扮。

那些人見到有騎兵進入，紛紛振衣而起。歲香甲奴雙眸放光，殺心已起。可瞥見那些人臉上少有驚慌之色，心頭一沉，才待挽弓搭箭，就感覺氛圍不對。

鑼聲一響，歲香甲奴停箭不發，舉目望去，只見到山坡上遽然伏兵四起，已將他們團團圍困。弓上弦如滿月，箭矢上閃著寒星般的光芒，只要一聲令下，就能將入谷的幾十騎射得和刺蝟一樣。党項人大驚失色，不敢稍動。

伏兵揚聲道：「下馬棄了兵刃，降者不殺。」

党項人稍有猶豫，歲香甲奴厲喝道：「誰敢下馬，我就先殺了誰！」党項人正遲疑時，對面的那些宋人中走出一人，微笑道：「來者可是金湯城的歲香團練？」

歲香甲奴見那人臉有刺青，本應是宋軍中的低等軍人，但見此人在眾人中，竟有著說不出的威嚴，心中驀然想到個名字，咬牙問道：「狄青？」

那人點頭道：「正是。歲香族是我派人屠的，我知道你肯定會出來。」

狄青不在宥州，原來已到了金湯城左近。他命潛入宥州的宋軍單屠羌人歲香族，就是要讓歲香甲奴心浮氣躁。只要歲香甲奴浮躁出城，狄青就有機會。

狄青雖勇，但一向等得！歲香甲奴一聲怒吼，策馬上前，揮刀就砍。能過橫山、統馭党項軍的團練，均是武技超凡，歲香甲奴也不例外。

砍刀劈下，有開山之威。

羽箭未射，狄青未動。

狄青就站在那裡，看著砍刀落下，宋軍無聲，党項人的心全都提了起來。歲香甲奴心中大喜，已感覺砍刀切開了狄青。

狄青陡然不見。歲香甲奴眼前一花，才發現砍到了幻影，緊接著背心一痛，跌落馬下。不等起身，脖頸已被人踩住。狄青冷冷道：「你這身衣服，比你的命值錢。」他腳一用力，就聽到喀嚓一聲，歲香甲奴的眼珠子已凸了出來。

谷內再無聲息，党項軍人在馬上，已抖得如風中落葉。他們見到歲香甲奴出刀，然後就見狄青鬼魅一樣閃到了歲香甲奴的身後，飛腳踢他落馬，隨後一腳踩斷了他的脖子。歲香甲奴雖勇，但在狄青面前，有如木偶般笨拙。

狄青踩死歲香甲奴後，回頭望向其餘的党項軍道：「下馬棄了兵刃，降者不殺。」還是同樣的一句話，對党項人心中造成的震撼，不可同日而語。噹啷聲響，有杆長槍跌落在地，一人翻身下馬。一人屈服，數十人紛紛跟隨拋了兵刃，不敢再行抵抗。狄青一擺手，已有宋軍上前將党項人按住，先扒了衣服。

那些党項人紛紛叫道：「狄將軍，我等已降，你們說了，不殺的。」他們心中惶惑，見宋軍扒了他們的衣服，然後將他們綁起來，一時間不明白宋軍想做什麼。

方才谷中那數十人，此時已換上了党項軍的衣服。狄青向一人說道：「李丁，剩下的事情，就看你的了。」

李丁就是死憤之士的領隊，臉色死灰，眼睛也是死灰之色，聞言只是點點頭。他早已扒下了歲香甲奴的盔甲穿在身上，又戴上了頭盔。乍一看，李丁已變成了歲香甲奴。狄青打量了半晌，感覺沒什麼破綻，沉聲道：「李丁，我需要你堅持到大軍趕來。」

李丁簡潔道：「卑職絕不負大人重託。」他翻身上馬，帶著那數十手下出了山，向金湯城的方向行去。

金湯城城門閉緊，守軍望眼欲穿地等著歲香甲奴回來。日已西歸，斜照城頭旌旗；旌旗獵獵，掩映著城頭的劍戟寒光。党項軍畢竟久經陣仗，這時候，仍是不敢大意。

陡然間，城頭有兵士喊道：「團練大人回來了。」眾人舉目望去，只見到夕陽盡處，已奔回了一隊兵馬。為首那人，看盔甲穿戴，正是歲香團練。

守軍紛紛舒口氣，都道：「打開城門。」眾人明白歲香甲奴的脾氣，知道他若奔回時，城門還是關的，說不準會將脾氣發洩到旁人身上。城門咯吱吱地緩開，歲香團練已到了城門前，他稍微壓低了頭盔，遮擋住了半邊臉，進入城門的那一刻，有兵士迎上來道：「團練大人，太尉召你……」話未說完，已見到歲香團練死灰一樣的臉，那兵士駭然驚呼道：「你是誰？」

與此同時，城門樓處，傳來守軍的驚呼聲，「快關城門，有敵來襲！」

伴隨著驚呼之聲，天際處，蹄聲如雷，滾滾而至。城牆垛後的守軍只見一道黑塵直沖霄漢，那本是晚霞明豔的雲空，驀地黑雲凝聚，風雨狂來。城上旌旗已顫，劍戟齊暗。党項軍見來敵氣勢磅礴，一顆心已被壓得難以跳動，駭然想到，「宋軍怎麼會有如此氣勢的騎兵？」

風聲、馬蹄聲、呼叫聲夾捲在一起，城上的人聽不到城下的尖叫，城下的兵士難以明瞭城上的動靜。李丁已出招。出招見血。一招就要了那個兵士的性命。

眾人只見到他袖口中飆出一道銀線，刺入那兵士的咽喉中，拔出的時候，帶出一蓬血花。李丁身後的兵士已下馬，或拔刀、或挺槍，頃刻之間，已將城門洞中的守軍斬殺殆盡。城門樓上已有人奔下來，喊道：「快關上城門。」可見到城門洞內已如血洗，不由呆住。嗤的一聲，銀光刺入那人的咽喉，毒蛇一樣的地抽回去。

外圍的党項軍這才發覺不對，大喊道：「有細作。」党項軍蜂擁湧來，刀槍並舉，就要將李丁等人逼出城去。早有人大開城門，取出錘子楔子等物，乒乒乓乓聲中，將城門卡死。人潮洶湧，李丁擋在最前，轉瞬肩頭就中了一刀，血濺了一臉，可党項人又有十數個倒了下去。

蹄聲更緊，党項人更急，但那先入城的數十人，就如海岸崖岩般屹立，雖也有人倒下，可隨後就有人補上。血流成河，沖刷不垮人牆防禦。城門洞不寬，党項軍雖有兵力，但受限於地勢，數次進攻無果。眼看對手悍不畏死，党項軍心中有了驚懼之意。他們並不知道，眼前這些人人數雖少，卻是狄青手下的死憤之士！他們也不知道，就是這面如死灰的人，殺了葉市的團練保旺羅。

這些死憤之士，本也是軍中子弟，可還和尋常軍中子弟有所不同。他們的親人兄弟，已多死在疆場，死在党項人的手上。他們入死憤行伍，目的不是功名、不為財利，只為親人報仇而已。他們只求一戰！一洗積怨！

夏軍這些年來在邊陲沉凝的怨意，就在這些死憤之士身上反擊了出來。

馬蹄聲已到城池前。夏軍顧不得再喊，隨著軍主一聲號令，長箭紛紛射下。但宋軍這次來得實在太快，來得實在突然，夏軍兵力遠沒有集結，那羽箭如雨，淅淅瀝瀝，少了分強悍犀利。

宋軍鐵騎終於到了城下，領兵衝在最前的是一戴青銅面具的人。那猙獰的面具，那不屈的刑天……夏軍心已震顫，震驚來攻城的竟是狄青。狄青居然不等到天黑、不用圍城打援、不憑諸砦聲援，就這麼帶著數千兵馬，要踏破金湯城？

狄青已到城前，飛身而起，眼看就要撞到了城牆，不想腳尖點動，又沿牆壁奔行數步。城上夏軍已看直了眼睛，想不到世上還有這般人物。狄青奔行勢盡，離牆頭還有丈許的距離，驀地刀鞘探出，插在城牆之上。

狄青借力再上，裂了刀鞘，拔出了單刀，連刺兩下，借力間已站在了城頭之上。

夏軍驚駭交加，一時間均忘記了放箭。那城頭的軍主搶步上前，揮鞭就打，試圖將狄青逼落城下。

這時夕陽獨舞。半空中驀地劃出一道亮色，凝聚了天空晚霞、千軍殺氣，凌厲中帶分感傷，決殺中還夾雜著滄桑。殺是為了不殺。以血還血，以牙還牙。

那道亮光甚至掩蓋了夕陽的最後一抹光亮，集萬箭千刀於一身，高歌獨舞，橫行無忌！

狄青出刀，橫行一刀。一刀斬殺了衝來的那軍主！鮮血飛濺，潑墨般地灑在城牆上。夏軍本還蜂擁上前，驀地被那一刀的威勢所震撼，望著那夕陽下泛著清輝的面具，不由後退一步。

宋軍又有數十人上了城頭。那些人沒有狄青的身手，但如猿猴般敏捷。狄青憑藉巔峰的快捷，他們憑藉的卻是飛抓。飛抓拋出，抓住城垛，他們趁狄青吸引了眾多目光的時候，無聲無息地上了城頭。這些就是狄青手下的寇兵之士。

寇者——凡兵作於內為亂，於外為寇。寇兵，亦是入侵如寇的兵士。這些人本來是延邊死牢中的盜匪，經种世衡反覆甄別，悉心開導，豁免死罪，允許他們在疆場戴罪立功。這些人均有逾高絕遠、輕足善走之能。當初，就是這些人殺了拓跋摩柯。

這些人上了城頭，毫不猶豫地衝向了夏軍，逼得夏軍節節後退。他們以攻為守，以最犀利的攻擊，博得更多人上城的機會。雲梯輕便，迅疾搭在城牆之側，無數人奮力攀爬，無數人衝過城門樓。這本是策劃許久的計謀，要憑雷霆一擊，湧入最多的宋軍，然後趁金湯守軍立足未穩之際，痛擊金湯城的夏軍。

人流如潮，攻勢若浪，夏軍見慣了宋軍的懦弱，從來不知宋軍有如此威猛之勢，被連環痛擊打亂了陣腳。夕陽未落之時，雙向進軍的宋軍終於合在一處，滾滾洪流般向城中衝去。攻勢若箭飛，狄青就是飛箭中的箭矢。他下了城樓，搶了匹快馬，奮力鞭馬，已向城中衝去。

竟還有數十宋軍能跟得住狄青。那些人無不例外地負長弓、配利劍，銳氣正酣，緊跟在狄青身後的就是戈兵，帶領的正是十士中的陷陣之士。這些人個個都有衝鋒陷陣之能，本是銳利若箭。狄青一馬當先，雖有夏軍上前攔阻，卻皆擋不住他兜頭的一刀。

塵煙滾滾，到太尉衙署倏然而止。白豹城、金湯城乃夏軍的軍事重鎮，隸屬夏國洪州管轄。夏國本在白豹城設了太尉衙署，但當初白豹城被破，洪州太尉正在鎮戎軍指揮作戰，因此免於被俘。夏國隨後將洪州太尉衙署置在了金湯城。

狄青這次得到了確切消息，洪州太尉慶多克用就在金湯城。狄青雖殺了金湯城團練，斬了守城的軍主，破了金湯城，卻並不知足，他一定要抓住慶多克用。只有慶多克用才可能知道元昊下一步的用兵意圖！

太尉府前有兵士上前，才待呼喝，戈兵一揮槍，狄青身後的陷陣之士羽箭齊發。弓強箭厲，上前的兵士，轉眼間就變成了刺蝟。有人大驚想逃，狄青身後的那些人長矛刺出，森然凜冽，已了結了那些人的性命。頃刻之間，數十條生命已被奪去，狄青身形一展，已衝入了府中，喝道：「搜！」

太尉府前的守軍雖也不差，但在陷陣之士的猛攻之下，竟不堪一擊。

狄青已在太尉府內，身形急掠，只見到府中亂作一團。有不少女人大呼小叫，披頭散髮，還不知道到底發生了何事。狄青腦海中閃過种世衡給的地形圖，已衝到了太尉府的政事堂。

慶多克用不在政事堂。狄青立即奔向慶多克用的居所，他這次突襲，看似突然，卻早已準備了許久。种世衡更是在幾年前，就對金湯城內的布局瞭若指掌。

可种世衡知道，只是瞭解還遠遠不夠，他需要個實施的人。种世衡等了這些年，終於等到了狄青。

狄青沒有辜負种世衡的期待，一舉擊破了金湯城。但這還不夠，狄青一定要抓住慶多克用。

衝到慶多克用的住所前，只聽到腳步聲起，一兵士衝出來道：「是誰……」話未落地，那兵士已被狄青一腳踢飛，遠遠地落地，眼看不能活了。狄青衝入了臥房，就見一人驚呼，緊接著噹啷一聲，一個托盤摔在地上。托盤上的青瓷碗摔裂在地，撒了一地的湯水。托盤旁站著一個胖子。那胖子很肥，眼睛很小，穿著僕人的衣服。見狄青衝入，叫道：「莫要殺我！」

狄青喝道：「太尉在哪裡？」

那胖子眼珠一轉，立即道：「我也不知道，我是個廚子，過來給太尉送燕窩湯，可來的時候，他已經不在了。」一哆嗦道，「他想必是在最寵愛的女人那裡，就在出院後的第三個房間。」話未說完，狄青人已不見。

那胖子吁了口氣，慌忙走到桌案前，取了卷書信，喃喃道：「這人是誰呢？」他已顧不上多想，就要掀開床板。他知道床榻有個暗道，可供他逃離太尉府。

不想手才伸出，一把刀已架在了他的脖頸上。那胖子渾身僵硬，顫聲道：「好漢饒命，我只是個廚子。」

狄青淡淡道：「慶多克用，你為何不編個好點的身分呢？你身上並沒有廚子的味道。我方才故意裝作被騙，就想看看，你想拿什麼離去！」廚子總在廚房，身上難免有油煙的味道。狄青鼻子很靈，一嗅可知。更何況，他早就看過慶多克用的畫像，故意裝作受騙，是知道慶多克用必帶重要的信件離去。

狄青就是為這個信件而來。他在葉市聽到元昊要進攻宋境的時候，就一直想著如何進一步打探夏軍的消息。對狄青來說，攻陷金湯城還在其次，取得對手的消息才是迫在眉睫。

那胖子身軀一震，突然跪倒在地道：「我……」他才說出一個字，突然就地滾去，已抽刀在手。宋廷能當上太尉的人，詩詞歌賦可能不會差。夏國能當上太尉的人，身手一定不會差。那胖子就是慶多克用。他知事態嚴重，扒了僕人的衣服穿在身上，本想蒙混出府，不想還是瞞不過狄青。

慶多克用這些年雖養尊處優，貴為太尉，但昔日的剽悍還剩了些。他還想拚一下，畢竟這件事事關重大，他若失手，影響極巨。可他雖有拚命的勇氣，卻沒有拚命的實力。慶多克用單刀才揚，只見到光亮一閃。狄青拔刀，收刀，沒有人看到他出刀。噹啷一聲，慶多克用的刀已落地，手腕上鮮血淋漓。那一刻，他的表情有著說不出的滑稽可笑。

狄青一刀劃破了慶多克用的手筋，微笑道：「你還可以拚拚。」

慶多克用一屁股坐在了地上，勇氣已隨鮮血流出。

狄青道：「你可以不用死。我知道……元昊最近肯定會出兵。你身為洪州太尉，一定知道他的出兵方向！」

狄青的用意很簡單，慶多克用可以用消息換回性命。見慶多克用還在沉默，狄青歎口氣道：「看來你把性命看得很卑賤，我可以滿足你。反正你手上的卷宗，也有足夠的消息。你雖沒什麼價值了，但身上的肉還有價值，可以割下來烤著吃，想必滋味不錯。」

這時戈兵帶人趕來，狄青一揮手，吩咐道：「把他帶出去……」

宋軍才一上前，慶多克用已咬牙道：「兀卒這次要攻打的是……涇原路……」

狄青心頭一沉，想起當初元昊所言，「更何況……西北還有個韓琦，此人性剛，雖有大志，但難聽人言。書生用兵，終有缺點，這一次，就可選他為突破口了。」

元昊果然要對韓琦開戰。元昊主意早定，一直沒有改變！

韓琦不也一直想要對元昊征伐？

這次交鋒，勝負誰主？

狄青怔怔地出神，良久才道：「將慶多克用押回去，燒了金湯城。」

火光四起，夏軍群龍無首，已失去作戰的能力，紛紛逃竄。狄青所率鐵騎只有兩千人，帶走所有能帶走的東西，然後一把火燒了金湯城。

金湯城已廢。

狄青沒有那麼多兵力鎮守搶來的地盤，只能搗毀它！這時夕陽已落，狄青回轉大順城前，忍不住回頭望了金湯城一眼。

火光熊熊，染紅了半邊的天，紅如血……

狄青趁夜色趕回了大順城。聞狄青大破金湯城，擒了洪州太尉，大順城中歡聲雷動。

這段日子來，宋軍仍是奮戰不休，大順城沿著長嶺依次蔓延，規模已起，眼下雖尚未成城，但戒備森然，夏軍已不敢輕易挑釁。

慶、延兩州的宋軍在范仲淹的指揮下，終於一改以往閉關不戰的姿態，挺入了夏境，更由狄青操刀，又給了夏國要害一刀。

雖不致命，但宋軍士氣高漲。

狄青回到大順城，見了范仲淹，將卷宗交給他。范仲淹當下命范純佑犒勞三軍，按功行賞。他卻親自提審慶多克用，問過話後，又拿著狄青取來的卷宗詳細查閱。
狄青並不打擾范仲淹沉思，才出中軍帳，就見种世衡迎了過來。狄青有些驚喜，問道：「老种，你怎麼來這裡了？」
這段日子來，狄青和种世衡一前鋒、一幕後，合作無間。狄青對种世衡的稱呼，自然也更親熱許多。
种世衡肚子還大，臉卻消瘦了些，見到狄青，老臉發光，豎起大拇指道：「狄青，你小子幹得好。任福花費那麼多心力，打個白豹城後就趾高氣揚的，你帶不到三千人，就一把火燒了金湯城，不枉我燒這麼多錢呀！」
狄青笑道：「這也靠你找的兵好啊！兵雖少，但精明強悍，突襲完全在行。」狄青絕非違心之言，他雖勇，但沒有十士的支持，還難以打擊夏軍。种世衡知人善任，精選十士，十士各有擅長，交錯使用，充分發揮奇襲的效果。攻打金湯城一役中，种世衡的貢獻不言而喻。
种世衡摸摸腦門，說道：「好了，你我吹捧完畢，正事要緊。對了，我又打聽到一些關於香巴拉的事情了。」
狄青心中微動，只餘悵然。他知道种世衡是為他好，种世衡信狄青，也就信香巴拉存在，為狄青打探消息可說是竭盡全力。可香巴拉實在過於神祕，种世衡也始終難以找到香巴拉的確切地點。他只怕……這次還是一場空。
可狄青心中有些奇怪，若只是有消息，种世衡讓人傳信就好，不必親自前來。种世衡這次親臨大順城，難道還有別的事情？种世衡還是興致勃勃，說道：「香巴拉的傳說是從藏邊傳來的，你當然知道了？」

狄青道：「哪裡傳出來的不重要，關鍵是到哪裡去找。對了……我讓你找人去沙州打探消息，結果如何了？」他早把元昊在葉市所言對种世衡說過了。

种世衡搖頭道：「你錯了……來源其實很重要。不然……南轅北轍了。」

狄青皺眉道：「那你從香巴拉的源頭查到了什麼？」

种世衡四下看了眼，倒有些神祕的樣子。狄青見了好笑道：「到現在，你不用和我裝神弄鬼吧？」

种世衡搖搖頭，拉著狄青到個無人注意的地方。

狄青雖有些奇怪，可知道种世衡如此，絕非無因。种世衡這才說道：「很多人都覺得香巴拉是無稽之談。但據我從藏邊瞭解，傳言唐初之時，蓮花生大士從北印度入藏，傳授密宗之法時，開闢了香巴拉。」

狄青心中一顫，忍不住道：「蓮花生大士？」

种世衡解釋道：「藏傳中，蓮花生大士本來是釋迦佛轉生。釋迦牟尼涅槃後，見世人疾苦，為完成度世的心願，借蓮花轉世，這才又有了蓮花生大士。傳說不知真假，但蓮花生大士真有其人。當初他到藏邊弘揚佛法，發現當地人少能理解佛法精要，機緣亦不夠，因此離開藏邊時，開啟佛教祕地香巴拉，供有緣人進入。至於某種伏藏，就負起引導有緣人進入香巴拉之責。」

狄青頭一次聽到此事，不由道：「那……這個祕地有人進去過嗎？」這始終是他最關心的問題。

种世衡點頭道：「有的，就是善無畏、金剛印和不空！」

狄青錯愕不已，「是唃廝囉手下的三大神僧嗎？」

种世衡搖頭道：「不是。善無畏三人本是盛唐時從印度而來的密宗高僧，這三人可說是藏邊密教的開創者，聽聞此三人均去過香巴拉，得香巴拉之祕後，成就一代偉業。喲廝囉的三個手下和盛唐那三個高僧同名，多半也是抱著尋找香巴拉的念頭了。」

狄青回憶當初元昊所言，點頭道：「不錯，喲廝囉也在尋找香巴拉。但很明顯，他們還沒有找到香巴拉……這世上，只怕除了盛唐那三位高僧外，再沒有人能找到香巴拉了。」

狄青正悵然間，种世衡神色變得古怪，低聲道：「你錯了，還有一人極有可能去過香巴拉，而且就在你的身邊！」狄青一震，難以置信地問道：「是誰？是誰去過香巴拉？」

第二十一章　詭　地

狄青心思飛轉，可一時間也猜不到身邊會有哪個人到過香巴拉。种世衡沒有賣關子，徑直說出了答案，「那個人叫做趙明！」

狄青怔了下，突然想起一人，急道：「是曾經鎮守馬鋪砦的藩人趙明？」他的腦海中浮出那個自卑而又殘廢的人來。當初修建大順城時，就是此人負責查探地勢。

种世衡點點頭道：「是呀，你也記得他？我多方打探，知道他的確去尋過香巴拉，而且好像還進去過。但這人性格古怪，韓笑有一次試圖接近他詢問，反倒差點兒和他打起來……我方才就是怕他看見你我嘀咕，對你有戒備，因此才拉你到這沒人的地方。我覺得你去問問趙明，說不定會有效果。」

狄青心道以韓笑的為人，趙明都能和他打起來，可見趙明是不好相處的。不解問道：「我和趙明也不熟啊！我一直在作戰，他一直默默地修城。對了，他為什麼會變成現在的樣子呢？」

种世衡輕輕歎口氣道：「這個人其實也很慘。他曾在獄中待過，是范公將他放了出來……」

「他犯了什麼罪？」狄青吃驚道。

种世衡道：「聽說他在馬鋪砦的時候，因為腿瘸被宋人瞧不起，又被宋軍搶了婆娘，這才一怒之下找仇家廝殺。他臉上的那刀，就是在那次廝殺中被砍的。」

狄青想起趙明微跛的腳，不由想起大哥狄雲。

這些年來，狄青一直和大哥只是書信往來。聽大哥信中說，眼下過得倒不錯，還生了兩個兒子。但狄雲的腳終究醫不好，這件事在狄青心中，總有些遺憾。

聽聞趙明這般淒慘，狄青也有些惻然，半晌才道：「你又如何確定他去過香巴拉呢？」

种世衡在狄青耳邊低語了幾句，狄青臉色陰晴不定，良久後才道：「好了，我知道了。這件事我去處理就好，老种，多謝你了。對了，其餘五士訓練得怎麼樣了？」

种世衡愁眉苦臉道：「眼下為你訓練五士，已是很燒錢的買賣。其餘的……我盡力而為吧！好了，你自己小心。」說罷轉身離去。

狄青望著种世衡略有消瘦的身形，突然道：「老种……」种世衡止住腳步，回望道：「有什麼事？」

「天冷，記得多加件衣服。」狄青真誠道，「西北缺不了你！」

种世衡臉上露出了笑，望著狄青半晌才道：「好的，我知道了。你也是，拚命的時候小心些，西北一樣缺不了你！」

二人的目光中，都有關懷之意。半晌後，种世衡點點頭，緩步離去。狄青佇立沉思良久，悄然向趙明住的地方行去。

天已黑，趙明住的帳篷內，無燈。狄青依著一棵大樹等了半晌，聽腳步聲傳來，扭頭望過去，見趙明一瘸一拐地走過來。

趙明並沒有見到狄青，只是走到帳前的木凳旁坐下，伸手從懷中取出饅頭慢慢地吃著。從狄青的方向望過去，只感覺趙明有著說不出的孤單。想著种世衡告訴他，「聽說此人是去香巴拉後斷的腿，很忌諱旁人提及香巴拉三個字……」

狄青望著那孤單的身影，滿是悵然。

趙明吃完饅頭，摸索著從懷中取出一個鐲子，呆呆地望著，不知為何，眼內有了淚光……

清冷的月色照在那幽綠的鐲子上，泛著淒涼的光，映得趙明臉上滿是悲傷。

狄青默默地望著趙明許久，終於還是忍住了詢問的念頭，轉身離去。

天明時分，狄青才起身，就有兵士入內道：「狄將軍，范大人請你過去。」

狄青徑直到了范仲淹的營帳，見到他眼中有了血絲，還在看著卷宗沉吟，知道范仲淹又是一夜未眠，低聲道：「范公，你又是一夜未睡，這般辛苦？你找我有事？」他知道范仲淹忙於處理西北政事，很多時候都是通宵達旦地做事，倒有些擔憂范仲淹的身體。

范仲淹伸個懶腰，微笑道：「我這比起你們，算不了什麼。你昨日才惡戰一場，我這麼早就叫你過來，也是逼不得已。」他和狄青並不客套，開門見山道，「我詳細看了你從慶多克用那裡搜來的軍文，認為元昊的確做了很多準備，出兵勢在必行。而且夏軍這次的目標很明顯，就是要攻打涇原路！狄青，你有什麼看法呢？」

狄青略作沉吟，就道：「元昊此人雖殘暴，但做事堅忍。他當初打保安軍是試探，去年進攻鎮戎軍亦可能是試探。他的目標是盡取隴右、關中之地，三川口一戰，他蠶食了延州的大片土地，這次要攻涇原路，無非也是壓迫我們在西北的空間，為他日後進取關中之地做準備！我們必須要頂住他這一擊！」

范仲淹讚賞地點點頭，心中暗想：种世衡推薦得極好，狄青有勇有謀，難得的是思路清晰，大局觀極佳。從白豹城、葉市、金湯城幾戰來看，他胸中自有丘壑，我當要盡力支持他，盡展他的才華，才是天下的幸事。

想到這裡，范仲淹道：「狄青，你分析得很好，和我、种世衡的看法相近。夏軍雖猛，但他們攻城並不在行，因此他們一直希望把我們拉到平野作戰，只要我們小心應對，應無大礙。眼下鄜延路有轉運使龐籍龐大人和种世衡、周美等人堅守，夏軍沒有機會。我在環慶路守備，有狄青你的幫手，銳氣正盛，夏軍一時間也無隙可乘。遠些的如熙州、河州，眼下有劉滬和吐蕃將領聯盟防守，元昊應不會主動和吐蕃人開戰，因此無論元昊怎麼出兵，我最擔憂的只有涇原路。」

范仲淹鎖緊雙眉，心中忖度，鎮守涇原路的韓琦心高氣傲，尹洙紙上談兵，從上次白豹城一役來看，任福也有些矜誇浮躁，這三人無不例外地主戰，這次若和元昊交鋒，只怕……他知道尹洙、韓琦二人不會聽他的勸告，眼下西北軍情若火，又無法對朝廷說起此事，因此憂心忡忡。

狄青知道，自三川口一戰慘敗後，朝廷將永興軍、秦鳳兩路細分為鄜延、環慶、涇原、秦鳳四路。朝廷的用意是，誰的地盤誰做主，誰的地盤誰負責。見范仲淹為難，狄青明白他的心意，問道：「范公，既然我們知道元昊的用意，就要向韓公示警。范公找我來，是否想讓我親自將這個消息告訴韓公呢？」

范仲淹輕歎一口氣，緩緩道：「狄青，我早知道你不是個意氣行事的人了。你對戰事在行，這件事你去說說最好了。當然了，我也有一封書信，你帶著這信，立即啟程去見韓琦，將信交給他，也將今日所言委婉說一遍，盡我等職責。」心中卻想，「狄青為人沉穩，韓琦和他沒有過節，只要狄青將事情說給韓琦，想韓琦總能對元昊有所戒備了。至於我的信，不知道韓琦會不會看呢？」

狄青當下接令，心思微轉，說道：「范公，我這次前去，除了帶些十士跟隨，還想帶一個人跟隨。」

范仲淹問道：「是誰？」

狄青道：「我想帶趙明前往。」

范仲淹有些詫異，不解狄青為何要帶趙明一路，但他並沒有多問，只是道：「好。大順城建得已差不多了，趙明也可以稍微歇息幾日。你帶著他去，早去早回吧！」

狄青出了營砦，命韓笑、戈兵二人帶些兵士跟隨前往涇原路。

如元昊八部般，狄青手下的十士也是各司其能。死憤多是用來死戰，勇力是來鏖戰，寇兵是用巧戰，而陷陣多用來衝戰。

待命也和戰有關，卻是用來布戰。韓笑的待命一部，均是機巧靈便、善於挖掘消息的人。

韓、戈二人聽到狄青調令，很快準備就緒。趙明一瘸一拐地走來時，難掩眼中的驚詫，像是不解狄青為何要帶他跟隨，他和狄青，本來沒什麼交往。

狄青拱拱手道：「趙兄……有勞了。」

趙明回了一禮，啞聲道：「不敢。狄將軍若喜歡，稱呼我老趙就好。」

韓笑一旁見了，感覺趙明口氣雖淡漠，但對狄青也算是客氣了。要知道當初韓笑那麼笑臉問趙明香巴拉一事，差點兒被趙明報以老拳，可見趙明脾氣並不算好。

狄青點點頭道：「那好，出發吧！」

韓笑當先離去，戈兵隨後出發。他們都知道，狄青需要的不是保護，而是需要得到各種消息，作出盡可能正確的決定。

韓笑、戈兵一負責消息，一負責軍情，只為了保證狄青不走錯路，儘快見到韓琦。

范仲淹給的消息是，韓琦正在渭州，但那已是十天前的消息了。

范仲淹在擴建大順城，積極讓環慶、鄜延兩路防備敵軍的時候，韓琦只有一個目標。

那就是進攻！

韓琦雖是文人，但比武將還要崇尚進攻，這段日子來，韓琦不停地招兵買馬，就算狄青也知道韓琦還沒有放棄進攻西夏的念頭。

這樣的韓琦，又怎能在渭州待得住呢？

狄青從大順城出發，一路奔西南的渭州。果不其然，才到半途，戈兵就已接到了韓笑的消息，韓琦不在渭州，具體去了哪裡，正在打探。

狄青苦笑，心道傳信的活兒，也不是那麼好做。一路上，狄青和趙明同行。趙明似乎滿懷心事，一直低著頭，沉默無言。

這時春暖花開，繁花似錦，整個邊陲都已復甦過來。一路上，遠望青山如戟，大河似帶，狄青心中只想，這般的美景，只怕很快就要被兵戈烽煙所摧殘。我怎麼開口詢問，才能不讓趙明反感呢？

狄青雖勇，但心細如髮。他知道趙明的腿好像是從香巴拉回來後受傷的，而趙明後來一切的不幸，又和傷腿有關。昨晚見趙明滿是孤寂，狄青有些不忍舊事重提，再揭開趙明的傷疤。

不想趙明突然道：「狄將軍，你找我有事吧？」這是趙明路上說的第一句話。

狄青微有錯愕，不想趙明竟看出他的用意，翻身下馬道：「奔波了這麼久，休息會兒吧！」

趙明遲疑下，也跟隨下馬，一瘸一拐的。見狄青看著他的腿，趙明垂頭道：「我走路不利索，耽誤狄大人的行程了。」

狄青歎口氣道：「看到你，我想到了我大哥。我大哥也瘸了腿，但我這一輩子，只有他照顧我，他從未拖累過我。」

趙明眼中閃過分暖意，轉瞬又恢復了暗暗的表情。他扭頭望向了遠山，低聲道：「狄將軍，你找我來，是不是想問香巴拉的事情？」

狄青微震，沒料到趙明這般敏銳，良久才道：「我一直在找香巴拉，你若知道些事情的話，不知道……能否說與我聽呢？」

狄青滿是忐忑，並沒有抱多大的指望，暗想种世衡說趙明不想提往事，讓趙明開口很難。不想趙明點點頭道：「好。」

狄青驚喜交加，見趙明神色寞寞，只能道：「那謝謝你了。」

趙明澀然一笑道：「可我說了，也不見得對你有幫助。」狄青心頭一沉，就見趙明眼中閃過分陰霾，緩緩道，「狄將軍或許不知道，我出生在藏邊，也算是半個藏人。我母親是藏人，父親是中原人。」趙明醜陋的臉上，露出少有的追思之意。

狄青雖很想知道香巴拉的事情，可見趙明如此，只是靜靜地傾聽。

「其實藏邊，一直流傳著很多神話，香巴拉就是其中之一，但從未有人找到過它。或者說……找到的人從未回來過！」趙明終於進入正題。不知為何，提及香巴拉的時候，他身軀微顫，眼中竟有了驚怖之意。

狄青聽到這裡，望見趙明的表情，心中隱約有分不安。

「那一年，我娶了親。女人長得水靈，誰見到我，都會羨慕地讚一句，說我走了運。我也是這麼認為。我無憂無慮地過活，本來不應該奢望什麼。但有一日……族中來了個商人，說姓曆。這個姓……比較古怪……那人更是古怪，說是商人，可我總感覺那人壯實得很，甚至像個大鐵錘。」

狄青聽趙明突然說了些閒事，知道多半和香巴拉有關，就耐心地聽下去。他也從不認識曆姓的人，聽趙明這麼形容一個人，感覺有些奇怪。

一個人，怎麼像個鐵錘？

趙明繼續說道：「那人出手豪闊，給了族中萬事通一錠金子，讓他幫忙找十個小夥子去做事，每人每天給二兩銀子。二兩銀子已夠那時的我舒舒服服地過上一個月，族中的兄弟，均是踴躍上前。我『幸運』地入選了。」

狄青見趙明說到「幸運」二字時，眼中滿是後悔，已知道這二兩銀子不是那麼好賺的。

「我們從藏邊出發，直奔沙州……」

趙明說到這裡的時候，留意到狄青臉色微變，忍不住道：「狄將軍，你怎麼了？」

狄青搖搖頭，心中驚異中帶分振奮。是沙州，香巴拉就是在沙州！可為何趙明提及這件事的時候，眼中除了恐怖外，還有深切的悲哀？

趙明不再追問，繼續說道：「本來很多人都不願意離開族落，但曆姓那人每天支付二兩銀子，絕不食言。為了那銀子，我們又都堅持了下來。沙州本來是歸義軍所有，後來被曹氏佔據。」

狄青聽种世衡說過歸義軍，聽趙明還特別提到了曹氏，想起曹氏關於香巴拉的地圖，感覺所有的一切好像貫穿了起來。

沙州荒蕪，往事如那大漠塵沙，不知掩藏著多少心酸血淚。

就狄青所知，沙州被漢人和吐蕃人反覆爭奪，後來又被元昊佔領。這塊土地，恁地這般多磨？

狄青疑惑的是，如果香巴拉真的在沙州，野利旺榮是因為香巴拉而死，元昊為何把野利遇乞派去鎮守沙州呢？

種種謎團糾纏不清，趙明已繼續說道：「我們入了沙州，就向三危山的方向行去，不久，到了敦煌！」

狄青微震，喃喃道：「敦煌？香巴拉難道就在敦煌？」

敦——大也；煌——盛也。

敦煌輝煌盛大，歷史悠久，中原歷代，不知道在這裡留下了多少輝煌、血淚和傳說。

「香巴拉在敦煌嗎？或許吧！」趙明喃喃道。

狄青又有些疑惑，不明白趙明到底是什麼意思。

「我們到了敦煌後，進入亂山之中，那裡好像靠近了三危山。」趙明神色有些恍惚，「群山莽莽，那曆姓商人對那裡異常熟悉。他帶我們鑽山越嶺，很快到了一絕壁之旁。我記得過了那絕壁東，應是蒼蒼的沙漠。那絕壁頂，有一瀑布奔騰而下，很是壯闊。我們到了一叢灌木前，曆姓商人撥開了灌木，露出其中的一個洞穴。」

狄青心跳不已，本想問趙明若再去，能否找到那地方。可見趙明神色恍惚，暫壓下這個念頭。

「我們見洞穴幽暗，都有些害怕。不想……曆姓商人當先行進去，吩咐我們跟隨。我們見他如此膽大，想那洞穴中應該沒有危險，都跟了進去。同時我們也在琢磨，曆姓商人帶我們到這裡，到底是為了什麼？」

狄青不解道：「當時你們知道……要去什麼地方嗎？」

趙明搖搖頭，「當時不知道，後來知道了。但就算知道了，其實也不算明瞭。」

趙明神情恍惚，說得前言不搭後語，讓狄青只能苦笑。但他怕趙明不說，並不追問。

「我們順著那洞穴走了不久，前方豁然開朗，原來又入了一個很大的石窟。石窟對面，又是一個洞穴。那石窟應該是天然形成，頂端有裂縫，竟有陽光透進來，那石窟也就不顯得黑暗。我們才進了那石窟，就聽有人道，『你來晚了。』」

趙明的聲音變得有些尖銳，狄青心頭一跳，暗想當初那情形，突然有人說話，的確讓人心驚。

「曆姓商人沒有吃驚，只是說，『來晚了，總比不來的好。』我這時才看到，對面的洞穴站著一個人，黑衣黑褲，黑巾蒙面，只露出一雙精光閃閃的眸子。那人道，『沒想到你還帶些幫手來。』曆姓商人道，『他們不是我的幫手，我豈需要幫手？』那人打量著我們，眼中的光芒和毒蛇一般，良久才道，『我該做的事情，都已經做到。你要做的事情，可曾辦好？』」

狄青聽到這裡，心中已有個大致的輪廓。曆姓商人顯然和洞穴那人聯手要做某件事，這才約定在那裡相見，如果那洞穴關係到香巴拉的祕密，這二人要做的事情，當然就和準備入香巴拉有關。但曆姓商人帶趙明等人前往，又是為了什麼？

趙明已陷入了回憶，又像是夢囈般，低聲道：「曆姓商人道，『我查了很久，並沒有尋到五龍的下落。』」

狄青一震，失聲道：「五龍？」

趙明微驚，回過神來，見狄青臉色古怪，問道：「狄大人，你怎麼了？」

狄青搖搖頭道：「沒什麼。你……繼續說吧！」心中暗想，「為何曆姓商人要尋五龍呢？看來五龍的確和香巴拉有很大的關係！」

趙明看了狄青半晌，又道：「蒙面那人冷笑道，『沒有五龍，你還來做什麼？沒有五龍，進了香巴拉也沒用！』」

狄青現在聽趙明說的每句話，都如沉雷滾滾，啞聲道：「為什麼？」

趙明搖搖頭，「我根本不知道他們說的是什麼，但終於明白，原來這裡就是香巴拉……」他嘴角露出嘲諷之意，「都說香巴拉美輪美奂，是人間仙境，我從未想到會在這種地方。本來以為那蒙面人是說笑，但看那蒙面人極為慎重的樣子，又覺得不像是兒戲。曆姓商人道，『但我們總要試試了。』他走過去，在蒙面人耳邊說了幾句話，蒙面人就打量著我們，半晌才道，『無論如何，我等了這些年，總要試試。』他對我們喝道，『這裡就是香巴拉的入口，你們都聽過香巴拉吧？只要能進去，每人都可以實現自己的願望。』他從懷中掏出個錢褡褳，一抖，裡面竟掉出了十來塊寶石，說道，『這就是我從香巴拉拿的，你們每人選一塊吧！一會兒進入香巴拉，還有好多寶物供你們拿！』那寶石都有鴿子蛋大小，我們當時……眼都直了，從未想到會有這種好事。」

狄青皺眉道：「此人無端以重金引誘你們，不用問，裡面肯定有危險！」

趙明澀然一笑，歎口氣道：「狄將軍，你說的很對。但我們當時看到那些珠寶，怎麼會想到很多？聽說洞穴中還有更多的珠寶，很多人眼都直了，不等吩咐，已紛紛向洞穴湧去。曆姓商人早就準備了火把，給我們一人一隻，說道，『先找到香巴拉入口的，就可分其半數的財富。』」

狄青不解道：「那個洞穴難道還不是香巴拉的入口嗎？難道說……裡面還別有洞天？」

趙明點頭道：「不錯。那洞穴竟四通八達，好像貫穿了整個山嶺。若是驀地進入，只怕會迷失其中。不過裡面竟有人工雕琢的痕跡，石壁旁還刻有箭頭，指引方向。我們一夥人，循箭頭而入，走了數里多的路程。」

狄青駭然想到，開山工程如此之巨，沙州左近，只有歸義軍的曹家才能做出此事了。

趙明續道：「走了這麼遠，我們心中都有些畏懼，想要返回，不想前方有一人叫道，『寶石，這岩壁上有寶石。』我們抬頭望過去，就見到頭頂的岩石上，赫然鑲嵌著幾顆寶石。那寶石瑰紅若血，雖是幾顆，但在火光下，也璀璨奪目。大夥譁然而叫，都和瘋子一樣。」

狄青卻一直想個問題，那曆姓商人帶了這十個藏人前來，到底包藏著什麼禍心？

「曆姓商人一直跟在我們身後，見狀道，『少見多怪，前面還有大把的寶石。』這下不等他催促，那些人已經一窩蜂地趕過去。我才娶了老婆，也不算貪婪，稍微猶豫下，暗想若能取得石壁上的寶石，這輩子也夠花了。就是這轉念之間，我比他們慢了幾步……」

趙明臉上突顯出瘋狂、淒厲和驚怖之色，他本長得醜惡，如此一來，直如惡鬼。狄青見狀，心中一凜，已知道定有可怕的事情發生。

「那時候甬道中的瘋狂難以言盡，我猶豫的時候，突然腳下一軟，跌到了甬道旁的一道石縫內。前面火光忽然轉彎，突然就滅了，甬道中陷入無盡的黑暗之中。」趙明臉頰抽搐，劇烈喘息道，「緊接著……甬道中就響起了尖銳的呼嘯聲。然後我就聽到前面的那些族中兄弟紛紛驚叫著，『莫要抓我，莫要抓我！』」

莫要抓我！

趙明幾乎是用盡全身的氣力喊出了這幾個字，那聲音如同鬼哭狼嚎，幽靈泣訴，滿是深深的絕望之意。

雖是青天白日，春風暖暖，狄青見到趙明扭曲的面容，周身也不由泛起一股徹骨的寒意。

莫要抓我？這是什麼意思？

那甬道的盡頭，究竟有什麼古怪，難道藏著洪荒怪獸，八爪章魚，片刻間將這些人統統抓住？還是那甬道中，有著無窮無盡的冤死之鬼，來抓活人轉世投生？

天地淒迷，已滿是驚悚之氣。

（未完，請繼續閱讀《歃血【卷四】香巴拉》）

國家圖書館出版品預行編目資料

歃血【卷三】無滅刀／墨武著;—— 初版. ——臺中市:
好讀, 2012.07
面：　公分，——（墨武作品集；03）（真小說；12）

ISBN 978-986-178-243-0（平裝）

857.7　　101010080

好讀出版

真小說 12

歃血【卷三】無滅刀

作　　者／墨　武
總 編 輯／鄧茵茵
文字編輯／莊銘桓
內頁編排／王廷芬
行銷企畫／陳昶文、陳盈瑜
發 行 所／好讀出版有限公司
台中市 407 西屯區何厝里 19 鄰大有街 13 號
TEL:04-23157795　FAX:04-23144188
http://howdo.morningstar.com.tw
（如對本書編輯或內容有意見，請來電或上網告訴我們）
法律顧問／甘龍強律師
承製／知己圖書股份有限公司　TEL:04-23581803

總經銷／知己圖書股份有限公司
http://www.morningstar.com.tw
e-mail:service@morningstar.com.tw
郵政劃撥：15060393 知己圖書股份有限公司
台北公司：台北市 106 羅斯福路二段 95 號 4 樓之 3
TEL:02-23672044　FAX:02-23635741
台中公司：台中市 407 工業區 30 路 1 號
TEL:04-23595820　FAX:04-23597123

初版／西元 2012 年 7 月 15 日
定價／280 元
如有破損或裝訂錯誤，請寄回知己圖書台中公司更換

Published by How-Do Publishing Co., Ltd.
2012 Printed in Taiwan

ISBN 978-986-178-243-0

讀者回函

只要寄回本回函，就能不定時收到晨星出版集團最新電子報及相關優惠活動訊息，並有機會參加抽獎，獲得贈書。因此有電子信箱的讀者，千萬別吝於寫上你的信箱地址

書名：歃血【卷三】無滅刀

姓名：＿＿＿＿＿＿ 性別：□男 □女 生日：＿＿年＿＿月＿＿日

教育程度：＿＿＿＿＿＿＿＿

職業：□學生 □教師 □一般職員 □企業主管

□家庭主婦 □自由業 □醫護 □軍警 □其他＿＿＿＿＿＿

電子郵件信箱（e-mail）：＿＿＿＿＿＿＿＿ 電話：＿＿＿＿＿＿

聯絡地址：□□□＿＿＿＿＿＿＿＿＿＿＿＿

你怎麼發現這本書的？

□書店 □網路書店（哪一個？）＿＿＿＿＿＿ □朋友推薦 □學校選書

□報章雜誌報導 □其他＿＿＿＿＿＿＿＿＿＿

買這本書的原因是：＿＿＿＿＿＿＿＿＿＿＿＿

□內容題材深得我心 □價格便宜 □封面與內頁設計很優 □其他＿＿＿＿

你對這本書還有其他意見麼？請通通告訴我們：

＿＿＿＿＿＿＿＿＿＿＿＿＿＿＿＿＿＿＿＿

你買過幾本好讀的書？（不包括現在這一本）

□沒買過 □ 1 ～ 5 本 □ 6 ～ 10 本 □ 11 ～ 20 本 □太多了

你希望能如何得到更多好讀的出版訊息？

□常寄電子報 □網站常常更新 □常在報章雜誌上看到好讀新書消息

□我有更棒的想法＿＿＿＿＿＿＿＿＿＿＿＿

最後請推薦五個閱讀同好的姓名與 E-mail，讓他們也能收到好讀的近期書訊：

1.＿＿＿＿＿＿＿＿＿＿＿＿＿＿＿＿＿＿

2.＿＿＿＿＿＿＿＿＿＿＿＿＿＿＿＿＿＿

3.＿＿＿＿＿＿＿＿＿＿＿＿＿＿＿＿＿＿

4.＿＿＿＿＿＿＿＿＿＿＿＿＿＿＿＿＿＿

5.＿＿＿＿＿＿＿＿＿＿＿＿＿＿＿＿＿＿

我們確實接收到你對好讀的心意了，再次感謝你抽空填寫這份回函

請有空時上網或來信與我們交換意見，好讀出版有限公司編輯部同仁感謝你！

好讀的部落格：http://howdo.morningstar.com.tw/

請填妥後對折黏貼，直接投郵即可，無須貼郵票。

廣告回函
台灣中區郵政管理局
登記證第 3877 號
免貼郵票

好讀出版有限公司　編輯部收

407 台中市西屯區何厝里大有街 13 號

電話：04-23157795-6　傳眞：04-23144188

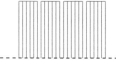

沿虛線對折

購買好讀出版書籍的方法：

一、先請你上晨星網路書店http://www.morningstar.com.tw檢索書目或直接在網上購買

二、以郵政劃撥購書：帳號15060393 戶名：知己圖書股份有限公司並在通信欄中註明你想買的書名與數量

三、大量訂購者可直接以客服專線洽詢，有專人爲您服務：
客服專線：04-23595819轉230 傳眞：04-23597123

四、客服信箱：service@morningstar.com.tw